繋がりの詩学

近代アメリカの知的独立と〈知のコミュニティ〉の形成

◆

The Poetics of Association

The Formation of Intellectual Communities in Modern America

【編著】
倉橋洋子
Yoko Kurahashi
髙尾直知
Naochika Takao
竹野富美子
Fumiko Takeno
城戸光世
Mitsuyo Kido

彩流社

まえがき

インターネットを通じて簡単に誰とでも繋がり、容易に人、物、情報の国際的移動が可能となった現代において、私たちがこれまで準拠枠としてきた国家や共同体のあり方は、大きな変容を余儀なくされている。近年、グローバル化という言葉と対置する形で「コミュニティ」が語られ、関心を引いているのも、既存の枠組みではとらえきれなくなった世界への不安意識の現れだと見ることもできるだろう。

もちろん従来、国家との対比でとらえられてきたコミュニティという言葉自体もまた、グローバル化が引き起こした社会の変質に連動して、その意味を変容させている。学問の上で取り上げられるコミュニティという言葉は、古くは一八八七年にフェルディナント・テンニースが社会学の立場から、契約に基づく利益社会と、親密圏に見られる共同社会とを区別して「ゲマインシャフト／ゲゼルシャフト」という概念を抽出し、一九一七年にロバート・マッキーヴァーがそれを発展させて「コミュニティ」を論じたのが端緒といわれる。ここにおける「コミュニティ」とは、「物理的、生物学的、心理学的」な類似性が認められる、村とか町などの「領域の境界を持つ共同生活」が行なわれる場、というような実在する集団としてとらえられるものだ。政治学では、ハンナ・アーレントを経て、一九六二年にユルゲン・ハーバーマスが、マス・メディアによって拡張し、台頭する市民階級によって支えられた言説空間に着目し、これを私的領域から派生する「公共圏」であると措定《そてい》した。齋藤純一によれば、この公共圏とは、宗教や文化など等質な価値に満たされた閉じた領域である「共同体」と、国家との間に出現する、開かれた言説空間だ。これは、台頭するネオナショナリズムを考える上での理論的基盤となり、近年ではマイケル・サンデルのコミュニタリアニズムやシティズンシップ論へと引き継がれている。他方では、一九八三年にベネディクト・アンダーソンが、十九世紀に出現した国民国家が、新聞などのメディアを通して形成された想像上の政治共同体であると論考し、従来の「コミュニティ」の概念を大幅に変更した。アンダーソンは、コミュニティは「想像」し、「創造」できるものであると示唆して、コミュニティを実在する集団であるとする既成概念から解放し、さまざまな可能性を提示した。一九九七年にはマイケル・ハウベンが、コンピュータ・ネットワークで繋がるオンライン・コミュニティに帰属意識を持ち、ネットを発展させたり公共の資源を広めることに貢献する人々を「ネティズン」と定義したが、ここにおいて私たちが想定するコミュニティには、もはや地理的物理的な限定はなくなっている。

　文学研究においてもグローバル化への問題意識が、従来の枠組みを超えた視点を提示する研究を生み出している。二〇一一年『PMLA』誌において、ワイ・チー・ディモックは、フェイスブック・グループ上で世界文学を語るフォーラムを立ち上げた試みについて語っている。ソーシャル・ネットワークを通じて集まり、さまざまな国の研究者や同好の士によって形成されたネット上のディスカッショングループは、フラットで流動的な関係を構築しながら活発な議論を展開した。ディモックはこれを「離れたコミュニティ《コミュニティ・アット・ア・ディスタンス》」と呼び、この試みこそが新しい世界文学の実践だったとする。研究書においては、二〇〇三年にガヤトリ・スピヴァックが、次いで翌年にはポール・ギルロイが惑星思考の文学批評を提唱し、十九世紀アメリカ文学研究の分野では、二〇〇四年にアンナ・ブリックハウスがアメリカン・ルネサンス文学とラテン・アメリカ文学とのトランスナショナルな交流について論じた。二〇〇七年にはスピヴァックらの惑星思考を引き継いだワイ・チー・ディモックとローレンス・ビュエルが『世界文学としてのアメリカ文学』を出版、二〇〇八年には、キャロライン・F・ルヴァンダーとロバート・S・レヴィンが、南北アメリカ大陸を研究対象とした『西半球アメリカ文化研究』を発表し、ブリックハウスの研究を発展させている。近年ではヘスター・ブルームやマーガレット・コーエンの、帝国や国家を超える視点を提供する海洋文学研究、十九世紀アメリカ文学を地球規模に再配置したポール・

ジャイルズの考察やJ・ジェラルド・ケネディの十九世紀アメリカ文学に見る国民国家観の研究などが注目される。日本では竹内勝徳・高橋勤編著『環大西洋の想像力』（二〇一三）や巽孝之『モダニズムの惑星』（二〇一三）、下河辺美知子編著『モンロー・ドクトリンの半球分割』（二〇一六）などが、この分野の研究成果としてあげられるだろう。

このような国民国家の概念を越境する、アメリカ文学の研究成果を基盤とするとき、自己と他者の関係、コミュニティの概念はどのように変化するのだろうか。本書ではこの問題意識から、十八世紀から十九世紀末までのアメリカ文学をめぐる知のコミュニティ形成について取り上げる。言うまでもなくこの時代のアメリカ合衆国は、ネイションとは異なる、人為的な政治共同体としての国民国家を作り出そうとしていた。しかしそこに至るまでのアメリカは、これまでの研究が示すとおり、南部の奴隷プランテーション経済と北部の産業資本主義経済という相容れない経済体制が共存し、ヨーロッパやラテン・アメリカ、カリブ海地域をも含むさまざまな関係性や物語が交錯する重層的な言説空間でもあった。この時期に、アメリカ合衆国で新しく形成されつつあった知的コミュニティが、どのように立ち上がり、国家形成に影響を与えていったのか、もしくは物を見る枠組みや知のネットワークを作ろうとしていたのか。「知のコミュニティの諸相」を鍵概念として考察することで、私たちはそのダイナミズムをすくい取ることができるのではないかと考えた。

本書は、「共和国」「超絶主義とニューイングランド」「女性」「メルヴィル」「南北戦争以降」というテーマごとに区切り、五部構成とした。第I部「共和国と知のコミュニティ」において、白川恵子「マンハッタンの「魔女狩り」――ニューヨーク奴隷叛乱陰謀事件における情報解釈共同体的誤謬」では、植民地時代に起きた奴隷叛乱陰謀事件に、ニューヨークにおける政治的対立や下層階級側の抵抗を重層的にとらえながら、この事件の悲劇的展開には、作為的解釈を読み込もうとする無意識によって、複合的な解釈共同体が形成されていった過程が見えるのではないかと推論する。竹腰佳誉子の「アメリカ哲学協会とアメリカン・アイデンティティの誕生――金星とマンモスを追いかけて」は、十八世紀北米植民地において、アメリカ哲学協会がアメリカの知的独立や国のイメージの確立に寄与した過程を明らかにする。辻祥子の「ニューヨークの知的サークル「フレンドリー・クラブ」と初期アメリカ文学の形成――チャールズ・ブロックデン・ブラウンの『オーモンド』を中心に」はニューヨークの知識人の集まりだったフレンドリー・クラブから、ブラウンがいかに影響を受けながら、独自の作品世界を築き上げたかを論証する。

第Ⅱ部は「ニューイングランド的コミュニティ」として、アメリカン・ルネサンスの作家たちのコミュニティを捉えなおした。成田雅彦の「エマソンの「透明な」自然と環大西洋思想の環流」では、エマソンの『自然論』で描かれる「透明な」自然が、ヨーロッパからの思想的遺産を消し去り、世界というモノの物質的束縛からも自由になりうる精神を形成する装置となっていることを、環大西洋間の知のコミュニティという文脈の中で考察する。竹野富美子「『マサチューセッツの報告書』とソローの「マサチューセッツの博物誌」」では、マサチューセッツ博物学協会がボストンでの知のコミュニティとして果たした役割を概観しながら、ソローの当該作品に見られる協会の影響を明らかにする。倉橋洋子「ホーソーンと『懐かしの故国』のピアスへの献辞――サタデー・クラブを中心に」は文学史上、北部の知識人の集まりとして名をはせたサタデー・クラブにおいて、ホーソーンが政治的見解からクラブのメンバーと対立した出来事をたどり、知的コミュニティにおける政治と文学、集団と個人の問題について考察する。稲冨百合子の「知の伝道師ヘンリー・ワズワース・ロングフェロー」においては、十九世紀アメリカ文学界の重鎮、ロングフェローの形成したトランスナショナルな知のコミュニティがどのようにして誕生し、当時の文化人にどのような影響を及ぼしたのかを探る。

第Ⅲ部は「女性と知のコミュニティ」として、女性たちが主体的に形成した知のコミュニティを取り上げた。古屋耕平の「想像の世界文学共同体――マーガレット・フラーの『ゲーテとの対話』翻訳」ではフラーが英訳した『ゲーテとの対話』を分析し、ゲーテの言葉を「翻訳する」エッカーマンと、エッカーマンの言葉を翻訳するフラーという入れ子構造に注目しながら、その翻訳作業が新たな知のコミュニティ形成に与えた影響を考察する。髙尾直知の「会話というコミュニティ――〈愛〉の実現の場としてのマーガレット・フラーの〈会話〉」は、超絶主義の持つコミュニティ型の知のあり方を最も有効に活用したとみられるフラーの〈会話〉集会を取り上げ、この集会に参加した女性たちの証言をもとに、フラーが試みた集会の実践的意図を描き出そうと試みる。城戸光世は「女たちのユートピア――ブルック・ファームにおける理想と現実」において、ブルック・ファームという超絶主義的ユートピア・コミュニティについて、そこに参加した女性たちの視点から見た理想と現実、さらに、その日々の生活の中でどのような思想が育まれたのかを検討する。

第Ⅳ部「メルヴィル的コミュニティ」は、孤高の巨人とも目されるメルヴィルとコミュニティについて論考する。橋本安央「メルヴィルとシェイクスピア、あるいは幻の文学共同体――「ホーソーンと彼の苔」のころ」では、十九世紀アメリカのシェイクスピア受容史とともに、同時代人として現前するシェイクスピアを夢想する、メルヴィルの作品を検討し、メルヴィル内部に構築された、自身とホーソーン、シェイクスピアの幻の文学共同体の姿を明らかにする。林姿穂は「メルヴィルと「ヤング・アメリカ」」において、メルヴィルの作品を読み込むことで、ヤング・アメリカ運動を担った知的コミュニティと、アメリカ文学界の問題点を探る。さらに竹内勝徳の「劇場文化の政治学――「二つの教会堂」を通して読み解く『信用詐欺師』」では、メルヴィルはアスタープレイス暴動での経験から、暴動を扇動したようなネイティヴィスト的心性を持つ共同体が、コスモポリタン的演劇空間を体験することで変容するさまを『信用詐欺師』において描いていると論じる。

第Ⅴ部「拡がりゆくコミュニティ」では、主に南北戦争後において変容する知的コミュニティの実相をたどる。本岡亜沙子「重なる断片、生まれるコミュニティ――ルイーザ・メイ・オルコットの模倣とその作品の行方」では南北戦争後期《ポストベラム》に流行したスクラップブックを取り上げ、切り抜き帳を作成するという行為が、オルコットの作品においては新しい知の共同体を作り上げる契機となっており、また新たな知のあり方の可能性が示唆されていると考察する。中村善雄の「ローウェル、フィールズ、ハウエルズの編集方針――『アトランティック・マンスリー』誌に見る知的コミュニティの形成」ではボストン発祥の文芸雑誌であった『アトランティック・マンスリー』誌が、社会的・文化的状況に反応しながら、編集者や書き手によって形成される知的コミュニティとともに、受容側となる読者層のコミュニティをいかに形成しようとしたかを考察する。貞廣真紀は「世紀末イギリス社会主義者たちの〈アメリカン・ルネサンス〉」

において、十九世紀末のイギリス社会主義者の間に見られたアメリカ作家ブームを追い、当時の環大西洋批評空間において、ホイットマン、メルヴィル、ソローがどのように受容されたか、それがまた逆に、メルヴィルやホイットマンにどのような共同体的思考をもたらしたかを考察する。

本書に所収された論文から、文学のみならず文化、社会、医学など多岐にわたる知のコミュニティのあり方を見て取ることができると思う。人々の交流や繋がりは不定形で、はっきりととらえようとすることは難しい。制度や機構が存在していて、その歴史を辿ることのできる共同体もある一方、交流があったことから推論できる想像上のコミュニティもある。当事者たちにとっても、それがどのような意味を持っていたのか、どれだけ重要だったのかはそれぞれ異なるものだったろう。その意味で、髙尾が論文で引用するように「しるしや痕跡、ありえたこと、あったかも知れないことを物語る」ことが、この論文集での心構えとなるのではないかと考える。そしてそれによって、読者の目に、これまでの視点ではすくい取れなかった、忘れ去られていたかもしれない人々の繋がりが明らかになったら幸甚だ。

竹野　富美子

目次　繋がりの詩学――近代アメリカの知的独立と〈知のコミュニティ〉の形成

第Ⅱ部 ニューイングランド的コミュニティ

第Ⅳ部 メルヴィル的コミュニティ

◉凡例

論文中の引用文について

・ドキュメンテーションのスタイルは、おおむね *MLA Handbook* 第八版に従った。

・執筆者の加筆や原語表記を示す場合は、全角角括弧［　］を使用した。

・引用文の一部を省略する場合は、（中略）を省略した箇所に入れた。また、原文にある省略を示す場合は、……（三点リーダふたつ）を用いた。

・外国語からの引用は、断りがない限り執筆者による翻訳である。翻訳書を引用した場合は、原著と翻訳書のページ数を記載した。

・引用のために使用した翻訳書は、「引用文献」において独立項目として記載した。また、翻訳書を参照している場合は、「引用文献」の原著の下に翻訳書を括弧書きで記した。

第Ⅰ部　共和国と知のコミュニティ

マンハッタンの「魔女狩り」
——ニューヨーク奴隷叛乱陰謀事件における情報解釈共同体的誤謬

白川 恵子

はじめに——奴隷の島マンハッタン

一六二六年、オランダ植民地に十一名のアフリカ人が輸送されて以来、十九世紀初頭まで、ニューヨークは奴隷の市《まち》だった。一六六四年に統治権がイギリスに移譲されたのちも、奴隷制度は法的に担保され、漸次《ぜんじ》的奴隷解放が決定されたのが一七九九年。この段階的奴隷制廃止によって州のすべての奴隷が自由を得たのは、一八二七年であった。大規模農園形態ではないものの、西インド諸島と直接結ばれる交易港を持つマンハッタンは、南部諸州に匹敵しうる長き奴隷制の歴史を有していたのである。

本論は、植民地時代のニューヨークで、窃盗と連続放火の偶発的事件に端を発し、人々を恐怖と混乱に陥れた奴隷叛乱疑惑事件についての概要提示であり、都市の白人／黒人共同体が、いかに情報を「解釈」し、「誤読」したかについての考察である。一七四一年、マンハッタンを席巻した一連の陰謀嫌疑は、しばしば一六九二年のマサチューセッツ湾植民地はセイラムで起きた魔女狩りと近似の告発構造を示すと指摘され、魔女裁判を上回る処刑者数を有しているにもかかわらず、その認知度は格段に低い。だが、従来、数多《あまた》なされてきた南部奴隷制度の歴史的考察や南北戦争前期《アンテベラム》の奴隷文学研究に対して、ここ最近は、南北共謀という観点から奴隷制度を把握し直す作業の一環として、特にニューイングランドやニューヨークがいかに奴隷制と深くかかわってきたかを論ずる研究が顕現化しているように思われる。本件は、こうした研究動向に連動すると同時に、重層的に絡み合う植民地奴隷制下のニューヨークにおける政治的対立構造や、共同体の情報形成を考察するためにも、恰好の素材であると言えるだろう。

十八世紀半ばのニューヨーク植民地は、内憂外患の時代だった。イギリス領北米植民地およびカリブ海諸島植民地における複数の奴隷叛乱に怯え、スペインとの戦争に志願兵を送る一方で、西インド諸島で展開する戦闘の知らせを受け取り、またマンハッタン内部にあっては、政権党派争いと異人種への潜在的恐怖意識が盤踞《ばんきょ》する折に、窃盗・連続放火事件が発覚したのである。裁判において、為政者側が読み込む犯罪の連鎖的拡大解釈、すなわち複数陰謀説の展開が、いかに生成されていったのかをたどるとき、セイラムの魔女狩りから半世紀後のニューヨーク植民地に、いま一つのアメリカ独立の契機となりうる体制転覆の片鱗を見出す可能性が生じるかもしれない。さらに、事件の真相が不透明である奴隷叛乱陰謀事件について、歴史的解釈であれ文学的描写であれ、事件の進捗や背景を、推論を含めて記述するとき、そこには、十八世紀から今日《こんにち》に至る歴史ナラティヴ構築のための解釈共同体が、複合的に形成されることになり、この知名度の低い事件について真相を考察せんとする場合、その「知のコミュニティ」は、図らずも、教育的啓蒙に貢献することにもなる。(1)

本論は、したがって、実在するクラブや特定構成員による知のコミュニティを具象として論ずるものではない。むしろ、一七四一年のマンハッタンで勃発した偶発的事象の連鎖に対して、作為的解釈を適応する無意識が共同体内に存在していたのではないかという、いわば情報誤読の可能性を幻視する試みであり、さらに、歴史的解釈の際に生ずる解釈共同体の連鎖に、補助線を入れようとする試みである。陰謀計画有無の断定や確たる真相の提示が、事実上不可能である本事件は、だからこそ、奴隷を含む下層階級側も、為政者側も、犯罪や陰謀の流言を、己が利益となるように歪曲していったのではないかと推測する余地を残す。こうした解釈誤謬の流布が、結果的に大きな悲劇をもたらしたのは間違いない。これら十八世紀半ばのニューヨークにおける異人種・異教徒陰謀説を紹介し、下層階級者側がそれにどのように対応したのかを探りたい。

一 「陰謀」の連鎖

ニューヨークは、植民地開始時から、文字どおり奴隷制の歴史を刻んできた。オランダ統治時代にアムステルダム砦と呼ばれていたジョージ砦は、一六二〇年代後半に最初に移送されてきたアフリカ人の労働力によって建設された。一九九一年、マンハッタンで発見されたアフリカ人埋葬地から発掘された人骨分析によって、当地の奴隷が恒常的な苦役を強いられていたことは、科学的にも証明されている (Johnson 81-86)。十八世紀初頭のニューヨークは、カリブ海や南部を結ぶ交易港として主要な役割を担っていた。その人口構成は、白人約四千人に対して、黒人が六百人。黒人の大半が奴隷であった。さらに以降の数十年間でカリブ海諸島との交易が増えるに伴い、奴隷の割合も増加し、一七四一年までには、ニューヨークの奴隷人口は、全体の二十パーセントを占めるようになっていた (Farrow et al. 82)。また、ニューヨーク市の労働力全体のおよそ三分の一を奴隷が担い、白人の年季奉公人を急速に圧迫するようになった。つまりニューヨークの街のいたるところに、黒人の姿が見られ、各家庭も、あらゆる日常の場も、彼らの労働力なくしては、成立しない状況にあったのである。

こうした黒人人口に対する潜在的な危惧に加えて、一七四一年の異常な厳冬は、奴隷を含む下層階級の人々の生活を困難にし、商業や交易、生産活動を阻んだ。極寒が人々の心理に陰鬱な影響を及ぼすことは十分想像しうる。また、北米植民地における信仰復興期に人気を博していた説教師ジョージ・ホイットフィールドの本件への影響を指摘する研究者も多い。牧師に法的な奴隷所有を侵犯する意図はなく、奴隷制それ自体の廃止を叫ぶわけでもなかったが、一七三九年から四〇年にかけてニューヨークで複数回行なった情動的な説教の際に、ホイットフィールドは、奴隷に対する主人の残忍な扱いを諫め、奴隷に対しては抵抗精神を喚起しつつ、原罪に関する両者の同等性を説いた(Hoffer 110–11; Lepore 186–88)。牧師の煽情性は叛乱教唆《きょうさ》に当たるとの批判からすると(Linebaugh and Rediker 190–93)、日常に潜む人種的危惧が、奴隷陰謀の噂に先行して、マンハッタンを席巻していたと考えられる。

一七四一年三月十八日、砦の敷地内に建てられていた副総督ジョージ・クラークの屋敷から上がった火の手は、砦はもとより、副総督邸、秘書官室や兵舎、教会を含む近隣を焼き尽くした。この大火に加え、その後わずか一か月の間に、十件近くの小火を含む火災がマンハッタン各所から頻発し、しかもその中には、名高い船長や法律関係者、市議らの主要人物の屋敷近辺からの出火もあった。放火の痕跡が見つかったとの報告や、黒人奴隷が放火について話しているのを耳にしたという住人の伝聞、現場から黒人が逃げていくのを見たとの証言も加わり、奴隷による連続的犯行が取りざされるようになる。また、その前年にイギリス船によって拿捕《だほ》され、奴隷として売られた「スペイン船の黒人」たちによる復讐犯行説が蔓延《まんえん》し始め、スペイン黒人を含む奴隷たちが集団的に、蜂起を画策していると叫ばれるようになった。時機悪く、当時、イギリスはスペインと交戦状態にあり、軍隊はカリブ海沖に駐留していた。副総督はイギリス本国の要請を受け、民兵を志願兵として西インド諸島に送っていたため、要塞が焼失したマンハッタンは、内外からの攻撃にきわめて脆弱な状況にあった。ジョージ砦は、北米英領に唯一恒久的に駐屯する部隊を置く要塞であったので、影響は北米植民地全体に及んだ。こうした軍備手薄な折の奴隷叛乱のうわさに、ニューヨークの白人たちは一気にパニックに陥ったのである。

放火事件の真相究明の指揮をとった一人が、当時、ニューヨーク植民地最高裁判所の第三判事であったダニエル・ホースマンデンであった【図版1】。彼は、今日的な意味での「判事」の任務のみならず、逮捕状を発行し、容疑者を取り調べ、自白供述書を記録し、検察官の役割をも果たした。おりしもジョージ砦の全焼の二週間前に、ジョン・ヒューソンの酒場を根城とする窃盗事件が発覚し、ヒューソン夫妻とその酒場に出入りするシーザーとプリンスなる黒人奴隷が、窃盗

【図版1】ダニエル・ホースマンデン（事件当時、ニューヨーク植民地第三判事）

品を酒場に隠匿する手口の発覚により逮捕されたところであった。この酒場兼「売春」宿は、違法と知りつつ、黒人奴隷たちに飲酒を許可しており、黒人集団が常習的にたむろする場であったため、かねてより当局に目をつけられていた。ホースマンデンは、ヒューソン酒場で年季奉公人として働いていた十六歳の白人娘メアリー・バートンを証人として喚問する。当初、証言を躊躇《ちゅうちょ》していたバートンは、報奨金か投獄かの二者択一を迫られて、語り始める。以降、彼女は召喚されるたびに、証言内容を追加し、あらゆる容疑者をヒューソン酒場と結びつける情報を供する重要証人となった。尋問初期段階では、放火陰謀への言及はなかったのに、翻って曰《いわ》く、酒場では、白人店主のヒューソン、奴隷のシーザーとプリンス、シーザーの情婦であると目された白人売春婦ペギー・ケリーが、窃盗のみならず、より大がかりな陰謀をめぐらせていたと暴露したのである。砦に放火し、街全体を焼き尽くし、白人を殺害して彼らの金と女を奪い、最終的には、ヒューソンを「王」とし、シーザーを「総督」とする体制転覆を計画していたと証言したのだ (Horsmanden 99)。

酒場主人と奴隷が「王」や「総督」となる幻想計画が、真剣に構想されたのか、あるいは単に酒場の饗宴の戯言であったのか、知る由はない。だが、当時のニューヨーク植民地人は、それを緊急の大事として認知せざるを得なかった。というのも、本件に先立ち相次いで勃発した植民地内外の奴隷叛乱事件について、彼らは十分に聞き及んでいたからである。一七三〇年代以降、頻発する奴隷叛乱は、人々を震え上がらせるに足る現実の危機であり、結果、奴隷に対する取り締まりは次第に厳しさを増していった。[2] しかもニューヨークは、すでに一七一二年に、放火から始まり死傷者十五名を数える実際の奴隷叛乱を経験していたのだから (Walters 36–38; Plaag 292–99; Zabin 19)、一世代後の大衆が、連続する火災に怯え、白人惨殺の再来を予期して過剰反応したとしても不思議ではない。白人殺害が皆無であった一七四一年の陰謀が、かくも多くの処刑者を出したのは、こうした事由による。北米およびカリブ海域植民地間の「奴隷叛乱情報伝達ネットワーク」は、十分に構築されていたと考えられる。

奴隷のシーザーとプリンス、およびヒューソンは、放火犯としてではなく、窃盗の容疑者として逮捕されたのだが、メアリー・バートンの証言によって、ヒューソン酒場の窃盗事件は、奴隷による体制転覆的叛乱陰謀へと変容していった。彼らは、窃盗こそ認めたものの、放火と叛乱容疑については無罪を主張し、最後まで自白をせぬまま処刑された。その後、バートンはさらに詳細な奴隷叛乱計画についての証言を続け、この間にも、放火および陰謀加担容疑で黒人たちは逮捕され続ける。その中には、アフリカ人奴隷のみならず、五名のスペイン人奴隷も含まれていた。彼らは、事件の前年、イギリス船に拿捕されたスペイン船上の「戦利品」であった。スペイン王の臣民を主張したにもかかわらず、奴隷として売り払われ、ヒューソンの酒場で目撃されていたのである。彼らの存在は、黒人奴隷叛乱計画に、スペインによる国際陰謀説の要素を付加する役割を果たす。セイラムの魔女狩り同様、被告発者は、自白し、別の容疑者を告発することで罪が軽減され、場合によっては、処刑を免れた。セイラムの魔女裁判で認められた悪名高き「霊魂証拠［Spectral Evidence］」に匹敵するのが、ニューヨークでの「黒人証言［Negro Evidence］」である。本来、黒人は白人の裁判での証言を認められていなかったのだが、対黒人に対する裁きには、その伝聞証拠が採択されたため、多くの黒人投獄者を出す結果を招いた【図版2】。

【図版2】裁判の模様——判決を言い渡される黒人たち（NY Public Library所蔵）

一七四一年のマンハッタンで、実際、奴隷コミュニティが、何を計画していたのか、あるいは、計画していなかったのか。その確固たる真相は、定かでない。事件に関してさまざまな憶測が生じるのは、窃盗・放火から開始された本件に対して、連鎖的陰謀を読みこむ為政者側が、さらなる容疑者を求める「魔女狩り」展開を助長したからであろう。夏を迎える頃になると、黒人奴隷に対する糾弾も落ち着きを見せ始める。自白をひるがえす黒人証言の信憑性が疑問視されだし、また奴隷の処刑は所有者に経済的打撃を与えることが指摘されだすと、最高裁判所の主席判事ジェイムズ・ディランシーは、容疑者に恩赦《おんしゃ》を与える措置を取る。一方で、黒人の人種的劣性を信じる白人社会は、そもそも一部下層階級の白人と黒人たちだけで、こうした組織的陰謀を画策しうるのかとの疑問を抱き、他に隠れた主犯がいるのではないかと考え始める。

マンハッタンの奴隷叛乱容疑が環大西洋的陰謀説へと発展した背景には、「ジェンキンズの耳戦争」(一七三九―四二)が関連している。この奇妙な名称の戦争は、一七三一年、スペイン海域に不法侵入したと見なされたイギリス商船船長ロバート・ジェンキンズがジャマイカ付近で臨検され、スペインの沿岸警備隊により耳を切り落とされた事件に端を発する。当時、イギリスは、西インド諸島に新市場を求め、新たな通商路を模索していたため、スペインとの海上紛争が絶えず、ジェンキンズへの蛮行も、合法的装いのもと私掠《しりゃく》行為を繰り返すイギリス船に対する、スペイン側の報復行為の一貫であった。一七三八年、ジェンキンズが議会で切り落とされた耳を示しながらスペインの暴挙を訴えると、イギリスでは、国家の名誉と通商の自由のため開戦を求める気運が頂点に達し、一七三九年一〇月に戦争が勃発した。こうした英西間の海上覇権争いの影響によるスペイン船拿捕が、ニューヨーク奴隷叛乱事件前年の一七四〇年にも見られたのである。

イギリスがスペインに宣戦布告する直前の九月に、サウス・カロライナはストノにて奴隷叛乱が勃発したのは偶然ではない。スペインは、イギリス領植民地を棄て逃亡する奴隷に自由と土地を与えると宣言したため、これを聞きつけた奴隷たちは、当時スペイン領であったフロリダのセント・オーガスティンを目指して行進した。集団はおよそ六十から百名に膨れ上がり、市民軍に鎮圧されるまでの間に、略奪、放火に加え、およそ二十名の白人を殺害した(**Zabin 20**)。「外部の敵が奴隷を煽動し、内部の敵となす」事態(**Walters 29**)、つまり英領植民地の弱体化のために密偵を使い、意図的に情報伝達し叛乱教唆するスペインの策略を、このときニューヨークは目のあたりにしたのである。

よって、一七四一年の叛乱疑惑に対し、為政者たちが、ことさらスペイン密偵情報に敏感だったのも道理である。ジョージ砦の全焼から約三か月後の六月に、ニューヨーク植民地副総督クラークは、英本国への手紙の中で、ジョージア植民地総督のジェイムズ・オグルソープから得たスペイン諜報活動の情報について報告し、警戒を呼びかけている。このときジョージアもまたスペイン領フロリダで戦いに従事していたのだが、オグルソープ曰く、スペインは、北米植民地の各所に密偵を送り、武器庫や都市に火を放ち、イギリスが西インド諸島に遠征隊や艦隊を配置するのを阻止しようとしていた。また、医師や舞踏教師等に扮した多くのカトリック司教が密偵の命を受け、住民の信頼を得て人々の中に入り込んでいると言うのである (Doolen 26; Johnson 198; Lepore 176)。当時のニューヨークでは、カトリック司祭の存在そのものが禁忌であったから、司祭の犯罪煽動と教唆は、極刑に値する犯罪であった。家内の奴隷同様、敵は内部に潜む。

交戦中の敵国に対する敵意やローマカトリックに対する忌避感から、格好の「首謀者」として浮かび上がったのが、ジョン・ユーリなる白人であった。彼はギリシア語、ラテン語に精通した舞踏教師と目されており、ヒューソン酒場でも目撃されていたため、体制叛逆を目論むスペインのスパイであると疑われた。語学教師という仮面の背後で、カトリックの司祭として黒人の告解に赦《ゆる》しをあたえ、秘儀を行ないつつ彼らを叛乱へと導いたとして告発されたのである。彼を処刑台に送ることになる証言を行なったのは、ヒューソンの娘サラと、またしてもメアリー・バートンであった。ことここに至り、ヒューソン酒場での窃盗事件は、スペイン奴隷を含む黒人による放火叛乱と重ね合わされ、さらにカトリックによる国際陰謀へと発展を遂げたのである。

ホースマンデンを含む判事らは、外敵からの攻撃を懸念し、バートンにさらなる圧力をかけ、ユーリの背後にいるであろう黒幕を炙《あぶ》りだそうとした。だが彼女がユーリのような「よそ者」でなく、こともあろうに政治的指導者と思しき主要人物の名を挙げはじめたため、驚いた判事たちは、突如「真の黒幕狩り」を断念する (Horsmanden 157)。セイラムと同様、魔女狩りを促進する為政者内部にこそ「魔女」がいるとの告発がなされた段階で、事件は終結せざるを得なくなった。こうして、約二百名の黒人が収監され、七十二名がニューヨーク植民地から南部および西インド諸島植民地へ強制移送され、白人男女四名を含む、三十四名が処刑されたこの事件は収束した。黒人処刑者三十名のうち、十三名が火刑、十七名が絞首刑となった。

注目すべきは、すでに、一連の裁判が終了する前に、プリマスの判事ジョサイア・コットンが、事態を批判し、諌める内容の匿名の手紙を送っていた事実である(Lopore 209)。ユーリ処刑に驚愕したコットンは、セイラムの魔女狩り時と同様、脅迫的抑圧状況下でなされる容疑者自白など無意味であり、黒人を火刑に処して財産を失うべきではないと忠言し、そのうえで、本件を「架空の陰謀」と断定している(qtd. in Berlin and Harris 85–86; Lepore 203–05)。結局、複数陰謀言説の生成によって植民地が得たのは、数多の処刑者と私有財産の喪失のみだったのだから、この「架空陰謀説」の指摘は、それなりの説得力を持つ。おそらくは各々単体で存在する偶発的複合事象に、特定の意味を付与し、それを支える裁判証言が強要された場合、解釈の誤謬《ごびゅう》がいかなる悲劇を生み出すのか、魔女狩り先達者は知っていたはずである。手紙の全文は新聞紙上に掲載されて、大衆の知るところとなった。セイラムでの事件進捗の構造をなぞったかのように見えるマンハッタンの「魔女狩り」に対し、疑義を呈し、それを受容する解釈共同体が、二つの北米植民地間で、このとき、すでに存在していたことを意味している。

二　党派・クラブ・メイソン――対立／協働する白人、模倣／「もの騙る」黒人

果たして本当に奴隷の陰謀は存在したのか否か、また、もし陰謀が存在した場合、裁判の手続きや証言に偽りはなく、罪は正当に裁かれたのか。プリマスからの手紙が示すとおり、こうした疑念は、事件後から現在に至るまで続いている。ホースマンデンは、批判を封じ込めるために、自身を含む他の二名の判事や検事、弁護人の裁判メモや法廷陳述、容疑者取調時の記憶など、あらゆる情報を収集し、それを年代順に日ごとに記載し、裁判の正当な手続きを大衆に知らしめようとした。特定の容疑者の動機についての考察を含む二百頁にもおよぶ私的な記録文書『黒人や奴隷と共謀しニューヨーク市の放火および住民殺害を謀《はか》った白人による陰謀の発覚に関する法的手続きの記録』(以降、『記録』と記す)を編纂《へんさん》し、一七四四年に出版したのである。ホースマンデンは、本書の「前書き」で、次のように述べている。

曰く、これまで、法廷や大陪審よりも自分の個人的見解のほうが優れていると考えて、法の裁きや手続きを非難し、陰謀の存在を否定する不届きな輩《やから》が、存在してきた。『記録』出版の目的は、正当な法の裁きがなされたことを、本書をもって大衆に判断してもらうことにある。より重要なのは、人々に黒人がいかに危険な存在であるかを知らしめ、常に用心を怠らぬよう警告することである。奴隷の中でも、優位を誇るリーダー格の悪党は、無害で反抗的でない他の奴隷を操り、また本来無害である奴隷たちの側も、悪党のリーダーの意のままに従うため、叛乱が誘発されやすい。殊にヒューソンやユーリのように、悪しき目的のために奴隷たちを唆《そそのか》さんとする「怪物的本性」をもった輩があらわれたら、かつて奴隷たちが行なった叛乱は、このちも繰り返されうるだろう。つまり、これは将来起こるかもしれない陰謀に対する教訓の書なのだ (Horsmanden 45–46)。

タイトルが示すとおり、ホースマンデンによれば、首謀者はあくまでも白人で、黒人奴隷は家内に潜む危険な「敵」である。判事は、陰謀が確実に存在したと強調しているけれども、この前書きによって、陰謀ありきの見解を——意識的にせよ無意識であるにせよ——積極的に導いたのは、むしろ、為政者側だったのではないかと思わせてしまう。少なくとも、証言や自白を強要する過程で、複数陰謀説連結の意図に関する誤謬を招いたとしても不思議ではない。事実、フェレンク・M・ザーズは、奴隷による組織的な体制転覆陰謀など存在せず、あったのは単に経済格差を緩和するべく少数の奴隷集団によってなされた窃盗犯罪のみであったと推定し、陰謀説はホースマンデンによる虚構であると結論づけている (Szasz 216–17)。

本件について、歴史家たちの分析は四種の解釈に分類できると、アンディー・ドゥーレンは指摘している。第一に、奴隷たちによる陰謀計画など存在せず、むしろ白人為政者側が、根深い人種偏見や奴隷に対する恐怖心から陰謀説を作り上げ、暴力的「魔女狩り」にまで発展させたのだという見解。第二に、検察側がイギリス権力に対する大規模な転覆と見なした計画は、実際には、希薄な連携しかない犯罪者集団が、自らの犯罪行為の発覚を恐れて、事件隠蔽《いんぺい》のために放火したに過ぎないという理解。第三に、奴隷による陰謀計画は存在したけれども、奴隷たちは、イギリス植民地体制を転覆し、自らの政府樹立を目論んでいたのではなく、白人と共謀し、富裕者から盗み放火することによって、個人的な自由を得る目的で、陰謀を画策したのだとする見方。最後に、ニューヨークの奴隷たちは、イギリス帝国の植民地自治を転覆せんとする陰謀計画を作り上げていたという解釈である(Doolen 3)。要するに、「白人為政者側陰謀捏造《ねつぞう》説」と「黒人奴隷体制転覆陰謀説」を両極に据え、陰謀の確実性／不確実性を措定《そてい》する解釈幅が存在することを示している。『記録』を「物議を醸した起訴に対する後づけの正当化」と評したフィリップ・モーガンの言を引用しつつ、ドゥーレンは、これを「ひどく欠陥のあるテクスト」であると明言している(3)。ただし、ドゥーレンの関心は、陰謀の真偽の同定そのものにあるのではない。本件を英西間の帝国主義的覇権争いの文脈の中で捉えんとするドゥーレンは、ホースマンデンの『記録』を「戦争のナラティヴ」と位置づけ、これを、邪悪なスペインの煽動によって「敵」と化し、大英帝国植民地の人種的安定にゆさぶりをかける存在となった奴隷に対する警告の書であり、ジェンキンズの耳戦争とニューヨークの奴隷陰謀によって騒乱された植民地の人種的階層秩序を回復するための文書であると主張している。

この分析の過程で興味深いのは、黒人奴隷側が、英西の二帝国間の戦況情報を熟知した上で、白人言説を模倣する戦略的擬態を演じている点である。たとえば、放火容疑で逮捕された奴隷クアックは、パナマはポルトベロにてスペイン要塞の陥落・占領に成功した英海軍提督エドワード・ヴァーノンの武勇の知らせを巧みに利用している。彼は、火事の現場から逃亡する数人の奴隷の一人として目撃されたのだが、その折に、「炎よ、燃えろ、焼き焦がせ、少し、くそっ、もうすぐだ [Fire, Fire, Scorch, Scorch, A LITTLE, damn it, BY-AND-BY]」と言い、両手を挙げて笑う様を、近隣の主婦に見られていた。取り調べで、この目撃情報をつきつけられると、クアックは、あの時、奴隷たちは、ヴァーノン提督の勝利を称え、この勇壮な武将の偉業が、「程なく [by-and-by]」スペインを困らすことになるだろうと話をしていたのだと言ってのけた(Doolen 8, 13–14)。イギリス愛国者を装いながら、奴隷は、放火現場で放った不敵な犯罪者の笑いを、証言においては、英提督を賛辞する歓喜の笑いにすり替えたのである。もちろん、放り上げられた両手は、炎に風を送るためではなく、あるいは放火に興奮する身振りではなく、海将に対する万歳となる。単純な、しかしながら、効果的な言語操作によって、犯罪を隠蔽し、白人判事たちを煙《けむ》に巻く術を得ていたクアックの火刑は、一時的にではあるが、延期された。このエピソードは、奴隷が帝国の戦況を正確に把握していた事実をも物語る。と同時に、スペインと戦うイギリスへの愛国的精神に訴えかける擬態ともなる。十八世紀北米植民地をとりまく情報共同体は、白人為政者側にのみ用意されていたのではなく、黒人側にも共有され、かつ奴隷たちは白人言説から意図的に誤謬を導き出す知恵を持っていたのである。

一七四一年の奴隷陰謀事件について——時に過剰なほどに——刺激的な背景的知識を与えてくれるのが、歴史家ジル・ルポアである。ルポアは、一七四一年の事件に先立ち、一七三〇年代より存在していた白人為政者間の党派対立、具体的には、一七三五年のゼンガー裁判を巡る体制側の王室党 (Court Party) と反体制側の地方党 (Country Party) との争いが、一七四一年の「魔女狩り」推進と陰謀説構築の遠因となっているという大胆な見解を示している。

ゼンガー事件とは、当時の体制側の御用新聞であった『ニューヨーク・ガゼット』に対抗し、『ニューヨーク・ウィークリー・ジャーナル』紙上で権力批判を展開したドイツ移民の印刷業者ジョン・ピーター・ゼンガーを、総督をはじめとする体制側が文書誹毀《ひき》罪に問うた裁判である。被告弁護人は、ゼンガーによる掲載記事内容は、虚偽ではなく事実なのだから、名誉棄損には当たらず、また、英本国との距離の隔たりにより、総督の権力監視が行き届きにくい植民地状況下では、言論の自由は殊更重要であると抗弁。結果、ゼンガー無罪となった裁判は、今日の出版・言論・表現の自由を保障する憲法修正第一条の制定に繋がる前例と見なされている。

一七三〇年代半ばのゼンガー事件抗争時の対立構造——総督を筆頭とする体制側の王室党とゼンガーおよびその弁護人や擁護者から成る反体制側の地方党との対立——が、一七四一年の事件時にも引き継がれていたというのがルポア論の根幹である。ゼンガーの裁判でやり込められた王室党は、一七四一年の叛乱容疑の裁判で、抵抗勢力側であった地方党に対して、報復したと暗示しているのである。ただし、一七四一年の陰謀容疑において、反体制側が所有する奴隷の多くが告発されたと指摘したルポアの見解は、歴史家ブレンダン・マッコンヴィルによって、強力に否定されており、ゼンガー裁判時の勝敗を、奴隷叛乱陰謀事件の際の返報として関連づける彼女の論考には無理があると、徹底的に反駁《はんばく》されている (McConville 283–88)。

歴史家ピーター・チャールズ・ホッファーも、本件に先立ち、一七二〇年代以降のニューヨーク植民地における白人権力者間の党派対立状況を詳述し、ゼンガー裁判にも言及している (Hoffer 36–44)。だが、彼は、ルポアとは異なる意味で両者の関連を示している。ホッファーによれば、ヒューソン判決以降の陰謀加担容疑者裁判の目的は、単に犯罪行為やその計画を詳《つまび》らかにし、処罰するだけではなく、叛乱への思索を封じ込める言論統制の役割も担った。その意味において、本件は、警察国家の裁判に近似している。ゼンガー裁判と奴隷陰謀とは、一見すると関連がないように思われるが、両者とも、煎《せん》じ詰めれば、言葉による体制攻撃であった点は共通する。十八世紀のイギリスおよび植民地における刑法において、英国王批判は、すべて治安妨害的誹毀罪と見なされたし、事実、陰謀を巡る裁判時には、実行行為の証明よりも、言語による証言のほうがはるかに得やすい (Hoffer 114)。

仮に、為政者側の言語解釈と陰謀言説提示によって拡大したのがニューヨークの「魔女狩り」であったなら、被告側にも、白人情報を読み込み、ずらさんとする営為が確認されるべきだろう。陰謀の中核と考えられた酒場店主ヒューソンと奴隷仲間は、権力者よろしく、秘密クラブを結成し、白人の党派組織をなぞっていた。黒人側の擬態行為は、権力者たちが組成する秘密結社や党の模倣と嘲弄《ちょうろう》に見て取れる。そもそもマンハッタンの政治は、白人為政者の所属党派と秘密結社会員であるか否かによって二分されていたのである。ゼンガー裁判後に党派対立がことさら勢いを増した一七三七年、地方党メンバーであるジェイムズ・アレグザンダーによってフリーメイソンのマンハッタン支部が設立され、反発しあう党派は、互いに、決まった酒場で会合し、お抱えの新聞を持ち、フリーメイソン批判とそれに対する反駁を繰り広げていた (Lepore 100, 139–40)。ヒューソンらがクラブを気取り、奴隷たちと窃盗集団を組成したのは、まさにこの時期であった。

奴隷叛乱陰謀首謀者と目された者たちは、白人側の党派争いや秘密結社——ホワイト・メイソン——の在り方を揶揄《やゆ》しつつ、模倣していた。たとえば、ヒューソンと奴隷一味は、一七三八年に、リチャード・ベイカーの酒場から酒樽を盗み、己が窃盗団を「ジュネーヴ・クラブ」と名付けた。トマス・J・デイヴィスによると、この地下組織は、陰謀事件の五、六年前頃から活動しており、ヒューソンの酒場は、奴隷たちが盗んだ物品を、ヒューソンを含む数人の白人が故買処理するための盗品売買の根城であった(Davis, "New York" 23–24)。ジュネーヴ・クラブとは、つまり、フリーメイソンに範を取る階層的指揮系統を有する組織であり、ヒューソンはマンハッタンを東西に二分するギャング集団の組成を目論んでいたのだと、レオポルド・S・ローニッツ=シューラーは指摘している(Launitz-Schurer 143)。

ジュネーヴ・クラブが黒人版「メイソン」と同義であるとの認識は、奴隷たち自身の間でもなされていた。これを示すいくつかの報告がある。たとえば、奴隷フォーチュンはヒューソン酒場を「フリーメイソン・クラブ」と呼び、またベイカー酒場からの窃盗が発覚し、犯人が鞭打ちの処罰のために市中を引き回されるときに、ある奴隷は、厚かましくも「フリーメイソン様のために場を空けろ」と叫んだと言われている(Lepore 99, 102, 141)。この黒人版秘密クラブの存在については、白人社会にも知れ渡るほど有名で、事実、ホースマンデンは、『記録』脚注に、都市の黒人たちが白人結社を真似て、生意気にもフリーメイソンの流儀や肩書を装っているとの苦言を記している(Lepore 296)。王室党のお抱え新聞『ガゼット』は、彼らをブラック・メイソンと呼び、ホワイト・メイソンと故意に同列比較して嘲笑したため、奴隷犯罪者集団と同一視された本家メイソンの立役者アレグザンダーは憤慨した(Lepore 99–102)。十八世紀半ばのニューヨーク植民地は、このように、重層的な権力構造と白人為政者間の対立関係によって成り立っており、白人、黒人双方が、公然と秘密結社を揶揄しあう解釈共同体に属していたのである。これは、白人側の政治動向を察知する情報ネットワークが奴隷社会の側に整っていた事実を物語り、さらには、白人体制側権力が反体制勢力を貶《おとし》める際に、窃盗集団である奴隷クラブの存在を修辞的に利用していた証左ともなる。

ヒューソンの一味は、酒場で陰謀についての話をした折に、メイソン式の誓約を行ない、一方、ヒューソン酒場の隣家ジェラルダス・コンフォートの桶屋では、奴隷ジャックが仲間たちとアカン族的儀式をしつつ、殺害用のナイフを研いでいた(Lepore 144–48; Launitz-Schurer 149–50)。ルポアは、黒人奴隷陰謀計画の真の中枢は、ヒューソンの酒場で生成されたのではなく、恐らくアカン族出身のジャックなる奴隷とその仲間によって、ジャックの暮らすコンフォート家でなされたのではないかと考えている(146)。コンフォートの敷地にあった井戸は、島で最も良好な水を供していたため、マンハッタン中の奴隷が白人主人のために朝な夕なに水汲みに来ていた(Lepore 133–36)。別邸に暮らす主人に桶屋の差配を任されていたジャックは、マンハッタン中の奴隷コミュニティの情報を収集し、また情報を伝播《でんぱ》できる立場にいたのである。白人支配者を真似るメイソン的儀式が、仮に悪戯の域であったとしても、奴隷が仲間となす叛乱の誓いは、それが人種的抑圧と隷属への嫌悪に貫かれた行為であるがゆえに、より戦略的政治性を有すことになる。

黒人たちの可動および労働域は、陰謀計画の流布に深く関連する。ジーン・チェイスは、奴隷の自白証言で言及された白人主人たちの中には、商人が多かったと指摘しているが、商人所有の奴隷は、旅行者や船員との接触が多い波止場や対外通商の場で働くがゆえに、広範な交流を持つ(Chase 975)。私掠行為の横行とスペイン戦時下のマンハッタンの波止場が、新参者や一時逗留《とうりゅう》者をひきつけて止まぬ混沌《こんとん》空間であったとすると(Chase 977)、海外からのニュースを得るにせよ、噂を広めるにせよ、言葉の力を最大限発揮しうる場であったと考えられる。ちなみに、ジャックの主人コンフォートは、ハドソン川沿い西地区の「コンフォート波止場」で船長相手に木樽を売る商売人であった(Lepore 133)。コンフォート波止場とヒューソン酒場が隣接し、ジャックのもとを訪れた黒人の多くがヒューソン酒場にも向かう混淆状況は、仮にジャックが真の主犯であったならば、確実に好都合であったに相違ない。

ジャックは、裁判の仕組みを熟知していたようだ。火刑判決を受けたのち、彼はただちに事件の真相を自白したい旨を判事に申し出る。この自発的告白者は、コンフォート家における奴隷集会で陰謀が計画されたと語り、全加担者の名前を挙げながら、ヒューソン酒場がスペイン奴隷を含む叛乱加担者の饗宴の場であったと報告した。この折の自白供述には、時間と労を要した。というのも、ジャックのひどい黒人訛りゆえに、コンフォート家の娘婿が通訳として仲介し、曖昧《あいまい》で理解不能なことばに対しては、ホースマンデンが一定の意味をなすよう解釈を施しながら、その内容を書きとったからである(Lepore 110, 115)。よって供述書は、多分に判事の意図を反映するテクストとなったはずである。だが、そのままでは理解不能なジャックの訛りは、かえって有益に作用したのかもしれない。量刑を軽減するために積極的になす自白には、判事が読み込みたい情報を読み込むための余地が必要であると奴隷は理解していたのではなかったか。白人首謀者を必要とする判事側の思惑を察知したジャックは、ヒューソン一味が処刑され、クアックとカフィーが火刑に処される様を横目に、告白と告発によって免責される白人法廷の仕組みを利用し、処刑を免れた。メイソンを模倣する奴隷たちをさらに利用し、法廷が望む自白をしたジャックの擬態的言説操作は、二重の意味で白人側を「もの騙る《シグニファイン》」と言えよう。しかも、ヒューソン酒場とスペイン奴隷を結びつけた彼の自白が、一地域の叛乱容疑を環大西洋陰謀説へと発展させしめる契機となったのならば、ここには、情報提供者と情報解釈者の意図に関する誤謬が相反しつつも協働的に介在していたことになる。

対立する白人の二つの党派の前に、あたかも第三党として、その存在力を知らしめるべく立ち現れたのが、白人社会転覆を幻視する奴隷たちであったとルポアは言う。反体制側党派(地方党)は、体制側権力(王室党)による圧政や抑圧に抵抗し、権力を転覆させせたい欲求を持つ一方で、黒人奴隷集団——「亡霊《ファントム》政党」——が、白人社会に対して反旗を翻してくる叛乱には怯えている。したがって、叛乱疑惑と陰謀危機が発生すると、平素は対立しているはずの両党は共謀して、白人を脅かす黒人集団の殲滅《せんめつ》と駆逐《くちく》を図る。彼らは、協調して陰謀加担者を一掃し、処刑判決減刑者を含む数多の奴隷を国外追放とすることで、異人種・異教徒の脅威を排除した。奴隷制度と黒人の抵抗は、党派対立を断続的に軽減する緩和装置として機能していたのである。と同時に、こうした三つの党派集団の相関関係は、十八世紀半ばのニューヨーク植民地が、白人であれ、黒人であれ、政治的/社会的自由を求めて体制側権力に対峙せんとする集団を、入れ子構造的に内包する複雑な社会であったことを示している(Lepore xvii–xviii, 219–20)。

もちろん、一七四一年の陰謀事件によって超党派的に結びついた両党の協力/共謀関係が崩れるのは、事件から三十年余り後の、独立革命期——王室党が王党派に、地方党が愛国派に接続していくとき——なのだとルポアは示唆する

(221–25)。大西洋を挟み、かつ全植民地を二分した党派の最たる対立が独立革命なのだから、このときには、黒人の転覆勢力は、影を潜めることになる。あるいは、潜めているかのように意識される。だからこそ植民地は、トマス・ジェファソンの起草文にあった奴隷叛乱の件《くだり》を削除し、アメリカは、黒人奴隷制を内部に隠蔽したままで独立国家となりえたのである。

　窃盗と火災から広まった奴隷叛乱の噂は、かくして、複数陰謀説が発展的に生成されるパニック事態を招いた。陰謀が実在したのか、実在したと信じられ、誤読されたのか、あるいは、為政者側によって意図的に捏造されたのか、解釈の補助線は、いかようにも入れられてしまうがゆえにこそ、ルポアは、ホースマンデンの『記録』を示すにあたって、「当時、歴史と虚構の境界線は、まったくもって不鮮明だった」(122)と述べている。しかしながら、為政者側の政治状況を写し取り、体制側に対して転覆を図る反体制側の意図を、諧謔《かいぎゃく》的に読み込む英知にかけて、奴隷下層階級の情報ネットワークが成熟していたのは確かである。仮に、この奴隷陰謀事件が、判事、被告、証人を問わず、己が利益のために言葉を操る舌戦の舞台であったとするならば、ゼンガー裁判が確立した言説を最大の武器とする体制批判の発想は、図らずも奴隷を含む下層階級者にまで浸透したことになるだろう。白人社会に楔《くさび》を打たんとする奴隷の抵抗精神の発露は、皮肉にも、白人党派対立の深淵化ではなく、緩和を招き、自らが一掃されることになってしまったけれども、「悪魔的」な「黒人」を異様に怯える白人コミュニティの脆弱さは、十分に炙りだされた。北米植民地の安定と大英帝国の威信にかけて、一掃すべき陰謀を必要以上に連鎖させ、不適切に読み込んでしまったのが本件であったのだとしても、誤謬の残滓《ざんし》は、のちに必ずやまた別の主体に読み込まれる。新聞紙面や結社の談合によって主張され、希求される白人側の政治的自由は、その内部に、奴隷的不自由を溶かし込みつつ存在する。十八世紀半ばのニューヨーク植民地における魔女狩りは、セイラムの魔女狩りと同様に、独立精神の萌芽を孕《はら》みつつ、重層的な情報コミュニティの存在を明らかにしたと言えるだろう。

◉本研究はＪＳＰＳ科研費 JP16K02517 の助成を受けたものです。

◉注

（1）本件に関しては、複数の小説化がなされている。紙面の都合上、本論では、小説の考察は行なわないが、筆者が知る限りでも、ジーン・パラダイス、フィリップ・マックファーランド、ピート・ハミル、アン・リナルディ、マット・ジョンソン（小説および漫画原作）、ロバート・メイヤーが作品を上梓《じょうし》してきた。これらは虚構物語《フィクション》ではあるが、多分に歴史的背景を読者に知らしめる素材となっている。また、歴史家トマス・J・デイヴィスの『叛乱の噂』は、研究書ではあるが、事件主要人物が会話する物語的な仕立てになっているため (Davis, *Rumor*)、ドゥーレンは、これを「歴史小説」と呼んでいる (Doolen 3)。

（2）一七三〇年代から本件までの約十年間に、いかに奴隷叛乱が各所で頻発していたかは、以下の地名の列挙からも明らかだろう。ニュージャージー、ナンタケット、ヴァージニア、メリーランド、サウス・カロライナ、ルイジアナ、バミューダ、ジャマイカ、セント・ジョン、ガイアナ、バハマ諸島、セント・キッツ、アンティグア、セント・バーソロミュー、セント・マーティン、アングィラ、グアドループ。詳細については、ピーター・ラインボーとマーカス・レディカー (Linebaugh and Rediker 193–98)、エリック・W・プラーグ (Plaag 282–91)、セリーナ・R・ザビン (Zabin 19–20, 177) を参照のこと。

◉引用文献

Berlin, Ira, and Leslie M. Harris, editors. *Slavery in New York*. New Press, 2005.

Chase, Jeanne. "The 1741 Conspiracy to Burn New York: Black Plot or Black Magic?" *Social Sciences Information*, vol. 22, no. 6, 1983, pp. 969–81.

Davis, Thomas J. "The New York Slave Conspiracy of 1741 as Black Protest." *The Journal of Negro History*, vol. 56, no. 1, 1971, pp. 17–30.

——. *A Rumor of Revolt: The "Great Negro Plot" in Colonial New York*. Free Press, 1985.

Doolen, Andy. *Fugitive Empire: Locating Early American Imperialism*. U of Minnesota P, 2005.

Farrow, Anne, et al. *Complicity: How the North Promoted, Prolonged, and Profited From Slavery*. Ballantine, 2006.

Hamill, Pete. *Forever*. Back Bay, 2003.

Hoffer, Peter Charles. *The Great New York Conspiracy of 1741: Slavery, Crime, and Colonial Law*. UP of Kansas, 2003.

Horsmanden, Daniel. *The New York Conspiracy Trials of 1741: Daniel Horsmanden's Journal of the Proceedings with Related Documents*. Edited by Serena R. Zabin, Bedford/St. Martin's, 2004.

Johnson, Mat. *The Great Negro Plot: A Tale of Conspiracy and Murder in Eighteenth-Century New York*. Bloomsbury, 2007.

Johnson, Mat (story), Tony Akins and Dan Green Cover (art), *John Constantine Hellblazer: Papa Midnite*. Vertigo, 2006.

Launitz-Schurer, Leopold S., Jr. "Slave Resistance in Colonial New York: An Interpretation of Daniel Horsmanden's New York Conspiracy." *Phylon*, vol. 41, no. 2, 1980, pp. 137–52.

Lepore, Jill. *New York Burning: Liberty, Slavery, and Conspiracy in Eighteenth-Century Manhattan*. Vintage, 2005.

Linebaugh, Peter, and Marcus Rediker. *The Many-Headed Hydra: Sailors, Slaves, Commoners, and the Hidden History of the Revolutionary Atlantic*. Beacon, 2000.

Mayer, Robert. *1741*. About Comics, 2015.

McConville, Brendan. "Of Slavery and Sources." *Reviews in American History*, vol. 34, no. 3, 2006, pp. 281–90.

McFarland, Philip. *Seasons of Fear*. Schocken, 1984.

Paradise, Jean. *The Savage City*. Ace, 1955.

Plaag, Eric W. "New York's 1741 Slave Conspiracy in a Climate of Fear and Anxiety." *New York History*, vol. 84, no. 3, 2003, pp. 275–99.

Rinaldi, Ann. *The Color of Fear*. Houghton, 2005.

Szasz, Ferenc M, "The New York Slave Revolt of 1741: A Re-Examination." *New York History*, vol. 48, no. 3, 1967, pp. 215–30.

Walters, Kerry. *American Slave Revolts and Conspiracies*. ABC-Clio, 2015.

Zabin, Serena R. "Introduction: Fear, Race, and Society in British New York." Horsmanden, pp. 1–36.

アメリカ哲学協会とアメリカン・アイデンティティの誕生
――金星とマンモスを追いかけて

竹腰　佳誉子

はじめに

十八世紀イギリスの北米植民地における知のコミュニティといえるアメリカ哲学協会は、ベンジャミン・フランクリンが一七四三年に「アメリカにおけるイギリス植民地のあいだに有用な知識を増進するための提案」として発表し、設立した知的サークルを原点としている。十八世紀に誕生する欧米の学術協会という組織は当時の社会のニーズや思想を表しているとバーナード・フェイが指摘しているように(Fay 255)、北米植民地に最初に誕生した哲学協会は、北米植民地を、そして独立後は誕生後間もないアメリカという国を、学術的のみならず政治的にもリードしてきたと言えるだろう。実際、アメリカ独立宣言を起草するための独立宣言起草委員会のメンバーであるトマス・ジェファソン、ジョン・アダムズ、ロジャー・シャーマン、ロバート・リヴィングストン、そしてフランクリンの五人のうちシャーマンを除く四人が哲学協会の会員であった。また独立宣言署名者五十六名のうち十五名が哲学協会の会員であり、憲法制定会議に出席していた五十五名の代議員のうち三十九名のみが憲法に署名をしており、そのうち二十五名が哲学協会の会員であった(Conklin 237–38)。これらの事実を考慮に入れれば、哲学協会が独立革命期のアメリカにおいて、学術的のみならず政治的にも非常に重要な知的コミュニティであったことが容易に想像されるだろう。

本論の目的は、一七六〇年代以降の哲学協会の活動、とくにフランクリンとジェファソンが哲学協会の会長を務めていた頃の活動に注目し、哲学協会という知的コミュニティがアメリカの知的独立やアメリカという国の新しいイメージの確立にいかに関わり、貢献したのかということを明らかにすることである。

一 アメリカ哲学協会誕生の歴史

アントニオ・ペースが本当のアメリカの科学の発展は、哲学協会の再生からスタートすると述べているように(Pace 387)、十八世紀のイギリスの北米植民地における科学、とりわけ哲学協会再生以前の科学は、あらゆる点においてイギリスやヨーロッパに依存していたと言ってよい。植民地にいる知識人たちへの書籍、論文、実験道具などの送付をはじめとする金銭的な支援は、ピーター・コリンソンに代表されるイギリスの裕福なパトロンたちの力によるものがきわめて大きかったと思われる(Green 22–23)。彼らの力なくしては、植民地の知識人たちの活躍する場は提供されることはなかっただろうし、科学者フランクリンの誕生も期待できなかったと言っても過言ではない。

植民地の知識人たちがヨーロッパ諸国に頼らざるを得なかったのは、バーナード・ベイリンが指摘するように彼らが「地方の人物であり、イギリス、フランス、そしてオランダやスペインといった大西洋文明の中心地から遠く離れた地に暮らしていた」(Bailyn 7)からである。田舎者の「彼らはみな、コーヒーハウスやクラブ、サロンや茶席において過度な文化的努力と上品な言説を駆使し、こぞって都会の儀礼と流行を猿真似し、みな偉大な上流社会の姿にあこがれ、娯楽や機知、社交的な言葉づかいなどすべてにおいて都会的なスタイルを目指していたのだ」(Bailyn 8; ベイリン 一六)。ペースが「植民地の人々が自分たちをイギリス人と見ているうちは、ヨーロッパ志向は避けられない」(387)と指摘しているとおり、知識人たちのヨーロッパ志向は、フランクリンの長年のイギリス志向、フランス志向によくあらわれているといえる。フランクリンは、一七五七年から途中一年余りの中断を挟み、一七七五年まではイギリス、一七七六年から一七八五年まではフランスに滞在し、そのままイギリスに落ち着きたい、あるいはフランスに留まりたいという強い気持ちを抱いていた。フランクリンにとってヨーロッパ諸国と北米植民地の地理的距離は、そのまま文化的距離に置き換えられ、その差は到底埋めることができないと長年思わずにはいられなかったのである。

フランクリンが初めて哲学協会を提案してからわずか四年後の一七四七年には、イギリスの出版業者であるウィリアム・ストラハンに宛てて次のように、植民地の人々が内容にかかわらずイギリスの書物を何でもむさぼるように読んでいる様子を書いている。

我々［植民地に暮らす者たち］は彼ら［イギリス人作家たち］の作品をまったく公平に読んでいる。あまりにも遠いところにいるから、あなたがたの間に広まっている流行や党派性、偏見も大西洋を渡ってこられない。我々は彼らの個人的な欠点についても何も知らない。彼らの人格における汚点は、我々のところには決して届かないので（中略）我々は彼らを思う存分称賛し、感嘆するのである。（Franklin 3: 13）

ここには、母国から遠く離れた植民地では、まだ誇れる作家たちを輩出できていないというフランクリンの劣等感と、植民地の人々の無知に対するフランクリンの辛辣《しんらつ》な皮肉をみてとることができるだろう。そしてそれから十六年たった一七六三年に、イギリスからフィラデルフィアに久しぶりに戻ったフランクリンは、ロンドンの友人に宛てて次のような書簡を書き、アメリカの文化的な遅れに対する苛立ちをあらわにしている。

あの小さな島国イギリスは、アメリカの隣を流れる小川に浮かぶ踏み石にすぎない、靴をようやく濡らさずに済むくらいしか水の上にでていないあの取るに足りない島が、広大なわが森を百リーグ探して集めるよりもずっと分別があり、高潔で優雅な心を持っているのはどうしてなのだろうか。(10: 232–33)

フランクリンは、いまだ北米植民地が学術的に、文化的にヨーロッパの水準に遠く及ばない僻地《へきち》の田舎であることに辟易している。フランクリンにとって北米植民地は大西洋を挟んだイギリスの一部であり、植民地に暮らす自分たち知識人は、言うまでもなくイギリス人であると思わずにはいられなかったのではないだろうか。フランクリンのイギリス志向は、アメリカへの出発前日である一七六二年八月二十三日付のストラハンに送った手紙にも表れている。「理性の命ずるところは、いまは大西洋の向こう側にあるが、好みということでは、こちら側になるだろう。たいていの場合どちらが勝るかはおわかりだろう。私はおそらく今回限りの迷いの後には、イギリスに永住することだろう」(10: 149)。フランクリンを含む植民地の知識人の胸の内には、常にヨーロッパ文化の辺境にいるという劣等感が付きまとい、このような劣等感から脱却するためにも哲学協会を植民地においてしっかりと機能させること、つまりヨーロッパ諸国から哲学協会を学術組織として認めてもらうことが不可欠であったと考えられる。

しかしながら、フランクリンの哲学協会に対する強い期待とは裏腹に、哲学協会は設立後まもなくして休眠期に入る。哲学協会の本格的な活動は、フランクリンの設立提案から二十五年ほど経ち、フィラデルフィアにあったもう一つの学術協会と統合するときまで待たなければならなかった。そしてフランクリンは、一七六九年一月二日に開催された統合後の初会議において新生哲学協会の初代会長に選出されたのだった(1)。

二 『アメリカ哲学協会会報』一号と金星の太陽面通過

哲学協会の活動が具体的に目に見える形となって現れるのは、一七七一年発行の『アメリカ哲学協会会報』一号と言えるだろう。『会報』一号は四部構成であり、第一部は天文学の分野、第二部は農業分野、第三部は多様な分野、第四部は医学の分野に関する論文で構成されている。第一部に掲載されているものが『会報』一号の目玉企画であり、哲学協会はヨーロッパの知識人たちにアピールするために、彼らが興味を示してくれると考えられるテーマをメインに会報を構成したと推察される。そのテーマとは、当時の世界の科学者共通の関心事であった「金星の太陽面通過[2]」についてであり、具体的にはデイヴィッド・リッテンハウス、ジョン・エウィング、ウィリアム・スミスらによる「金星の太陽面通過」の観察記録である。

金星の太陽面通過については、哲学協会会員であったウィリアム・コールマン宛てのフランクリンの一七六一年十月十二日付の書簡においてすでに触れられている。書簡では、フィラデルフィアでは通過が見られなかったことと、王立協会においても世界各地での観測結果が近く明らかにされることが記されている(9: 369)。このことから王立協会がすでに一七六一年の第一回目の金星の太陽面通過観測のために世界各地に観測隊を送っており、金星の太陽面通過がヨーロッパの科学者たちにとって大いなる関心事であったことが分かるだろう。そして一七六一年の観測の多くが失敗に終わると、次の観測年となる一七六九年に向けて各国において早くから準備が成されており、王立協会では一七六三年には早くも次の観測のための計画が立てられ始めた。

一七六〇年代の天文学者にとって金星は太陽系の大きさを知るカギであり、金星の観測は科学者だけではなく、ヨーロッパ各国の国の威信をかけた様相を帯びるようになる。たとえば、ロシアのエカテリーナ二世は選りすぐりの天文学者から観測隊を編成させ、イギリスのジョージ三世はリッチモンドのオールド・ディア・パークに天文台を設立している。また一回目の観測隊には資金提供を一切しなかったスペインのカルロス三世をはじめとして、デンマーク、イギリス、ロシアなどの国王は、この金星の太陽面通過の観測に対して全面的に支援したのだった(Wulf 102)。政治情勢としては、七年戦争が終結し、それぞれの国家間で講和条約が締結されたものの、ヨーロッパ各国の緊張状態は相変わらず存在していた。このことが一層各国の王や権力者たちをこの観測に巻き込むことになったのではないだろうか。

一七六九年の金星の観測地として北米植民地は欠くことのできない重要な場所であると考えられていた。北米植民地における観測に関して、重要な役割を担っていたのが当時の王立協会の評議員であり、二回目の金星観測に向けて王立協会が準備した組織にも参加していたフランクリンであった。フランクリンは、イギリスで観測の中心を担っていた当時の王立グリニッジ天文台の王室天文官であったネヴィル・マスケリンと協議を重ねていた。マスケリンはできるだけ多くの観測地点を用意しようと努力を続けており、植民地の観測者にスペリオル湖まで遠征して、そこから太陽面通過を観測してほしいと考えていた。フランクリンはマスケリンの要請を受け、ジョン・ウィンスロップ（マサチューセッツ湾植民地初代総督の子孫）に宛てた一七六八年七月二日付の書簡において、ウィンスロップが率いた一七六一年のニューファンドランド島への遠征がいかに重要で、かつ高く評価されているかを改めて強調している。フランクリンは一七六九年の二回目の観測は、植民地にとって素晴らしい名誉になるだろうと予想し、ウィンスロップの健康を気遣いつつも、スペリオル湖行きを引き受けてくれたら非常にうれしいと書いている (15: 166–72)。

ウィンスロップは、マスケリンやフランクリンの強い期待に応えるようにスペリオル湖遠征のための資金を獲得しようと努力を重ねた。彼はマサチューセッツ湾植民地の議会において、ゆくゆくは貿易のルート開拓に必要な地図の製作に役立つなどこの観測の効果や意義について力説したのだった。さらに観測の重要性を広く普及するために、ハーヴァード大学で二度の講演会を行ない、この講演を印刷物にして配布することも忘れなかった (Franklin 16: 195n; Wulf 171)。しかしながらウィンスロップの努力の甲斐もなく、マサチューセッツ議会から遠征のための支援の承認を得ることはできなかった (Franklin 15: 167n)。それでもウィンスロップは観測を諦めることはなかったのである。

もちろん哲学協会においても北米植民地での観測に対して無関心であったわけではない。観測より一年以上も前の一七六八年四月十九日の哲学協会会員十一名が集まる会議において、エウィングは「この重要な現象には多くのものがかかっている」と語り、観測への参加を提案している。エウィングの提案は、翌月十八日に開催されたリッテンハウスを交えた会議でも言及され、六月二十二日の会議では早くも金星の進路予測や金星が太陽の表面に入る時間と位置が計算された(Philips 13–16)。

哲学協会は北米植民地での太陽面通過観測のための委員会を組織した。そのメンバーは、一七六九年二月七日の哲学協会会議議事録において明らかにされ、観測提案者であるエウィングや書記のウィリアム・スミスやオーウェン・ビドルをはじめ十四名で構成されている(Philips 30–31)。組織の中心となったのが哲学協会会員で後に会長となるリッテンハウスであり、一七六九年五月十九日の会議において、観測プロジェクト組織はノーリントンにあるリッテンハウスの農場、フィラデルフィアの州会議事堂、そしてデラウェアのケープ・ヘンローペンの三か所を観測場所として選定した(Philips 36–38)。哲学協会はフィラデルフィア議会に金星の観測のための遠征費用の支援を訴えるが、結果はイギリスから望遠鏡を購入するための百ポンドの獲得に終わっている。しかし哲学協会のパトロンであったトマス・ペンの金銭的支援を受け、さらにリッテンハウスは自ら望遠鏡を作り、エウィング、スミス、ビドルらとともに観測が実施された。

三 『アメリカ哲学協会会報』一号の出版とヨーロッパ諸国の反応

一七六九年六月十六日に開催された哲学協会会議において、ビドルがアシスタントであったジョエル・ベイリーとのケープ・ヘンローペンでの観測記録を協会に提出している。また一七六九年七月二十日の哲学協会会議では、スミスがノーリントンでの観測記録を協会に提出している(Philips 40–42)。一七六九年七月十五日付でキャドワラダー・エヴァンズからフランクリンに送付された書簡には、ビドルとベイリーによるケープ・ヘンローペンでの観測記録を送付した旨が書かれてあった。観測記録は急いで作成したため不完全な記録になっていることと、フィラデルフィアの州会議事堂とリッテンハウスの農場で行なわれた観測記録についてはまだ入手していないことが述べられていた。実は哲学協会が主導して行なった州会議事堂を含む他の観測記録については、フランクリンに先駆けて哲学協会のパトロンであり知事であったペンの元に届けられていたのだった。新生哲学協会は先述したとおり、二つの学術協会が合併した組織であり、初代会長にフランクリンを選出する際には、ペンが率いる領主たちの派閥がその決定を快く思っていなかったのである。当時はまだ哲学協会内における覇権争いがあったため、会長であるにもかかわらずフランクリンのもとへ真っ先に記録が届けられないという事態が生じたと考えられる。もちろんこのことについては、フランクリン自身も承知しており、一七六九年九月七日付のエヴァンズ宛ての書簡において、フランクリンはビドルとベイリーの観察記録については、マスケリンに手渡し、それらは王立協会に報告されたこと、この観察記録が哲学協会から手に入れた唯一のものであり、他の者たちによって行なわれた観測についてはペンに送られた模様であると述べている(16: 198–99)。

また一七六九年十二月十五日の哲学協会会議において、スミスに送られたマスケリンからペン宛ての手紙の写しが明らかにされている。その手紙には、ペンがマスケリンに送った北米植民地での金星の観測記録に対する謝辞が述べられていた (Philips 46)。このことからもペンの元にフランクリンが入手していない観測記録が渡っていたことは明らかである。

すべての観察記録はフランクリンの元へは届かなかったようであるが、北米植民地において北米植民地の科学者たちによって行なわれた金星の太陽面通過の観測記録は、フランクリンらを介してまず王立協会に報告され、一七六九年発行の王立協会の雑誌である『王立協会会報』五十九号に掲載され、ヨーロッパ諸国へ発表されることになる。この雑誌には、北米植民地の科学者によって実施された観測の記録が三本掲載されていた。もちろん哲学協会がこれらの論文について自ら発表しようとしなかったわけではない。このことについては、フィラデルフィアの州会議事堂の庭で観測を行なったエウィングからフランクリンに宛てた一七七〇年一月四日付の手紙から読み取ることが可能である。手紙には、哲学協会からようやく金星と水星の観測について論文を書くように指示されたことが述べられていた。さらに哲学協会はその論文をフランクリンに送付し、フランクリンを介してヨーロッパの学術協会に広く配布することを目論んでいるということだった。すぐ海外へ送れなかった理由は、哲学協会がまず自らの紀要に掲載したい気持ちが強かったためであるが、もうすでに哲学協会会員たちの観測記録がイギリスに渡っていることから、観測記録送付の許可が下りたため二部同封する旨も加えられていた(Franklin 17: 11–12)。

このような世界的に関心の高かったテーマを巻頭に置いた、ジョイス・チャプリンが「すばらしい第一号」(Chaplin 313)と称した『会報』一号は一七七一年に満を持して発行され、哲学協会の当初の狙いどおり、ヨーロッパの科学者たちは突然哲学協会に関心を持ち始めることになる。ヨーロッパの科学者たちが哲学協会に関心を持ち始めたその理由は大きく三つあると考えられる。

一つはギルバート・チナードやペースが述べているように、ヨーロッパに在住していたフランクリンやジェファソンの知人であったフィリッポ・マッツェイらが哲学協会のヨーロッパのエージェントとして、哲学協会の『会報』をヨーロッパの学術協会に効果的に広く配布したことによるものだと考えられる(Chinard 264; Pace 389–91)。一七七一年三月に第一号が発行された後、哲学協会の書記であったスミスは、先に述べたように観測記録をペンにすでに渡していたにもかかわらず、一七七一年五月三日付のフランクリン宛ての書簡において、『会報』一号が十一部入った箱を送ること、そして論文集の送付先として、たとえば王立協会、王立グリニッジ天文台といった学術機関とフォザギル博士などの個人の名前を記していた。またこれとは別にスミスは、何部かフランクリンに届ける予定であり、これらについてはフランクリンが送付先としてふさわしいと考えるヨーロッパの学術機関や個人を選定し、送るように指示した(Franklin 18: 95)。翌日である五月四日付のエヴァンズからフランクリンに宛てた手紙にも、改めてスミスが『会報』をフランクリンに送付したこと、そして『会報』一号に掲載されている論文のいくつかは非常に興味深く、役に立つものであるが、多くは印刷するに値しないものであると記されている(Franklin 18: 96–97)。エヴァンズがどの論文が興味深く、どの論文が印刷するに足りないと言っているのかはこの書簡だけでは明らかではないが、哲学協会のレベルはまだヨーロッパの学術組織と匹敵するレベルではなかったことが推察される。だからこそできるだけ多くの海外の科学者たちの哲学協会への関心を高め、そして入会してもらうことが哲学協会には必要だったのではないだろうか。

二つ目の理由は、フランクリンのヨーロッパにおける抜群の知名度にあったと言ってよい。たとえば、当時のフランスではフランクリンの像が制作され、街のいたるところで見ることができたのだ。それは絵画だけではなく、皿やハンカチにまで及んでいた (Wood 177)。またフランクリンは一七六九年までには、すでにイタリアの四つの科学協会の会員となっており、イタリアにおいても彼の名声は確立されていた (Pace 388)。一つ目の理由もこのフランクリンの知名度による部分が大きく、哲学協会はフランクリン独自のネットワークを利用することにより、雑誌の配布を実に効率よく行なっていたことがうかがえる。フランクリンが知人の研究者に宛てた書簡には、たびたび『会報』が手元に届いているかを問う文言が記されているだけではなく、もしまだ手元に届いていなければ早急に送付することが書かれてあった。また『会報』にできるだけ質の高い論文を掲載するために、他のところで印刷されていないのであれば、哲学協会へ論文を送ってほしいという要望をすることさえあった (20: 130)。

そして最後の理由は、『会報』一号の第一部において天文学分野に関連した、とりわけ一七六九年の金星の太陽面通過の観測に特化した論文だけを掲載し、当時流行していた科学のテーマを取り上げることで、北米植民地がヨーロッパから遠く離れた荒野の僻地ではなく、ヨーロッパ諸国と同じように科学に貢献できる力を持っていることを証明したことによるだろう。北米植民地の科学者たちは金星の観測を行なう際、「自分たちが遠征隊を組織できれば、世界はアメリカをもっと尊重し、考え方の古い農民だと見下すことをやめるだろうと信じていた」(Wulf 143) のである。実際イタリアの学術協会は国内で哲学協会を紹介する際、『会報』に掲載されていたすべての論文は非常に興味深く、以前は科学に対する知識もなかった土地において、知識を広めようとする者たちの熱意あふれる非常に有益なアイディアに満ちていると述べている。このような哲学協会に対する高い評価は、『会報』一号から二本の論文がイタリアの学術協会紀要に翻訳され、掲載されていることからも明らかであろう (Pace 390)。哲学協会は、ようやく自分たちが暮らす場所において、自分たちの科学的成果を発表したことによって自らの愛国心を示しただけではなく (Green 25)、ヨーロッパの学術協会に匹敵する学術組織であることをアピールする狙いを果たすことに成功したと言えよう。そしてこの哲学協会の研究方針、ヨーロッパに対する態度はその後少しずつ変化していく。

四　新大陸退化説とジェファソンのマンモス探し

一七九一年に哲学協会副会長、そして一七九七年に会長に選出されたジェファソンは、協会内に委員会を組織し、ある回状を回覧させている。この回状は、一七九九年発行の『会報』四号と一八〇二年発行の『会報』五号のみに収録されている。この回状には、会長のジェファソン、副会長のキャスパー・ウィスター、書記のアダム・セイバート、学芸員のチャールズ・ウィルソン・ピールらによるサインが付けられていた（*Transactions* 4: xxxvii–ix; 5: ix–xi）。

特に注目すべきは、回状の項目一であろう。項目一は、一つでも多くのマンモスの骨格を発見することの重要性を訴え、アメリカにおいて発見されてきたか、もしくは発見されるかもしれないような未知の動物に対する注意を促そうとしたものであった。そして骨格が発掘できる可能性のある場所についてもわざわざ言及されている。ここには、当時ヨーロッパにおいて支配的だったジョルジュ＝ルイ・ルクレール・ド・ビュフォンに代表される「新大陸退化説」、つまり「（一）旧世界および新世界の双方に共通して見られる動物は、後者におけるほうが小さく、（二）新世界に固有の動物はより小規模であり、（三）両世界でともに家畜化されている動物はアメリカでは退化してしまっており、（四）全体としてアメリカのほうが種類が少ない」という、新大陸の動植物は概してヨーロッパより劣っているという考え方に反論する姿勢が見られる（**Jefferson 169**; ジェファソン　八三）。

このようなジェファソンの姿勢は、『会報』四号より十年以上前に発表された『ヴァジニア覚え書』（一七八五）における「質問六　鉱業およびそのほかの地下資源、樹木、草、果実等についての情報はどうか」の項目にすでに表れている。『覚え書』は合計二十三の質問に対する回答から成り立っているが、質問六に最も多くの頁が割かれていることからも、ジェファソンにとってこの質問の回答がいかに重要であるかは誰の目にも明らかである。

そもそもジェファソンは『覚え書』を一七八一年から八二年にかけて、アメリカの情報を求めるフランスからの依頼により執筆している。アメリカは一七七六年に独立を宣言し、一七八三年のパリ条約をもって正式に独立する。つまり『覚え書』の執筆時期は、アメリカがイギリスからの正式な独立を目指して奮闘している時期とぴたりと重なっているのである。結果的には、『覚え書』の出版以前にアメリカは正式に独立しているが、独立後のアメリカはますます発展を期待されており、ジェファソンにとって、ヨーロッパに流布している新大陸に関する誤った情報――新大陸退化説――は、何としてでも訂正する必要があったと考えられる。

ジェファソンは質問六の回答として、鉱業、そのほかの地下資源、樹木、草、果実と順番に説明しているが、彼が最も頁を割いて、言い換えるならば力を注いで述べているのは四足動物についてである。最初に彼は四足動物のうちで最大のものはマンモスであると断言し、先住民の言い伝えを交えながら次のようにアメリカにおけるマンモスの存在について語っている。

> この〔四足動物〕うちでは、疑いなくマンモス――インディアンたちはビッグ・バッファローと呼ぶ――が最大の動物であったに違いない。インディアンの言い伝えによれば、マンモスは食肉性で、今でもアメリカ大陸北部に生存しているという。（中略）「大昔にこの巨大な動物〈マンモス〉の群がビッグボーンの塩場にやってきて、熊、鹿、おおじか、バッファロー等々、インディアンたちのために創造された動物を一つ残らず殺し始めた。天上の大神はこれを見て激しく怒り、稲妻をつかんで、（中略）稲妻の矢を放ってこの動物を全滅させたのだが、ただ一頭、このビッグ・ブルなるものだけは矢の飛んでくる方向に額を向けて振り払っていた。しかし、ついによけそこなった一本の矢がかれの脇腹を傷つけたため、かれははねまわり、オハイオ川を跳びこえて、ワバッシュ川、イリノイ川をこえて、ついに五大湖をも越えて、いまでは彼の地で生きているのだ」と。オハイオ川沿いの地方をはじめ、それより北の多くの地方では、地面の表面やわずかの深さのところに比類のない大きさの牙、歯、骸骨などが数多く見られることは、広く知られているところである。（165; 七六―七七）

発見された牙や骨に対するヨーロッパの学者たちの見立て、つまり「牙と骸骨は象のものであり、歯はカバのものである」という意見に対し、ジェファソンは「これらの残骸をいかなる動物のものと考えるにせよ、そのような動物がアメリカに生存していたこと、そしてそれがあらゆる陸上生物のうちで最大のものであったことは確かである」と主張している（Jefferson 166, 169; 七八、八一）。

ジェファソンはヨーロッパとアメリカの四足動物を両方の地方に生息しているもの、どちらかの地方に生息するもの、両方の地方で家畜化されているものの三つのカテゴリーに分類し、その大きさを比較した。ジェファソンはビュフォンが実際に動物を見ることなく著書を記していることから、彼が旅行者等から得た情報が不正確であることを指摘し、また新大陸退化説の根拠となっている湿度の問題についてもビュフォンの論拠の誤りを明らかにしている。興味深いことは、ジェファソンが四足動物を比較した表を記した際、一番にマンモスを取り上げていることである。ジェファソンにとっては、ほかの四足動物とは一線を画しているマンモスの存在は、ビュフォンの新大陸退化説に対抗しうる最大の根拠であり、マンモスの存在にかける彼の想いは並大抵のものではなかったと想像できる。彼にとってマンモスの存在は疑う余地のないものだったのである。ジェファソンは、至極客観的に四足動物を比較した表とは対照的に、その後もマンモスに関する熱のこもった記述を加えている。

アメリカで発見されているマンモスの骨も、旧世界で発見されるものと同じ大きさである。なぜ私がここでマンモスのことを、いまだに生存しているかのように書き加えたのかと、疑問に思われるかもしれない。この問いに対して私は、何故にマンモスをもはや生存していないかのように除外しなければならないのか、と逆に問う。（中略）マンモスはいまでもアメリカの北部および西部に生存している、というインディアンの間の言い伝えによる証言をつけ加えるのは、真夏の陽光にろうそくの灯を加えるようなものであろう。これらの地方はいまだに原始の状態のままであり、われわれ、もしくはわれわれの代わりになる人々によって探検されたり乱されたりしてはいない。現在この地方にマンモスが生存していても、それは現在骨が発見されているような場所にかつてマンモスが棲息していたのと同じであって、少しも不思議ではないのである。(176–77; 九三)

ジェファソンは、ヨーロッパとアメリカにみられる四足動物の比較だけではビュフォンをはじめとするヨーロッパの学者たちの考えを覆すには不十分であると考えていたようである。というのもビュフォンの新大陸退化説は、プロイセンのコーネリアス・ドゥ・ポーやフランスのギヨーム゠トマ・レナールに受け継がれていき、その考えはさらに対象を拡大させ、問題はより一層深刻になっていった。レナールの「アメリカが、未だに一人のすぐれた詩人、一人の有能な数学者、芸術の一分野もしくは科学の一分野における一人の天才をも、生み出してはいない」という言葉に対し(Jefferson 190; 一一二)、ジェファソンはヨーロッパの国々がヴォルテールやシェイクスピアを誕生させるまでにどのくらいの年月がかかっているのかと問いかけ、まだ生まれて間もないアメリカという国に同じことを求めることの不公平感を訴えている。そしてジェファソンは次のように強く反論している。

戦争においてわれわれはワシントンの如き人物を生んだ。(中略)かれの名は時を超越し、将来、自然の退化の事例の例にかれを含めないこのいやしむべき哲学が忘れ去られる頃には、世界中でもっとも知られた名士の一人として正当な地位を与えられることであろう。物理学においては、われわれはフランクリンを生んでいる。(中略)われわれはリッテンハウス氏を当代第一の天文学者だと思ってきた。天分という点ではかれはまさに第一であるというべきである。なぜならばかれは独学でその学識を身につけたからである。(中略)このように哲学や軍事におけると同様に、政治においても、弁論、絵画、彫刻においても、生まれたばかりのアメリカは、すでに有能な才能を示しているといえよう。(中略)したがってわれわれは、前述の非難は思いやりのないものであると同時に不当なものでもあると考える。アメリカは、現代を彩るさまざまな天才に関しては十分にその負担を担っているのである。

（190–91; 一一三―一四）

このようにジェファソンは、まだ幼いアメリカがワシントン、フランクリン、リッテンハウスらを生み出したことを誇らしげに述べ、レナールの意見に真っ向から反論している。新大陸に生息する動物だけではなく、そこで暮らす人間にまで新大陸退化説が及んでいる状況が、先述したようにジェファソンに客観的な比較の一覧表のあとにわざわざマンモスの話を付け加えさせたと考えられる。このマンモスの話は、その後マンモス探しに躍起になるジェファソンの姿を暗示しているかのようである。ジェファソンは、ビュフォンに目に見える証拠を示したかったし、どうしても渡さなければならないと考えていたのである。

『覚え書』執筆中である一七八二年に、ジェファソンはジョージ・ロジャーズ・クラークにビッグ・ボーン・リックからマンモスの骨、かなりの大きさの角を取ってきてほしいと嘆願している。クラークは、先住民による攻撃の恐れからそこに行くことができず、残念ながらジェファソンの望みに応えることはできなかった。そしてそれから一年半後には、ジェファソンはターゲットをヘラジカに変え、ヘラジカの習性や大きさ等に関する十六の調査を友人たちに送り、情報収集に努めた。当時ジェファソンには、非常に大きなヘラジカはビュフォンに送る「実際の証拠」として最適に思われたのであった。その友人たちのなかで、ニューハンプシャー州の知事であったジョン・サリヴァンが最も積極的に対応し、ヘラジカ探しに尽力してくれることになった。一七八六年から八七年にかけての冬に、コルバーン大尉率いる総勢二十名からなるチームが高さ七フィート（約二・一三メートル）のヘラジカをヴァーモント州で仕留め、ヘラジカは二週間かけてサリヴァン宅へと運ばれた。念願のヘラジカの標本はさまざまな困難を経て、一七八七年九月から十月にかけてフランスに無事到着している。ジェファソンはこのことを非常に喜び、自らその標本をビュフォンのもとへ届けようと試みるが、当時ビュフォンは体調が思わしくなく会うことはかなわず、助手に渡している。ジェファソンの目的は半分しか達成できなかったと言えるのかもしれない。というのは、このヘラジカのおかげでビュフォンは納得し、次の巻で訂正すると約束してくれたとジェファソンは記しているものの、ビュフォンはそれからわずか半年後の一七八八年四月に亡くなっており、結局ビュフォンによる新大陸退化説は訂正されることはなかったからである (Dugatkin 90–100; Semonin 224–25)。

またジェファソンは一七九六年にウエスト・ヴァージニア州の硝石《しょうせき》の採掘場から発掘された骨を入手し、この発見に「メガロニクス」(巨大なかぎ爪) と命名し、哲学協会の会合でこのことについて説明した。ジェファソンは、メガロニクスが大型猫の一種であり、ライオンの三倍以上の大きさで、象、サイ、カバの分類の頂点にマンモスが立つように、かぎ爪をもつ動物の頂点に立ち、ライオンが象の強敵であるようにマンモスの強敵であったかもしれないと考えたのである。のちにフランスの解剖学者がジェファソンの発見した化石をオオナマケモノと同定したが、属名についてはジェファソンに敬意を払いメガロニクスをそのまま採用している (Conniff 93–94)。

そして先に述べた回状にサインをした哲学協会会員であるピールは、一八〇一年にニューヨーク州シャーンガムの農場にある泥灰土の穴に探検隊を送り、ジョルジュ・キュヴィエがその後マストドンと呼ぶことになる非常に大型の四足動物の骨の発掘に大金と労力をつぎ込んだのであった。この発掘調査にジェファソンや哲学協会が資金援助していることも見逃すことはできないだろう。ピールはポンプとバケット・コンベヤーの巧妙な装置を考案し、五か月間かけて二つのほぼ完璧な骨格を発掘した。そしてフィラデルフィアに骨を持ち帰り組み立て、彫刻家のウィリアム・ラッシュの手を借りて木や紙張子で不足した骨を補い、自身の博物館に展示した。当時ピールの博物館は哲学協会のホールにあった。哲学協会のホールと言えば、ほんの少し前に合衆国憲法について議論されていた場所である。当時国立博物館が存在しなかったことを考慮すれば、ピールの博物館がまさに国立博物館の役割を果たしていたと言えるだろう。一八〇一年のクリスマス前に展示された「マンモス」の骨格は、たちまちその評判が広まり、「マンモス」はただの四足動物ではなく、新しく誕生した共和国にとって新しい象徴的な意味を持ち始めていたのかもしれない。

おわりに

ジェファソンや哲学協会会員たちのマンモスに対する執念ともいえる飽くなき探求は、それがアメリカの未来を左右する可能性があったためである。生まれて間もないアメリカという国の成長と繁栄のためには、政治家であり科学者であるジェファソンにとって「アメリカ退化説」の論駁《ろんばく》は不可欠であった。ヨーロッパに広まった誤ったアメリカのイメージを正すことこそが科学者の責務であり、哲学協会という知のコミュニティこそがその役割を担っていると考えたのではないだろうか。

ジェファソンが亡くなった際、葬儀にあたってニューヨーク州選出の上院議員であったサミュエル・L・ミッチルが捧げた追悼文で、ミッチルはジェファソンの行なった反退化説運動は、「第二の独立宣言」に等しいと述べている(Dugatkin 101)。アメリカ独立宣言の起草者であるジェファソンが、ミッチルが「第二の独立宣言」と呼んだ一連の反退化説運動の重要な人物であるという事実は、フランクリンから始まりジェファソンに受け継がれていく哲学協会という組織自体がこの時期、学術的にも政治的にもアメリカを主導していたことを意味している。独立革命期の知のコミュニティは、哲学協会会長を務めたフランクリンやジェファソンを中心として存在していたことは明らかで、哲学協会が研究の中心として据えていたことは常にトランスアトランティックなテーマであり、かつその時々のアメリカが抱える問題と深く結びついていたことが分かるだろう。哲学協会は新世界アメリカにおいて、人々がアメリカン・アイデンティティと呼べるものをしっかりと育むために必要な誇りを与える役割を密かに担っていたと思われる。

◉注

（1）哲学協会の成り立ちについては、フランクリン (15: 259–61)、竹腰「ベンジャミン・フランクリン」を参照のこと。

（2）金星の太陽面通過については、竹腰「The American Philosophical Society」を参照のこと。

◉引用文献

Bailyn, Bernard. *To Begin the World Anew: The Genius and Ambiguities of the American Founders*. Vintage Books, 2003.

Chaplin, Joyce E. *The First Scientific American: Benjamin Franklin and the Pursuit of Genius*. Basic Books, 2006.

Chinard, Gilbert. “Jefferson and the American Philosophical Society.” *Proceeding of the American Philosophical Society*, vol. 87, no. 3, July. 1943, pp. 263–76. *JSTOR*, http://www.jstor.org/stable/984873.

Conklin, Edwin G. “The American Philosophical Society and the Founders of Our Government.” *Pensylvania History: A Journal of Mid-Atlantic Studies*, vol. 4, no. 4, Oct. 1937, pp. 235–40. *JSTOR*, http://www.jstor.org/stable/27766265.

Conniff, Richard. *The Species Seekers: Heroes, Fools, and the Mad Pursuit of Life on Earth*. W. W. Norton, 2011.

Dugatkin, Lee Alan. *Mr. Jefferson and the Giant Moose: Natural History in Early America*. U of Chicago P, 2009.

Fay, Bernard. “Learned Society in Europe and America in the Eighteen Century.” *The American Historical Review*, vol. 37, no. 2, Jan. 1932, pp. 255–66. *JSTOR*, http://www.jstor.org/stable/1838210.

Franklin, Benjamin. *The Papers of Benjamin Franklin*. 41 vols. Edited by Lenard D. Labree et al., Yale UP, 1959–2014.

Green, John C. “American Science Comes of Age, 1780–1820.” *The Journal of American History*, vol. 55, no. 1, Jan. 1968, pp. 22–41.

Jefferson, Thomas. *Thomas Jefferson: Writings*. Edited by Merill D. Peterson, Library of America, 1984.

Pace, Antonio. “The American Philosophical Society and Italy.” *Proceeding of the American Philosophical Society*, vol. 90, no. 5, Dec. 1946, pp. 387–421.

Philips Jr., Henry. *Early Proceedings of the America Philosophical Society for the Promoting of Useful Knowledge; Compiled by one of the secretaries; from 1744 to 1838*. Press of McCalla & Stavely, 1884.

Semonin, Paul. *American Monster*. New York UP, 2000.

Transactions of the American Philosophical Society, vols. 4 and 5. Philadelphia, 1779 and 1802, *The Biodiversity Heritage Library*, http://biodiversitylibrary.org/page/12180954; http://biodiversitylibrary.org/page/12730238.

Wood, Gordon S. *The Americanization of Benjamin Franklin*. New York: Penguin Books, 2004.（ゴードン・S・ウッド『ベンジャミン・フランクリン、アメリカ人になる』池田年穂・金井光太朗・肥後本芳男訳、慶應義塾大学出版会、二〇一〇年）

Wulf, Andrea. *Chasing Venus: The Race to Measure the Heavens*. Windmill Books, 2013.（アンドレア・ウルフ『金星《ヴィーナス》を追いかけて』矢羽野薫訳、角川書店、二〇一二年）

ジェファソン、T『ヴァジニア覚え書』中屋健一訳、岩波書店、二〇〇三年。

竹腰佳誉子「The American Philosophical Society 再生の歴史と初の科学的プロジェクト」『富山大学人間発達科学部紀要』十巻二号、二〇一六年、二五七―六三頁。

――「ベンジャミン・フランクリンと知のネットワーク（1）」『富山大学人間発達科学部紀要』七巻二号、二〇一三年、一五五―六一頁。

ベイリン、バーナード『世界を新たに　フランクリンとジェファソン――アメリカ建国者の才覚と曖昧さ』大西直樹・大野ロベルト訳、彩流社、二〇一〇年）

ニューヨークの知的サークル「フレンドリー・クラブ」と初期アメリカ文学の形成
――チャールズ・ブロックデン・ブラウンの『オーモンド』を中心に

辻 祥子

はじめに

十八世紀末に活躍したアメリカ人作家チャールズ・ブロックデン・ブラウンがニューヨークのフレンドリー・クラブという知識人の集団に属していたことはよく知られている。しかしながら、そこでの人脈と活動が彼の創作の原点となるほど重要であったことは、二〇〇七年にブライアン・ウォーターマンがフレンドリー・クラブに関する本格的な専門書を出すまで明らかにはされなかったし、それ以降も、その研究は広がりを見せていない。

ここでフレンドリー・クラブとブラウンに関する基本的な情報をウォーターマンとキャサリン・カプランに依拠しつつまとめておく(Waterman 1–49, 92–230; Kaplan 294–95)。アメリカでは十九世紀初頭を過ぎた頃から学問の専門性が高まり、それぞれ独立した探究が始まるが、それ以前は、分野の違う専門家たちが自由に知的交流を行なっていた。彼らは、ボストン、ニューヨーク、フィラデルフィアといった東部の都市の随所に私的サークルを作って、学際的な研究を進めていた。一七九三年、医師エリヒュー・ハッバード・スミス【図版1】をリーダーとした若手知識人たちがニュー

【図版1】エリヒュー・ハッバード・スミス（Yale University, Harvey Cushing /John Hay Whitney Medical Library）

ヨークに創設し、十年ほど続いたフレンドリー・クラブも、そのうちの一つである。スミスの親友だったブラウンは、一七九五年、二十四歳でこのクラブの会員になっている。ブラウンはすでに十代の頃、文学の発展を目的とした知的サークル「ベル・レターズ・クラブ」の結成に関わっていた。フレンドリー・クラブでは、ブラウンの他に、弁護士でスミスの同居人のウィリアム・ジョンソン、牧師のサミュエル・ミラー、劇作家のウィリアム・ダンラップ、判事のジェイムズ・ケントなども会員であった。[1] 彼らはロマンティックな友情で結ばれ、芸術をこよなく愛する一方、数々の社会問題に関して、当時主流であった啓蒙主義思想に基づいて議論を交わし、独自の主張を世に発表していた。すなわち彼らは、心（心情や感性）と頭（知性や理性）の働きの両方を重視していたといえる。そのようなフレンドリー・クラブの会員たちが、最新の医学や初期のフェミニズム理論に基づいて、黄熱《おうねつ》病の対策や男女平等に関する議論を行なっていたとき、ブラウンがそれに参加していたことは注目に値する。ブラウンは一七九八年に『ウィーランド——変身』と『アルクィン』、翌年に『エドガー・ハントリー——ある夢遊病者の手記』、『アーサー・マーヴィン——一七九三年の記録』、『オーモンド——または隠れた証人』といった大作を立て続けに出すが、中でも『オーモンド』には、今挙げたフレンドリー・クラブでの二つの議論のそれぞれの成果が認められる。この作品においてブラウンは、黄熱病患者の救済の延長線上に、同じ社会的弱者としての女性の救済を考えていた。そこで本論では『オーモンド』を中心に取り上げ、そこにフレンドリー・クラブの一員としてのブラウンの関心が、どのように投影されているかを見ていきたい。

『オーモンド』の全二十八章中、序盤第三章から第八章までは、黄熱病が蔓延《まんえん》する街に閉じ込められ、感染の危険に怯える貧しい市民の代表として、ヒロインとその父親が描かれる。またそれ以降には同じヒロインが、男性優位の社会で幽閉やレイプの危険に晒《さら》されるか弱き女性の代表として描かれる。ヒロインは、いずれの場合も周りから孤立し、極度の恐怖に見舞われる。しかしその一方で彼女は、理性的かつ知的な判断や行動によってその窮地から逃れようとする。そのような筋書きをとおして、ブラウンが十八世紀にイギリスで流行していたゴシック小説の作家と同様、捉えがたい恐怖の感情そのものに関心を持ちながら（Botting184–92; 平石 七一）、なおかつその感情を克服しうる理性や知性の力にも期待していたことが読み取れる。

これら二つの関心は、別のところにも見られる。『オーモンド』には、ヒロインを含む社会的弱者が、いったんは孤独感や恐怖心に苛《さいな》まれるものの、境遇を同じくする者から共感(sympathy)や深い同情(compassion)を得ることで精神的に救われる場面が随所に描かれる。ここではブラウンが、当時ゴシック小説と同様に人気のあった感傷小説の技法を取り入れ（渡辺 一七八―八二）、作家としてそうした心の働きにも興味を持っていたことが示唆されている。(2) 一方でブラウンは、この共感や深い同情が恐怖と同様、際限なく人から人へと広がることを恐れ、共感しあう相手も厳選している。

このようにブラウンの場合、フレンドリー・クラブの影響を受けて、心の働きを中心に描く作家と頭の働きを重んじる啓蒙主義者という二つの立場から、ときに相対立する欲求を作品に反映させていること、それが作品の中に心情と理知の葛藤を生み、ブラウン独自の世界を作らしめていることを論証していきたい。

一　黄熱病をめぐる恐怖

『オーモンド』序盤の黄熱病をめぐる物語の展開を見る前に、当時の社会的背景とフレンドリー・クラブの活動について把握しておきたい。黄熱病は、致死率の高い伝染病の一つで、一七九一年以来、毎年のようにアメリカ東部の港街で流行し、その都度多数の死者を出していた。とくに一七九三年のフィラデルフィアの状況が最悪で、三か月間に四千人から五千人の市民が亡くなった【図版2】。これは街全体の人口の十分の一にあたる(Crain 118; Waterman 189, 192)。現代医学によると、黄熱病はウイルスが蚊を媒体にして人に感染していくものであり、人から人へ直接感染することは

【図版2】1793年のフィラデルフィアにおける黄熱病の流行
――通りごとの死亡率を色と線の太さで表した地図
Courtesy of Professor Billy G. Smith (Montana State University) and Professor Paul Sivitz (Idaho State University)

ない。また積極的な治療法は存在せず、対症療法で自然治癒を待つしかない。しかしながら十八世紀末の時点では、ウイルスそのものが認識されておらず、感染経路、予防法、治療法などをめぐって、おびただしい量の誤った情報が新聞、書簡、噂話などを通して発信され、社会的混乱を引き起こした(3) (Waterman 193)。とくに恐れられたのが患者からの感染で、経済的に余裕のある者はただちに街の外に避難した。取り残された患者や貧困者は、時に病気そのものではなく飢えによって死亡した。さらにその死体が放置されることで、街全体の衛生状態が悪化し、それが原因で多数の死者が出たのである。スミスは、当時流行している疫病《えきびょう》が、かつて古代アテネを滅亡させたものと同じであると確信し、近代の共和国も無策だとアテネの二の舞になるという危機感を持っていた (Waterman 194)。

そこでフレンドリー・クラブは二つの目的をもって立ち上がる。その一つは、正しい情報を流し、社会の混乱を鎮めることであった。当時、スミスとその恩師のベンジャミン・ラッシュは文通によって情報交換をしており、患者からの感染を恐れるより、街や家の中に汚れた水や空気を滞らせないようにすべきであるとの見解を示している (Crain 117; Rush 21; Kaplan 298–99)。これは、間接的に蚊の発生を防ぐことになり、現代の医学に照らし合わせても適切な指示であったと言える。さらに彼らは、「心の観察者［moral observer］」として、緊急時の人々の精神状態にも注意を払っていた (Waterman 195, 224)。とくにスミスは、「人々の間に広がる、とりとめもない、不安にかられたおしゃべり」、すなわち噂話を危険視していた (Waterman 194)。それは、まるで病原菌のように人から人へ恐怖を感染させるため、それを阻止する必要があった (Kaplan 87)。

フレンドリー・クラブのもう一つのねらいは、執筆による啓蒙活動を通して、知の権威者としての社会的地位を築くことだった。当時、黄熱病をめぐって宗教家や医師の討論サークルなど多種多様な団体が自説を主張していた(Waterman 196)。フレンドリー・クラブにとって彼らはライバルであったといえる。

まず最初に、医師のスミスが黄熱病について医学的見地から執筆し、出版した。具体的には一七九五年にニューヨークを襲った黄熱病についての論文をノア・ウェブスターの編集した本に載せ、次の二年間は医学雑誌『レポジトリー』に寄稿することで、専門家の医学的理解を促すことに尽力した。一方でスミスは、一般人にたいする幅広い啓蒙の必要性を認識しており、その意味で文学作品は有効であるとみなしていた。スミスのこの考えをのちに行動に移したメンバーの中にブラウンがいた[4] (Waterman 191, 194)。

ブラウンは一七九三年と一七九七年にフィラデルフィアで黄熱病の大流行に遭遇しているが、郊外に避難はしていない(Waterman 192)。彼はまた一七九八年の夏、ニューヨークがその渦中にあったときも、スミスの家で執筆を続けていた。ブラウンは、この時点ではまだ楽観的であり、黄熱病は十分遠くに留まっているし、「今後もそうあり続けることを期待している」と言っている(qtd. in Kafer 164)。しかし、彼はその直後に自ら黄熱病にかかり、なおかつスミスを同じ病気で失うことで、自分の使命に目覚める。そして恐怖という心の病は、身体の病よりも深刻であると実感する。そこで黄熱病禍《か》を虚構の物語として描き、読者の恐怖を和らげようとするのである(Waterman 193, 197–98)。ブラウンはこのテーマで『アーサー・マーヴィン』を先に手掛け、ほぼ同時進行で『オーモンド』の執筆も始める（志村 三四-六）。ここからはウォーターマンの詳細な分析の対象になっていない『オーモンド』に焦点をあて、ブラウンがイギリスのゴシック小説の形式を参考にし、かつ黄熱病の流行というアメリカ独自の背景を使いながら、恐怖の感情と、それを克服するプロセスをどのように描いているかを見ておきたい。

若きヒロイン、コンスタンシア・ダッドリーは、彼女の唯一の身内で、商売に失敗し目も不自由になった父親スティーヴンとともにフィラデルフィアに移り住み、そこで不運にも黄熱病の流行に遭遇する。孤立した彼らに、真面目だが無知で詮索好きな隣人ウィストンが訪ねてくる。彼は黄熱病にかんして「昼間、噂や根拠に乏しい仮説をせっせと集め、夕方にはそれを隣近所に吹き込む」問題児で、ダッドリー親子にも、「病気の兆候や、進行具合、突然の死に関して、延々としゃべり続け」、恐怖心を煽る (Brown, *Ormond* 70)。さらに彼らに「ただちに避難するよう助言し、自らの計画も打ち明ける」のだ (64)。このようにウィストンは、フレンドリー・クラブのスミスがもっとも憂慮していた「恐怖の伝染」に加担している。

ダッドリー親子は、ともに幅広い教養を身に着けた知識人であるが、その「伝染」の犠牲者になりかかる。たとえばコンスタンシアは、「一般大衆と同様、もっとも明白な見かけで判断し、彼らと同様、理性の制御を嫌う衝動に身を任せ」、その結果「不安と警戒心で胸いっぱいになる」。また、黄熱病の噂を聞いた直後、彼女は「震えおののく感覚」を味わっているが、これは「自分が死んだら、父親がさぞ嘆くだろう」といったはっきりした理由からくるものではないという。この感覚はある意味、「説明できない、無意識のもの」で、「どんなに思い出そうとしたりよく考えても、それらはそれ自身のペースで彼女に付きまとったり嫌がらせをしたかと思うと、静かになる」という (70)。つまり彼女がコントロールできない恐怖の感覚というのがあり、それがあたかも生き物のように取りつくのだ。[5]

黄熱病にたいするこうした恐怖は想像力によって増幅する。黄熱病の孤独を想像したダッドリー氏の様子は、次のように語られている。「想像力が彼を次の犠牲者にしようとしていた。（中略）薬も食べ物も不足し、苦しい喉の渇きを癒す水さえもなく、誰からも訪問されず、知られることもなく、恐ろしい孤独の中で死んでいく。これらのイメージは、頭脳を疲弊させ、この致命的な病の種を生み、実を熟させる」(83)。すなわち想像力は、理性や知性を司る頭脳の働きを上回り、恐怖の妄想を膨らまし続けるのである。コンスタンシアも、女性たちが夫や子供を黄熱病で失い、その死体にさえ付き添えないことを嘆き悲しむ声を頻繁に耳にするようになると、そういった悲惨な別離の光景を否が応でも想像してしまうのだろう。「このような雰囲気では、心を健康に保ち、陰鬱さを払い除け、自分は大丈夫といった希望を抱くことができなくなる」[6] (82)。このように、ブラウンは作家として、恐怖の感情そのものに関心を寄せて描いている。

それでもダッドリー親子は、恐怖の伝染に理性と知性で抵抗することを諦めない。そこに、フレンドリー・クラブの啓蒙活動に加わろうとするブラウンの意志が読み取れる。ダッドリー氏は、ウィストンを引き合いにだして、「無知や愚かさが恐怖を抱かせる亡霊を育てるのだ」と言う。また氏には医学知識があり、ウィストンが自ら恐怖で放心状態に陥ってしまったときも、彼の心理状態を冷静に調べている。ダッドリー氏はまさにフレンドリー・クラブの会員が自負していた「心の観察者」である。彼は自ら「憂鬱な気持ちを消そうと努力し」(65)、ウィストンには、「家に帰って温かい飲み物や体によい酒を飲めば、明日の朝には回復している」と安心させるのである(71)。

娘のコンスタンシアも同様で、ウィストンが「不必要に」植え付けた恐怖の「印象」を、理性を働かせ、また知識を総動員することで払拭《ふっしょく》しようとしている。まず彼女は、「彼の話の信憑性を疑い、さまざまな方法でその危険に過剰反応しないようにする」(64)。そして、死をすべての人間の運命として静かに受け入れる覚悟を決める。さらに「彼女は、新たな知識を得ながら、伝染病の流行期に健康でいられる最良の方法について、父親と一緒に議論する」のである(80)。

物語が展開する中で、読者は黄熱病の病人の扱い方についても学ぶことになる。前述のウィストンは、自分の妹のメアリーが黄熱病に罹《かか》ったと知って、恐怖のあまり逃げ出し、浮浪者となり、最後は他人の家の納屋で孤独な死を迎える。彼の死因が黄熱病であったかどうかは定かではない。しかし納屋の持ち主が感染を恐れて近づかなかったために、ウィストンの遺体は腐敗するままに放置される。その結果、「空気が汚れ」(74)、納屋の持ち主の一家は全員が相次いで倒れ、命を落とす。語り手は言う。「住人たちは浮浪者［ウィストン］に休むところとしかるべき手当てを施せば、彼の命を救えたかもしれない。少なくとも住人たちの死は、ウィストンの遺体を埋めることで防げただろう」(75)。

一方、コンスタンシアの態度はウィストンと好対照である。彼女は患者のメアリーを見捨てず介抱し、可能な限りの処置を施す。結局メアリーは亡くなってしまうが、コンスタンシアは、たまたま通りかかった知り合いの黒人に埋葬を依頼する。[7] コンスタンシア自身は結局黄熱病を発症しないことから、この病気は患者に付き添っても感染しないことを彼女が身をもって証明した形になっている。

このようにして、読者は小説の中で黄熱病の恐怖を追体験しつつ、次の流行にはコンスタンシアのように理性と知性で冷静に対処できるよう、心の免疫力をつけることになる。つまり『オーモンド』は、『アーサー・マーヴィン』と並んで一種の予防接種のような機能を持つ啓蒙書といえる。[8] こうした作品が書けたのも、ブラウンが人文科学と自然科学の境界を越えて思考するフレンドリー・クラブの一員であったからこそ、とも言える。

二　黄熱病をめぐる同情と共感

一方、ブラウンは作家として、黄熱病の恐怖や孤独から弱者を救うのに、周囲の者からの同情や共感がどの程度有効であるかに関心があり、それを模索している。同情も共感も相手を思いやる強い気持ちゆえ、ここではひとくくりにして分析することにする。コンスタンシアは、前述の、実の兄にさえ見捨てられた黄熱病患者メアリーに対して「共感と援助」を与えている (72)。さらにコンスタンシアは、夫と娘を黄熱病で失った洗濯女のサラ・バクスターと心を通わせ、支え合っている。[9] その際彼女は、サラの体験談に興味を持ち、その中に「共感を強く掻き立てられるもの」を見出すのである (86)。

共感は、ブラウン自身が作家としてもっとも必要としているものだということは、『エドガー・ハントリー』の序文からわかる。その中でブラウンは「作者がともかく主張しうる一つの功績は、これまでいかなる作家も用いなかった仕方で読者の情熱と共感を求めたところにある」という (*Edgar* 10)。これは十八世紀の小説家の共通点ともいえる (Bray 29)。作家ブラウンは、読者とそのような強い心の絆で結ばれることを望んでいたのである。

しかし一方でブラウンは、共感や同情の働きに対して慎重な姿勢も見せている。その点を問題にし、フレンドリー・クラブの思想と関連づけたい。十九世紀半ばの作家ナサニエル・ホーソーンは『緋文字』において、ヒロインのヘスターが、疫病の患者を含む不特定多数の社会的弱者に共感や同情を抱いていく様子を描いたが、『オーモンド』ではそういった感情の大規模な広がりは見られないのである。ブラウンの他の作品ではどうか。『アーサー・マーヴィン』では、知り合いの一家が黄熱病で亡くなったことを知った主人公の語り手アーサーの心に、強い同情の念が沸き上ってくる。それをアーサーは「役に立たない子供っぽい感情」として隠そうとするのだが、そこにいた第三者も思わず涙を流しているのを見て、「共感は伝染するもの」であることが分かったという（*Arthur* 366）。すなわち同情ないし共感は、単なる「子供っぽい感情」として片づけられない。それは恐怖の対極にあるもののように見えて、実は同じように人から人へ伝染していく、ある意味警戒すべきものなのである。『エドガー・ハントリー』では、医師サースフィールドの殺人犯クリゼーロに対する憎悪が、語り手の説得を受けて「恐怖と強い同情に代わった」というのだが（273）、その表現の中にも、元来、同情と恐怖は同じ根をもった、すなわちコントロールの効かない感情であることが暗示されている。『ウィーランド』では、語り手クララは兄に寄せる共感のために、兄に殺されそうになる（Crain 114）。つまり危険な精神状態にいる相手に共感を持つことは自らの身を危険にさらすことにもなるのだ。

こうした思想にも、ブラウンのフレンドリー・クラブからの影響がみられる。同情・共感の働きは、クラブでも高く評価されていたが、同時にその広がりは、疫病の広がりに喩えられ、とくに医師の間では危険なものとみなされていた。医師が「慈愛に満ちた英雄的な共感」を持ってしまうと、わが命を顧みず献身的に患者の救済にあたり、結果として命を落としてしまう。実際、一七九三年のフィラデルフィアでは二十三人の医師がそうやって亡くなったという（Waterman 304, 218）。フレンドリー・クラブにはスミスをはじめ医師が複数いたことから、ブラウンはそういった思想に触れていたに違いない。

このように『オーモンド』は、ブラウンが恐怖や同情・共感の働きを探ろうとする要求と、それを理性・知性で抑制しようとする要求とがぶつかり合ったところで生まれており、その背景には彼がフレンドリー・クラブから受けた影響があるといえる。

三　女性の物語をめぐる恐怖

『オーモンド』において黄熱病に纏《まつ》わる物語は序盤の数章で終わっている。そのあと作品の焦点は、黄熱病の街に閉じ込められた貧者から、父権制社会に閉じ込められた女性へと移る。ブラウンは作家として女性が味わう恐怖や孤独を描く。その一方でそれらを克服し、男性と対等な関係を結ぶためには、彼女たちにも理性や知性が必要であることを示している。こうしたブラウンのフェミニズム的な意識も、フレンドリー・クラブ内の議論を通じて高められたと考えられる。

ここで、フレンドリー・クラブ内の議論と近代フェミニズムの関係について言及しておきたい。おりしも一七八九年から始まっていたフランス革命の影響で、女性の政治参加、社会参加の問題は、欧米の知識人の間で大きな議論となっていた。イギリスでフェミニズムの草分け的存在であったメアリー・ウルストンクラフトは、著書『女性の権利の擁護』（一七九二）の中で、女性たちも教育によって男性と同等の知的向上が望め、社会貢献ができるのであり、その権利があると主張し、太平洋の両側に大反響を巻き起こした。当時、その夫で急進主義の思想家のウィリアム・ゴドウィンは、フェミニスト的立場を鮮明にはしなかったが、彼の教育理念は、ウルストンクラフトのそれと一致していたという (Waterman 102)。フレンドリー・クラブの中には保守的な女性観を持つ者もいたが、スミスやブラウンを中心にしたメンバーたちは、ゴドウィンの進歩的教育への信念とウルストンクラフトのフェミニズム思想に賛同し、イギリスから彼らの著作を取り寄せて読書会を行なっていた。ブラウンはまず対話集『アルクィン』の中で男女共学が男女平等を導くという主張の是非を議論している。翌年『オーモンド』では、女性の教育やそれによって得られる知的教養の有用性を強調している。

以下では、そうしたブラウンの考えを『オーモンド』の女性登場人物に焦点をあてることで、さらに詳しく探っていく。

まず二人の対照的な女性に注目しよう。すでに見てきたようにコンスタンシアは理性と知性を兼ね備えているが、それは父親のダッドリー氏が授けた高等教育の賜物《たまもの》といえる。彼は娘が魅惑的で官能的になるより、雄弁で賢明になることを望み、彼女に物理学や哲学を教えた。その後、彼は財力も視力も失うため、父権で娘を支配することはない。結果としてコンスタンシアは自立し、優れた行動力を発揮する。一方、コンスタンシアには女らしく官能的なヘレナ・クルーズという友人がいる。彼女は「無知で愚かであったというのは間違いだし、理解力がなかったわけではない」が（133）、「知的教養が不足していた」（141）。そのため、主体性に欠け、行動力も十分とは言えなかった。

彼女たちはともにオーモンドという資産家で高い知性を持つ謎めいた男性に翻弄されるが、うまく切り抜けるのはコンスタンシアのほうである。ヘレナはオーモンドに恋心を抱き、結婚を熱望するが、彼の知的レベルに届かないため、「あなたのことはもはや愛していない」と別れを告げられる（169）。ここで注目したいのは、ひたすらオーモンドの愛情を求めながら拒否されてしまうヘレナの孤独の状態が語り手によって「病」と呼ばれ、これにたいする適切な「治療法」がないとされている点だ（138）。さらにはオーモンド自身、ヘレナを前にして、「あなたの病気は治療できないものなのですよ」とはっきり言っている（169）。これは、黄熱病の街に取り残された病人のイメージと重ねられているとも考えられる。すでに見たように、彼らは、実際の病に加え、孤独という病にも侵されていた。一方、友人の苦悩する様子を見かねたコンスタンシアがオーモンドのもとを訪れ、「なぜあのように無力で可愛い女の子を長い間放っておくのですか」とたしなめ、「彼女と結婚しなさい、それがあなたの義務であり、何ものにも代えがたい処方箋《せん》よ」と言う（170）。しかしながらオーモンドはヘレナにその処方箋を与えることを拒否し（135、171）、彼女は絶望し、自殺してしまうのである。ここでブラウンは、知性を磨かない女性は、男性と対等の関係を築けないため、孤独という病から抜け出せないということを暗に示している。

ヘレナとは対照的に、コンスタンシアはその知的教養からオーモンドと対等に会話をする中で意気投合し、ヘレナの死後もしばらくの間友情を育む[10]（155）。初期の批評の中にはオーモンドを悪役と決めつけ、「下劣にもヘレナを見捨て」

自殺にまで追い込んだ彼とコンスタンシアの友情が続くことが「この物語の不可解な点の一つ」だと決めつけるようなものもあった (Vilas 27)。しかし少なくとも最初のころのオーモンドには、評価できる点がある。ヘレナが自分と合わないとわかると、彼女の愛情を弄《もてあそ》ぶことなくきっぱりと別れを告げるのもある意味、合理的かつ誠意ある態度である。さらに、彼は別れる前に言葉を尽くしてヘレナを励まそうとしている。また、あとから自分が彼女を惨《みじ》めにしてしまったことを反省し、涙し、ヘレナを慰めるために再度訪問する。そうした人間味のあるオーモンドとコンスタンシアが急に絶交するほうがむしろ不自然である。

しかしながら、オーモンドのコンスタンシアへの友情はやがて利己的な性愛へと変化する。彼はコンスタンシアを独占しようとするあまり、それを阻止しようとしていた彼女の父親の殺害を画策し、実行し、さらに彼女を凌辱《りょうじょく》目的で監禁するのである。こうして、コンスタンシアとオーモンドの友情は最悪の形で幕切れとなる。

この展開は、男女間に友情は成立するか否かという当時のフレンドリー・クラブ内での議論にたいするブラウン独自の考えを反映している。スミスは男女間の友情を全面的に肯定し、劇作家のダンラップは全否定する中、ブラウンは、前作『アルクィン』で中間的な立場を表明していた。すなわち、男女の友情は部分的には成立するが、面と向かえば性的欲求が生まれ、それゆえに自由な対話ができないというのである (Waterman 132)。『オーモンド』の結末部分はまさしくこの考えに基づいたものといえる。

オーモンドが密室において性的関係を迫ってきたとき、コンスタンシアは孤立無援の状態で、極度の恐怖を経験する。しかしながら彼女はそれに屈せず、理性と知性で対処している。彼女は隠し持っていたナイフを取り出し、一歩でも近づいたら自分の心臓を刺すと言う。そして「自分の命を犠牲にすることで、より大切な善を守るかどうかを決める権限《パワー》は、私にある」と宣言し、彼女がオーモンドと対等どころか、彼より優位な立場にあることを誇示するのだ (269)。コンスタンシアのこの宣言は、かつてオーモンドがヘレナを前に言った「結婚するか否かを決める権限は、私にある」というせりふを想起させ (168)、一転してここでは主導権が男性から女性に移ったことを示唆している。結局、二人がもみ合うちに、ナイフはオーモンドに刺さり、彼の命を奪う。コンスタンシアは無傷で、「一滴の血も流れていない」状態で発見されたことがあとで強調されている(273)。コンスタンシアはのちの裁判で正当防衛が認められ、無罪になるだけでなく、その勇敢な行為を賞賛される。

このようにブラウンは、女性が幽閉されたり誘惑されたりするというゴシック小説や感傷小説の典型的なパターンを採用しながら、最後はコンスタンシアの勝利で終わらせ、女性イコール無力な被害者という固定観念の転覆を図っている。そしてウルストンクラフトと同様、女性の知性や理性を支持し、それを使った行動を重要視している。

物語も終盤になって、コンスタンシアとよく似たタイプのソファイアという女性が表舞台に出てくる。彼女はこれまで、自分が『オーモンド』全体の語り手という大きな権限を与えられていたことを告白し、以来、語りに自分の主張を出してくることが多くなる。彼女は、コンスタンシアが忌まわしい事件に巻き込まれた直後、理性と知性を働かせて屋敷に入り込み、親友のもとにかけつける。典型的なゴシック小説ならば、幽閉された女性を助けるのは男性のヒーローであるが、ブラウンはその役に女性のソファイアを抜擢している。

これまで見てきたコンスタンシア、ヘレナ、ソファイアの例からわかるように、女性は男性優位の社会の中で何らかの孤独や恐怖を味わうが、理性と知性を保つことで男性と対等の地位を確保でき、さまざまな困難を乗り越えられる。この展開には、フレンドリー・クラブで盛んに議論されていたウルストンクラフトのフェミニズム理論が反映されていると言える。

四　女性の物語をめぐる同情と共感

一方、作家ブラウンは、理性や知性で対処できないほどの女性の孤独や恐怖を、親しい者からの同情や共感によって和らげる方法を模索している。コンスタンシアは、自ら敵と戦い倒したわけだが、それは彼女が新たに加害者になった瞬間でもあった。たしかに『オーモンド』には、『アーサー・マーヴィン』や『エドガー・ハントリー』に見られるような、血みどろの殺人現場の描写はない。それが省かれることによって、コンスタンシアの暴力が読者に与えるインパクトは可能な限り弱められ、女性が暴力を使うことの是非の問題は避けられているようにみえる。しかしながら、コンスタンシア自身、かつて暴力に強い拒否反応を示していた。[11] 彼女は、自分と同様、教養も行動力も備えているオーモンドの姉、マーティネットに惹かれるが、彼女が最終的にフランス革命の女性兵士になったことを知るやいなや、彼女への「愛は反感へと変わった」という(207)。そうであるがゆえに、コンスタンシアが不可抗力とはいえ人を殺《あや》めてしまったことで受ける心の傷は、よりいっそう大きいものとなる。すなわち彼女は、ゴシック小説や感傷小説に登場する女性が被害者として味わう以上の恐怖と孤独を経験し、親友ソファイアにその胸の内を吐露する。「最後の恐ろしい時間の中で、私は何をしてしまったか、どれだけ苦しかったか。その記憶は耐えがたいものなのに、私から離れることはないでしょう」(273)。コンスタンシアはこのとき、彼女の理性や知性では対処しきれない恐怖と孤独を味わっている。

このような状態のコンスタンシアを精神的に支え、深い同情や共感を抱くのはソファイアである。二人は事件の前から同性愛的な親密さで結ばれていた。彼女たちが久しぶりの再会を果たしたとき「お互いを見て、語ることで、一瞬一瞬うっとりするような時間を過ごした。私［ソファイア］は食べるときと寝るとき以外、片時も彼女［コンスタンシア］のそばを離れず、歩いたり考えごとをしたり読書をしている間は、腕をしっかり組んで、私の頬に彼女の息がかかるくらいぴったり寄り添っていた」(241)。こうした「ロマンティックな友情」は、フレンドリー・クラブ内で常に深められていた(Waterman 32)。また女性同士の愛情は、イギリス人作家サミュエル・リチャードソンの感傷小説でも描かれており(Stern, "State" 185)、『オーモンド』はその影響を受けている可能性がある。そのような愛情に近い友情で結ばれていたソファイアにたいして、コンスタンシアは次のように懇願する。「私が欲しいのは、あなたからの深い同情とあなたの共感だけよ」(273)。そこでソファイアもその気持ちに応え、良心の呵責《かしゃく》に苦しみ続けるコンスタンシアにしっかり寄り添い、ヨーロッパへの移住を促し、彼女の心を平安へと導く。この結末から作家ブラウンが、最終的にはこの

ような心の連帯に希望をつなごうとしていたことがうかがえる。(12)

しかしながらブラウンはここで、黄熱病の場合と同様、共感の相手を限定している。コンスタンシアが求めるのは、彼女と同じ知的レベルにあるソファイアからの同情・共感だけである。かつて生前のヘレナはコンスタンシアを愛し、自分の死後、オーモンドが彼女と結ばれることを容認し、自分の遺産すべてを彼女に譲るという遺言を残していた(176, 178)。にもかかわらずコンスタンシアは、知性の面で劣っているヘレナに「本物の共感」を感じていなかった(155)。

コンスタンシアのこうしたスタンスは、ウルストンクラフトのそれと似ている。ウルストンクラフトは著書『女性の権利の擁護』の中で、女性が自立した知性を持つことの大切さを説き、女同士の連帯感を生み出そうとする一方で、無知で男性に依存するばかりの女性に、時に苛立ちを隠せず上からものを言っており、彼女たちとの間に埋めようもない距離を感じていることは明らかである（Wollstonecraft 130–31, 214; 梅垣 一八五—八八）。ブラウンがウルストンクラフトのこうした姿勢に、フレンドリー・クラブでの読書会や議論を通して触れ、影響を受けていたことは十分考えられる。

おわりに

以上見てきたように、ニューヨークの知識人サークル、フレンドリー・クラブは、さまざまな学問の境界を超越して知の交流ができる場であり、黄熱病の流行や男女不平等といった社会問題にも取り組んでいた。中心メンバーのブラウンは、ゴシック小説と感傷小説の要素を随所でアレンジして取り入れながら、作家として感性や心情の描写を行なう一方で、啓蒙主義者として理性や知性の力の可能性を追究した。その結果作品には両者の葛藤が生み出され、ブラウン作品の特徴となっている。

ところでそのブラウンも『オーモンド』をはじめとした一連の作品を執筆した後は小説の創作意欲を失う。また政治的にも「一七九八年ごろまでの急進主義から一変して、一八〇一年あたりから保守的傾向が増しているのがはっきりわかる」(Lustig 12)。それは女性観に関してもあてはまり、一八〇一年に書かれ、ブラウン最後の小説となった『クララ・ハワード』と『ジェイン・タルボット』において、ブラウンはもう知的レベルの高い自立した女性像を求めようとはしない(Kafer 166)。女性像の後退は、ゴドウィンがウルストンクラフトの死後、彼女の奔放な私生活を綴った『回想録』を一七九九年に出版したことで、彼女が唱えるフェミニズムの評価を激しく下落させたことが主な原因といわれている(Davidson 73)。しかしながら、女性像に関してだけでなく、全体的にブラウンの筆を鈍らせた要因として考えられるのは、一七九八年のスミスの死後数年でフレンドリー・クラブが人間の心情に対する関心を失い、かつ急進的な理論や学説からも後退してしまったことではないだろうか(Crain 118–19, 120–47)。ニューヨークの小さな、そして短命な知的サークルの学際的活動が、ブラウンの作家としてのアイデンティティ形成に重要な意味を持っていたことは、このことからもわかるのである。

◉注

(1)フレンドリー・クラブの会員は、創立当初は男性のみであったが(Kaplan 301)、スミスの死の直前から、女性会員も受け入れ、交流を行なっている(Teute 167; Waterman 136)。

(2)ポール・ウィザリングトンは、「ブラウンの場合、初期の小説でさえ、平等で互恵的なセンティメンタル・ノヴェルの形式を用いていて、ゴシックはその変形である」と指摘している(Witherington 262)。

(3)感染経路にかんしては、国内か国外かで意見が分かれていた。後者にかんしては、黄熱病の流行が、ハイチ革命による難民の到着時期と重なっていたため、西インド諸島を感染源として疑う声が多かった。こうして人々の感染の不安は、ハイチ革命〔一七九一―一八〇四〕、すなわち奴隷反乱の伝播の不安が加わって増幅していくのである(庄司　五二―五五)。また、予防法にかんしては、火薬を燃やしたり、酢や匂いのきつい野草を振りかけるといったことが試みられたが効果はなかった。また治療法もさまざまで、患者の血液を抜く方法（瀉血《しゃけつ》）や、体内の浄化作用を促進させるためにあえて有毒な植物や水銀を摂取させる方法などが試みられていたが、患者の命を危険にさらすだけであった (Murphy 59–64)。

(4) その他に、スミスの同僚のサミュエル・レイサン・ミッチルやエドワード・ミラーが、医者でありながら、黄熱病の啓発を目的とするエッセイや詩などを書いていた (Waterman 203–10)。

(5) ドナルド・A・リンジは、ブラウンの『ウィーランド』で、クララやセオドアといった主要人物がコンスタンシアと同様、「理知的で十分教育を受けた人物」でありながら、「知覚する外見の背後にある真実に到達できず」「認識の迷路に埋没してしまう」様子を考察している (Ringe 47–50)。

(6) コンスタンシアたちの想像を掻き立てる元凶となるものが、先に言及したように、根拠のない噂なのだが、ブラウンは、噂の強い影響力を、スミスほどはマイナスに捉えていない。ブラウンは、一七九六年秋に兄ジェイムズに宛てた手紙の中で、次のように記している。「私は、噂の中のさまざまな誇張表現に、感嘆せずにはいられません」(qtd. in Waterman 230)。ウォーターマンも指摘しているように、この「感嘆」という表現にはブラウンの作家としての羨望に近い思いが込められている。噂が危険であることは百も承知であるが、その刺激的な表現が人々の心を次々と虜にしていくことに、作家として惹かれている。

(7) 埋葬を黒人に依頼するという設定は史実に基づいている。当時、黄熱病の死者の埋葬という「危険」な仕事は白人が嫌がったため、フィラデルフィアでは自由黒人の複数の団体が行なっていたという (Murphy 116–20)。

(8) ウォーターマンは、黄熱病の混乱を鎮めるための一連の啓蒙書や小説を解毒剤に喩えている (Waterman 207–8, 220)。

(9) サラの夫は生前、隣人のマーティネットが黄熱病の犠牲になった父親の遺体を埋葬するのを覗き見たあと、彼女の孤独を想像し、胸の中にこみあげる「深い同情のようなもの」を感じている (188)。

(10) コンスタンシアはヘレナに結婚を勧める一方、自らは、結婚を選んでいない。彼女自身、別のところで、妻の地位を定める法律に反対している (139–40)。この法律は彼女から自分の自由と同様、労働の産物も奪ってしまう。財産を所有するどころか、自分が他人の財産になってしまうからだという。ここはブラウンが、結婚こそ、男性が女性を社会から疎遠にさせ、他の男性との性交渉はもとより会話さえも禁じることで支配するものであるとするゴドウィンの否定的な結婚観に影響されている可能性もある (Waterman 124)。

(11) この背景には、当時フランスでジャコバン派が台頭し、革命における暴力が激化しつつあり、それがフレンドリー・クラブ内でも議論になっていたという事実がある。ブラウンは、ジャコバン派のやり方に懐疑的で、コンスタンシアの反応はその表れとも考えられる (Layson 181–84)。

(12) 男性は裏切りや殺人で次々舞台から姿を消し、連帯はしない。この設定には、当時共和国の理想とみなされていた男性同士の絆、兄弟愛にたいするブラウンの懐疑的姿勢が読み取れる (Stern, *Plight* 153–59)。これは、フレンドリー・クラブが男の友情で繋がり「ホモソーシャルな構造」(Waterman 180) の空間であることと矛盾《むじゅん》している。

◉引用文献

Botting, Fred. "Horror." Mulvey-Roberts, pp. 184–92.

Bray, Joe. *The Female Reader in the English Novel: From Burney to Austin*. Routledge, 2008.

Brown, Charles Brockden. *Arthur Mervyn, or, Memoirs of the Year 1793, First and Second Parts*. 1799–1800. Edited by Sydney J. Krause, Kent State UP, 1980.

——. *Edgar Huntly; or, Memoirs of a Sleep-Walker*. 1799. Kent State UP, 1984.

——. *Ormond; or, The Secret Witness*. 1799. Edited by Mary Chapman, Broadview Press, 1999.

Bernard, Philip, editor. *Revising Charles Brockden Brown. Culture, Politics and Sexuality of Early America in the Early Republic*. U of Tennessee, 2004.

Crain, Caleb. *American Sympathy: Men, Friendship, and Literature in the New Nation*. Yale UP, 2001.

Davidson, Cathy N. "The Matter and Manner of Charles Brockden Brown's *Alcuin*." *Critical Essays on Charles Brockden Brown*, edited by Bernard

Rosenthal, G. K. Hall, 1981, pp. 71–86.

Kafer, Peter. *Charles Brockden Brown's Revolution and the Birth of American Gothic*. U of Pennsylvania P, 2004.

Kaplan, Catharine. "Document: Elihu Hubbard Smith's 'Institutions of the Republic of Utopia.'" *Early American Literature*, vol. 35, no. 3, 2000, pp. 294–308.

Layson, Hana. "Rape and Revolution: Feminism, Antijacobinism, and the Politics of Injured Innocence in Brockden Brown's *Ormond*." *American Studies*, vol. 2, no.1, 2004, pp. 160–91.

Lustig, T. J. "Brown, Charles Brockden." Mulvey-Roberts, pp. 12–14.

Mulvey-Roberts, Marie, editor. *The Handbook of the Gothic*. 2nd ed., Macmillan, 1998.

Murphy, Jim. *An American Plague: The True and Terrifying Story of the Yellow Fever Epidemic of 1793*. Clarion Books, 2003.

Ringe, Donald A. *American Gothic: Imagination and Reason in Nineteenth-Century Fiction*. UP of Kentucky, 1982.

Rush, Benjamin. *Observation upon the Origin of the Malignant Bilious, or Yellow Fever in Philadelphia, and upon the Means of Preventing it: Addressed to the Citizens of Philadelphia*. Philadelphia, 1799.

Stern, Julia. *The Plight of Feelings: Sympathy and Dissent in the Early American Novel*. U of Chicago P, 1997.

——. "The State of 'Women' in *Ormond*, or Patricide in the New Nation." Bernard, pp. 182–214.

Teute, Fredrika J. "'A Republic of Intellect': Conversation and Criticism among the Sexes in 1790s New York." Bernard, pp. 149–81.

Vilas, Martin Samuel. *Charles Brockden Brown: A Study of Early American Fiction*. Free Press Association, 1904.

Waterman, Bryan. *Republic of Intellect: The Friendly Club of New York City and the Making of American Literature*. Johns Hopkins UP, 2007.

Witherington, Paul. "Brockden Brown's Other Novels: *Clara Howard* and *Jane Talbot*.'" *Nineteenth-Century Fiction*, vol. 29, no. 3, 1974, pp. 257–72.

Wollstonecraft, Mary. *Wollstonecraft: A Vindication of the Rights of Men and A Vindication of the Rights of Woman*. Edited by Sylvana Tomaselli,

Cambridge UP, 1995.

梅垣千尋『女性の権利を擁護する――メアリ・ウルストンクラフトの挑戦』白澤社、二〇一一年。

志村正雄「C・B・ブラウンと『ウィーランド』」C・B・ブラウン『世界幻想文学大系〈3〉ウィーランド』国書刊行会、一九七六年、三四六―六六頁。

庄司宏子『アメリカスの文学的想像力――カリブからアメリカへ』彩流社、二〇一五年。

平石貴樹『アメリカ文学史』松柏社、二〇一〇年。

渡辺利雄『講義　アメリカ文学史』第一巻、研究社、二〇〇七年。

第Ⅱ部　ニューイングランド的コミュニティ

エマソンの「透明な」自然と環大西洋思想の環流

成田　雅彦

はじめに

一八三六年に発表されたラルフ・ウォルドー・エマソンの『自然論』が、当初の評判こそ芳《かんば》しくなかったものの、やがてその重要性が注目されて超絶主義運動のバイブル、さらには、アメリカ・ロマン主義の代表的な著作と見なされるようになったことは周知の事実である。この時代、自然詩人ウィリアム・ワーズワースや、独自の自然哲学を展開したフリードリヒ・シェリングなどドイツの観念論哲学を引くまでもなく、自然はロマン主義の中心的なテーマであり、自然を謳《うた》うことが、人間を抑圧する都市文明や形骸化された宗教を刷新する意味を帯びるようになっていた。十九世紀初めのアメリカにおいても事情は似ていたが、特にアメリカは、その初めからヨーロッパの文明社会と自らを対比させて自然を特権化する傾向があったから、それはペリー・ミラーの言ったように元来「自然の国家」という自画像に固執してきたと言ってよい。ミラーによれば、ヨーロッパのロマン主義者にとって自然はあくまでも文明社会に住む個人や芸術家を救済し、再生する領域であったのに対して、アメリカでは自然は、国家そのものを危機から救い出す神の領域であった。自然こそは、個人の魂のみならず、新しい国家が道徳的堕落へと落ちていくのを食い止める基盤と見なされたのである(Miller 203)。

エマソンたち、超絶主義者も基本的にはそうしたアメリカ国家の基盤として自然を見るという系譜に属している。エマソンは、ハーヴァード大学時代、ウィリアム・パーレイなど十八世紀の自然神学者の著作を教科書に、自然から神の存在を読み取る自然学を学んだ世代に属している(Robinson 71)。ただ、私たちは、エマソンの『自然論』に出会った時に当惑を感じるのも事実である。ここにはもちろん自然が語られている。だが、同時に、我々はこの著作からアメリカの大地を彩る豊穣な緑の自然を想起することは難しい。ここにあるのは、一人の人間が自然の世界の中に溶解した時の恍惚《こうこつ》感であり、それはエマソンの言葉を使えば「自己[ME]」と「非自己[NOT ME]」との神秘的出会いの記録というべきものである(Emerson, *Nature* 8)。自然の中で「透明な眼球」になる「私」は肉体を消失してしまうが、同時にここでは自然もまた透明な存在となって消失してしまう。特に後半にかけては、モノとしての自然は脇に追いやられて声を封じられ、もっぱら物質的自然の消失した後の精神の姿が語られる。とすれば、エマソンにとって自然とは何だったのだろうか。なぜエマソンは生命を持った生態系としての自然ではなく、このような透明な自然を描かなければならなかったのであろう。それはアメリカ思想史、また文学史の中でいかなる意味を持つのか。そうした問題が、問われなければならない。本論では、そうした問題を当時の環大西洋の知のコミュニティという文脈の中で新たに考えてみたい。エマソンの『自然論』の背景には、当時の大西洋を跨《また》いで渦巻く思想の大環流があり、そうした環大西洋の思想交流を念頭に置かなければ、その自然が「透明」になってしまうことの意味は分からないからである。

一　イデオロギーとしての物質的自然

まず前置きとして、エマソンの『自然論』の特異性を明らかにするために、この作品の有名な一節と、ヘンリー・デヴィッド・ソローのこれまた有名な『メインの森』(一八六四)の一節を並べてみよう。いわゆる「透明な眼球」の一節と、ソローがメイン州クタードゥン山中で野生のままの、まさにモノとしての剥き出しの自然に出会うところである。

薄明の曇り空の下、何もない共有地の雪だまりの中を横切っていくと、特別な幸運が思いの中に浮かんでくることがなくても、私は完全な心の高揚を享受できた。私は怖いくらいに嬉しい。森の中でも、人はまるで蛇が殻を脱ぎ捨てるように年齢を脱ぎ捨て、人生のどの時期にあるにしても、常に子供になる。この神の植林地《プランテーション》の中には、ある端正さと神聖とが行き渡り、四季を通じて祝祭の装いがなされ、そこにいる客は千年経ってもその場にいて飽きることはない。森で私たちは理性と信仰とに立ち返る。そこにいると私は、人生においては自然が修復できないようなものは何も、どんな不名誉も、どんな災いも（私に目を残してくれるなら）けっして自分には起こらないと感じる。むき出しの大地に立ち、頭を快活な大気に浸し、無限の空間の中にもたげていると、すべてあさましい自己意識は消えてしまう。私は透明な眼球になる。私は無であり、私にはすべてが見える。普遍的存在者の流れが私を通して環流し、私は神の本質的部分となる。最も親しい友人の名前もその時には疎遠に、そして付随的なものに響く。兄弟であること、知人であること、主人、あるいは下僕であること、そんなことは取るに足らないこと、また、どうでもいいことだ。私は、形式の中に閉じ込めてはおけない、無限の美を愛するものだ。人の手の入らない原野の中に、私は通りや村にあるよりももっと何か心にかなう、自分の心が先天的に知っているようなものを見る。静謐《せいひつ》な自然の風景の中に、そして、とくに遠くの地平線の中に、人は何か自分の本性と同じように美しいものを見る（*Nature* 10）。

ここには舞台としての自然は確かにある。雪の残る共有地、そして、四季を通じて艶やかに装いを変える森。その中に立つことの高揚と歓喜が描かれている。自然の中で人が子供になるというワーズワース的ロマン主義も踏襲されている。しかし、ここに提示されている自然は、旧世界のロマン主義者が描いた自然とは大きく異なっている。この歓喜の中で神の一部を体現し、「透明な眼球」になるという「私」の視線は自然を見てはいない。それは明らかに具体的な物質的自然よりもその背後に流れる精神に注がれ、普遍的存在者から奔流のように押し寄せる力の潮流に我が身が貫かれているることに満たされた思いを感じている。ひと言で言えば、ここではモノとしての自然は主役の地位を与えられたかと思うと同時に忘却されていると言っていい。しかも、事物としての自然の否定は、単に事物に対する精神の優位というだけではすまされない。それは、自然そのものだけではなく、人間の社会、さらには歴史の否定とも微妙に絡んでいく問題として論じられているからである。

ここでは「透明な自然」、その黙殺された自然の物質性と歩調を合わせるように、現実社会とそこでの人間関係も無化されている。友人や、兄弟との絆は取るに足らないものだとエマソンは言う。その後に続く「植林地《プランテーション》」、また、「主人、あるいは下僕」という言葉は、この時代のアメリカ社会の悪夢たる南部奴隷制を微妙に想起させて興味深いが、それが自然の空間と重ねられることでいわば毒を抜かれたように提示されている。『自然論』は自然だけを描いた作品ではない。エマソンの自然は、生命体としての物質性、さらには、そのモノの世界の延長線上に連なる社会的現実、そうしたものの声が根本的に封じられている世界なのであり、それは何よりもそうした表面的現実の向こう側――人間存在と社会の始原に遡る空間として想定されているのである。

一方、エマソンの弟子であり、その影響を強く受けて作家となったソローは、初期こそエマソン同様、自然を精神化する性向も見られるが、後期になるとモノとしての自然そのものの声に耳を澄ますという性向が強くなっていく。以下の一節はその典型であろう。

山のこちら側を下ってくるとき、おそらく私はもっとも完全に、これは原始の、飼いならされていない、そして永遠に飼いならすことのできない自然、まあ他に何と呼んでもいいのだが、そういうものだということが解った。この自然は美しくも野蛮で怖ろしい何ものかであった。私は畏れを持って、自分の踏みしめている地面を見、神々が何を創ったのかを見るために、その作品の形や造りや素材を見た。これは、私たちが聞いたことのある、混沌《こんとん》と一つの夜から作られたあの地球であった。〔中略〕それは巨大で怖ろしいモノであって、私たちが耳にするような、また（人が）上を歩いたり、そこに埋められたりする母なる自然ではなかった——いや、そこに（人が）骨を置くなどというのは厚かましすぎてとてもできない。それは、必然と運命の家であった。〔中略〕私は自分の肉体を畏れて立ち尽くす。私が繋ぎ留められているこの物質が私にはとても異質なものになってしまった。私は、精神や亡霊を怖れない。私はその一つだから。私の肉体はそれらを怖れているのかもしれないが。だが、私は肉体を怖れ、それに出会うと震える。私を所有しているこの巨人は何なのだ？　その神秘を語れ！　私たちの自然の中での生を考えろ！　日々、物質を突き付けられ、それと触れ合うこと——岩や、木々や、頬に受ける風を！　この確固たる地球！　事実の世界！　常識！　接触せよ！　接触せよ！　私たちは誰なのだ？　私たちはどこにいるのだ？

(Thoreau, *Maine Woods* 645–46)

ここに提示されているのは、モノとしての自然、物質的自然の圧倒的な存在感と異質性である。それは、人間の意志とは無関係に存在しているものであり、「必然と運命」という独自の論理に従って生きる「他者」、宇宙的生命体に他ならない。ソローはその自然の物質性を怖ろしいと告白し、その異境世界の延長線上にある自らの肉体を恐怖している。精神と肉体は、お互いを怖れ合う、まったく異質の存在として規定されているのだ。物質的自然は、人間だの、精神だのを意に介さずに独自の時間を刻み続ける。そうした怖るべき物質の巨大な固まりたる世界に「接触する」ことで自分の存在の謎と立ち位置を探ろうとすること——ソローが志向しているのはそうした自然観と言っていいだろう。

エマソンとソローはどちらも超絶主義思想の代表的人物のはずで、ソローは若い頃エマソンに心酔するあまり話し方までエマソンそっくりになったと言われる。ソローがエマソン思想の大きな影響下にあったことは否定できない。ただ、こと自然観に関する限りは、これほどの相違はないほどに違っている。はじめは、その自然観にしてもエマソンに対する純粋な心酔があった。ソローは、エマソンの文学世界では人は詩人になり、人間と自然が調和すると日誌に書いた (*Journal* 2: 224)。しかし後年の一八四三年、エマソンが四十歳、ソローが二十六歳の頃から二人の関係はだんだんと疎遠になり (Moore 251)、特にソローは日記にエマソンへの反感を書きつけるまでになる。エマソンの文章を読んでも、自分がすでに二十回も考えたことだと書き (*Journal* 3: 135)、一方のエマソンもソローの戦闘的な頑固さに腹立たしい思いを持つようになる (*Heart* 263)。二人の自然に関するこの思想的溝を見る限り、さもありなんという気がする。

この二人の自然観を際立たせるのは、モノとしての自然に対する両極端の対応である。エマソンは、自然を賛美する哲学者として知られ、実際自然愛好家でもあった。しかし、エマソンは生きたモノとしての自然の声を聞かない人でもあった。象徴的な一例として植樹のエピソードがある。エマソンは子供の誕生日記念に植物を植えることを常としていたものの、その熱意にもかかわらず植物は必ず哀れな結果に終わってしまい、コンコードの植物協会はこんなにいい苗から何故と不思議がったという (Richardson 98)。エマソンの家庭農園の世話ももっぱらソローが請け負っていた。よく言われるようにエマソンは観念としての自然愛好者であり、ソローは自然そのものを熟知し、物質という具体的手探りを通じてしか思考をしなかった人であったということであろう。ローラ・ウォールズに言わせれば、超絶主義者兼科学者ということにもなろうか (Walls 229)。

しかし、興味深いことに、「透明な眼球」であるエマソンは、まるで失われた肉体を求めるようにソローを求め続けた。ムーアの指摘するように、エマソンの精神はソローという手を通して現実世界に触れることを求めたかのようだ (Moore 256)。そして、これは、エマソンが、実は自然の物質性、モノとしての世界というものを無視するどころか、その謎に深く捉えられていたということをも示唆するものだ。実際、ヨーロッパでパリの植物園から運命的な啓示を得て「博物学者になろう」と日記に記したエマソンは (*Heart* 75)、帰国後、しばらくは自然に科学的な接近を試みようとした時期があった。しかし、一八三四年五月の「博物学者」と題する講演からは、科学的自然観に疑問を呈するようになり、詩人として自然を見る方向に変わっていくとロビンソンは指摘している (Robinson 84)。つまり、エマソンは、この年、モノとしての自然と関わることに一応の終止符を打ち、詩人として観念としての自然に向かっていくのである。そうしたエマソンがソローを求め続けたのは、いわば現実の根を失って宙に浮かんだ精神が、着地すべき肉体を求めてさまよう光景にも似ている。そして、この精神と物質性が離反しつつも複雑に引き合う様は、この二人の個人的関係を超えて、時代のアメリカ精神を如実に映し出している。新世界では、精神と物質とが修復不可能なまでに離反している。それは、精神と物質とが絡み合おうにも伝統的方法がないということでもあるだろう。そもそも、その新たな結びつき方を見出すということが、アメリカという新文明の礎を形成することに他ならないからである。エマソンとソローは、このアメリカの中核にある問題と格闘していたといってよい。

　このようにモノとしての自然が、ソローにとってはもちろん、それを拒絶するエマソンにとっても大きな意味を占めていたことは疑いがない。モノとしての、生態系としての自然に対する関心は、このソローを中心にやがてアメリカ自然保護の父、ジョン・ミューアなどに引き継がれて、現代の環境思想においても中心的な位置を占めるようになっていく。ソローにとっては思考することがモノという実体と直に関わることを意味していた。自然という物質の異質性の中にこそ、いまだ人類が知らない知恵が隠されていると信じたのである。だが、エマソンにとって、モノとしての自然はその生態としての重要性以上に、まず認識論の問題として重要視されるべきものであった。物質的自然は、重要性がないゆえに無視されたのではない。この時期――それは、アメリカという概念そのものが形成される時代と言ってもいいのだが――むしろ、その物質性を乗り越えること自体が、大きな意味を持っていたのである。それは、モノとしての自然というものが、十九世紀のアメリカ、いや、十八世紀末からこの時代までのヨーロッパを含んだ大西洋文化圏の中では、それまで思想界を支配していた経験論的世界観や認識論と深く結びついた問題だったからである。モノの物質性に拘泥《こうでい》することが、必然的に因習的な社会制度やヨーロッパの伝統的文化や人間関係のあり方に人間を結びつけることを、この時代の鋭敏な思想家たちは感じ取っていた。エマソンもその例外ではなかったのである。

　十八世紀の末からロマン主義の時代にかけて、欧米の思想的大問題の一つは、いかに、この経験論的世界観を克服するかという問題であった。エマソンの自然観の中核には明らかにこの問題がある。我々は、文学作品の世界に閉じ込められ、「アメリカ」文学というように国家的ナショナリズムの枠内で文学作品を眺めていると、時に大切なものを見失う。しかし、たとえばエマソンやソローを大きなトランスアトランティックな文脈の中に置くと、まったく別物に見えてくる。そしてエマソンの『自然論』こそは、まさにそうした文脈を要求するものであり、それを念頭に置いてみると、『自然論』というのは、当時、環大西洋世界全体における知のコミュニティの中心的課題と正面から格闘した作品であることが見えてくる。それは、イギリス経験論的世界観を脱却しようとする大きな動きの中の、アメリカにおける独創的営みだったのである。というのは、他でもない。経験論的思考を抜け出ることは、エマソンにとって新しい宗教的刷新、さらには前述のように、新しいアメリカという概念を確立することと密接な関係があったからに他ならない。

二　コールリッジ、ドイツ観念論、変容する「理性」

『自然論』執筆前のエマソンは、いわば人生立て直しの状態にあった。兄ウィリアムズを通じて知ったドイツ高等批評によってキリスト教信仰を根本から問い直すことになり、最愛の妻を結核で失い、やがて教会儀式に対する疑念からボストン第二教会の牧師職を辞することになる。ユニテリアン派の主導する宗教状況も閉塞感に苛《さいな》まれていた。おさらいをしておくと、アメリカのユニテリアン派は十八世紀末以来力を増し、アメリカの伝統的宗教であるカルヴィニズムの暗い人間観を打ち破り、人間の理性と善性に対する信頼を説いて十九世紀の初めには確固たるニューイングランドの中心的宗教となった。ハーヴァード大学神学部の主流派もユニテリアンで固められていく。しかし、経験論的世界観に基づくその理性崇拝が極まるあまり、人々は宗教的感情から切り離され、若い牧師たちの間にもその宗教の正当性について疑問が生じてくる。一八二〇年代からウィリアム・エラリー・チャニングが、そしてのちにはエマソンがその硬直化した宗教体制に内部から反対の声を上げていく背景には、こうした状況があったのだ。エマソンは一八二六年九月二十三日、叔母メアリー・ムーディへの手紙で次のように言っている。

現代の哲学が、その強い反動によって、感情に対して強い関心を持つようになったというのは本当ではないでしょうか。キュウリのように冷たい、むき出しの理性のみが以前は許容されるものでしたが、人々はその骸骨に嫌気がさし、内面に目を向けて、理性の妹たる恥ずかしがりで、輝かしく、常に変化する感情の手にそれを引き渡すようになったのです。(中略)それが何であれ、私たち自身を歴史的な観点から見る――そういうことを現在私たちはやっているのですが――神と私たちの間に時間を介在させて見ることは誤りであるということ、また宇宙の存在のあらゆる瞬間を新たな創造として説明する方が適切だということ、そしてまたすべてのものは、あらゆる瞬間に神から出てそれを見る者の精神に対して示される啓示であると説明すること――そういうことこそが、現代哲学の持つ感覚の一つなのです。(*Selected Letters* 78)

ここでエマソンは、現代の哲学の中に新しい潮流を読み取っている。これまでは「キュウリのように冷たい」むき出しの理性に耐えてきたのだが、人々はその骸骨に辟易《へきえき》して、その妹たる感情に頼るようになっているのだ、ということ。そして、これが大切なのだが、これまでのように人間を「歴史的」に見ることを現代哲学は誤りだと考えているというのである。マルクスの史的唯物論を持ち出すまでもなく、「歴史的」に見る、あるいは、「神と私たちの間に時間を介在させる」というのは、ひと言で言えば、人間をモノとしての世界の住人と見る見方と密接に関連している。それは、現在の瞬間を過去の具体的事実やモノ、未来の具体的希望との連関で見るということであり、これは言うまでもなく人間の五感が物質的世界からの印象によって観念を得るとする経験論哲学に裏打ちされた見方であろう。

この時代、ニューイングランド文化の隅々にまで経験論を基盤にした人間の五感や悟性の支配――合理的ではあっても乾いた機械的理性の支配――が浸透していた。それは、前述のように宗教の生命を著しく低下させていた。こうした状況を象徴するのが会衆派のモーゼス・スチュワートとユニテリアンのアンドリュー・ノートンとの一八一九年の聖書解釈をめぐる論争である。ノートンは、聖書の言葉は専門的神学者がその知性と理性を総動員してこそ正しく理解されると説いた。いわば理性絶対主義である。一方、スチュアートは人間の不完全な理性のみに依存した聖書解釈こそが問題だとした（Gura, *American* 36–37）。スチュアートは伝統的会衆派の立場から、人間の感情を理性の呪縛から救い出そうとしたのである。エマソンは、経験論を基盤とするユニテリアン派の牧師であり、もちろん、基本的には理性を重視する姿勢を守ってきた人である。このことは銘記されなければならない。聖書が教えたような神の存在を鵜呑《うの》みにすることなく、エマソンは常に自分の理性によって神を見出そうとした。しかし、すでに若い頃から、エマソンは本当の理性とは信仰を乾いた味気ない経験にするものではないという確信があったようだ。「自分の理性の能力は低い」とエマソンは日記に書いている。しかし、それでも神学の世界を自分が選ぶのは間違ってはいない。なぜなら、最も高貴な理性とは、道徳的想像力に他ならないからだというのがエマソンの確信だったからである（*Heart* 18）。時代は、そうしたエマソンに寄り添うものに見えた。経験論の中心的人物であるジョン・ロックを「理性の機械」として嫌ったエマソンは、他の文学者とともにその強力な理性の支配を打破する言葉を見つけることに没頭するのである。

しかし、エマソンの「透明な自然」の革新性を理解するためには、そうした同時代の新哲学を確認するだけでは十分ではない。なぜなら、エマソンが拓いた精神の地平は、同時代の改革者たちの営みとは根本的に異なる斬新《ざんしん》さを持っていたからである。たとえば、この時代の革新的思想の代表者といえば、いうまでもなく超絶主義がある。今でこそエマソンはその思想運動の中心人物と見なされるが、当初、エマソンは超絶主義を主導する人物では決してなかった。『自然論』出版の一八三六年から「ヘッジのクラブ」という名の下、ボストンで超絶主義者たちが会合を持つようになってしばらく、超絶主義を先導していたのはオレスティーズ・ブラウンソンとジョージ・リプリーであって、この二人の主眼は貧しい人々の救済、また実験的共同体設立計画などの社会改革にあった。つまり、超絶主義の始まりは、純然たる現実、また歴史の中における改革であり経験論的思想を色濃く継承したものだったのである。ブラウンソンは、いわばエマソンの対極であり、エマソンの神秘的な個人主義思想を受け入れることができず、人間が歴史的産物であり、本当の信仰もまた歴史の歩みと一体であるという考えを強めて、やがてはカトリック教会の中に信仰を見出そうとする(Caponigri 378–90)。したがって、超絶主義も、その初期においては、現実世界の物質的基盤からの飛翔は見られない。「冷たい理性」支配の打破は、あくまでも現実世界の改造によって追求されたのである。

もう一つ例をあげれば、最近まであまり注目されることはなかったが、ニューイングランドではエマソンたちのボストンやコンコード中心の超絶主義が栄える前に、ヴァーモント超絶主義と呼ばれる動きがあった。これは、ジェイムズ・マーシュというヴァーモント大学の学長だった人物がサミュエル・テイラー・コールリッジの思想を紹介し、それに基づいたさまざまな宗教的、また教育的改革を唱えたことに始まる。ヨーロッパのロマン主義、とりわけコールリッジの思想は超絶主義思想の大きな源泉になるが、コールリッジ思想のアメリカでの隆盛は、このマーシュが一八二八年に編集出版したコールリッジの『省察の栞《しおり》』とそれにつけた長い紹介エッセイを通じて行なわれるのである。エマソンもこの本に大きな影響を受けている。当時、ニューイングランドでは、前述のスチュアートとノートンの論争に代表されるように、伝統的なカルヴィニズムと合理的なユニテリアニズムの対立が大きな問題であった。マーシュもまた、その対立の中、宗教がますます経験論的かつ乾いた合理主義の産物となっていくことを憂い、宗教的な健全さを取りもどすために、この『省察の栞』を出版した。マーシュは、コールリッジに倣《なら》い想像力の復権を唱え、個人の内面深く思索をすることに宗教活性化の糸口を探ろうとしたのである。さらには一八二六年からの学長時代、ヴァーモント大学でコールリッジの思想を基にした革命的カリキュラムを作り出す。その周りに集まった賛同者がヴァーモント超絶主義と呼ばれるようになるのである。アメリカの超絶主義は、エマソンなどがボストンやコンコードで始めたとされているが、実は、初めはヴァーモントの州都バーリントンで生まれたのだ。だが、その超絶主義は、同じアメリカの中にあって違った運命を辿っていく。

マーシュたちのヴァーモント超絶主義もまた、体制内部での、そして現実の宗教界の枠組みの中での運動であった。

マーシュは、宗教刷新の期待を込めて『省察の栞』をニューイングランドの各教会や主だった牧師たちに送る。エマソンと同様、コールリッジの「理性」という観念に、ロック的な経験論の行き過ぎによって生気を失った宗教を蘇らせる大きな可能性を見たようだ。コールリッジの「理性」観は十分神秘主義的ではあるものの、その議論は、基本的には宗教的な色彩が強い。それを引き継いだマーシュもまた目的は宗教の刷新にあり、ある面、コールリッジをきわめて正統的に引き継いでいた。結局、アメリカでは『省察の栞』は教会を動かす力にはならなかったが、コールリッジの思想はヴァーモント大学のカリキュラムの礎になり、後年アメリカ全土に広がっていく。有名な教育学者でプラグマティストのジョン・デューイはこのヴァーモント超絶主義の中で教育された人であった (Harvey 141–42)。マーシュたちのいわゆるヴァーモント超絶主義は、歴史の中に「制度」として組み入れられて忘れ去られていくのである。

コールリッジの思想をアメリカに知らしめたことは、マーシュの大きな功績であった。もちろん、コールリッジは以前からアメリカでも知られていたが、その哲学の難解さと、文章の読みにくさ、しかも実践的でない、つまりアメリカ的でない特質から、この哲学者詩人はむしろ懐疑の目で見られていた。しかし、マーシュは、『省察の栞』に付した長い序文で、自分たちアメリカの宗教的混迷にとってコールリッジがいかに有用かを説いていく。そして、アメリカ人たちは、このマーシュの明快な教えを通して初めてコールリッジを理解していくのである。そして、まさにエマソンこそが、そのコールリッジ思想からまったく新しい独自の地平を拓き、精神的な革命を起こす人物となるのだ。フィリップ・グラの指摘するように、コールリッジは人間の中にある霊的な力、想像力の大きさに目を啓くことになるが (Gura, *American* 51)、この哲学者詩人がアメリカで何より大きな意味を持ったのは、ドイツの思想、とりわけカントの超越論哲学と「理性」という概念をアメリカに知らしめたことであった。まさにこれこそが、経験論的認識を超えるキーワードであり、コールリッジ経由のカントの思想は当時のニューイングランドを席巻する。この概念がどれくらい正確に理解されたかはともかく、たとえば一八三〇年代のハーヴァード大学の学生たちは、さかんに理性と悟性という言葉を口にするようになったという (Gura, *Wisdom* 36)。

エマソンは、一八二九年から『自然論』を書き終えるまでの時期、コールリッジを通じていわゆるカントの「悟性」と「理性」という言葉を熱心に研究している (Carafiol 43)。もっとも、コールリッジのカント的理性理解は本来とはかけ離れた意味であったと度々指摘される。カントにおいては、悟性と理性は区別されているものの、いわば連続した能力であり、根本的に異なるものではない。しかし、コールリッジは、理性を悟性とはまったく異なる神秘的能力とし、直接、神と人間とを結びつける能力として規定している。そして、理性は、ドイツの哲学者で新カント学派のヤコブ・フリースによってさらに直観と明確に結びつけられてエマソンに流れ込む (Gura, *American* 54)。それが大きな意味を持つことになるのだ。というのも、エマソンは、このコールリッジそしてフリース経由の改造版理性に自身の求めていた経験論の超越、精神の革新への起爆剤を見出したからである。

この時代のアメリカは、いわばドイツ思想の圧倒的影響の中にあった。中心となったのは『クリスチャン・エグザミナー』誌であった (Gura, *American* 64)。ジョージ・リプリーも、当時のヨーロッパ思想をアメリカに紹介すべく『標準外国文献アンソロジー』で宗教書や哲学書のアンソロジーを組み大きな影響力を持つが、その中には、数々のドイツ文献が含まれている。エマソンたちのトランセンデンタル・クラブを主催したフレデリック・ヘンリー・ヘッジは、自らもドイツで教育を受け、観念論哲学やフリードリヒ・シュライエルマッハーなど多くのドイツの思想を紹介する大きな役割を果たしている。さらには、フランスの作家スタール夫人の『ドイツ論』(一八一〇) も大きな反響を呼び起こす。これによってアメリカ人たちはカントの重要性に目を啓かれるのである (Gura, *American* 26)。アメリカン・ルネサンスというまさにアメリカ文学が形成される時期、ドイツ思想が大きな意味を持ったことは看過すべきではない。エマソンの『自然論』にも人々はその確固たる影響を嗅ぎ取っていた。実際、『自然論』の難解さは、ヨーロッパ大陸の思想、とりわけドイツ思想の影響下にあることが原因であると見なされたのである (Gura, *American* 92)。

三　エマソン、神秘的「理性」、アメリカ思想の創造

エマソン自身が、ドイツ思想をどれほど直接原典から紐解いたかは明らかではない。しかし、このようにイギリス・ロマン派や仲間の超絶主義者の著作を通じて、さまざまな大陸思想がエマソンの中に流れ込む。とりわけ、カントの重要性は特筆に値するが、『自然論』の中では、コールリッジから引き継いだ理性という概念が、悟性と対比されつつ次のように論じられている。

我々の五感と旧態依然とした悟性のために、自然が絶対的に存在するものだという一種本能的な信念が生じる。そうした見方によれば、人間と自然とは分かちがたく結びついている。そういう人たちは、事物を究極のものと思い、その領域を超えた見方をしようとはしない。「理性」が出現するとこの信念はそこなわれる。思想を働かせるとまずそれがなすことは、まるで我々が自然の一部でもあるかのように我々を自然に縛り付けている五感の独裁制をゆるめ、我々に自然が自分たちとは遠く離れた、いわば、宙を漂うものであることを示すことなのである。このより高次の精神作用が介在してくるまでは、動物的な目が、驚くべき正確さで、はっきりした外形や色彩を持った表面を見る。「理性」の目が開かれれば、外形や表面にただちに優美さと表情が付け加えられる。これらは想像力と情感から出ているのであり、事物の鋭角的な明確さを幾分か和らげる。もしもその「理性」が活気づけられてより真剣な視覚となれば、外形や表面は透明になり、もはや見えない。そして、根本原因や精神がそれらを通して見える。人生の最高の瞬間は、そのより高い能力が爽快に目覚め、神の前に自然が恭《うやうや》しく引き下がる時である。(*Nature* 33)

五感や悟性が経験論の基盤であることは言うまでもない。そこにとどまっている限り人間は感覚や自然の物質性に

捉われるが、理性の目が開かれれば自然は透明になり、その背後に精神と根本原因のみが見える、とエマソンは言う。ここでいう理性はもちろんエマソンがコールリッジ的改訂を通して理解したカント的な「理性」である。その『理性』は、いわば直観や想像力とでもいった意味で用いられている。いずれにしても重要なのは、「理性」がモノや事実に沈黙を強いる神秘的能力と位置付けられていることだろう。理性の目が啓かれれば、自然に「優美さと表情［grace and expression］」が付け加えられるとエマソンは言う。grace は優美さと同時に神の恩寵《おんちょう》という意味でもあるが、それが「想像力と情感［imagination and affections］」から来るというのは注目に値する。エマソンはコールリッジ経由のカント的「理性」を神の恩寵のように神から来るのではなく、人間内部から出てくるのだ。エマソンはコールリッジ経由のカント的「理性」を神の恩寵や人間のロマン主義的な想像力と限りなく同一視して、本来は宗教的な神秘体験であるはずの恩寵体験を、日常世界の体験に移し、世界を聖化する基盤に据えたのである。

さらに大切なのは、ここで理性が透明にしてしまうのは自然だけではないということである。人間の歴史や時間性が消失することは前述のとおりであるが、同時に、ここでは、エマソンが依存していたヨーロッパの思想の痕跡もまたきれいに消されている。ロバート・ワイズバッハが指摘するように、ヨーロッパはエマソンの思想の根源にあるがゆえにこそ消されなければならない（Weisbuch 197）。それは、どのようになされたのか。エマソンは、「理性」という観念をコールリッジやドイツ観念論という歴史的文脈から切断し、その上で透明な世界を喚起する魔術のごとき能力に変容しているのである。つまり「透明な自然」とは、歴史から解き放たれたアメリカを謳い上げる装置であると同時に、ヨーロッパの記憶を、そして文化を旧世界に全面的に依存するコロニアルな存在としてのアメリカと自己を消す装置でもあるのだ。エマソンの「透明な自然」の革新性はここにあると言ってよい。

もう一つ、モノとしての自然の意味を考える上で興味深い考察が『自然論』の中にある。それは、「精神」の章の中の一節である。

しかし、目に見えない思考の歩みを追いながら、モノとはどこからきて、どこへ行くのかと問うてみると、多くの真実が意識の奥底から私たちに立ち現れる。至高のものは人間の魂に現れること、また、知恵でも愛でも美でも力でもなく、それらがすべて完全かつ一つであるもの、すなわち畏れ多い宇宙の本質のために、またそのおかげをもって、すべての事物は存在しているということ、というのも精神が創造するのだということ、自然の背後、また自然の隅々に至るまで精神が存在しており、それは複数のものではなく一つで、我々に外から、すなわち空間と時間において働きかけるものではなく、精神的に、つまり私たちを通して働きかけるのだ。それゆえ、その精神、つまり、至高の存在は、自然を私たちの周りに打ち立てるのではなく、木の生命が古い気孔を通して新しい枝と葉を出すように、私たちを通してそれを打ち立てるのだ。植物が大地に依存しているように、人間は神の懐に依存している。だから、人間は尽きることのない泉に養われ、必要な時には、無尽蔵の力を引き出す。誰が人間の可能性に限界を設定できようか。一度、上空の空気を吸い込んで、正義と真実の絶対的な本質を見ることを許されれば、私たちは人間が創造主の精神全体に近づくことができ、人間自身が有限の世界における創造主であることがわかる。どこに知恵と力の源泉が存在するのか、そしてまた、徳を「永遠の宮殿を開く黄金の鍵」として指し示すこの見方は、その表情の上に真実の最高の確証を浮かべている。なぜなら、それは私に命を吹き込み、私の魂の純粋を通して私の世界を創造させてくれるからだ。(*Nature* 41)

エマソンは、ここで自然が精神世界、そして人間と密接な関係を持っていると論じている。モノとしての自然は確かに存在している。しかし、エマソンは、ソローのようにそれを人間とは、また精神とは根本的に異質な怖ろしい世界とは位置付けてはいない。自然の背後には精神がある、とエマソンは言う。そして、興味深いのは、「その精神、つまり、至高の存在は、自然を私たちの周りに打ち立てるのではなく、木の生命が古い気孔を通して新しい枝と葉を出すように、私たちを通してそれを打ち立てるのだ」と言っているところだ。つまり、自然は精神によって創られるだけではなく、人間を通して打ち立てられるものだというのである。『自然論』を読むときにこの箇所は大きな障害になるだろう。エマソンの神秘主義的議論に辛抱深くついてきて、神が、あるいは精神が自然を生み出すという議論は承服できても、人間が自然を生み出すという常識的には考えられないこの議論に至って読者は立ちつくすことになる。しかし、ここもまたおそらくカントという補助線を持ち出すと理解できるところかもしれない。なぜならこれはおそらくカントのいわゆるコペルニクス的転回を継承した議論だからだ。外界の事物がまずあって、それが五感に印象を刻印することで人間の観念が生まれるという経験論的な人間観を否定し、むしろ逆に、人間の中にアプリオリに存在する認識能力がまずあって、外界の事物はその認識の枠組みによって創られ、存在するという、あのカントの独創的思想である。人間を通して自然が生成されるとするエマソンは、それをなぞったにすぎない。外界の事物によって人間の意識が支配されるのではなく、人間の意識を規定する枠組みによってこそ外界の事物の世界は形成される――このカントの革命的思考を継承し、それを新しい人間の意識の土台、そしてさらには新しいアメリカの土台に据えようとしたのがエマソンの『自然論』なのだ。

ヨーロッパの思想を吸収して思想家として成り立ったエマソンは、新しいアメリカ精神の独立基盤たる意識を創造しようとしたとき、モノによって規制される精神ではなくて、モノの世界さえも新たに創造してしまう「理性」という意識に着目したのである。それは、経験論を乗り越えるというだけではなく、目に見える一切の伝統的体系としてのヨーロッパを乗り越える役割をも付与されていた。前述のように、それは、自然を透明化するとともに、ヨーロッパからの思想的遺産をも透明化する役割を果たしたのだ。アメリカ文学が基本的に、ポスト・コロニアルな文脈の中から生まれてきたという出自そのものを一度きれいに消し去る働きがあったのである。しかも、自然そのものについても、エマソンの透明な自然という観念は、ヨーロッパのロマン派が達した自然賛美の枠組み、また自然に対する眼差しを徹底して消去しようとしている。自然観こそは、すべての世界観の根本にあるからだ。エマソンの「透明な自然」とは、新しい人間としてのアメリカ人が自然や世界に直に向き合えるようにする思考法を示す手引きであったのだ。

エマソンの神秘的自然観は、プロテスタント的衝動が行きついた帰結という側面もあるかもしれない。ロバート・カポニグリによれば、プロテスタンティズムの進展には二つの局面があった。まず第一にそれは、伝統的キリスト教を内部から改革すべき体制内の修正運動であった。しかし、それが個人の宗教体験に重きを置くにつれ、「非歴史的原理 [ahistorical principle]」へと形を変えていき、やがて伝統的キリスト教の体制、またその歴史を打破する方向に向かったという (Caponigri 369)。これを十九世紀ニューイングランドの宗教的状況に当てはめると、たとえばマーシュのコールリッジを通しての宗教改革はあくまでもプロテスタント的衝動の第一局面にとどまっていたものであり、それは歴史の枠組みを揺さぶるものではなかった。しかし、一方、エマソンの自然こそは「非歴史的原理」を醸成し、歴史そのものの存立を拒絶する理念の温床となったと言えるだろう。イギリスにおいての「理性」はどうであったか。コールリッジは、同じようにユニテリアンの宗教、また経験論的な悟性への反感からカント的「理性」を信奉して精神の刷新を図ろうとしながら、結局、英国国教会という「歴史」に帰って行った。エマソンとはまったく逆であったということになる。エマソンは、その「非歴史的原理」によって、新しいアメリカが立つべき理念を自然という聖域の中に確立したのだ。ヨーロッパの歴史のしがらみを抜け、因習的な社会の桎梏《しっこく》を無化し、世界というモノの物質的束縛からも自由になりうる精神の形成——それは、エマソンの時代だけではなく、その後のアメリカの重要な歩みの性格を決するものであった。それは、ディズニーではないが「魔法の王国《マジック・キングダム》」としてのアメリカの神秘的精神が、現実世界というモノの世界に埋もれながらもその現実に決して染まらず、常に新たな現実を作り出すという伝統を今に伝えているのではないだろうか。そうしたアメリカ像は、もはや過去のものだという向きもあろう。しかし、アメリカがアメリカである限り、その遺伝子は生き続ける。そして、エマソンこそはその核を創造した思想家だったのである。

◉本研究はＪＳＰＳ科研費 JP15H03189 の助成を受けたものです。なお、本論は『専修大学人文科学研究所月報』二九二号（二〇一八年三月）所収の同題拙論に加筆修正を施したものです。

◉引用文献

Caponigri, A. Robert. "Brownson and Emerson: Nature and History." *The New England Quarterly*, vol. 18, no. 3, 1945, pp. 368–90.

Carafiol, Peter C. "James Marsh's American Aids to Reflection: Influence through Ambiguity." *The New England Quarterly*, vol. 49, no. 1, 1976, pp. 27–45.

Emerson, Ralph Waldo. *The Heart of Emerson's Journals*. Edited by Bliss Perry, Dover, 1995.

——. *Nature. Essays and Lectures*. Edited by Joel Porte, Library of America, 1983, pp. 5–49.

——. *The Selected Letters of Ralph Waldo Emerson*. Edited by Joel Myerson, Columbia UP, 1999.

Gura, Philip F. *American Transcendentalism: A History*. Hill and Wang, 2008.

——. *The Wisdom of Words: Language, Theology, and Literature in the New England Renaissance*. UMI, 1996.

Harvey, Samantha C. *Transatlantic Transcendentalism: Coleridge, Emerson, and Nature*. Edinburgh UP, 2013.

Miller, Perry. *Nature's Nation*. Harvard UP, 1967.

Moore, John Brooks. "Thoreau Rejects Emerson." *American Literature*, vol. 4, no. 3, 1932, pp. 241–56.

Richardson, Robert D., Jr. "Emerson and Nature." *The Cambridge Companion to Ralph Waldo Emerson*, edited by Joel Porte and Saundra Morris, Cambridge UP, 2006, pp. 97–105.

Robinson, David. "Emerson's Natural Theology and the Paris Naturalists: Toward a Theory of Animated Nature." *Journal of the History of Ideas*, vol. 41, no. 1, 1980, pp. 69–88.

Thoreau, Henry David. *Journal*. Vols. 2 and 3. Edited by John C. Broderick et al., Princeton UP, 1984, 1991.

——. *The Maine Woods*. *Thoreau: A Week, Walden, The Maine Woods, Cape Cod*. Edited by Robert F. Sayre, Library of America, 1985.

Walls, Laura Dassow. "The Corner-stones of Heaven: Science Comes to Concord." *The Cambridge Companion to the Literature of the American Renaissance*, edited by Christopher N. Phillips, Cambridge UP, 2018, pp. 221–34.

Weisbuch, Robert. "Post-Colonial Emerson and Erasure of Europe." *The Cambridge Companion to Ralph Waldo Emerson*. pp. 192–217.

『マサチューセッツの報告書』とソローの「マサチューセッツの博物誌」

竹野 富美子

はじめに

アメリカン・ルネサンス期のニューイングランドにおける知的コミュニティについて見るとき、ボストン博物学協会の果たした役割は注目に値する。一八二四年に解散した自然史研究の会であるリンネ協会の後を受け、六年後に設立されたボストン博物学協会は、この頃ニューヨークやフィラデルフィアなどでも設立された、数ある自然科学関連の協会の一つであった(1)。自然史の普及と発展を目指した同協会は、動植物の収集や分類などの自然史研究を支えるボストンでの拠点となったが、同時に自然史に関心を持つ医師や実業家、知識人などボストン市民が集う、ゆるやかな知的交流の場としても機能していた。ラルフ・ウォルドー・エマソンやヘンリー・デイヴィッド・ソローも同協会の会員であり、特にR・W・エマソンは主要メンバーと親交が厚く、自然史関連の講演を行なうなど深い関係を持っていた。

本論では、ソローのエッセイ「マサチューセッツの博物誌」（一八四二）を取り上げ、一八四〇年代においてのソローの、ボストン博物学協会とのかかわりを考察する。「マサチューセッツの博物誌」は、マサチューセッツ州内の自然資源調査の報告書である『マサチューセッツの報告書』（一八三九―四一）の書評として『ダイアル』誌に掲載された。これはR・W・エマソンがボストンの州議事堂を訪れた際、州務長官室で見かけた『報告書』を手に入れ、ソローに書評を依頼したものだった。この『報告書』はマサチューセッツ州政府が発行したものだが、実質はボストン博物学協会の主導で制作され、協会の意向が色濃く反映されている。一方ソローの「博物誌」は、マサチューセッツの動植物についてのエッセイの体裁をとっており、書評対象であるはずの『報告書』についての言及は少ないことなどから、研究者の間ではソローが、ネイチャーライティングに目を向けるきっかけとなったという意味で重要であるとされながらも(Fink 68)、「地元の自然史の雑多な小品」などと見なされ(Sattelemeyer 35)、ほとんど注目されることはなかった。しかし「博物誌」をくわしく検討すると、ソローは『報告書』に見られる実利主義を批判しながらも、『報告書』を丹念に読み込み、その視点を共有して、ネイチャーライティングという新しいジャンルを開拓していることがわかる。ここではまず、この『報告書』の歴史的背景をさぐり、この書が国際情勢や国内動向を色濃く反映し、一八四〇年代のマサチューセッツ州という場所でしか成立しえなかったものであることを確認する。そのうえで「博物誌」と『報告書』を比較検討することで、ソローがどのように『報告書』のレトリックに則りながら、当時の「自然」を理解するための解釈共同体の一員として、自然史を巡る議論に参加していたかを明らかにしたい。

一 『マサチューセッツの報告書』とボストン博物学協会

ソローの「マサチューセッツの博物誌」の書評対象となった『報告書』とはどんなものだったのか。報告書の正式な書名は、それぞれ『州議会の命により、州の動物学、植物学調査委員会が出版したマサチューセッツの魚類、爬虫《はちゅう》類、鳥類の報告書』(一八三九)【図版1】、『草本性《そうほんせい》植物、四肢《しし》類の報告書』(一八四〇)、『植物に有害な昆虫の報告書』(一八四一)、『無脊椎《むせきつい》動物の報告書』(一八四一)という四分冊のもので、植物、爬虫類、動物などの部門ごとにそれぞれ一人の著者が執筆している。この報告書作成の指揮をとったボストン博物学協会会長のジョージ・バレル・エマソンの回想によると、この報告書は同協会会長に就任したG・B・エマソンが、ハーヴァード大学の同窓で同大学元教授、当時はマサチューセッツ州知事をしていたエドワード・エヴァレットに、マサチューセッツ州の詳しい測量調査をするよう進言したことに始まる。州議会からの認可を受けて、G・B・エマソンらが任命した、主にマサチューセッツ在住の学識者たちが報告書を作成、ボストン博物学協会の会合で講演した後、議会の予算でこれらの報告書を出版した。

各部門の序言を読むと、『報告書』の執筆者たちは当地の鉱物、植物、動物について「現在利用されている範囲内で、調査によって確かめることが有益である場合に限り」調査するようにと、マサチューセッツ州議会から要請を受けており (G. Emerson iii)、彼らは調査対象を実利的なものに限定していたことがわかる。たとえば「一般的実用性が、目指すべき目標であるとの原則に則った」とか、「土を耕すことに従事する人々に役立つように、努めることが義務であると考えていた」、もしくは「もう一つの目標は、耕作する人が知りたいと興味を持つような、鳥類の習慣に関する情報を提供することだった」などの言葉が目を引く (Emmons 3; Harris v; Peabody 257)。十九世紀初めには、アメリカの動植物に関する自然史関連の書籍が出版されてきていたが、『報告書』の先行文献となるこれらの書籍は、一個人がまとめた単著であり、いわばその個人の興味、学術的関心によって構成されている。一方、州政府の予算を使って出版された『報告書』はまず、実用的であることが求められていたことがわかる。

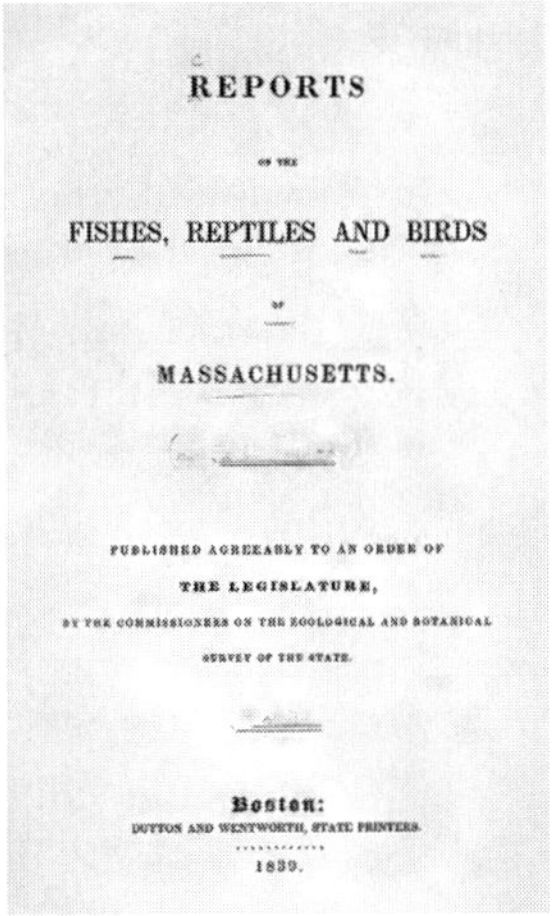
REPORTS
ON THE
FISHES, REPTILES AND BIRDS
OF
MASSACHUSETTS.
PUBLISHED AGREEABLY TO AN ORDER OF
THE LEGISLATURE,
BY THE COMMISSIONERS ON THE ZOOLOGICAL AND BOTANICAL
SURVEY OF THE STATE.
Boston:
DUTTON AND WENTWORTH, STATE PRINTERS.
1839.

【図版1】『マサチューセッツの魚類、爬虫類、鳥類の報告書』

これらの報告書は、地域コミュニティからは好意的に迎えられた。このうち『植物に有害な昆虫の報告書』や『無脊椎動物の報告書』などは単行本として版を重ね、昆虫学者ジョン・ヘンリー・カムストックや、大森貝塚で有名なエドワード・S・モースが青少年時代に愛読したものとして知られている。このようなマサチューセッツの動植物について、初めて詳しく記述した同報告書は、自らの環境を把握するための言葉と視点を、地域の住民に与えたと言うことができるだろう。

【図版2】ジョージ・バレル・エマソン

もともとこの『報告書』には前身があった。一八三〇年にアマースト大学のエドワード・ヒッチコックが州政府に任命されて州の地質調査を行ない、一八三三年にまとめた報告書がそれである。ヒッチコックが寄せた序文によると、彼はボストン博物学協会の全面的な支援を受けている。そしてこのような州政府主導の地質報告書は、アメリカはもとより、世界的にも画期的なプロジェクトだったようだ。ニューヨーク州政府はこの『マサチューセッツの地質報告書』の完成後、ただちにヒッチコックにニューヨーク州の地質調査への助言を求めている。自然史研究の先進国を自認するフランスの雑誌、『レヴュー・クリティーク』誌は「一瞥《いちべつ》しただけで、この報告書が有益なものであることがわかる」と述べ、「フランスがこのような競争においてアメリカに負けたことは遺憾《いかん》である。なぜなら我が国の鉱物技術者集団をもってすれば、短期間にもっと優れた報告書を完成することができるのは明白だからだ」と書評したという (qtd. in Barrell 163)。『マサチューセッツの報告書』は、このヒッチコックの『地質報告書』の成功を受け、対象を地質だけではなく州内の動植物にまで広げて行なわれたプロジェクトだった。

フランスの反応からも推察できるように、当時の世界情勢において資源調査は緊喫《きっきん》の関心事であった。当時の列強であったフランス、オランダ、イギリスはそれぞれインド、東南アジア、アフリカなどに植民地を拡大し、豊富な自然資源を有する植民地との、国際分業に基づく帝国経済貿易圏を形成しつつあった (Farber 33, 92)。一八四〇年代のイギリスを見ると、一八四一年にニュージーランドを併合、一八四二年にはアヘン戦争に勝利、この後に東インド会社から派遣されたプラントハンターがチャノキの苗を求めて、清国に潜入している。G・B・エマソン【図版2】が序文で『報告書』の目標を次のように述べているのも、このような事情を念頭に置いているのだろう。

旧世界の君主制国家の中でも先進的な国々では、すべての鉱物や動植物の生産に関心が払われている。（中略）フランスや北欧、ドイツ、特にイギリスにおいては、莫大な費用が自然資源の調査に費やされている。（中略）世界を見渡すならば、最も豊かで発達した国民を支える国々は自然資源を豊かに有する国ではなく、自国にある資源を最大限に調査し、明らかにした国なのだ。（中略）マサチューセッツのような自由州においてこそ、何にも増して富の源泉と人民の進歩は、国の自然資源利用に捧げられる知性と技術、産業にかかっている。(viii)

G・B・エマソンのこの信念は、他の著者たちも共有していたものだった。『昆虫の報告書』を書いたサディアス・ハリスは序文において、農業や園芸はすべての民の状態を改善し、「我々の自由と独立の保護手段となる」と書いている(v)。もともとG・B・エマソンが会長を務めたボストン博物学協会は、地元の学識者たちがニューイングランドの自然産物を把握することを目指して設立されたものだ。協会の機関誌は、以下のような設立メンバーの言を載せている。

我々は、動物学の知識に関して、このニューイングランドをほとんど知らない著者が書いた本に頼っている。我々の回りを飛び交う鳥、アメリカの池や湖を泳ぎ回る魚、あるいは空や海を行き交う下等な動物などについての一般的知識を持つ者は誰もいない。(Creed 4)

ヨーロッパによって「新大陸」として「発見」されて以来、アメリカはヨーロッパの自然史の研究対象として存在していたという経緯がある。さらに辺境国として、自然史研究では後《おく》れを取っていたアメリカは十八世紀末まで、自国の動植物の知識を得るためには、ヨーロッパ人が書いた旅行記、自然史研究に頼るしかなかった。一八四五年発行の同協会の機関誌に掲載された記事にも、このような事情が見てとれる。

我々の国の昆虫を、種を決定するためにヨーロッパに送らなくてはいけない時代は過ぎた。我々と同様の知識しか持ち合わせないのに、我々が発見した昆虫を名付ける選択権を持つヨーロッパ人昆虫学者の取るに足らない意見に、我々はしばりつけられなくてはいけないのか。(LeConte 203)

若き昆虫研究家ジョン・ルコントのこの記事は、「昆虫学界のアメリカ独立宣言」として知られるが(Sorensen 23)、急いで付け加えなくてはならないのは、このような国粋主義的な傾向はボストン博物学協会に限ったことではなく、十九世紀の自然史関連の協会や自然史家に共通して見られるものであり、またこの協会が外国の研究に対して排斥的だったというわけでもないことだ。自然史研究は、研究者同士の交流を促し、国をまたいだ国際的ネットワークを醸成すると同時に、ポール・セモニンが主張し、本書においても竹腰佳誉子が十八世紀のアメリカ哲学協会の事例で検討しているように、ナショナリズムを普遍化する「支配的隠喩」としても機能するという(Semonin 27)、錯綜《さくそう》した言説空間だったということができるだろう。

G・B・エマソンの又従兄弟にあたるR・W・エマソンは、ニナ・ベイムも認めるように、この『報告書』を評価したようだ(Baym 221)。マーガレット・フラーあての手紙では、ボストンで『報告書』を入手したことを知らせ、ソローに書評を依頼するつもりだと書いている。エマソンは、兄を失い、病から癒えたばかりのソローが、好きな「森やボートや、釣りについて語ることができる」と考えたのだ。そしてこの報告書について「どうした偶然からか、わが州政府は」煩雑な政治闘争からしばし離れて「晴れやかな休暇を取り(中略)ボストン博物学協会に指揮を委ねる気になったのだろうか」と、その決定を称賛している(R. Emerson 47)。また『ダイアル』誌に掲載したソローのエッセイの冒頭には、編集長として「マサチューセッツ州の科学的調査を行なうという、州政府の善行をどのように祝うのが最適かと考えてきた」との前置きを寄せている(Thoreau 19)。もともとR・W・エマソンはボストン博物学協会と深い繋がりを持っていた。弟チャールズが一八三三年に会員となった後、ヨーロッパ旅行からの帰国直後に、G・B・エマソンの紹介で、エマソン自身が「自然史の効用」という題の講演を協会で行なっている。翌年一八三四年には会員となり、同年に協会の年次会合で、「博物学者《ナチュラリスト》」の講演を行なった。

R・W・エマソンは『自然論』(一八三六)を書く頃には、自然科学から関心が離れていったとされる(Rossi 138)。しかし彼は終生、ボストン博物学協会の関係者を含む、自然科学系のコミュニティと親交を保ってきた。たとえば一八五八年にエマソンは「哲学者たちのキャンプ」として有名になった知識人、学識者らのニューヨーク州アディロンダック山地への旅行に参加している。十人の参加者の中には、詩人ジェイムズ・ラッセル・ローウェルや後のマサチューセッツ州最高裁判所判事エベニーザー・ロックウッド・ホアらとともに、ボストン博物学協会の設立者の一人エイモス・ビニー、同協会の中心人物であったジェフリーズ・ワイマン、エマソンと親しく、協会とも繋がりの深かったスイス人科学者ルイ・アガシーなどがいた。

二 「マサチューセッツの博物誌」と『報告書』

「マサチューセッツの博物誌」を一見する限り、ソローにとって『報告書』はそれほど感銘を受けるものではなかったように見える。私淑していたR・W・エマソンとは反対に、ソローは晩年に向かうにつれて自然科学へ傾倒していったとされるが、このエッセイを書いた一八四二年時点では、はっきりとした協会との繋がりは見られない。協会へのかかわりがわかるのは、彼が一八五〇年に会費納入の義務のない通信会員に選ばれてからで、それ以降ソローはボストンに行くたびに協会の図書を借り出し、また協会の会員と交流を図るようになっている(Cameron 22)。

「マサチューセッツの博物誌」でソローがまず言及するのは、ジョン・ジェイムズ・オーデュボンの著作である。

博物誌は冬の読書をとても快いものにしてくれる。雪が大地をおおうとき、私は喜びに身震いしながらオーデュボンを読む。たとえばモクレン、フロリダの珊瑚《さんご》島群、暖かい海風、柵の手すり、ワタノキ、コクメイドリの移動、ラブラドル半島の冬の終わり、ミズーリ川支流の雪解け。私の健康は豊饒な自然についてのこうした記憶のおかげである。（19；九）

冬の日に部屋の中で、ラブラドルやフロリダの暖かい気候の動物の生態について読むことの醍醐味《だいごみ》を語るソローの描写は、『報告書』へのアンチテーゼとなっている。ソローの視線は『報告書』の序文が提示する政治世界を飛び越え、鳥のようにはるか上空を漂うのだ。

その土地のたんなる政治的な様子などは、まったく人を元気づけるものではない。（中略）この面ではすべての土地がまさに腐敗の兆候を示している。（中略）しかしそれらの上を吹く一陣の東風あるいは南風とくらべれば、取るに足らぬものである。（20；一一）

ソローはこのように「社会」と「自然」という対立する二つの世界が、同じ空間に重複して存在している様子を描き出す。ラブラドルやメイン東部といったオーデュボンが探索した地域について「特別な健全さがある」とするソローは、「足が自然の真ん中に置かれていない」人間には、それを感じ取ることができないと考える(20)。「実際、病んでいる者には自然は病んでいる」のだが、「健全なものには自然は健康の泉」なのである(21)。

ソローが設定するこのような二元論について、ローラ・ダッソウ・ウォールズは特に初期の作品に関連して、エマソンの影響を見ており(Walls 48)、ペリー・ミラーは、「博物誌」に見られる「視点の二元性［duality of vision］」に注目し、自然神学と自然科学との緊張を孕《はら》んだ併存を指摘する(Miller 151)。しかし本論で特に注目したいのは、二つの対立する世界が同じ空間の中に存在し、観察している者だけが見える世界があると考えるソローの視点で、これはこのエッセイに通底したテーマとなっている。特に初期のソローにとって、科学は「英雄的」なものだったと言われているように(Richardson 111)、このエッセイにおいて科学は「称賛に価する訓練」とされる(22)。科学の実践によって、人間は動植物を「じっと見つめ」、「穏やかに吟味《ぎんみ》」することで「静かな勇敢さ」を持って、「疑いや危機」から逃れることができる(22)。科学者は自然史の知識によって、自然が提示する豊かな世界を見ることができるのだ。

主に日誌の記述を流用して書かれたとされる「博物誌」だが(Sattelmeyer 35)、その構成は、かなり緻密に考えられている。エッセイの三ページ目にようやく『報告書』に言及するソローは、『報告書』を「昆虫」「鳥」「四足動物」「魚」「植物」「無脊椎動物」の部門の順に取り上げ、それぞれの動植物の世界を季節と密接につなげながら、叙述していく。「昆虫」ではセミの夏とコオロギの秋、「鳥」では冬から春、夏を経て秋までの鳥たちの様子、「四足動物」では春、秋のマスクラット（ニオイネズミ）と冬のキツネについて、「魚」は川の冬から夏、「植物」では森の冬が描かれている。うつろう季節とともに、森や川に生息する動植物の動向を描くことで、ソローは観察力の乏しい人間には見えない、マサチューセッツの森の豊かな生態系の存在を指摘している。これらの描写は、マサチューセッツ州内の生態系への関心よりも実利を優先し、人間にとって有益、もしくは有害な動植物にしか目を向けない『報告書』への反論にもなっている。

経済活動にいそしむ人間たちが行きかう氷で覆われた川の下では、魚たちの豊饒な世界が存在している。

> 氷が雪でおおわれるとき、私は足の下に横たわる豊かな富を疑わない。どこも私の足の下には鉱床といってよいほど値打ちのあるものがあるのだ。いっぱい荷を積んだ荷車の下でどれほど多くの小さなカワカマスが楽々とヒレを使って数尋にもわたって泳いでいることか！（31; 二八）

そしてこのような自然の世界に気づき、「自然の傍らにいるとき」、人間の行為は「優しく自然と調和している」(31)。ソローは今日、人間が構成するコミュニティというよりも、「自然への新しい感覚」、人間と動植物や自然物までもが構成要素となるコミュニティの感覚を築いたとして評価されているが（伊藤　二四）、その姿勢はこの書評にも明らかだ。

ソローにとって釣り人は、理想的な科学者のようだ。川の浅瀬に垂らす「小さな亜麻糸の引綱は、太陽の光を浴びるクモの巣が不法侵入でないのと同じように、不法侵入ではない」。釣り人の使う釣り糸は「新しい水草のように」自然の一部となり、他の動物と同様の生態系に組み込まれている(31)。春の夜の川に船を出す釣り人は、閃光《せんこう》灯に照らされる水中を観察して、「暗い領域に、光をもたらす明けの明星《みょうじょう》」のように「抑えた誇りを」感じる。というのも、その水面下では「町の屋根が飛んでしまうほど」魚たちが「大騒ぎ」しているのを見つけることができるからだ(33)。ソローは「本当の意味で科学の人は」この釣り人のように「直接的な交わりと共感によって」学ぶのだと考えている(40)。

『報告書』のような「自然資源を最大限に調査し、明らかに」する行為はこの対極にある。ソローは『報告書』について「草原や森に入っていくことができないのに、石は一つ一つ裏返され、樹皮は一枚一枚はがされたかのようである」とし、「覆いがないときにじっと眺めるのより、覆いを取る［discover］ほうがはるかに容易なのである」と批判する。それよりも「知恵は、調べずに眺める」、そして「私たちは見ることができるまでには長い間見なければならない」(39)。ソローは、自然資源を収奪の商品貨幣経済に組み込むのではなく、自然が持つ豊饒な世界の傍らに寄り添い、共感することを提言する。

三　ソローとボストン博物学協会

ではソローはこの書評において『報告書』を、ひいてはボストン博物学協会の在り方を完全に否定しているのだろうか。確かにソローは、この時代に自然神学的倫理を離れ、自然科学へと急激に変貌していった自然史研究と、それを支える研究者に違和感を覚えていたと言われる。一八五二年の日誌では「科学コミュニティの人々にとってはお笑い種だろうが」自分は「神の掟［higher law］」を扱う科学を信じない」科学者というよりは、「超絶主義者」「自然哲学者」なのだと書き、彼らと距離を置こうともしている(qtd. in Harding 291)。

一方でソローは、前述のとおり一八五〇年以降、協会との繋がりを深めてもいる。ボストンに行く機会があるたび協会の図書館を利用し、協会の会員に種の特定のために問い合わせたり、発見した種について語り合ったりしており、ウォールズは、ソローは「終生協会に忠実だった」と指摘する(146)。また、G・B・エマソンの『マサチューセッツの森に自生している木と低木に関する報告書』(一八四六)は一八五〇年代のソローの愛読書だった(Walls 275)。彼の死後に博物学協会は追悼の記事を寄せ、彼を「独特の才能」を持ち、動物の習慣を観察するのにかけては、並ぶ者がいなかったと称賛し、彼が収集した植物、鳥の卵のコレクションは、遺族によって協会に寄付された(Buell 413)。

ケヴィン・P・ヴァン・アングレンは、ソローがネイチャーライティングという新しいジャンルを開拓するにあたって、文学的権威を確立するために、『報告書』の著作者たちを「文学的競争者」「対立者」として見ていると分析する(Van Anglen 121)。しかしこれまで述べてきた協会の経緯、ソローのかかわりを考える時、この書評で彼は協会の一員として議論に参加していると言えるだろう。前述のG・B・エマソンの『木と低木に関する報告書』も、日誌にたびたび登場し、ソローが強く影響を受けていることがうかがえるものだが、これもソローが書評した『マサチューセッツの報告書』の叢書《そうしょ》の一つとして、書評発表後に発行されたものだ。

このような歴史的な裏付けだけでなく、「博物誌」内部において、そのレトリックや構成に、ソローと協会との繋がりを見て取ることができる。ここではまず、ソローが書評に取り上げた自然史家の名前を手掛かりに、協会とソローとの繋がりを探る。ソローにとってオーデュボンは特にお気に入りの自然史家だ。エッセイの冒頭でオーデュボンの名前をあげ、鳥を扱った箇所ではオーデュボンをたびたび引用して『報告書』を批判している。ソローはまた、オーデュボンだけでなく、多数の自然史関連の文献を引用しているが、これらの記述から、彼には自然史の該博《がいはく》な知識があることがわかる。たとえばソローは、ビリーチャツグミが『鳥類の報告書』では取り上げられていないことを指摘し、「ナトールが見事に描写しているこの鳥を、報告書の著者は知らないようだ。しかしこの近辺の森では最も普通の鳥なのだ」と批判する(26)。また、コマツグミの巣についてのオーデュボンの言及を注に加え、ミサゴやサンカノゴイの生態について、簡潔な記事しかない『報告書』を批判して、トマス・ナトールが引用した、ソクラテスやスウェーデンの科学者カール・フォン・リンネの記述を紹介する(25)。

ここで留意したいのは、ソローが取り上げる自然史家が、ナトールやオーデュボンなどアメリカと関係の深い研究者であることだ。鳥類に関しては十九世紀初頭から、ようやくアメリカ人によるアメリカ人のための自然史研究の蓄積ができてきた。前述のオーデュボン、アレグザンダー・ウィルソン、ボストン博物学協会の初代会長だったナトールなどがその代表として挙げられる。しかし依然研究の主流はヨーロッパであり、『報告書』で参照される先行文献も、マサチューセッツ州内の動植物を取り上げながらも、ヨーロッパの研究が多く含まれている。「四足動物部門」ではアメリカ人リチャード・ハーランやジョン・ゴドマンの他に、イギリス人トマス・ベルの『イギリスの四足動物史』(一八三七)やジョン・リチャードソンの『英領北部アメリカの動物誌』(一八二九—三七)、「草木部門」ではアメリカ人ジェイコブ・ビゲロー、ナトールとともに、フランス人フランソワ・アンドレ・ミショーの『北部アメリカの森林』(一八一九)などが引用されている。

しかし先にも述べたように、ボストン博物学協会は自国の研究者による自然史研究の発展を目指していた組織だった。『鳥類の報告書』を担当したウィリアム・B・O・ピーボディも、(ソローにとっては不十分だったとしても)オーデュボン、ナトール、ウィルソンらから多くを引用し、「ナトールの出した良書が一般読者にも手に入ることから、鳥の描写には彼に言及することにし、いたずらに繰り返すことはしない」と書いている(Peabody 33)。G・B・エマソンも『報告書』の「序文」で「鳥類学においてはオーデュボンやウィルソン、[シャルル・リュシアン・]ボナパルト、ナトールが多くのことを成し遂げている」と強調することを忘れない(iv)。リチャードソンやミショーをおそらく読んだ形跡があるにもかかわらず(Sattlemeyer 131, 236, 261)、ナトール、オーデュボン、ビゲローのみを取り上げるソローの引用には、ボストン博物学協会の志向を共有するものがある。

ソローがオーデュボンの名を取り上げることにも、ボストンの自然史家たちのコミュニティとの結束を見ることができる。オーデュボンは、存命中はかなり毀誉《きよ》褒貶《ほうへん》の多い自然史家だった。正式な大学教育を受けていなかったこと、それほど慎重な性格ではなかったことなどが災いしてか、権威主義的な自然史研究家たちからは、しばしば攻撃の対象とされてきた。特にオーデュボンが、ガラガラヘビがマネシツグミを襲うために木に登ると主張した時には、英米で賛否両論が巻き起こった。当時、自然史研究の先進地と目されたフィラデルフィアの科学者コミュニティの中では、彼は科学者ではないと否定されていた。彼の著した『アメリカの鳥類』は、フィラデルフィア自然科学協会の有力者だったジョージ・オードの強硬な反対に遭い、フィラデルフィアでは出版できず、ロンドンに渡って出版しなくてはならなかったことは有名なエピソードだ。同じくフィラデルフィア自然科学協会の会員、サミュエル・ホールドマンは『報告書』が発行された翌年の一八四四年、知人当ての書簡の中で、オーデュボンは科学者ではなく、動物を人間的特徴で描く大衆自然作家なのだと書いている(Sorensen 23)。

ひるがえってボストン博物学協会は一貫してオーデュボンを援護した。一八三三年、三四年冬のオーデュボンのボストン滞在では、ナトールや前出のエヴェレットをはじめとして、協会の中心メンバーがオーデュボンを歓迎した。彼が過労で倒れたときには、同協会の会員である医師たちが彼を看護した。一八三四年にオードと親しかったイギリス自然史家チャールズ・ウォータートンが、オーデュボンのガラガラヘビの記述について、個人攻撃も含んだ辛辣《しんらつ》な批判記事をロンドンの雑誌に載せたときには、オーデュボンの支持者であり、共著者でもあったジョン・バックマンに、講演で反論する機会を与えている。協会の回顧録によるとバックマンの反論は「納得のいくものだ」と評価され、協会の機関誌に掲載された(Bouvé 23)。同様に一八三五年、外国誌に不当に攻撃される「卓越した自然史家」オーデュボンとノトールの名誉を守るため、同協会の会長が反論の講演をした(Bouvé 209)。オーデュボンにとってボストンは「西のアテネ」であった(Rhodes 370)。オーデュボンの本を読むことに喜びを見出し、「私はいつも傍らに博物誌の本を一種の不老不死の霊薬のように置いておくだろう」と言明し(21)、オーデュボンの著作からたびたび引用するソローは、つまりは『報告書』の議論、彼らの会話に、敵対者ではなく一員として参加していると見ることができる。

ここでフィラデルフィア自然科学協会と、ボストン博物学協会の違いについて詳述する紙面の余裕はないが、オーデュボンに対する両協会の違いは、さまざまなベクトルが交差する言説空間としての、当時の自然史研究の在り方を顕在化するものだ。植民地時代から国内の自然史研究を主導してきたフィラデルフィアと、新興勢力としてのボストンの地域文化の違いとともに、ここにはヨーロッパの自然史家たちとの複層的な国際ネットワークの所在を、垣間見ることができる。実はこれまで見てきたような、『報告書』を批判するソローのレトリックそのものが、国際的な自然史研究のナラティヴを踏襲している。たとえばウィルソンはイギリスの自然史家、ジョン・レーサムの著作に見られる、北米産のブルーバードの記述について、以下のように攻撃する。「『木の中の穴に、この鳥は巣を作っているが、この鳥が木にとまっているところを見たことがない』というのは、まるで『アメリカ人が道を歩いているのを見たことはないが、彼らは道沿いに家を建てている』と言っているのと同じだ」(qtd. in Welch 29)。このような批判は、彼のナショナリズムの所産であると同時に、自然史研究につきものの、普遍的語法でもあった。自然史家たちは、それが外国人であろうと、同国人のものであろうと、優れた先行文献に敬意を表しながらも、自らの著作の優位性を主張するのに余念がない。イギリス人自然史家マーク・ケイツビーも、『カロライナ、フロリダ、バハマ諸島の自然史』(一七三一―四三)において、同国人のジョン・ローソンの『カロライナ新紀行』(一七〇九)を、種の収録数が少ないと批判し、ウィルソンの師匠、ウィリアム・バートラムは、ケイツビーの本に見られる誤りを難じている(Welch 18)。同様に、オーデュボンの格好の攻撃相手はウィルソンだった。「博物誌」に見られるソローの批判は、もちろんソローの、協会にたいする異議申し立てであるわけだが、こうした語法に則ったものだと言えるだろう。

四　ソローの越境する文学的想像力

ソローはしかし、批判と同時に『報告書』に見られる新しさを評価している。「昆虫の報告書」については、「新しい方向に生命の範囲を広げてくれるので（中略）さらに広々とした空間の意識と自由」を私たちに感じさせると称賛する(22)。そして、無脊椎動物に関する『報告書』では「時間と空間の意味をあらためて考えさせてくれる。驚くべき事実が記録されている」と感心する(38)。イギリス・ロマン主義を経て、R・W・エマソンが主導した超越主義がとらえた「自然」は、ヨーロッパ人による自然観の枠組みからアメリカ人を解き放ち、自らの視点から自らの環境を描くことを可能にした。『マサチューセッツの報告書』も、地域の動植物を観察し、表現する視点と言葉を住民に提供することで、この流れに寄与している。

ソローが昆虫や無脊椎動物の『報告書』に見た新しい空間と時間の意識は、これまで見てきたような、ソローが描き出すマサチューセッツの森の動植物たちの生態系の世界に繋がり、さらには、ソローが幻視する文学的世界とも共鳴している。ソローは、森の中に世界の風景を幻視し、このように歌う。

> 私たちの村は田舎風ヴェニスであり、
> かなたに沼沢《しょうたく》地がある広い潟《かた》である。
> ナポリ湾のように美しく、
> カエデの間に静かな入り江がある。
> 近くのトウモロコシ畑には、イスタンブールの
> 海港ゴールデンホーンがある。(32; 三一―三二)

ローレンス・ビュエルは、特に『ウォールデン』において、このようにソローがコンコードの風景を、文学的想像力で満たそうとする行為を、ピューリタンの伝統を引き継ぐソローの、空にしてから埋める行為、つまり目の前にある自然の時間性を剥奪《はくだつ》し、そこに豊かな想像力を付与する行為だとしている（Buell 70）。「博物誌」においても、確かにソローはビュエルが指摘するような、豊かな文学的想像力をこの森に付与している。ソローが考える理想的な科学者は、不注意な者には見えない豊かな自然の生態系の世界を見ることができる。同様にソローの卓越した観察力は、マサチューセッツの森にパリンプセストのように重なる、豊饒な文学的世界を見通すことができる。

ここにソローの幻視に添えて、イギリスの経済学者ウィリアム・スタンリー・ジェヴォンズが著書『石炭問題』（一八六五）で描いた世界の風景を取り上げたいと思う。彼はこの著作で、イギリスの経済的繁栄を引っ張ってきた石炭の枯渇と、それに伴う国際競争力の低下の問題を論じているのだが、これまでの大英帝国の繁栄を振り返って次のように述べている。

> 北アメリカとロシアの平原は我々のトウモロコシ畑であり、シカゴやオデッサは我々の穀物倉庫である。（中略）ペルーは銀を送ってよこし、カルフォルニアとオーストラリアの金はロンドンに流れ込む。中国人は我々のために茶を栽培し、我々のコーヒー、砂糖、香辛料の大農園はインド諸国にある。スペインとフランスは我々のブドウ園で、地中海は果樹園である。（Jevons 306）

これはソローのエッセイが書かれた二十年後の記述であり、本論の取り上げる時代に直接は関係するものではない。しかし一八四〇年から五〇年代のイギリス帝国の繁栄を振り返ったこの記述は、この時代の自然史研究には、一面において、どのような政治的経済的力学が作用していたかを、私たちに感じさせてくれる。

前述のように、自由州における自然資源調査の重要性を説いたG・B・エマソンには、こうした国際情勢が念頭にあると考えて良いだろう。一八二〇年代後半には、米国南部は綿花貿易を通じて、イギリスの国際分業体制の中に組み込まれ、南北戦争前まではイギリスとの貿易構造において、いわゆる「後進農業国型」に属していた（毛利　一六〇）。一八〇〇年代までには、インドのベンガル地方において、アヘンが東インド会社の独占のもとに生産され、中国との交易均衡のために輸出されるようになる。各国植民地では、モノカルチャー栽培がさらに推進されていった。ワイ・チー・ディモックは、アメリカ合衆国における奴隷制も、アジア、ヨーロッパ、アフリカ、南北アメリカを循環的ネットワークでつなぐ、全地球的規模の世界史に、取り込められていたと指摘する（Dimock 7）。ソローがG・B・エマソンの序文をどのように考えていたかについて、直接の記述は見当たらない。ただ、彼の書評と『報告書』を並べてみるとき、ソローの想像力の背景には、『報告書』が提示した「広々とした空間の意識と自由」とともに、『報告書』に色濃く映し出されている国際情勢が存在すると考えられるのではないか。

ソローはそのような世界をやんわりと拒絶する。英帝国の宗主国を頂点とした国際的ネットワークのピラミッドを描き出すジェヴォンズの想像力とは対照的に、ソローは自分が「大西洋の辺境」にいることに自覚的だ。「周囲に毛皮獣のいる土地があるかぎり、大西洋の辺境であるここで気力が衰えることはないだろう」と考えながらも（21）、ソローの想像世界にはヴェニスやナポリや、イスタンブールが集合する。ソローは自分が「世界と繋がっていることを」自覚していた（Buell 239）。そして、動植物の生態をじっと辛抱強く観察することで、森の生態系にソロー自身が組み込まれるように、ソローはマサチューセッツの森に、重層的な文学世界を幻視し、その世界の一員として存在している。

おわりに

シャーマン・ポールは「エマソンがこの『報告書』を見出し、ソローに勧めなかったなら、ソローは文学批評と形而上学的エッセイを書き続けていただろう」として、この作品によってソローは初めて、自己の思索の表現方法をつかむことができたと評価する (Paul 102)。ニナ・ベイムの言葉にならえば、R・W・エマソンはここで「主題とともに方法論を紹介しよう」とし (Baym 221)、ソローはそれにこたえる形で書評を書き、のちにネイチャーライティングと分類されるようになるジャンルを開拓することになる。

ソローは書評の最後の結びとして『報告書』のこれからに期待する。「大地はまだ相対的に開墾されていないのだから、最初の収穫で花が咲かないとしても、私たちはこの開拓者に不平を言わないだろう」(39)。ソローのこの言葉は、そのままソロー自身にも当てはまるのは明らかだ。

ナサニエル・ホーソーンはソローの「博物誌」を気に入り、日誌に書きつづった。

> この記事はソローの精神と性格をよく映し出している。観察において偽りがなく、詳細で文学的だ。湖が木の茂った湖畔の、すべての葉を映し出すように、見たものを文字で表現すると同時にその精神を映し出し、すべての風景の野生の美を表現している。本当の詩が彼の中にはある。(Hawthorne 355)

ホーソーンは、ソローの自然史的観察力が違和感なく、文学的想像力と共存していることを評価した。「見たものを文字に表現すると同時にその精神を映し出し」ているとしてホーソーンが評価するこの書評は、おそらくソロー自身も意識していないうちに、『報告書』が抱えている、知的独立を果たそうとする高揚感と国際情勢への不安を内包し、それを反射させている。それはソローが「開拓者」という言葉を使って、自身の状況を思わず、重ね合わせている結びにも見られるだろう。

『マサチューセッツの報告書』は、一般市民向けに最先端の自然史研究の成果を公開するという、新しい時代を切り開くプロジェクトだった。著者たちは、前述のサディアス・ハリスのように、自らの周りの自然環境を把握することが

「我々の自由と独立の保護手段となる」と信じていた。しかし、ソローは彼らが目指す、有用性を批判した。「自然資源を最大限に調査し、明らかに」し、「石を一つ一つ裏返す」行為は、彼らが警戒する、自然資源を収奪する植民地主義のロジックと繋がっていくのではないか。ソローはそれよりも、『報告書』に見られる新しい世界観を洞察することを選んでいる。

ソローの「マサチューセッツの博物誌」は、まだ本格的な現代科学が始動する前の自然史が流通している時代において、同時代の科学的言説との対話が生んだ稀有な作品とみることができる。一見、「散漫なエッセイ」にしか見えないこの「博物誌」を、『報告書』と読み合わせることで、ソローが構築した作品世界を立体的に理解することができる。ソローは、自然史研究に深い造詣《ぞうけい》を持ち、現代の私たちから見るとまったく異分野に見える『報告書』を読み込み、そのコミュニティの一員として議論に参加することで、独自の視点を確立するとともに、豊かな文学的表現と環境描写を培ったと見ることができるだろう。

◉注

（1）本論に登場する単語、「博物誌」「博物学」「自然史」は、すべてナチュラル・ヒストリーの和訳である。「マサチューセッツの博物誌」、「ボストン博物学協会」の名称はすでに定着している翻訳を優先した。もともとは自然神学から出発したナチュラル・ヒストリーだが、十九世紀半ばに自然科学へと大きく変貌していった。鷲津浩子は、R・W・エマソンや「自然哲学者」を自称したソローなど文学者にとっては、ナチュラル・ヒストリーは依然、自然神学に立脚したもので、「神の意匠を具現化した〈自然という書物〉の書誌」、自然（誌）を意味していたと指摘する（一六六）。本論では鷲津に賛意を表しながらも、より科学的志向の強かった博物学協会とのバランスを取り、ナチュラル・ヒストリーを「自然史」と訳す。

◉引用文献

Barrell, Joseph. “A Century of Geology: The Growth of Knowledge of Earth Structure.” *A Century of Science in America with Special Reference to the American Journal of Science 1818–1918*, Yale UP, 1918, pp. 153–92.

Baym, Nina. “View of Science.” *Journal of the History of Ideas*, vol. 26, 1965, pp. 221–34.

Bouvé, Thomas T. “Historical Sketch of the Boston Society of Natural History: With a Notice of the Linnaean Society, Which Preceded It.” *Anniversary Memoirs of the Boston Society of Natural History 1830–1880*, Boston, 1880, pp. 3–250.

Buell, Lawrence. *The Environmental Imagination: Thoreau, Nature Writing, and the Formation of American Culture*. Belknap P, 1995.

Cameron, Kenneth Walter. “Emerson, Thoreau, and the Society of Natural History.” *American Literature*, vol. 24, no. 1, 1952, pp. 21–30.

Creed, Percy, editor. *The Boston Society of Natural History 1830–1930*. Boston Society of Natural History, 1930.

Dimock, Wai Chee. Introduction. *Shades of the Planet: American Literature as World Literature*, edited by Wai Chee Dimock and Lawrence Buell, Princeton UP, 2007, pp. 1–16.

Emerson, George Barrell. Introduction. *Reports on the Fishes, Reptiles and Birds of Massachusetts: Published Agreeably to an Order of the Legislature, by the Commissioners on the Zoological and Botanical Survey of the State*. Boston, 1839, pp. iii–vii.

Emerson, Ralph Waldo. *The Letters of Ralph Waldo Emerson*. Edited by Ralph L. Rusk, vol. 3, Columbia UP, 1939.

Emmons, Ebenezer. “A Report on the Quadrupeds of Massachusetts.” *Reports on the Herbaceous Plants and on the Quadrupeds of Massachusetts: Published Agreeably to an Order of the Legislature, by the Commissioners on the Zoological and Botanical Survey of the State*, Cambridge, MA, 1840, pp. 4–86.

Farber, Paul Lawrence. *Discovering Birds: The Emergence of Ornithology as a Scientific Discipline, 1760–1850*. Johns Hopkins UP, 1982.

Fink, Steven. “Thoreau and His Audience in ‘Natural History of Massachusetts.’” *Bucknell Review*, vol. 28, no. 1, 1983, pp. 65–80.

Harding, Walter. *The Days of Henry Thoreau: A Biography*. Dover Press, 1962.

Harris, Thaddeus William. *Report on the Insects of Massachusetts, Injurious to Vegetation: Published Agreeably to an Order of the Legislature, by the Commissioners on the Zoological and Botanical Survey of the State*. Cambridge, MA, 1841.

Hawthorne, Nathaniel. *The American Notebooks. The Centenary Edition of the Works of Nathaniel Hawthorne*, vol. 8, edited by Claud M. Simpson, Ohio State UP, 1972.

Jevons, William Stanley. *The Coal Question; An Inquiry Concerning the Progress of the Nation, and the Probable Exhaustion of Our Coal-Mines*. Macmillan, 1865.

LeConte, John. "Descriptions of Some New and Interesting Insects, Inhabiting the United States." *Boston Journal of Natural History*, vol. 5, no. 2, 1845, pp. 203–09.

Miller, Perry. "Thoreau in the Context of International Romanticism." *The New England Quarterly*, vol. 34, no. 2, 1961, pp. 147–59.

Paul, Sherman. *The Shores of America: Thoreau's Inward Exploration*. U of Illinois P, 1958.

Peabody, William B. O. "A Report on the Ornithology of Massachusetts." *Reports on the Fishes, Reptiles and Birds of Massachusetts: Published Agreeably to an Order of the Legislature, by the Commissioners on the Zoological and Botanical Survey of the State*. Boston, 1839, pp. 257–410.

Rhodes, Richard. *John James Audubon: The Making of an American*. Vintage Books, 2006.

Richardson, Robert D. "Thoreau and Science." *American Literature and Science*, edited by Robert J. Scholnick, UP of Kentucky, 1992, pp. 110–27.

Rossi, William. "Emerson, Nature and Natural Science." *A Historical Guide to Ralph Waldo Emerson*, edited by Joel Myerson, Oxford UP, 2000, pp. 101–50.

Sattelmeyer, Robert. *Thoreau's Reading: A Study in Intellectual History with Bibliographical Catalogue*. Princeton UP, 1988.

Semonin, Paul. "'Nature's Nation': Natural History as Nationalism in the New Republic." *Northwest Review*, vol. 30, 1992, pp. 6–41.

Sorensen, W. Conner. *Brethren of the Net: American Entomology, 1840–1880*. U of Alabama P, 1995.

Thoreau, Henry David. "Natural History of Massachusetts." *The Dial: A Magazine for Literature, Philosophy, and Religion*, vol. 3, Boston, 1843, pp.

19–40.

Van Anglen, Kevin P. "True Pulpit Power: 'Natural History of Massachusetts' and the Problem of Cultural Authority." *Studies in the American Renaissance*, edited by Joel Myerson, UP of Virginia, 1990, pp. 119–47.

Walls, Laura Dassow. *Seeing New Worlds: Henry David Thoreau and Nineteenth-Century Natural Science*. U of Wisconsin P, 1995.

Welch, Margaret. *The Book of Nature: Natural History in the United States 1825–1875*. Northeastern UP, 1998.

伊藤詔子『よみがえるソロー——ネイチャーライティングとアメリカ社会』柏書房、一九九八年。

ソロー、ヘンリー「マサチューセッツの博物誌」『ソロー博物誌』山口晃訳、彩流社、二〇一一年、九—四一頁。

毛利健三『自由貿易帝国主義——イギリス産業資本の世界展開』東京大学出版会、一九七八年。

鷲津浩子『時の娘たち』南雲堂、二〇〇五年。

ホーソーンと『懐かしの故国』のピアスへの献辞
――サタデー・クラブを中心に

倉橋 洋子

はじめに

南北戦争以前、北部の知識人はボストンやコンコードに住居を定め、理想や目的を共有するゆるやかな知的コミュニティを形成していた。ナサニエル・ホーソーン【図版1】は、リヴァプール領事の仕事を終えて一八六〇年に帰国すると、エイモス・ブロンソン・オルコットから一八五二年に購入し、ウェイサイドと名づけて一年住んだことのある家に戻り、コンコードを終《つい》の住処とした。ホーソーンは孤高の人というイメージがあるものの、大学時代の学友や文人等の知識人と個人的な交流は若い頃からあり、晩年は特にサタデー・クラブの会員となり、会合に出席していた。

【図版1】ナサニエル・ホーソーン（1860年代）

サタデー・クラブは、一八五五年にラルフ・ウォルドー・エマソンや、若い頃は文筆家であったが、結婚後銀行家になったサミュエル・グレイ・ウォード、それに法律家のホレイショー・ウッドマンが非公式に創立した知識人の集まりである。サタデー・クラブ以前には、エマソン等を中心とする、かのトランセンデンタル・クラブの存在があったが、同クラブは一八四〇年九月に最後の会合を開催した後に解散した。教会は改革できるかという超絶主義の根本的な問題に関して、彼らの間で意見が分かれていたために、解散に至ったと言われている。エマソンの息子であるエドワード・エマソンによれば、サタデー・クラブの前身は「シンポジウム」と呼ばれ、一八三六年までに形成され、オルコットやエマソン等がボストン、コンコード、メドフォードで会合を持っていた。そのメンバーの半数は、ウィリアム・ヘンリー・チャニングやセオドア・パーカー等牧師たちであった。ヘンリー・デイヴィッド・ソローも少なくとも一回は参加したことがあった。しかし、一八四四年頃までに「シンポジウム」は衰退していった。そこでエマソンは、早くもサタデー・クラブ発足の六年前に、「コンコードの人々のような、孤独な学者、詩人、ナチュラリストが都市に来たときに歓迎されるタウン・アンド・カントリークラブ」についてサミュエル・ウォードと話題にしていた。ウォードは文学と社会に精通し、芸術の知識もある人物であった(E. Emerson 1–6)。一八五五年、十一人がボストンで月一回夕食を取ることに決め、才能や機知に富んだ友人をそのグループに誘った。一八五六年のメンバーには詩人のジェイムズ・ラッセル・ローウェル等がいた。彼らはあらゆる改革を急務と考え、毎月最後の土曜日にボストンのパーカー・ハウスにて会合を持った。特に、彼らは奴隷制に反対していた。なお、サタデー・クラブと同時期にマガジン・クラブ(『アトランティック・マンスリー』誌を一八五七年に創刊)が形成されたが長くは続かなかった(E. Emerson 11–12)。その雑誌は、奴隷制廃止、教育、政治等を扱い、ローウェルは初代編集長となり、エマソン等は寄稿することで貢献した。

ホーソーンはイギリス滞在中の一八五七年三月二十七日付けのジェイムズ・トマス・フィールズ宛ての手紙で、すでにサタデー・クラブのことに触れ、「ロンドンでは、スクール・ストリートの大理石の宮殿［パーカー・ハウス］に毎月集まるほどの素晴らしい一団を集めることができるかどうか疑わしい」と述べている(Hawthorne, *Letters* 43)。一八五九年にサタデー・クラブのメンバーに選ばれたホーソーンは、帰国してから会合に参加し、もっぱら聞き役であったがクラブに満足していた。しかし、ホーソーンが一八六三年出版の『懐かしの故国』に友人で民主党の元大統領フランクリン・ピアスへの献辞を掲載しようとしたことにより、サタデー・クラブのメンバーと齟齬《そご》をきたし始めた。メンバーのエマソン、ヘンリー・ワズワース・ロングフェロー、判事のエベニーザー・ロックウッド・ホア、それにホーソーンの義姉のエリザベス・ピーボディ、詩人のウィリアム・エラリー・チャニング、さらにウィリアム・デイヴィス・ティクナーとフィールズの経営する出版社ティクナー・アンド・フィールズは、ピアスへの献辞にこぞって反対した。彼らの強力な反対にもかかわらず、ホーソーンは結局ピアスへの献辞を『懐かしの故国』に掲載した。この出来事は、奴隷制や南北戦争に関してピアスに反対する知的コミュニティと、ホーソーンのピアスに対する個人的な評価との差異を明白にし、政治と文学、集団と個人等の問題を提起している。本論では、当時の社会情勢を踏まえた上でこれらの問題を考察する。

一　ピアスへの献辞の背景

『懐かしの故国』は十二編のエッセイから構成され、「領事の体験」を除き、他は『アトランティック・マンスリー』誌と『ハーパーズ・ニュー・マンスリー・マガジン』にすでに掲載されたものである。内容はホーソーンがリヴァプール領事としてイギリス滞在中に見聞したことを書き綴ったもので、ホーソーンは一八六二年から原稿をティクナー・アンド・フィールズ社に送り始めた。フィールズはそれらをまとめて一冊の本にするように、また「領事の体験」を冒頭に置くようにと助言した[1] (Fields, *Yesterdays* 104)。ホーソーンは、書き下ろしの「領事の体験」をすでに雑誌に発表されたものと一緒に本に組み入れることでその新鮮さが損なわれるのではないかと心配しつつも、その判断を一八六三年四月三十日付のフィールズ宛ての手紙で彼に委ねている。本の題に関しては、ホーソーンが「懐かしの故国――英国のスケッチ・シリーズ」以外考えられないと提案し、『懐かしの故国』になった (*Letters* 560)。これらのやりとりからもホーソーンはかなりフィールズを信頼していたことがうかがえる。

『懐かしの故国』の印刷がほぼ終了したとき、ホーソーンは献辞を考え始めた（*Yesterdays* 105）。その詳細は、ホーソーンの一八六三年五月三日付のフィールズ宛ての手紙に記されている。

> 本を捧げることについて三つのことを考えています。第一は、フランクリン・ピアスへの感謝を示すために二、三ページを割いて友好的で説明的な献辞を記すということです（彼のお陰でイギリスの風景、生活、それに雰囲気を深く観察できる職に就けたので）。また、その献辞は、彼に対してずっと抱いてきた感謝の気持ちの表れでもあります。第二は、ベノックの歓待と親切を心に留めて忘れていないことを示すためにひと言言いたいのです。冒頭に自分の名前を見たら喜ぶと思います。第三に、誰かれの区別なく献辞を記すのは価値があることとは思わないからです。（*Letters* 567）

ホーソーンがピアス宛てに献辞を書こうとした理由には、まずピアスはボードン大学時代以来の友人であることがある【図版2】。さらに、周知のことであるがピアスが大統領選に臨んだとき、ホーソーンは彼に依頼されて『フランクリン・ピアス伝』（一八五二）を書き、ピアスが一八五三年に大統領に就任した時には、右の引用にあるように、ホーソーンはリヴァプール領事に就くことができ、『懐かしの故国』を執筆する機会が得られたことがある。

【図版2】フランクリン・ピアス

一方、フランシス・ベノックは、フィールズの友人で、イギリスの有力な絹の卸商であり、国会議員、文学のパトロン、素人詩人でもある。ホーソーンは彼とイギリス滞在中に友情を築いた。ベノックが破産した時、自分勝手な理由であると断りつつも、この不幸がティクナーを除く他の誰かに起きたのならよかったのにと述べている（*English* 407）。ティクナーがティクナー・アンド・フィールズ社の財務担当であったこともあるが、この表現にはベノックやティクナーの二人を大切に思うホーソーンの正直な気持ちが表れている。ベノックの優しさについて、ホーソーンは次のように語っている。

もし、この人に心がないとしたら、他の誰にも心はない。彼の心、彼の知性、彼の血と肉、言葉にできないほど彼は好ましい人物だ。たとえ、欠点があったとしても、私には分からないし、知りたくない。たとえ知っていてもそれで価値が下がるわけでもない。(*English* 36–37)

ホーソーン没後の夕食会で、イギリスのある批評家がホーソーンについて、大酒飲みで、ピアスとばか騒ぎをしている時に亡くなったと中傷したが、その場にいたベノックはホーソーンの信頼に応えるべく、それは「虚偽」であると明言した (qtd. in Ticknor 64–65)。ホーソーンはピアスとベノックのどちら宛てに献辞を書くか決めかねていたが、結局、ピアス宛てにした。もっとも、ホーソーンの没後、妻のソファイアはベノックに感謝の言葉を送っている (Ticknor 64–65)。

ホーソーンが『懐かしの故国』に付けたピアスへの献辞は次のとおりである。

フランクリン・ピアスへ
青壮年時代を通し、我々が初老にさしかかった時にも衰えない、大学の同窓生の長く続いた友情に対するささやかな記念として、ナサニエル・ホーソーンからこの書を献呈する。(*Our* 2)

ホーソーンがこのように『懐かしの故国』を誰かに献呈しようと考えたきっかけは、どこにあるのであろうか。『懐かしの故国』出版以前の一八六一年に、ティクナー・アンド・フィールズ社はジョン・ギブソン・ロックハートの『ウォルター・スコット伝』九巻の家庭向けのハウスホールド・エディションを出版した。その際にティクナー・アンド・フィールズ社は、ロックハートの短い概略をつけてこのシリーズをホーソーンに献上した。[2] ホーソーンは、愛読書の献上に対して一八六一年二月二十七日付のフィールズ宛ての手紙でこの上なく喜び、出版社に感謝している (*Letters* 365)。ホーソーンはこの時味わった感謝と喜びの感情を友人のピアスやベノックにも味わってほしいと思ったのではないだろうか。さらにホーソーンが健康に対して自信を失いつつあったことも関係しているのではないだろうか。『懐かしの故国』の出版は、友人にこれまでの感謝の気持ちを表明するいい機会と思ったのであろう。

二　ホーソーンとサタデー・クラブ

ホーソーンのピアスへの献辞に反対したサタデー・クラブのメンバーにエマソンがいた。ホーソーンとエマソンは、ホーソーンが新婚当時にエマソン家所有のコンコードの旧牧師館に住んでいたこともあって、コンコードの住人として互いによく知っていたが、実際にはめったに会ったことがなかった。それでも、エドワード・エマソンによると、程度は異なるが、二人は互いに思いやりを持ち、尊敬していた。エピソードの一つにエマソンがホーソーンをハーヴァードのシェーカー教徒訪問に誘うことに成功したことがあり、その訪問について一八四二年にウォード宛ての手紙で記している (R. Emerson 280)。また、エマソンはそれまで読んだことのなかったホーソーンの「天国行き鉄道」(一八四三)を読み、「この猥雑《わいざつ》な生活において、褒めざるをえない落ち着いた平和な力がある」と評価している (R. Emerson 290)。その後、エマソンの案内でホーソーンがサタデー・クラブの会場のパーカー・ハウス【図版3】に行った時、ホーソーンはロングフェローと批評家のエドウィン・パーシー・ウィップル以外誰も知らなかった。しかし、エマソンやコンコードの住人であるものの会ったことのなかったホア判事と帰宅する時に、駅まで彼らと同じ馬車に乗り、ホーソーンは楽しむことができたというエピソードもある (E. Emerson 235–36)。

ホーソーンはサタデー・クラブが気に入ったようで、イギリス人の友人で、風景画家のヘンリー・ブライトに、一八六〇年十二月十七日付の手紙において、文人のチャールズ・エリオット・ノートンやロングフェローにサタデー・クラブで会ったことを伝えるとともに、クラブは素晴らしい制度であるとも伝えている。

サタデー・クラブは一流社会の特権を備えた素晴らしい組織であり、夕食を取ること以外義務はありません。それに、ゲストを連れて行き、一挙に北部の名士と知り合いにさせることもできるという多大な利点があります。(*Letters* 355)

サタデー・クラブが気に入ったホーソーンは、一八六二年六月二十二日付の手紙でサタデー・クラブの創立メンバーであり、ボストンの新聞、『ボストン・イヴニング・トランスクリプト』の編集者でもあったウッドマンに、出版者のフィールズをメンバーに推薦し(*Letters* 463)、フィールズも一八六四年メンバーになった。ホーソーンは、サタデー・クラブに入会したことで交際の範囲が広がり、また親しいフィールズをサタデー・クラブに紹介するほど満足していた。

ところがその一方で、ホーソーンはクラブが自分の政治信条と異なるマサチューセッツの共和党の知事、ナサニエル・プレンティス・バンクスをゲストとして呼ぶことになった一八六〇年十一月のクラブの会合には欠席した。欠席の理由を次のようにウッドマンに伝えている。

【図版3】パーカー・ハウス(1855年)

公人を嫌うという一般的な気持ち以上に、私は知事に反対していませんし、バンクスの政策にもほとんど関心がありません。もっとも目下、私が所属してきた政党が荒廃や分裂という状態にあって、これまでよりは幾分強い政治的感情を示すことが必要かもしれません。少なくとも、その政治的感情は知事の個人的な性格のみならず、公の針路に対してもおとなしく賛美はしないほど強いものです。(*Letters* 336)

ホーソーンは知事のバンクス自身や政策に反対でないと言いつつも、知事に賛同しないというのである。結局、ホーソーンは政治に無関心というわけではなく、民主党員としてささやかな抵抗を試みてクラブを欠席した。さらに、ホーソーンはピアスへの献辞を言い出す前の一八六三年三月八日付のブライト宛ての手紙で、サタデー・クラブと南北戦争に関して次のように述べている。

このクラブは、北部全体ではないにしても、少なくともニューイングランドのもっとも啓蒙された人々の意見をかなり代表しているとみなされるかもしれません。クラブは南北戦争の継続を限りなく、熱狂的に望み、その結果に対して確固たる自信を持っています。(*Letters* 544)

さらに、ホーソーンはこの手紙の後に続けて、サタデー・クラブは軍人の精神を操作することを主たる目的とした軍事的な性質の週刊誌を出すことを相談しているが、まったく関わるつもりはないとも述べている(544–45)。ホーソーンは、多くの知己《ちき》を得ることができるためにサタデー・クラブに満足していたが、当クラブが南北戦争に賛同し、それに関わる活動を始めたことに対して憤りを覚え始め、同クラブに対して相反する感情を抱くことになる。

ホーソーンが奴隷解放のためといえども戦争に賛成できないことは、アメリカの独立のための戦争にも賛成しなかったことを想起させる。(3) 『緋文字』(一八五〇)の「税関」では、ホーソーンの先祖たちは「聖書と剣」を携えてアメリカに移民し、「戦争と平和」の人として名をはせ、良きにつけ悪しきにつけ「ピューリタンの特質を備えていた」と冷静に語られている (*Scarlet* 9)。すなわちピューリタンの先祖は、自分たちの平和が侵されると思ったときには、平和を大義名分に戦ってきた。ホーソーンは、目的には賛同しても手段としての戦争に賛成できなかったのであろう。その理由の一つに、ホーソーンは戦争や革命による変化を好まないことが挙げられる。このホーソーンの変化を好まない感情は、『おじいさんの椅子――若者のための歴史』（一八四二）において独立戦争以前の植民地時代を懐かしく語るおじいさんの感情と重なる。さらに、ホーソーンが戦争に賛成できない理由に、戦争に巻き込まれた若者は残虐性が引き出され、道徳性が破壊されるということがある。ローウェルがホーソーンに語った、一七七五年の「レキシントン・コンコードの戦い」の逸話が一八四六年出版の「古い牧師館」において記されている。戦闘の物音を聞いて駆けつけた牧師館の若者は、薪《まき》割りのために持っていた斧を思わずイギリス人の負傷兵の頭に振り下ろした。ホーソーンは、若者が戦争という極限状態において残虐性を露わにしたこの事件を「兄弟を殺害することは惨《むご》たらしい」と嘆いている ("Old" 10)。

　このような戦争観を抱いていたホーソーンが一八六〇年に帰国した翌年、アメリカは南北戦争に突入した。戦争が自分の「文筆業［literary industry］」を妨げ、たとえロマンスが書けたとしても、再び求められるのはずっと先になる、とホーソーンは予測して嘆いている (*Letters* 379)。ホーソーンは奴隷制に賛成していたわけではないが、当時の北部の熱狂的な奴隷制反対運動には心情的に同意できず、ましてや戦争には反対であったのであろう。一八六二年にホーソーンはティクナーとワシントンへ行き、リンカーン大統領や軍人等に面会した。その時の様子を風刺のように描いた「主として戦争問題について」は、一八六二年七月に『アトランティック・マンスリー』誌に掲載された。しかし、リンカーンの外見について書かれた箇所は、原稿の段階でフィールズに削除するように依頼されていた (Fields, *Hawthorne* 93)。ホーソーンは、リンカーンを揶揄《やゆ》するように「浅薄《せんぱく》で、奇妙で、利口そうな容貌」などと描いていたのである ("Chiefly" 413)。戦争に賛同できないホーソーンの気持ちが、リンカーンの外見の描写に表れたのであろう。

　南北戦争に関するサタデー・クラブとホーソーンの見解の相違は、民主党員や元大統領ピアスに対する評価の相違に顕在化する。たとえば、ホア判事はクラブの外で「恥ずかしがり屋の都会人」で魅力的なホーソーンに会うことを喜んでいたが、ホーソーンが民主党員であることは意にそぐわなかったようである(E. Emerson 215)。また、ノートンは、一八六三年の九月以前の会合でホーソーンに対して相反する感情、苛立ちと楽しみを感じたと語っている。彼が苛立ったのは、ピアスの奴隷制賛成の提唱やカンザスやネブラスカの準州の入植者への誤った行為をホーソーンが無視してピアスへの忠誠と友情に固執したことである(4) (E. Emerson 320n1)。ホーソーンがサタデー・クラブに対して相反する感情を抱いていたように、彼らはホーソーンの政治的信条とホーソーン個人に対しても同様の感情を抱いていた。

このように、南北戦争に関してホーソーンとサタデー・クラブとの間には明らかな齟齬があり、ピアスへの献辞とそれに対する反対はその象徴的な出来事であった。

三　ピアスへの献辞に対する忠告

『懐かしの故国』におけるピアスへの献辞以外に、ホーソーンは「友人へ」という最初の章の冒頭で、「大きく異なる仕事と運命を持った二人の間に育んだ若い頃からの友情の記念として、私の書いた本と君の名前を結びつけたいと長い間思ってきた」と述べている (*Our* 3)。このようにホーソーンのピアスへの献上の意図は政治的なものではなく、友情であると記しているものの、実はホーソーン自身もそのようには理解されないことを心配していた。献辞に対する周囲の者の危惧をフィールズや、クロード・M・シンプソンが簡潔にまとめているが (*Yesterdays* 105–06; Simpson xxv)、ここではピアスへの献辞を載せた『懐かしの故国』が出版に至るまでのホーソーンと周囲の者との具体的なやり取りの中にそれぞれの見解を読み解いていく。

ホーソーンは一八六三年七月一日付のフィールズ宛ての手紙において、何があってもピアスに献辞を捧げるつもりなので、『懐かしの故国』の序文を考えるに当たり、このような時期だから不都合なことは何も言わないように策を練るという趣旨のことがらを記している（*Letters* 579）。この手紙からホーソーン自身も政治的問題を意識してピアスへの献辞に関して危惧している様子がうかがわれる。ホーソーンが七月十四日付のフィールズ宛ての手紙で、序文を修正するために戻してほしいと伝えると（583）、その手紙に対して、フィールズは七月十五日付のホーソーン宛ての手紙で次のように献辞に関して書き送っている。

「商い」において私よりも賢い人たちの意見ですが、フランクリン・ピアスへの献辞と文章はあなたの本の販売を損なうでしょう。もし、そうすることを選択するとしたら、あなたが行動を起こす前に、このことを申し上げます。大きな書籍問屋が言うには、読者はあなたの書いたものを讃嘆していましたが、本を注文しないつもりであると。また、あなたが大変よくご存じの文学上のご友人は、この時期の献辞は自ら招きうる大きな損失になると言われております。このことが、私が恐れていることです。今、ご友人［ピアス］の名前を『懐かしの故国』に入れて販売を危険にさらすかどうか決めなければなりません。とにかく、安全のために削除する箇所としてXをつけた文章に注意してください。この校正でお好きなように削除できます。（*Letters* 584n1）

出版社のフィールズは自分の意見というよりも、書籍問屋とホーソーンの文学上の友人の言葉を引用してピアスへの献辞をとめようとした。フィールズが自分の意見として述べていないことに、彼のホーソーンへの遠慮が感じ取られるものの、フィールズ自身も献辞にはリスクが伴うと思っていたことは明白である。フィールズの本音は彼の回想からも見て取れる。

北部は、南部の謀反《むほん》を鎮圧することにおいて明白な役割を担っていなかった政治家を、当然のことながら信用していなかった。ピアス将軍はアメリカ合衆国の大統領であったが、いくら控えめに言っても、果敢な開戦に賛成した偉大な政党と同じとは見られていなかった。ホーソーンは新刊書を親愛なる友人に捧げることを提案したが、そうすると目立つやり方で人々の注意を不人気な名前に向けることになる。ホーソーンの友人の何人かは、彼がフランクリン・ピアスへの献辞を本に載せることを知って、私の所へ来て、新刊書の流通を危うくすることはすべきでないとわかってもらうために、できたら手助けをしてくれるようにと依頼してきた。(*Yesterdays* 107)

フィールズ自身も南北戦争に反対ではなく、北部において評判が地に落ちていたピアスにホーソーンが友情を示すことにより、不評を買うのではと心配している。ここで挙げられているホーソーンの友人とは、シンプソンによれば、エマソン、ロングフェロー、判事のホアである (Simpson xxvii)。彼らは皆、サタデー・クラブのメンバーで、ロングフェローはホーソーンのボードン大学以来の友人である。

しかし、ホーソーンはフィールズ宛ての七月十八日付の手紙でピアスへの献辞を取り下げるのは「臆病」であり、この本の評価が落ち込むほど彼の名前に人気がないなら、それだけ一層旧友を支えなければならないと語っている。さらに、「単に金銭的な利益や文学的評判のために、そうすることが正しいと熟考したことから後ずさりすることはできない」とも語っている。そして次のように強固な意志を示している。

このためにたとえ北部の人々が私をのけ者にするのが適当であると判断しても、多数のとんまや心の狭い不埒《ふらち》なやからの善意を確保するよりも、二、三千ドルを喜んで犠牲にすると言いたいだけだ。(*Letters* 586–87)

本が売れなくて生活に困窮していた若い頃なら、ホーソーンはおそらく売り上げや文学上の評判を気にしたであろう。しかし、名声を博した今となっては、評判や金銭よりも自分の気持ちに正直に行動すること、長年の友情を選ぶことが人生において意義あることと判断したのである。また、ホーソーンに助言したサタデー・クラブの友人を悪く言う背景には、戦争が文学活動を妨げることに対する苛立ちがある。戦争をも辞さない北部という集団と作家ホーソーンという個人との対立の中で、ホーソーンにとってサタデー・クラブの友人は北部の代表のような存在であるためにこのような表現をしたのであろう。ホーソーンの献辞にまつわる問題は、単純なものでなく、集団と個人、政治と文学という大きな問題を内包している。

こうしてホーソーンに反論されたフィールズは、これ以上何もできなかった。しかし、エリザベス・ピーボディがホーソーンの学友であったホレイショー・ブリッジに宛てた一八八七年六月四日付の手紙によれば、フィールズは『懐かしの故国』の序文に関してホーソーンに忠告するようウィリアム・エラリー・チャニングに頼み、チャニングはピーボディにそのことを依頼した (Peabody 446)。ピーボディがホーソーンを説得しようとしたが、ホーソーンは立腹して彼女宛てに一八六三年七月二十日付の長い手紙を書いている。すべての政府要人や奴隷制廃止論者《アボリショニスト》の新聞がピアスを裏切り者と呼んでいる時期における献辞は、ピアスの連邦政府に対する忠誠心と変わらぬ献身を、自分が信じていることを二、三行で表現しただけのものだとホーソーンは弁明している (*Letters* 589)。また、南北戦争に関して戦争は避けるべきであると常に思ってきたとも語っている。

> 私が戦争に反対していると思われると告げられても、私は少しもゆるぎません。というのも、戦争は避けられるべきであるといつも思っているからです。もっとも、戦争が勃発してしまったので、北部の人たちと同じように戦勝を望んできましたが。(*Letters* 590)

さらに、可能な一番いい方法は、ミシシッピー川以西と境界州を自由州の北部のものとして、合衆国を北部と南部諸州とに分けることである。そうして北部にくみ入れられることになる南部を完全に自由州にするだけでも、百年かかる。そのような決着は平和な民主党員によらなければ不可能だろうとも追記している。さらに、北部は本当には黒人問題にあまり関心がなく、妄想の勝利をつかもうとしているとも述べている (*Letters* 591)。ホーソーンは手紙の相手が親しい義姉のエリザベス・ピーボディであるがゆえに臆することなく、このような形での南北戦争の政治的決着を語っている。しかし、この後、ホーソーンはこの献辞の事柄をどうしてエラリー・チャニングが知ったのかわからないが、このことは出版社と自分との間の秘密でピアスや妻のソファイアさえも知らないことである、と時を得ず噂が広まったことを残念がり、不快な感情を露わにしている (592)。フィールズのホーソーン説得計画は、チャニングやピーボディまで巻き込み、ホーソーンをかえって立腹させてしまった。

四　ホーソーンの選択と出版社

ティクナー・アンド・フィールズ社がピアスへの献辞に反対した背景には、『懐かしの故国』の販売を心配していたこともあるが、それ以上にホーソーンの出版社として北部の知的コミュニティの見解を考慮した結果であると考えられる[5]。ティクナー・アンド・フィールズ社の創業は、一八三二年にボストンのオールド・コーナー書店でアレン・アンド・ティクナー社として出版業界に参入したことに遡る。一八四五年にフィールズがパートナーとなり、ティクナーが亡くなる一八六四年までティクナー・アンド・フィールズ社として続いた。オールド・コーナー書店は「機知に富んだ人、詩人、科学者、哲学者、そしてあらゆる職業の著名人」のたまり場になり (qtd. in Ticknor 24)、知的コミュニティを形成した。ティクナーはしだいに商品の制作・企画と財務部門を担当し、フィールズは文学関係に専念していくようになっていった (Ticknor 27)。ピアスへの献辞に関して反対意見を述べたのはティクナーではなく、フィールズであったのもティクナー・アンド・フィールズ社における役割分担もあると考えられる[6]。

ホーソーンがフィールズに一八三八年頃初めて会った時、『トワイス・トールド・テールズ』は一八三七年にアメリカン・ステーショナーズから出版されていた。一八四九年の冬にフィールズがマサチューセッツ州セイラムのホーソーンを訪問した時に、『緋文字』の出版の手筈が整ったと言われている(*Yesterdays* 50)。その時、『トワイス・トールド・テールズ』の販売は順調ではなかったので、ホーソーンは以後の作品をティクナー・アンド・フィールズ社から出版することにした。「すばやい認識力、聡明さ、社交性のある人物」であると言われているフィールズとホーソーンは(Ticknor 24)、作品の構想について語りあってきた。フィールズとホーソーンの関係は、単なる出版社と作家という関係だけではなかった。たとえば、一八四九年にホイッグ党のザカリー・テイラーが大統領になり、民主党のホーソーンがセイラムの税関を解雇された時に、うまくいかなかったもののフィールズはホーソーンのために仕事を捜したこともあった(*Yesterdays* 48–49)。また、ホーソーンの息子のジュリアンがフィールズ家に招待されるなど、個人的にも交友関係にあった。このような関係にもかかわらず、フィールズが自分の意見として献辞への反対を述べなかったのは、ホーソーンとの信頼関係にひびが入るのを恐れたからではないであろうか。

ピアスへの献辞をやめるようホーソーンに説得を試みた義姉のエリザベス・ピーボディは、ホーソーンがティクナー・アンド・フィールズ社を生涯の出版社にするまで、ホーソーンの本の出版を手掛けてきた[7]。メーガン・マーシャルによれば、ピーボディは一八三〇年代にギフトブック『トークン』や『ニューイングランド・マガジン』に掲載されたホーソーンの短編を称賛していた。「隠れた天才を世話したい」と思っていたピーボディは、ホーソーンの『トワイス・トールド・テールズ』を一八三七年に受け取ると、ホーソーンを紹介するために翌年の二月にイギリスのウィリアム・ワーズワースにエマソンの『自然論』とともにそれを送った。さらに、ホレス・グリーリーの『ニューヨーカー』誌にも書評を書き、ホーソーンを「多彩な天才の要素を示す人」と評した(Marshall 351, 354–56)。またピーボディは、ボストンの税関の仕事の世話もしたことがある[8](Peabody 200)。

ピーボディは、一八四〇年八月にボストンで書店兼出版業を始めると、同年に『おじいさんの椅子』をはじめ、ホーソーンの初期の作品を出版した。しかし、販売が芳《かんば》しくなかったためにブルース・A・ロンダによれば一八四一年までにホーソーンは苛立ちを覚え始めた。加えて、ホーソーンは『トワイス・トールド・テールズ』の別の版の出版に関してピーボディに対して気分を害する出来事があった。その原因は、子供の本と『トワイス・トールド・テールズ』を一緒にした別の版をつくる交渉を、ピーボディがホーソーンの許可なくジェイムズ・モンローとおこなったことにある。ピーボディは、ホーソーンの理解者であり、援助者であったにもかかわらず、ホーソーンにとってうとましい存在になっていったようだ。その結果、ホーソーンは最終的にティクナー・アンド・フィールズ社に出版社を変えたのである (Ronda 205–06)。

ホーソーンとエリザベス・ピーボディにはこのような経緯があった上に、ホーソーンとソファイアとの結婚によりエリザベスは義理の姉となり、彼らの関係は複雑な様相を呈した。さらにエリザベスは、ホーソーンが関わらないようにしていた奴隷制廃止運動に、一八五〇代までにエネルギーを注ぎ始めるようになり、ますます彼らの関係はぎくしゃくしていったようだ。ホーソーンがリヴァプール滞在中に、エリザベスがソファイアに奴隷制反対のパンフレットを三回も送ったことで、ホーソーンが激怒したことは周知のことである (*Letters* 89, 115)。ホーソーンがピアスへの献辞中止に関するエリザベス・ピーボディの忠告に耳を貸さなかった背景には、これまでのピーボディとの人間関係もある。ホーソーンが北部の世情や知的コミュニティへの配慮よりも、ピアスに対する長年の友情を選んだことは、ホーソーンの集団からの心的独立とも考えられる。

おわりに

以上みてきたように、人生においてさまざまな形でコミュニティと関わってきたホーソーンは、作品においてもコミュニティについて探求してきた。たとえば、「優しい少年」(一八三二) におけるクエーカー教徒のイルブラヒムは、ピューリタンのコミュニティによる両親の宗教的迫害のために一人になってしまったところをピューリタンのトビアスとドロシー夫妻に引き取られる。(9)「家 [home]」の温かさを味わい始めると、徐々にピューリタンの子供たちのコミュニティへの受容を望むようになる ("The Gentle Boy" 74)。しかし、イルブラヒムが仲間に入れて欲しくて近づくと、残忍な子供たちから、特に友情を期待した子供から暴行を受け、心身ともに傷つき、それがもとで死に至る。

また、素材は一八三〇年代中ごろに遡ると言われている「イーサン・ブランド」(一八五〇)では、主人公のイーサン・ブランドは許されざる罪の探求の旅に出かけるが、「探求が終わったので戻ってきた」と彼の仕事を継いだ石灰焼きのバートラムに誇らしげに告げる("Ethan Brand" 87)。しかし、ブランドの発見に無関心な「低俗で野卑な」村の三人に出会うと、許されざる罪を自分の中に発見したことに対して「苦痛に満ちた疑念」が生じ、すべてが妄想のように思えてくる(93)。さらに、村の医者がブランドの不安な心を見抜いて許されざる罪を見つけていないと宣言すると、ブランドはいっそう不安になる。ブランドが「幻想ではない。許されざる罪がある」と自分自身に言い聞かせて安心するのは、冷酷に心理的実験の被験者にしたエスターのことを思い浮かべる時である(94)。ブランドは許されざる罪の発見をコミュニティの人々に告げてそれを認めてもらうことで、その探求を終了したかったのであろう。ブランドは孤独な人生を歩んできたものの、コミュニティをよりどころにしているのである。

これらの作品から言えることは、彼らはコミュニティによる受容を求めているが、コミュニティは無責任で期待に応じないということである。ホーソーンはコミュニティに対してこのような考えを抱いていたから、コミュニティに迎合せず、自分の信念を貫くことにしたのではないだろうか。それだからこそ、知的コミュニティの人々が北部という集団の反応を心配して、『懐かしの故国』のピアスへの献辞を止めさせようと助言することに、ホーソーは苛立ちを覚えたのではないだろうか。

ところで、『懐かしの故国』の人気は、シンプソンによれば、ホーソーンの作品の中ではよくも悪くもなかったが、即座に人気を博した『大理石の牧神』(一八六〇)とは比較にならなかった。もっとも、『大理石の牧神』も最初の三年間は、それより先に出版された『緋文字』、『七破風の家』(一八五一)、『ブライズデイル・ロマンス』(一八五二)よりは販売が芳しくなかった。『懐かしの故国』の販売は、フィールズが心配したほどではなかったかもしれないが、それほどよいものではなかった(xxx–xxxi)。

『懐かしの故国』の書評はイギリスにおけるほどアメリカでは多くなかった。イギリスの書評については、『リテルズ・リヴィング・エイジ』誌が『パンチ』、『クォータリー・レヴュー』、『リーダー』など各誌の記事を転載してアメリカの読者に届けた (Simpson xxxin51)。『パンチ』は、ホーソーンがイギリス人による「歓待を楽しんでいる間に集めた、イギリスの人々に関するあらゆるカリカチュアや中傷をこの本に入れた」と評した (Harding 9)。ホーソーンは、『リーダー』をフィールズから、その他の批評をベノックから受け取っており、「イギリスの批評家は、私がイギリス人に対して非常に厳しいと思っているようだ。イギリス人はうぬぼれているので、まったく見境のない世辞そのものでさえもそのまま受け取るから、そのように思うのも当然である」と感想をフィールズ宛ての手紙で述べている。さらに、これ以上批評を見たくないとも語っている (*Letters* 603)。『懐かしの故国』の内容はイギリスの読者の感情を損ねたようである。アメリカの批評は、『ニューヨーク・トリビューン』紙や『ニューヨーク・タイムズ』紙などに掲載された。ピアスへの献辞については擁護する書評もあるものの、雑誌の格好のターゲットになった。たとえば『ニューヨーク・タイムズ』は、ホーソーンがピアスの愛国心や忠誠心を肯定することに対して「ドン・キホーテの熱狂のほとばしり」であると酷評した (qtd. in Simpson xxxiii)。

アメリカの読者の間ではピアスへの献辞に関して怒りを招いたようであるが、その中の一人であるエマソンは、ピアスの名前が書かれた献辞を掲載したページを裂いたと言われている (Gale 370)。しかし、エマソンをはじめ、ピアスの献辞に反対した知的コミュニティの人々は、作家としてのホーソーン個人までをも否定したわけではなかった。それは、『懐かしの故国』出版後もホーソーンが、サタデー・クラブに出席することをエマソンが手紙に書いていたことからもわかる (R. Emerson 416)。彼らはホーソーンの政治から文学の、集団から個人の心理的独立を是認したのであろう。

◉注

（1）フィールズは、「領事の体験」にもちろん魅了されたが、彼が「送らざるを得なかった褒め言葉にホーソーンは満足したようであった」と微妙な言いまわしをしている（*Yesterdays* 105）。

（2）文面は、「ナサニエル・ホーソーンにこの『ウォルター・スコット伝』のハウスホールド・エディションを出版社から捧げます」である（Hawthorne, *Letters*, 366n1）。

（3）ホーソーンの戦争観については、倉橋「ホーソーンのアメリカ独立革命観」参照。

（4）カンザス・ネブラスカ法は、ピアスが大統領時代の一八五四年に民主党主導により議会で可決された。同法は、これらの準州への入植者に奴隷を認め、これらの州が連邦に加入する際、自由州としてか、奴隷州として加入するかを自ら決定するというものである。これにより奴隷州と自由州のバランスが崩れる恐れが出てきた。

（5）ティクナー・アンド・フィールズ社に関する記述については、倉橋「エリザベス・ピーボディの出版界への進出」五三頁参照。

（6）フィールズが一八五一年秋にヨーロッパへ行き、不在であったこともあるが、一八五三年の『タングルウッド・テールズ』出版のころからホーソーンとティクナーの文通は頻繁になった。ホーソーンが領事として一八五三年にリヴァプールへ行った時にもティクナーが同行した。ホーソーンはティクナーを頼り、ピアスに会いに行くときに同伴を依頼したほどである。二人の友情は、彼らが一八六四年にワシントンへ行き、旅先でティクナーが亡くなるまで続いた。ティクナーには「文学の趣味やそれに共感する素養があり（Ticknor 19–20）、ホーソーンにとって彼と過ごす時間は、心地のいいものであったのであろう。トマス・ウッドソンはティクナーの忠実ぶりには著しいものがあると評している（Woodson 87）。もっとも、この間のホーソーンのティクナーへの手紙は、小切手の請求が目立つが、それはホーソーンのロマンスから十五パーセント、短編集や子供向けの本から十パーセントの版権で作られた基金があり、ホーソーンは必要な時に財務担当のティクナーに送金を依頼していたからである（Woodson 87）。

（7）出版社としてのピーボディとホーソーンの関係については、倉橋「エリザベス・ピーボディの出版界への進出」五七―五九頁参照。

（8）ピーボディは友人の夫で、ボストン港の税関の徴収官であるジョージ・バンクロフトに面会してホーソーンのために仕事を依頼し、バンクロフト夫人に一八三八年十一月に手紙を書いている。その結果ホーソーンは翌年ボストンの税関で職を得ることができた。

（9）「優しい少年」におけるコミュニティについては、倉橋『「優しい少年」にみるコミュニティにおける「共生」への可能性』参照。

◉引用文献

Emerson, Edward Waldo. *The Early Years of the Saturday Club, 1855–1870*. Boston, 1918.

Emerson, Ralph Waldo. *The Letters of Ralph Waldo Emerson*. Edited by Ralph L. Rusk, vol. 5, Columbia UP, 1966.

Fields, James Thomas. *Hawthorne*. Boston, 1876.

——. *Yesterdays with Authors*. Boston, 1887.

Gale, Robert L. *A Nathaniel Hawthorne Encyclopedia*. Greenwood Press, 1991.

Harding, Brian, editor. *Nathaniel Hawthorne: Critical Assessments*. Vol. 2, Helm Information, 1956.

Hawthorne, Nathaniel. *The American Notebooks*. Hawthorne, *Centenary Edition*, vol. 8, 1972.

——. *The Centenary Edition of the Works of Nathaniel Hawthorne*. Edited by William Charvat et al., Ohio State UP, 1962. 23 vols.

——. “Chiefly about War-matters.” Hawthorne, *Centenary Edition*, vol. 23, 1994, pp. 403–42.

——. *The English Notebooks, 1856–1860*. Hawthorne, *Centenary Edition*, vol. 22, 1997.

——. “Ethan Brand.” Hawthorne, *Centenary Edition*, vol. 11, 1974, pp. 83–102.

——. “Gentle Boy.” Hawthorne, *Centenary Edition*, vol. 9, 1974, pp. 68–105.

——. *The Letters, 1857–1864*. Hawthorne, *Centenary Edition*, vol. 18, 1987.

——. “The Old Manse.” Hawthorne, *Centenary Edition*, vol. 10, 1974, pp. 3–35.

——. *Our Old Home: A Series of English Sketches*. Hawthorne, *Centenary Edition*, vol.5, 1970.

——. *The Scarlet Letter*. Hawthorne, *Centenary Edition*, vol. 1, 1971.

Marshall, Megan. *The Peabody Sisters: Three Women Who Ignited American Romanticism*. Houghton, 2006.
Peabody, Elizabeth. *Letters of Elizabeth Palmer Peabody: American Renaissance Woman*. Edited by Bruce A. Ronda, Wesleyan UP, 1984.
Ronda, Bruce A. *Elizabeth Palmer Peabody: A Reformer of Her Own Terms*. Harvard UP, 1999.
Simpson, Claude M. Introduction. Hawthorne, *Centenary Edition*, vol. 5, 1970, pp. xiii–xli.
Ticknor, Caroline. *Hawthorne and His Publisher*. Houghton Mifflin, 1913.
Woodson, Thomas. Introduction. Hawthorne, *Centenary Edition*, vol. 15, 1984, pp. 3–89.
倉橋洋子「エリザベス・ピーボディの出版界への進出――ホーソーンの初期作品の出版を中心に」『東海学園大学紀要』二十一号、二〇一六年、四九―六一頁。
――「ホーソーンのアメリカ独立革命観」『人と言葉と表現――英米文学を読み解く』東海英米文学会編、学術図書出版社、二〇一六年、一〇四―一一五頁。
――『「優しい少年」にみるコミュニティにおける「共生」への可能性』『共生文化研究』二号、二〇一七年、五一―六一頁。

知の伝道師ヘンリー・ワズワース・ロングフェロー

稲冨 百合子

はじめに

ヘンリー・ワズワース・ロングフェローは、十九世紀を通じてアメリカで最も愛された詩人の一人であり、子ども向けの詩から歴史を扱った詩まで数多くの作品が残されている。彼の死後、イギリスのウエストミンスター寺院の「詩人記念隅」にアメリカ人で初めて胸像が置かれたことは、彼がアメリカを代表する詩人としてアメリカ国内外で認められていたことの証でもある。

しかし、生前文壇の重鎮として敬愛されていたロングフェローの作品をめぐる評価は、次第に低迷していく。二十世紀に入ると、時代の移り変わりとともに、彼が扱う詩のテーマが教訓的かつ感傷的であり、詩の形式も因習的であるという理由から、「お上品な伝統」を代表する詩人として批判の矛先《ほこさき》が向けられるようになった。しかし、近年、文学史のなかでロングフェローを再評価する動きがある。(1)

いま一度、ロングフェローの国内外での影響力に注目してみると、ロングフェローが関わったさまざまな「知のコミュニティ」が形成されていたことが分かる。マーガレット・フラーやラルフ・ウォルドー・エマソンらと同様に、ヨーロッパの知に知悉《ちしつ》したロングフェローは、積極的に多くの文学者らとの交流を持ち続け、彼の邸宅には多くの文化人が集った【図版1】。一方で、ロングフェローはきわめてアメリカ的なテーマを扱いながらも、ヨーロッパの文学伝統を重んじ、その知的・精神的繋がりを強調した。当時アメリカの文学について、自国のものに限定しようとする風潮があったなかで、彼は「アメリカにはさまざまなヨーロッパの特色から成る文学がある。（中略）もっとも世界的《ユニヴァーサル》な人物がもっとも国民的《ナショナル》である」と日記に書き留めている（qtd. in Frank and Maas 19–20）。アーミン・ポール・フランクは、ロングフェローをもっとも国家を超えた《トランスナショナル》もっとも国民的《ナショナル》なアメリカ人作家だと指摘している（Frank and Maas 23）。『アトランティック・マンスリー』誌の編集者のウィリアム・ディーン・ハウエルズもまた、アメリカ文学のナショナリズムの「退屈さ」に対するロングフェローの反逆心やコスモポリタン的な探究を賞賛したという（Arac 100）。このような指摘からも、ロングフェローがヨーロッパ文化の伝統の継承発展とアメリカのナショナリズムとの融合を図ろうとしていたことがうかがえる。彼はまさしく一つの国家にとらわれないコスモポリタニズムの観点に立つ知識人であったと言えるだろう[2]。

【図版1】マサチューセッツ州ケンブリッジにあるクレイギー・ハウス（通称ロングフェロー・ハウス）（筆者撮影）

　ロングフェローの功績の一つは、数々のヨーロッパ文学を翻訳したことであり、なかでもダンテ・アリギエーリの『神曲』の翻訳のために「ダンテ・クラブ」を結成し、現代にも続く「アメリカ・ダンテ協会」の礎を築いたことである。近年では、ロングフェロー主導による『神曲』英訳の試みを題材とした、ハーヴァード大学出身のマシュー・パールの歴史ミステリー『ダンテ・クラブ』（二〇〇三）が『ニューヨーク・タイムズ』紙のベストセラーに選ばれ、注目を浴びた（Pearl, *Dante*）。これは、ロングフェローの「ダンテ・クラブ」に再度光が当てられた出来事であった。本論では、ロングフェローが築き上げた知のコミュニティが、当時の文化人にどのような影響を及ぼし、貢献したのか、また、彼がヨーロッパ文化・文学の表わす知をいかにしてアメリカに移植していったのかを考察したい。

一　知の源泉を求めて

ロングフェローは一八〇七年、メイン州ポートランドに弁護士の父スティーヴン・ロングフェローと母ジルパの次男として生まれた。ポートランドは多くの船が往来する港町として栄えた場所である。このような港町育ちという環境が、ロングフェローに海の向こうへの憧憬《しょうけい》を自然に育んだのかもしれない。ロングフェロー一家は一六七六年にイギリスのヨークシャーから新大陸に渡ってきた。母方の祖先はメイフラワー号の乗船者であり、祖父のペレグ・ワズワースはレキシントン・コンコードの戦いに従事した独立戦争時の将軍であった。後に、こうした自身のルーツへの強い意識を作品に反映させたと考えられるのが、『ウトラメール――海外巡礼』（一八三五）や独立戦争の英雄を描いた詩「ポール・リヴィアの疾駆《しっく》」（一八六一）といった作品である。『ウトラメール』の冒頭で、ロングフェローは自身を巡礼者《ピルグリム》と呼び、「若い頃の私の想像の中で、旧世界は、青い地平線の遙か彼方に位置する一種の聖地だった。ヨーロッパの海岸が初めて私の視界に入り、もやで霞《かす》んだ海がぼんやりと現れたとき、私の胸は、寺院の上にそびえ立つ尖塔を目にした時の巡礼者の深い感情でいっぱいになった」と述べ、初めてヨーロッパに到着した時の感動を巡礼者の想いと重ねている (**Longfellow, *Outer-Mer* 9**)。

ロングフェローは一八二五年にボードン大学を卒業後、母校の教授職に就く決意をする。その準備のため、一八二六年から一八二九年にかけて、彼は言語研究を目的としてフランス、スペイン、イタリア、ドイツなどヨーロッパ各地をまわり、主に、フランス語、スペイン語、イタリア語、中世のロマンス文学を学んだ。当時アメリカでは、ビジネスや政治や文学の分野において特にスペイン語の需要が高まっていた。

一八二九年、スペインに滞在していたロングフェローは、マドリードでワシントン・アーヴィングと面会した。『スケッチブック』（一八一九―二〇）の出版で、すでに有名になっていたアーヴィングは、スペインで新大陸発見の功労者であるコロンブスの伝記『クリストファー・コロンブスの生涯と航海』（一八二八）を著していた。アーヴィングは、一八二六年から二九年までの三年間、さらにはスペイン公使として一八四二年から四六年までの四年間、スペインに滞在したが、この一度目の滞在期間に就いていたスペイン駐在米国公使館付書記官としての地位のおかげで、さまざまな文献を収集することができ、その成果が、『コロンブス』や『グラナダの征服記』（一八二九）や『アルハンブラ物語』（一八三二）の刊行であった（齊藤 一五六—五七）。ロングフェローは、アーヴィングから執筆を勧められると、帰国後、自身のヨーロッパでの体験を旅行記『ウトラメール』に著わした。

留学を終えたロングフェローは、一八二九年、ボードン大学の言語学の教授職に就き、また、非常勤の司書を担当した。彼が担当した近代言語学とロマンス語には教材が皆無であったために、彼は教本を作成し、同時にヨーロッパ文学の翻訳を行なった。一八三四年に、彼はハーヴァード大学の教授職の申し出を受けると、再びヨーロッパ各地で語学研究に励んだ。彼は八カ国語を習得し、ヨーロッパの言語、文学、文化に精通し、また、多くの知識人との交流を深めた。しかし、このヨーロッパ滞在中に、彼は思わぬ不幸に見舞われる。一八三一年に結婚した妻メアリー（旧姓ポッター）が、この留学に同行していたものの、流産により一八三五年に滞在先のオランダで命を落とすこととなったのである。[3] 後に、彼は亡き妻メアリーを追悼する詩「天使の足跡」（一八三八）を書いた。

帰国したロングフェローは、一八三六年、ジョージ・ティクナーの後任者としてハーヴァード大学のスミス教授職に就くことになる。スミス教授職とは、ハーヴァード大学のフランス語とスペイン語の語学および文学の教授職のことである。それは、実業家のエイビエル・スミスが一八一五年にハーヴァード大学に遺贈した多額の遺産とスミス自身の遺志により一八一六年に設立された[4] (Harvard University 34–36; Quincy 323–24)。初代スミス教授職に就いたのがティクナーであった。一八一五年、ドイツのゲッティンゲン大学に留学していたティクナーは、スミス財団からその職を打診された。その後ティクナーはフランス、スペイン、ポルトガルなどで文学を学び、ヨーロッパ滞在中の一八一七年、スミス教授職と純文学の教授職に任命された。そして、一八一九年に帰国した彼は、正式に教授に就任した (Quincy 324)。ティクナーはヨーロッパをモデルに教育のカリキュラム編成の改革を試み、一八三五年まで教鞭を執った。その意志を受け継ぎ、ロングフェローはマサチューセッツ州ケンブリッジに移り、終生そこに留まることになる。教授職の傍ら、自身の創作活動を続けることで、アメリカを代表する詩人、教育者としての名声を得たわけだが、ヨーロッパから影響を受けた彼の教育活動や創作作活動は、十九世紀のアメリカに多大な影響を及ぼしていく。

二 『ノース・アメリカン・レヴュー』誌の創刊

十九世紀、異国の地スペインに対するロマンティックな想像力が、アメリカの一般市民の間に浸透していた。前節でも触れたアーヴィングのスペインを題材とした作品などが、さらにスペイン文化への関心を触発した。十九世紀のアメリカにおけるスペインへの多大な関心については、ミゲル・ゴンザレス＝ガースが詳説しているように、一八一五年から一八六五年にかけて、ヨーロッパからアメリカにもたらされた作品のなかで、特にスペインをテーマとした作品が数多く出版されたという事実にも反映されている。

その背景には、さらに大きなヨーロッパへの関心があり、その一つの証として、ロングフェローもよく寄稿していた『ノース・アメリカン・レヴュー』誌の創刊がある。アメリカの文芸雑誌の草分けであるこの雑誌は、一八一五年に第一号が発行された。この年は、先述したハーヴァード大学のスミス教授職の設立の頃であり、フランス語とスペイン語の教育を本格化させようとしていた時期と重なるのである。

ここでこの雑誌創刊の経緯について、ゴンザレス＝ガースの説明を踏まえながら補足しておきたい。当時、ボストンには、ハーヴァード大学の卒業生で聖職者や弁護士らによる「アンソロジー・クラブ」があった。ちなみに、アメリカでもっとも古い会員制図書館の一つである「ボストン・アシニーアム」は、一八〇七年に「アンソロジー・クラブ」のメンバーらによって設立された。当時、イギリスの文学界の情報を得るにはイギリスの一流文芸書評誌『エディンバラ・

レヴュー』に頼るしかなかった彼らは、父親の世代が独立戦争の勇者であったように、文学的にもヨーロッパからの独立を成し遂げることが自分たちの責務だと考えた。その第一歩が『エディンバラ・レヴュー』誌に対抗する雑誌の創刊だったという。一八五七年に『アトランティック・マンスリー』誌が刊行されるまで、『ノース・アメリカン・レヴュー』誌はアメリカの主要雑誌であり続けた(Gonzalez-Gerth 257–58)。『ノース・アメリカン・レヴュー』誌の初代編集者はウィリアム・チューダーであり、創刊に関わった人物の多くが、ヨーロッパで研鑽《けんさん》を積んだ、ボストンの著名な文化人たちであった。

ロングフェローは、『ノース・アメリカン・レヴュー』誌に積極的にエッセイを寄稿しており、彼が行なったナサニエル・ホーソーンの『トワイス・トールド・テールズ』(一八三七)の書評や、ヨーロッパ文学の翻訳がこの雑誌には数多く掲載されている。その一例として、一八三七年の七月号に掲載されたスウェーデン人の詩人エサイアス・テグネールの詩の翻訳がある。ロングフェローは一八三五年にストックホルムでテグネールの『フリショフ物語』(一八二五)を購入したが、すでに出版されていた英語翻訳に満足できず、この物語に関する記事と一部翻訳を投稿したのである(Gale 261)。この記事では、ロングフェローはテグネールの英雄物語《サーガ》の粗筋を追いながら、自身の翻訳を原詩と並記させる形で紹介し、解説をしている。ロングフェローは、冒頭で、当時すでにドイツ語翻訳と英語翻訳が二点ずつ出版されていたことに触れ、ドイツ語翻訳は原詩の韻律に忠実であるが、英訳はそれを無視していることを指摘している。具体的には、英訳では原詩にない表現が挿入され、一方で原詩にあるものだけでなく原詩の美しさに欠かすことのできない箇所までも削除されているという。さらに、ロングフェローの独特の言語への美的感覚が反映されていると思われる箇所がある。ロングフェローは、橇《そり》乗りの場面の描写について、原詩には、吐く息の冷たさが感じられ、この短く鋭い詩が北西風の荒れ狂った突風のようだと述べ、テグネールの詩の韻律を忠実に再現した英訳を試みている(Longfellow "Review" 159, 177)。この記事を読んだテグネールはロングフェロー宛ての手紙の中で、彼の翻訳家としての能力の高さを褒め、彼に全文翻訳を勧めた。

『ノース・アメリカン・レヴュー』誌の執筆者には、批評家のエドウィン・パーシー・ウィップル、詩人でハーヴァード大学の教授でもあり、『アトランティック・マンスリー』誌の初代編集者を務めたジェイムズ・ラッセル・ローウェル、ハーヴァード大学の教授でローウェルと『ノース・アメリカン・レヴュー』誌の共同編集を務めたチャールズ・エリオット・ノートンなど十九世紀の名だたる文学者や哲学者が名を連ねており、彼らはハーヴァード大学のいわゆる知的エリートたちであった。[5] この雑誌の発刊の背後にあるボストン周辺の知的コミュニティには、ヨーロッパの文化伝統が息づいている。そのようなヨーロッパ的な知のコミュニティの中心的人物であったロングフェローの作品に、どのようにヨーロッパ的な形式やテーマとアメリカ的素材が融合され、両者がどのように接続されているかの一例を次に考察したい。

三　『エヴァンジェリン』――語り直されたアカディアの歴史

ロングフェローの代表作の一つである『エヴァンジェリン』（一八四七）は、フレンチ・アンド・インディアン戦争を背景に、一七五五年、フランス系カトリック教徒の開拓者であったアカディア人がイギリス軍により強制追放されたという史実を元に、結婚間近のアカディアの男女が離散、晩年に再会するも命を落とすという悲恋を語る長編詩である。この詩は、強強弱六歩格《ダクティリック・ヘクサミター》の詩型を取り、アメリカの歴史と風景を扱った田園詩として、ホーソーンやジョージ・バンクロフトらに賞賛され、アメリカ国内で絶大な人気を博していった。ロングフェローがこの作品を執筆するきっかけとなったのは、一八四〇年、ホーソーンとホレス・コノリー牧師がロングフェローの自宅を訪問した際、牧師が紹介したアカディアの男女の逸話――特に信仰心の篤い女性の愛や忍耐――に感動したためであった。

イギリス軍によるアカディアの陥落に続く、アカディア人の追放に関するこのテーマは、ホーソーンの『おじいさんの椅子』および『有名な昔の人たち』の中でも語られる。『有名な昔の人たち』に収められたスケッチ「アカディアを追われたもの」の中で、「アカディアの人々の子孫はまだ残っている。彼らは自分たちの祖先の言葉を忘れてしまい、自分たちの不幸な出来事の伝説を忘れてしまっているだろう。しかし、もし私がアメリカの詩人であるなら、私の詩歌のテーマとしてアカディアを選ぶだろう」とおじいさんは孫たちに語る。そして、語り手は「アメリカでもっとも有名な詩人が書いた『エヴァンジェリン』という美しい詩は、我々の優しい涙を誘ってきた」と述べる (Hawthorne, *Famous* 129)。興味深いのは、二人とも同じ「アカディアの追放」というテーマを扱いながらも、ロングフェローは悲恋として謳いあげ、一方ホーソーンは「歴史物語」として扱っていることである。

ホーソーンは、一八四七年十一月十三日付の『セイラム・アドヴァタイザー』紙のなかで、『エヴァンジェリン』の書評を匿名で投稿している (Hoeltje 232)。ホーソーンはこの詩が、一切の飾りを排した簡素さ《シンプリシティ》で語られている点を挙げ、そしてその純粋な陽光に照らされる悲哀の美をロングフェローが見事に表現してみせたことを賞賛している。ホーソーンは、美で照らされた哀感を示すには、真の詩人の深い洞察力が必要だと述べ、その力をロングフェローに見出している。さらにホーソーンが『エヴァンジェリン』を通して、ロングフェローを「自国の詩人《ネイティヴ・ポエット》の第一人者」として評価している理由がある。それは、ロングフェローが英詩には馴染みの薄い六歩格の韻律で謳うという実験をこの詩において行なったことである。ホーソーンは、この扱いにくい韻律がロングフェローの手によっていかに美しく均整のとれた詩に構成されているのかという点を強調している (Hawthorne, "Longfellow's" 247–49)。この書評からも、ロングフェローが六歩格の韻律を用いた英詩の創作の可能性を模索し、実現させたことが分かる。

『エヴァンジェリン』の六歩格の韻律は、先述したテグネールやヨハン・ヴォルフガング・フォン・ゲーテが用いた六歩格の詩に刺激を受けたと考えられている。[6] また、韻律だけでなく、詩の描写や雰囲気にも『エヴァンジェリン』への両詩人の影響が確認できるという。ちなみに、ロングフェローは一八四五年にゲーテの『ヘルマンとドロテア』(一七九七) を翻訳していた。それは、ドイツ人ヘルマンとフランス革命で国外に追放されたドロテアの恋愛叙事詩である (Hawthorne and Dana 177–78)。

また、クリステル＝マリア・マースは、ロングフェローがアメリカとヨーロッパ文化の仲介者としての立場から、北アメリカの田園風景にヨーロッパとアカディアの要素を組み合わせて描いていると指摘している。つまり、『エヴァンジェリン』は、十八世紀ではなく十九世紀の田園詩であり、ウェルギリウス詩風の古典的田園風景への言及がありながら、古典的伝統の叙事詩の牧歌的風景をアメリカの荒野《ウィルダネス》に再刻印することの試みだとマースは分析している。この詩には、ヨーロッパの古典的風景の一例としてドイツの詩人フリードリヒ・レオポルト・シュトルベルクの詩に描かれる森の景色や、テグネールのスウェーデンの田舎の風景が読み取れるという (Frank and Maas 53–54)。すなわち、その田園風景とは、ヨーロッパ文学を熟知しているロングフェローならではのヨーロッパのテクストと連結させた風景描写であることが理解できる。

　しかし、『エヴァンジェリン』はロングフェローの思惑とはまた別の次元で、アカディアの人々の民族意識やアイデンティティの問題を覚醒《かくせい》させるきっかけとなった。アカディアの人たちにとって、口頭伝承によってしか知られていなかった歴史が、この詩により文字として眼前に現れたのである。市川慎一は、長らく歴史の闇に埋もれかけていたアカディアンの悲劇が、一世紀を経て全世界に知られるようになったことをロングフェローの功績であると評価する（市川 五〇―五二）。また、大矢タカヤスは、「この詩が（中略）あちこちにちりぢりになっていた彼らの子孫たちの心を強く打ったという事実は、文学が現実の社会にひとつの力として働きかけ得たという愕然たる例として記憶にとどめる価値がある」と指摘する（大矢 六）。この点については、大矢や荒木陽子の先行研究も、原詩にはない翻訳に隠された歴史の語りに注目し、『エヴァンジェリン』がいかにしてアカディアの民族意識に寄与することになったのかを詳《つまび》らかにしている。

　『エヴァンジェリン』が出版されると、このロングフェローの詩はさまざまな言語に翻訳され、世界中に紹介された。ロングフェローの詩に忠実な翻訳がある一方で、刊行された翻訳のなかで、アカディアの人々に広く読まれたのは、一八六五年のパンフィル・ル・メによるフランス語の翻訳であったという。大矢によると、その翻訳の中で特に訳者による自由な介入が顕著に見られるのは、イギリス軍による強制追放の場面である。ル・メは原詩の六行の連を二十七行に増幅させ、イギリス軍の占拠を残虐で不当な所業として全面に押し出して描いている（大矢 一六〇―六一）。つまり、ロングフェローの詩は、彼の手から離れ、エヴァンジェリンという名の女性の物語から、アカディアという民族の歴史物語に翻訳を通して語り直されたのである。その結果、世界中に離散したアカディアの人々に、独自の民族文化や言語を取り戻そうとする意識を目覚めさせた。

こうした翻訳が与えた文化的影響力の大きさは、ロングフェローの異文化への深い眼差しが溢れた『エヴァンジェリン』が、ル・メの翻訳に見られる柔軟かつ大幅な変更を許容する豊かなテクストであることを示唆している。ロングフェローの『エヴァンジェリン』の創作には、ヨーロッパとアメリカの文化の融合があり、作品の中に多文化的な響きがあった。原詩『エヴァンジェリン』とその翻訳は互いに共鳴し合いながら、原詩が持つ重層性を示している。それが、ロングフェローが国境にとらわれない広い世界を視野に入れたトランスナショナルなアメリカの詩人と呼ばれる所以《ゆえん》でもある。

四　ロングフェローとラテン・アメリカ

一方、ロングフェローは、あまり知られていないことではあるが、ヨーロッパだけではなくラテン・アメリカとも大きな繋がりを持っていた。アルゼンチンのブエノスアイレスにあるサルミエント・ミュージアムには、ロングフェローの胸像と彼の直筆の手紙が展示されており、それはロングフェローとドミンゴ・ファウスティーノ・サルミエント大統領との親交の深さを物語っている。そこで本節では、アルゼンチン出身のサルミエントを支えたロングフェローを含むボストン・ケンブリッジの知識人たちとの交流について見ておきたい。

サルミエントは、アルゼンチンの文学者、教育者、改革家、政治家として十九世紀中庸に活躍した人物である。彼はアメリカを二度訪問しており、祖国の国家統一のため、建国のモデルをアメリカに定めた。サルミエントはアメリカ周遊期間中に、アメリカの自由主義、アメリカの経済政策、教育政策に触発された。最初の訪問の際には、ホーソーンの義兄であり、教育者であるホレス・マンとの交流を深め、マンの助けにより、『旅行記』を記している。「南米のホレス・

マン」とも呼ばれたサルミエントは(Rockland 271)、一八六五年から六八年まで在米大使館での任務に当たった。これがサルミエントの二度目のアメリカ滞在である。亡き夫の代わりに、メアリー・ピーボディ・マンはサルミエントの支援を積極的に行なった。

一八六五年の秋、ロングフェローは、ハーヴァード大学の教授としてサルミエントと出会った。そのきっかけを作ったのはメアリー・マンであった。彼女はサルミエントをハーヴァード大学の天文学者ベンジャミン・アプスロップ・グールドらに引き合わせた。ロングフェローはグールドの同僚としてその場に同席していたのである。その後も、メアリー・マンはサルミエントとロングフェローとの間を取り持ち、この二人の交流はロングフェローが亡くなるまで続いた(Rockland 272–73)。

ロングフェローのスペイン語力は、サルミエントを圧倒させるほどであった。しかし、サルミエントは、ロングフェローがラテン・アメリカ文学に十分に精通していないことを知り、アルゼンチンの文学について情報を与えることが自分の役目だと考え、自身の作品を含め、アルゼンチン出身の作家たちの文学作品を彼に贈った。それらのいくつかはクレイギー・ハウスにも残っている。サルミエントはボストンの知的コミュニティに理想を見出し、積極的に彼らの知を吸収しようとした。そして、そこにロングフェローを介して、アメリカとラテン・アメリカの知の交流が築かれていく。この交流を通して、ロングフェローのラテン・アメリカへの関心が深まったことは明白である。

メアリー・マンが、サルミエントの代表作『ファクンド——文明と未開』(一八四五)をスペイン語から英語に翻訳した際には、ロングフェローが翻訳の手助けをした。また、サルミエントがロングフェローに翻訳を依頼することもあった。サルミエントは、著書『リンカーンの生涯』の第二版にアルゼンチンの教育者フワナ・マンソーによるリンカーンの詩を掲載することにし、その英訳をロングフェローに依頼した。さらにサルミエントはその詩がアメリカの読者の目に留まるように、『アトランティック・マンスリー』誌に掲載されることを希望した。しかし、ロングフェローは、マンソーの詩を評価しながらも、翻訳することによって原詩の持つ本来の質を変えてしまいかねないと懸念し、その詩の一部を英語に翻訳し返信したのみで、その企画は流れてしまった (Rockland 274–76)。サルミエントは後に、アルゼンチンの「教育の父」と称され、大統領に就任後（在任期間一八六八年―七四年）は、ヨーロッパとアメリカの自由主義思想を故国に根付かせ、ヨーロッパとアメリカの知を積極的に取り入れた。その背景には、マン夫妻と同様に、サルミエントの情熱に深い理解を示し、誠実に向き合ったロングフェローの影響があった。

五　ダンテ・クラブ

ロングフェローが後世に残した功績として、「ダンテ・クラブ」を設立し、『神曲』の完訳を出版したことは重要なことであろう。ロングフェローは、一八六一年、二番目の妻フランシスの死という悲劇に見舞われる【図版2】。フランシスは、子どもたちの髪の毛を記念に取っておくために蝋《ろう》で封をしている際に、自身の服に火が燃え移り、大火傷を負い亡くなった。彼自身、妻を助けようとし、顔などに火傷を負い、終生その傷を鬚《ひげ》で覆い隠した【図版3】。最愛の妻を失った悲しみが癒えることはなく、その悲しみは「雪の十字架」（一八七九）にも謳われている。ロングフェローはその悲しみを紛らわすかのように、本格的に『神曲』の翻訳に励んだ (Mathews 24)。

彼のダンテへの関心はヨーロッパ留学中から始まっていた。彼は一八三八年から三九年にかけて、ハーヴァード大学で『神曲』を教えながら、すでに翻訳に取り組んでいた。ローウェルとノートンはハーヴァード大学の学部生の頃から、ロングフェローの影響を受け、後に、ローウェルはロングフェローからスミス教授職を継ぎ、ダンテの講義を担当し、またノートンも同じく講義を担当することになる (Mathews 25)。

ここで、十九世紀、アメリカの大学でダンテの講義がどのように行なわれていたのか、先行研究を参考に紹介したい。エミリオ・ゴッジョによると、一八一九年、アメリカではティクナーが初めてハーヴァード大学でダンテの講義を行なった。一八三三年には大学三年生、四年生、大学院生を対象に週に三回講義が行なわれていたという。一方、ロングフェローは一八二九年にボードン大学でダンテの講義を担当し、後に、ハーヴァード大学においてティクナーからダンテの講義を引き継いだ。『神曲』はトスカーナ方言で書かれており、「地獄篇」、「煉獄《れんごく》篇」、「天国篇」の三部で構成され、計百編の詩から成り、三韻句法《テルツァ・リーマ》の詩型を取る。当時使われていたシラバスによると、十四回の講義で『神曲』の「地獄篇」を扱い、一回の授業につきおよそ二編ずつのペースで翻訳と解説を行なっている。また、作品講読だけでなく、フリードリヒ・シェリング、リー・ハント、トマス・カーライル、トマス・マコーリーらによるダンテに関する批評も取り上げられている。ロングフェローは、作品を「翻訳」ではなくオリジナルの言語で味わうべきだという観点から、ダンテの作品を理解するためにイタリア語を理解することの重要性を学生に説いた。北アメリカでイタリア語講座が開講された年を年代順に見てみると、一八一九年ハーヴァード大学、一八二九年ボードン大学、一八三〇年ペンシルヴァニア大学とコロンビア大学となっている。ダンテの講義が開講された年については、ハーヴァード大学、ボードン大学ともにイタリア語講座と同じ開講年であり、三番目は二十年以上もの時を経て、一八五三年トロント大学となっている（Goggio, "Teaching" 277–80）。このような事実からも、ハーヴァード大学やボードン大学では早くからダンテの講義を開講するためのカリキュラムや担当教員が整っていたこと、そしてティクナーやロングフェローらによってイタリア語やダンテ

【図版2】左からロングフェロー、長男チャールズ、次男アーネスト、妻フランシス

【図版3】息子アーネストによるロングフェローの肖像画（1876年）

の講義が継続的に行なわれていたことがうかがえる。

ハーヴァード大学を中心として行なわれたダンテの講義を担当した主要人物たち——ティクナー、ロングフェロー、ローウェル、ノートン——の繋がりを確認したところで、次に「ダンテ・クラブ」の考察に移りたい。一八六五年の秋、ロングフェロー、ローウェル、ノートンによって「ダンテ・クラブ」が設立された。彼らは学者仲間として、「翻訳の仕事とは作者が述べていることを伝えることであり、決して作者の意図を説明することではない」というロングフェローの信念のもとに、ともに『神曲』の翻訳に取り組んだ (qtd. in Goggio, "Longfellow" 33)。クラブのメンバーは出版の前に、翻訳全体を入念に見直し、意見を交わした。毎週水曜日にクレイギー・ハウスで会は開かれ、午後七時半から八時頃に始まり、午後九時半から夕食会があった。一回の会合につき『神曲』の一編の翻訳について、質疑し、原文を吟味《ぎんみ》し、校正を行なうという流れであった。会の参加者は増え、一八六八年までの間に五十四回、クラブは開催された。ロングフェロー、ローウェル、ノートンの三人は主要メンバーであったが、文学者や芸術家など、このクラブに頻繁に参加する者もいれば、不定期で参加した者もいた。ティクナー、ウィップル、出版者のジェイムズ・トマス・フィールズ、外交官で歴史家のジョージ・ワシントン・グリーン、『アトランティック・マンスリー』誌の編集長のハウエルズ、医師で詩人のオリヴァー・ウェンデル・ホームズ、ハーヴァード大学教授で、『ノース・アメリカン・レヴュー』誌の編集者イーフレイム・ホイットマン・ガーニーなどの名前が参加者として挙げられている (Mathews 26–28)。

ロングフェローは、ノートンの助言を受け、一八六五年にフィレンツェで開催されるダンテ生誕六百周年記念式典に合わせて、翻訳を進めていたが、印刷が『地獄篇』のみしか間に合わず、バルジェロ美術館には『地獄篇』のロングフェローの翻訳が展示された (Nordell 73–74)。そして翌年の一八六六年に『煉獄篇』、一八六七年に『天国篇』の翻訳が完成する。

一八六七年にロングフェローがアメリカで初めて『神曲』の完訳を出版し、ダンテ研究の第一任者として評価されたことは、ロングフェローの翻訳を通して、アメリカ人の読者が『神曲』を読めるようになったという誤解を生じさせる可能性がある。(7) しかし、実際にはすでにこの時代にはイギリスから英語版の『神曲』が数多く輸入され、多くのアメリカ人が手にする機会があり、実際ロングフェロー自身、ボードン大学で司書の仕事を兼任していた際、英訳『神曲』を含むダンテの作品を手にしていた。では、ロングフェローによる英訳は既存の英訳とどのような点で異なり、優れているのであろうか。

ロングフェローはこれまでの経験からも原詩の音調《メロディ》を別の言語に移すことの難しさを理解し、その難しさが言葉の色彩にあると考えた。原作に忠実であること、すなわち、翻訳した際に何かが欠けているように思われても、作者の表現とは異なる表現を用いて付け足すことをしないという基本的な信条を貫いた ("Dante" 45)。

パトリシア・ロイランスは、彼の翻訳で重要な点は、原作に対する言語の正確さであるが、ぎこちない文字どおりの解釈を避けていることであると指摘している。たとえば、ロングフェローは、韻律よりも大切なものを残すために、英語に移し換えることが困難であった三韻句法《テルツァ・リーマ》の押韻様式を断念せざるをえなかった。しかし、彼は改行をできる限り正確に再現し、ダンテが使用した言語の味わいを英語の中に完成させようとしたのである (Roylance 140–41)。三韻句法に関しては、英語とイタリア語では音節の長さの違いから、英語での詩作に向いていないため、代わりにロングフェローは無韻詩《ブランク・ヴァース》を用いて翻訳を試みた。ロングフェローは無韻詩を選択したことで、『神曲』を再生させるための最良の言葉を探し出す自由が与えられたのである ("Dante" 46)。彼は繰り返し原詩に返り、イタリア語の音の響きや語と語の繋がりを意識し、リズムや音調によって詩全体が美しく繋がるように、音の調和を大切にした。ロングフェローは、三韻句法でダンテが伝えたことを、無韻詩で再現することに苦心したことがうかがえる。ノートンやティクナーが「私は、いつも原作を耳の中で鳴り響かせながら、あなたの翻訳を読むのです」とロングフェローに伝えたように、ロングフェローの「翻訳」を読むとき、ダンテの「オリジナル」の言葉がこだまするのが聞こえてくるという (Roylance 140–41)。

ここでダンテの「地獄篇」の第一歌の冒頭の一部を引用してみたい。[8] 三韻句法《テルツァ・リーマ》とは、一行目と三行目が同じ韻を踏み、二行目が次の連の一行目と同じ韻を踏む。

Nel mezzo del cammin di nostra vita
mi ritrovai per una selva oscura
che’la diritta via era smarrita.

Ahi quanto a dir qual era e’ cosa dura
esta selva selvaggia e aspra e forte
she nel pensier rinova la paura!

Tant’e’ amara che poco e’ piu’ morte;
ma per trattar del ben ch’i’ vi trovai,
diro’ de l’altre cose ch’i’ v’ho scorte. (Dante 3)

同じ箇所をロングフェローは次のように翻訳している。先に述べたように、この翻訳では原作の韻律には倣《なら》っていないことが理解できる。ゴッジョも指摘するように、詩の翻訳で対処すべき問題の一つが語順であり、韻律のために原詩とは必然的に異なる (Goggio, “Longfellow” 34)。

Midway upon the journey of our life
I found myself within a forest dark,
For the straightforward pathway had been lost.

Ah me! how hard a thing it is to say
What was this forest savage, rough, and stern,
Which in the very thought renews the fear.

So bitter is it, death is little more;
But of the good to treat, which there I found,
Speak will I of the other things I saw there.[9] (Dante 3)

ロングフェローにとって翻訳とは、本来の言葉の色彩を損なわないようにオリジナルの言語に誠実に向き合うことであった。彼がもっとも腐心したのは、翻訳がテクスト間の違いを決して克服できないという事実であった。翻訳はともすれば単一的な作業に陥りがちになるが、翻訳不可能な要素に直面したとき、そこに訳者の創意が含まれてくる。ジュゼッペ・マッツォッタによると、ロングフェローのダンテへの関わり方には翻訳的な関わり方と創作的な関わり方がある (Mazzotta 4)。ロングフェローのコスモポリタンとしてのアメリカ人という立場が、その創意性に寄与し、ヨーロッパとアメリカの両者の異なる観点を調和させ、彼の翻訳を豊かなものにしていると言えるのではないだろうか。ロングフェローは、時空を超えてダンテの声を伝えるという翻訳者としての務めを、詩人ならではの言語感覚を駆使して探究した。そこにロングフェローによる『神曲』の翻訳がアメリカにおいて高く評価された理由が見出される。

おわりに

これまで考察してきたように、ロングフェローが関わったボストンのさまざまなコミュニティは、ヨーロッパの教養を身につけて故国に戻った知識人たちが、その文化伝統に倣いつつ、アメリカ独自の文学を表現し築き上げようとしてできたものであった。なかでも、ロングフェローの辿った足跡を通して見えてくるのは、国境にとらわれないコスモポリタニズムの姿勢であろう。さらにロングフェローは、言語学者として詩人として、言葉の美しさ、そして人を動かす言葉の力に向き合い、読者の琴線《きんせん》に触れる詩を謳い続けた。また、ヨーロッパの知を伝える手段として翻訳に向き合うロングフェローの姿勢は、「オリジナル」を「翻訳」すること／されることの意味をも問いかけてくれる。彼の人生はさまざまな海外文化との交流に満ちており、そのことがダンテ・クラブに知の集大成として反映されている。

◉注

（1）たとえば、ニュートン・アーヴィンやトマス・ワーサムは、十九世紀アメリカの代弁者としての詩人の職務に注目し、ロングフェローを再評価している(Arvin; Wortham)。

（2）マサチューセッツ州ケンブリッジにあるクレイギー・ハウス（通称ロングフェロー・ハウス）には、明治初期の日本を三度訪れ、北海道から長崎まで長期にわたって滞在したロングフェローの長男チャールズ・アップルトン・ロングフェローによって持ち帰られた調度品が数多く展示されている。チャールズが日本から家族に宛てて送った膨大な数の書簡や日記や写真などの貴重な資料は、『ロングフェロー日本滞在記』として編纂《へんさん》されている。それを翻訳・解説した山田久美子によると、「近くに捕鯨および東洋貿易の基地を控えるボストンは、アメリカの中でも早くから東洋に目が向けられた土地柄」であった。山田はまた、「チャールズを通じてロングフェロー・ハウスに入り込んだ『日本』はロングフェロー・ハウスを訪れる文壇や政界、実業界の知人友人を通じてボストンの社交界に広まり、『ブラーミン』と呼ばれる十九世紀ニューイングランド旧家の人々の間に広まった『日本ブーム』の先駆けとなった」とも説明している（山田　四）。親日家チャールズが残した日本に関する資料は、今後の日米交流の歴史研究への寄与が期待されている。

(3)ロングフェローはメアリーを亡くした悲しみの中、スイスに移った。そのときに、後の妻となるボストンの富豪アップルトン家のフランシスと出会う。

(4)エイビエル・スミスは、アフリカ系アメリカ人の子どもの教育のためにも遺産の一部を遺贈した。それはアメリカ初のアフリカ系アメリカ人の公立学校創設のために使われ、エイビエル・スミス・スクールが一八三五年に開校された。現在はアフリカン・アメリカン歴史博物館の一部となっている。

(5)ロングフェローをはじめこの雑誌に寄稿者として、また編集者として携わった者たちは、後の「ダンテ・クラブ」のメンバーとも重なる。

(6)ロングフェローは一八四一年にテグネールの詩『主の晩餐の子どもたち』(一八二〇)の翻訳を出版したが、そこに収録されなかった詩が六編あった。その理由の一つとして、それらの詩が六歩格《ヘクサミター》の詩型をとる警句であったことが挙げられる(Gale 261)。英詩で多用されるリズムは弱強五歩格《アイアンビック・ペンタミター》であり、韻律の形式は訳者が直面する課題でもある。したがって、ロングフェローはこの翻訳において、それぞれの言語が持つリズムやアクセントの違いから、原詩の美しい韻律を本来の価値を損なわずに英語に反映させることの難しさを感じ、断念せざるをえなかったことがうかがえる。

(7)エマソンもまた『神曲』を含むダンテの作品に思い入れが強く、ダンテの代表作『新生』の翻訳に取り組んだが、完成したものは出版されることはなかった(Pearl, "Colossal" 188)。

(8)平川祐弘氏の日本語訳を以下に引用する。

人生の道半ばで
正道を踏みはずした私が
目をさました時は暗い森の中にいた。
その苛烈で荒涼とした峻厳な森が

いかなるものであったか、口にするのも辛い。
思い返しただけでもぞっとする。
その苦しさにもう死なんばかりであった。
しかしそこでめぐりあった幸せを語るためには、
そこで目撃した二、三の事をまず話そうと思う。（ダンテ・アリギエーリ　八―九）

（9）ダンテ・クラブのメンバーであったグリーンは、ロングフェローよりも早い時期から『神曲』の翻訳に取り組んでいたが、完訳ではなかったため、出版には至っていなかった。グリーンはロングフェローの良き理解者として、『神曲』の翻訳の問題点についてともに議論を重ねた(Harrison 38–39)。同様に、彼の翻訳をここに引用する。グリーンの翻訳と比べると、ロングフェローの翻訳は言語の響きを大事にしていることが分かる。

In the midway of this our mortal life,
I found myself within a wood obscure
So darkly that the rightful way was lost.

And what it was alas! how hard to say,
That wood so savage, intricate, and dense,
That even in the thought my fear renews,

So bitter 't is that death is little more.

But of the good which there I found, to treat
I'll tell the other things I there beheld. (Harrison 40)

◉引用文献

Arac, Jonathan. "The Age of the Novel, the Age of Empire: Howells, Twain, James around 1900." *The Yearbook of English Studies*, vol. 41, no. 2, 2011, pp. 94–105.

Arvin, Newton. *Longfellow: His Life and Work*. Little, Brown, 1963.

Dante Alighieri. *The Divine Comedy / La Divina Commedia: Parallel Italian / English Translation*. Translated by Henry Wadsworth Longfellow, Benediction Classics, 2012.

"Dante in America." *Annual Reports of the Dante Society*, no. 15, 1896, pp. 7–74.

Frank, Armin Paul, and Christel-Maria Maas. *Transnational Longfellow: A Project of American National Poetry*. Peter Lang, 2005.

Gale, Robert L. *A Henry Wadsworth Longfellow Companion*. Greenwood Press, 2003.

Goggio, Emilio. "Longfellow and Dante." *Annual Reports of the Dante Society*, no. 39–41, 1924, pp. 25–34.

——. "The Teaching of Dante in America." *The Modern Language Journal*, vol. 8, no. 5, 1924, pp. 275–80.

Gonzalez-Gerth, Miguel. "The Image of Spain in American Literature, 1815–1865." *Journal of Inter-American Studies*, vol. 4, no. 2, 1962, pp. 257–72.

Harrison, Fred C. "G. W. Greene and Dante." *Italica*, vol. 43, no. 1, 1966, pp. 38–42.

Harvard University, Board of Overseers. *Report of a Committee of the Overseers of Harvard College*, January 6, 1825. Cambridge, 1825.

Hawthorne, Manning, and Henry Wadsworth Longfellow Dana. "The Origin of Longfellow's 'Evangeline.'" *The Papers of the Bibliographical Society of America*, vol. 41, no. 3, 1947, pp. 165–203.

Hawthorne, Nathaniel. *The Centenary Edition of the Works of Nathaniel Hawthorne*. Edited by William Charvat et al., Ohio State UP, 1962. 23 vols.

——. *Famous Old People*. Hawthorne, *Centenary Edition*, vol. 6, 1972, pp. 69–139.

——. "Longfellow's *Evangeline*." Hawthorne, *Centenary Edition*, vol. 23, 1994, pp. 247–49.

Hoeltje, Hubert H. "Hawthorne's Review of *Evangeline*." *The New England Quarterly*, vol. 23, no. 2, 1950, pp. 232–35.

Longfellow, Charles Appleton. *Charles Appleton Longfellow: Twenty Months in Japan, 1871–1873*. Edited by Christine Laidlaw, Friends of the Longfellow House, 1998.

Longfellow, Henry Wadsworth. *Outre-Mer: A Pilgrimage Beyond the Sea*. David McKay Publisher, 1890.

——. "Review: Frithiofs Saga (The Legend of Frithiofs) by Esaias Tegner." *The North American Review*, vol. 45, no. 96, 1837, pp. 149–85.

Mathews, Chesley J. "Mr. Longfellow's Dante Club." *Annual Report of the Dante Society, with Accompanying Papers*, no. 76, 1958, pp. 23–35.

Mazzotta, Giuseppe. "The Circumspection of Poets: Longfellow and Dante." *Dante Studies, with the Annual Report of the Dante Society*, no. 128, 2010, pp. 1–9.

Nordell, Joan. "Search for the Ten Privately Printed Copies of Longfellow's Translation of the *Divine Comedy* 'In Commemorazione del secentesimo Anniversario della Nascita di Dante Alighieri.'" *Dante Studies, with the Annual Report of the Dante Society*, no. 128, 2010, pp. 71–101.

Pearl, Matthew. "'Colossal Cipher': Emerson as America's Lost Dantean." *The Annual Report of the Dante Society*, no. 117, 1999, pp. 171–93.

——. *The Dante Club: A Novel*. Random House, 2003.（マシュー・パール『ダンテ・クラブ』鈴木恵訳、新潮社、二〇〇四年）

Quincy, Josiah. *The History of Harvard University*. Vol. 2, John Owen, 1840.

Rockland, Michael A. "Henry Wadsworth Longfellow and Domingo Faustino Sarmiento." *Journal of Interamerican Studies and World Affairs*, vol. 12, no. 2, 1970, pp. 271–79.

Roylance, Patricia. "Longfellow's Dante: Literary Achievement in a Transatlantic Culture of Print." *Dante Studies, with the Annual Report of the Dante Society*, no. 128, 2010, pp. 135–48.

Wortham, Thomas. "William Cullen Bryant and the Fireside Poets." *Columbia Literary History of the United States*, edited by Emory Elliot, Columbia UP, 1988, pp. 278–88.

荒木陽子「ロングフェロー著『エヴァンジェリン』再考――マイエ著『エヴァンジェリーヌ二世』とのインターテクスト性をてがかりに」『現代社会文化研究』四十号、二〇〇七年、三五九―七二頁。

市川慎一『アカディアンの過去と現在――知られざるフランス語系カナダ人』彩流社、二〇〇七年。

大矢タカヤス、ヘンリー・ワズワース・ロングフェロー『地図から消えた国、アカディの記憶――『エヴァンジェリンヌ』とアカディアンの歴史』書肆心水、二〇〇八年。

齊藤昇『ワシントン・アーヴィングとその時代』本の友社、二〇〇五年。

ダンテ・アリギエーリ『神曲　地獄篇』平川祐弘訳、河出書房新社、二〇〇八年。

山田久美子「まえがき」、チャールズ・A・ロングフェロー『ロングフェロー日本滞在記――明治初年、アメリカ青年の見たニッポン』山田久美子訳、平凡社、二〇〇四年。

第Ⅲ部　女性と知のコミュニティ

想像の世界文学共同体
――マーガレット・フラーの『ゲーテとの対話』翻訳

古屋 耕平

はじめに

十九世紀のアメリカ国民文学の形成に翻訳が果たした役割について考える上で、マーガレット・フラーは最重要人物の一人であると言える。翻訳家としてのフラーの存在は、同時代のアメリカにおける翻訳文化の典型を示すと同時に、女性であるという点において、同時代の多くの男性エリート文学者や知識人たちとも一線を画している。幼い頃から父親の厳しい家庭内教育によってヨーロッパ諸言語を学び、成人する前には、ギリシア語、ラテン語、フランス語に関しては、交流のあったハーヴァード大学の男子学生にも勝るほどの知識と語学力を身につけていたと言われるフラーだが、特にドイツ文学の翻訳によって文学者としてのキャリアをスタートさせたことは注目に値する。ドイツ語は、父親の教育によってではなく彼女自身の意志で習得した言語であった。フラーは、トランセンデンタル・クラブの創始者として知られるフレデリック・ヘンリー・ヘッジの助言を仰ぎつつ、同世代の友人でハーヴァード大学の学生であったジェイムズ・フリーマン・クラークとともにドイツ語の学習に励んだが、クラークによれば、三か月ほどでほぼ間違いなくゲーテの文章を翻訳することができるようになったと言われており、彼女の外国語習得能力は相当に高いものであったと言えるだろう。ちなみに、一八三六年にエイモス・ブロンソン・オルコットが創立したテンプル・スクールに講師として雇われた際には、ドイツ語クラスの宿題として、毎回二十ページの翻訳の宿題を課し、生徒たちを辟易《へきえき》させたとも言われている。また、同じ時期にボストンでウィリアム・エラリー・チャニングと外国文学の勉強会を定期的に開催していた際には、しばしばフラーがチャニングのためにドイツ語文献を翻訳している。その翌年、ロードアイランド州プロヴィデンスのグリーン・ストリート・スクールに雇われた際にも多くの語学クラスを担当し、また自らもプライベートのドイツ語レッスンを開催するなど、自ら翻訳を行なうだけでなく、語学を教えることにも余念が無かった(1)。

このフラーの翻訳への献身、とくにヨハン・ヴォルフガング・フォン・ゲーテをはじめとするドイツ文学の英語への翻訳、さらにはヨーロッパ諸国の文化や歴史の研究は、フラーに文筆家としての道を拓くことになった。まず、フラーはゲーテの戯曲『トルクヴァート・タッソー』(一七九〇)を翻訳し出版の機会をうかがったが、当時のアメリカではドイツ文学はまだ新奇なもので、女性作家にセンティメンタル・ノヴェルや教訓物語を期待する出版者の興味を引くことはなかった。しかしながら、同時代のニューイングランドの文学者たちの一部では、フラーの翻訳は知られており、一八三五年頃には、友人のヘッジを介して、ラルフ・ウォルドー・エマソンもその翻訳原稿を借りて読んでいる (Fuller, *Letters* 1: 212)。後に、『タッソー』の一部は『ダイアル』誌上に掲載されることになるが、このような機会を通じて、フラーはドイツ語文学の翻訳者、ヨーロッパ文学の紹介者としての評判をボストン周辺の知識人コミュニティの間で確立することになる。さらに同時期に、フラーは一八三二年に亡くなったばかりのゲーテの批評的伝記を書くことを決意するが、この伝記の計画自体は、教師としての多大な職務と、家族に対するさまざまな責務、そこから来る疲労と体調不良、さらには資料不足のために、破棄を余儀なくされる。しかしながら、その研究の一環として、ジョージ・リプリーの勧めもあって翻訳したヨーハン・ペーター・エッカーマンの『ゲーテとの対話』第一、二巻(一八三六)は一八三九年にリプリー編集の『外国標準文学見本』(一八三八―一八四五)シリーズの第四巻として、『ゲーテとの対話』(一八三九)というタイトルで出版され、一部で大きな反響を呼ぶことになる(Capper 1: 128–308; Marshall 81–130)。

エッカーマン作の『ゲーテとの対話』は、少しずつ英語圏にも入ってきていたドイツ文学を代表する作家ゲーテの貴重な証言を収録した伝記的作品として、十九世紀を通じて広く人気を博した。また、同作品はデイヴィッド・ダムロッシュらによる二〇〇〇年代以降の世界文学再評価の中で、ゲーテが世界文学の概念について言及したテクストの一つとしても近年注目を集めている。しかしながら、ダムロッシュも指摘するように、英語圏におけるこれまでの研究では、作者エッカーマンの存在自体はしばしば忘れられるか、ほとんど無視されてきた(五九―六二)。たとえば、一八五〇年にロンドンで出版され、フラー翻訳の版よりも遥かに多く流通した、ジョン・オクセンフォードによる翻訳版では、タイトルは『ゲーテのエッカーマンとソレットとの対話』(一八五〇)と変更されるなど、同作品はエッカーマン本人ではなく、事実上、ゲーテの発言集として広く認知されることになった。ちなみに、後者のオクセンフォード訳は、現代の著作権法では剽窃《ひょうせつ》と見なされてもおかしくないほどに、その大部分をフラー訳に負っているが、当時はまだ国際著作権法が確立されておらず、オクセンフォードは「訳者まえがき」でフラー版の存在に軽く言及するだけで、自身の翻訳した部分とフラーの翻訳した部分をまったく区別していない(Oxenford iv)。実際には、フラーの翻訳より後に出版されたエッカーマン『ゲーテとの対話』第三巻とフラーが省略した部分だけが、オクセンフォードの手による新たな翻訳であり、それ以外では、フラーの独創性が過剰に発揮されているように見える箇所のみ、若干の変更が加えられている。フラーも、みずからの「訳者まえがき」では、エッカーマンの存在を軽視している節もあり、本文翻訳でもエッカーマン自身のイタリア旅行の記録などを一部省略したりもしているが、少なくともタイトルに関しては、フラー版の方がオクセンフォード版よりも原作に忠実な形で出版されている。(2)

翻訳はフラーの作家としての活動の根源にあったと言える。フラーにとって翻訳という行為は、しばしば有用性の点からのみ行なわれる、一つの言語から他の言語への意味の移し替えという機械的な作業ではなく、むしろ、個人的さらには国家的な観点から、新しい語彙《ごい》や文体、および思考の方法を確立する有効な手段であった。このような新たな文化の創出の手段としての翻訳という観点から、フラーのゲーテ作品翻訳についてもすでに論じられているが、彼女にとって初の本格的な出版となった『ゲーテとの対話』についてはほとんど論じられていない[3]。以下、本論では『ゲーテとの対話』をゲーテではなく、あくまでエッカーマンという一人のマイナーな作者による物語として読み直すと同時に、その翻訳作業がフラーのその後の執筆活動やアメリカの文学者たちの新たな知のコミュニティ形成に与えた影響について考察する。そのために、特に（1）自伝的物語、教養小説（ビルドゥングスロマン）としての要素、（2）翻訳理論、国民文学理論、世界文学理論のマニフェストとしての要素、（3）ロマン主義的フェミニズム理論への序章としての要素の三点に注目しながら、フラーの翻訳による『ゲーテとの対話』を再読し、それら三点が密接に絡み合いながら十九世紀前半のニューイングランドにおける知のコミュニティ形成に果たした役割の一端を明らかにしたい。

一　ビルドゥングスロマンとしての『ゲーテとの対話』「序文」

ゲーテの言行録として広く人気を博した『ゲーテとの対話』だが、作者のエッカーマンについては、同時代のアメリカではほとんど話題に上っていない。フラーも「訳者まえがき」の冒頭において、「エッカーマンの忠誠心、判断力、彼に対する理解についてゲーテが抱いていた高い評価は、死後出版される予定の論集の編者に彼を任命したことによって十分に証明されている」とエッカーマンを賞賛するものの、すぐ後に続く段落では、彼は「主人の手によってさまざまな旋律を奏でる単なる共鳴板」にすぎず、同作品も「すべての意図と目的において、対話ではなく［ゲーテの］独白」であると、いささか手厳しく述べている(Translator's vii–viii)。しかしながら、後に詳しく述べるように、フラーのエッカーマンに対するやや過剰とも言える軽視の姿勢は、ニューイングランドの知識人コミュニティにおける自身のマイナーな立場、さらにはアメリカ文学のヨーロッパ文学に対するマイナーな地位などに対するアンビヴァレントな感情を映し出しているように見える。むしろ、訳者フラーと作者エッカーマンの間には、彼女自身が考える以上に多くの共通点があると思われる。

『ゲーテとの対話』本編第一部の前に置かれた「序章」は、エッカーマンがいかにして文学や芸術の道に目覚め、苦労しながら教養を身に付けるに至ったかについての短編のビルドゥングスロマンとして提示されている。ルーエ河畔《かはん》（現ニーダーザクセン州）の小さな町の貧しい家庭に生まれたエッカーマンは、家の仕事を手伝いながら断続的に学校に通い読み書きを覚えるものの、文学や芸術とは無縁のまま思春期を迎える。ある日、馬の絵を何気なく模写したのがきっかけで絵を描く喜びに目覚めるが、経済的理由から地方役所の事務仕事に就く。そのかたわら絵の勉強を続け、ドイツ独立戦争の義勇兵として訪れたフランドル地方でオランダ絵画に出会い、職業画家になることを決意する。ハノーファーの画家に弟子入りして、しばし絵画の修行に没頭するも体調を崩して筆が持てなくなり、美術の道を断念する。やむを得ず役所に就職すると病状が改善し、街の若手芸術家から文学を教わって詩に目覚め、フランスから凱旋《がいせん》した兵士たちの詩を自費出版したところ評判となる。この頃、初めてゲーテの作品に触れて人生最大の感銘を受けるとともに、古典教養の必要性を痛感し、ギムナジウム入学を目指す。試験は不合格だったものの、彼の努力を知る校長の許可を得て、若者たちに混じり再び学校に通う。張り切って学校と役所の二重生活を送るものの、数か月後には体調を崩し、退学を余儀なくされる。その後も大学進学を目指して勉強を続け、法律を修めるという約束で役所から経済的援助を得て、ゲッティンゲン大学に入学する。しかし、元々法律の勉強には興味がなく、近々経済的援助が打ち切られることもあって、二年目には退学する。だが、その間にゲーテに送っておいた自身の詩集が評価され、エッカーマンはついに憧れの人物と対面するために、彼の暮らすワイマールに向けて出発する（Eckermann, *Gespräche* 9–22）。

エッカーマンは教養を身につけたいという欲求に駆られて、美術の師匠のもとに弟子入りしたり、何度も学校や大学に入学したりしているが、いずれの場合も生活上の理由から途中で放棄している。しかしながら、主人公が何度も挫折《ざせつ》を経験しながらも、断片的にさまざまな学問や芸術に触れ、少しずつ教養を身につけて「人間的成長」を遂げてゆくというナラティヴはビルドゥングスロマンの典型であると言える（*Gespräche* 21）。さて、ハーヴァード大学卒の父親から幼少期より古典教養を叩き込まれたフラーと無教養な両親の元に生まれたエッカーマンとでは、一見するとまったく立場が異なるように見えるかもしれない。だが、女性であるがゆえに高等教育の機会を与えられなかったフラーや同時代の女性たちの姿と、やはり生活上の理由で正式な学校教育の機会をなかなか得られず苦労して学問を続けたエッカーマンの姿は重なり合っている。特に、一八三三年に父ティモシーが政治家と弁護士としてのキャリアを捨て、ほとんど何の知識も経験もない農場経営を始めるために一家で田舎のマサチューセッツ州グロートンに移り住んだ後には一家の経済状況は悪化し、フラーも家事やその他の労働に追われることになり、肉体的な疲労と持病の偏頭痛も相まって読書と執筆の時間を取ることができず、いくつもの執筆計画を思いついては放棄することになる。一八三五年には前述の批評的伝記出版を計画するも、同年十月に父ティモシーがコレラのため急逝し、フラーは精神的にも経済的にもいよいよ一家を支える大黒柱の役割を担うことになる。その結果、ハーヴァード大学周辺の友人や知人の多くが留学や旅行でヨーロッパを訪れ見聞を広めて帰ってくるのを眺めながら、かねてより計画していたヨーロッパ旅行も断念している。一八三六年秋にはテンプル・スクールの、翌年にはプロヴィデンスのグリーン・ストリート・スクールの教員となって、毎日教壇に立ちながら授業の合間に伝記執筆のための研究を行なう生活を合計三年間ほど続けるも、偏頭痛と体調不良が悪化し、最終的には教員の職を辞し再びグロートンに戻る(Capper 1: 121–251; Marshall 71–122)。

一八三六年にエッカーマンの『ゲーテとの対話』が出版されてほどなくフラーも本を入手し読み始めたと思われるが、彼女が翻訳に取り組んでいた期間はプロヴィデンスで教員をしていた時期と大体重なっている(*Letters* 1: 266–70)。さて、ギムナジウムに入学し、仕事と学問の二重生活を続けるエッカーマンの一日のスケジュールは次のようなものである。

> 朝の五時には目をさまして、すぐと予習にとりかかる。八時ごろ登校して、十時まで在校し、そこから急いで役所にかけつけて勤めの仕事にかじりつく。ここには一時ごろまで在席しなければならない。それから家へとんでかえって、昼食をちょっと喉に通し、すぐとまた一時すぎには学校へ行く。授業は四時まで続く。そのあと再び役所

へとってかえして、七時すぎまで職務にたずさわり、残った夜の時間を予習と個人教授の勉強にあてるのである。[4]
（*Gespräche* 23–24; エッカーマン 三三）

フラーがエッカーマンからどの程度まで影響を受けたのかは定かではないが、プロヴィデンスにおけるフラーの（一見するとベンジャミン・フランクリン的な）スケジュールも、よく読めばエッカーマンのそれとかなり近い。たとえば弟のアーサーに宛てた手紙では、「朝はほとんどいつも五時、時には四時半に起きます。六時までには完全に身繕いを済ませ、それから七時半まで自分自身の研究に打ち込み、朝食を取ります。（中略）八時半に学校へ行きます。（中略）散歩に行かない時は、一時少し前に帰宅し、一時半に食事、三時まで横になって、それからお茶の時間まで執筆か研究を行ないます。お茶の後には、十時まで散歩するか人を訪ね、十一時頃就寝します」と書いている（*Letters* 1: 290–91）。同時期にエリザベス・ピーボディに宛てた手紙では、「学校には毎朝四時間、週五日います。だから、多くのちょっとした邪魔を除いては、私にはたくさんの時間があることが分かるでしょう。土日はすべて私自身のために使えます。とても早く起きるので、授業日には、朝食前にしばしば一時間半ほど、午後には二、三時間、時間があります」（1: 292）。このように、朝五時に起床して勉強を始め、仕事が終わって再び勉強に戻るところなど、フラーとエッカーマンの生活はかなりの部分まで似通っている。フラーは、この生活は「健康のためにもまったく十分で、その時間は良い時間です。なぜなら学校ではめったに疲れ果てることはないからです」と楽観的な見通しを述べるが（1: 292）、そのわずか一か月後にはエマソンに宛てた手紙で「本とペンを手元に、最大の努力にもかかわらず、私は哀れなほど少ししか仕事をしていません。もし状況が変わらなければ、来学期の終わりにはプロヴィデンスを去らなければなりません」と悲観的に述べている（1: 295）。このように新しい環境に大いなる希望を抱き意気込んで仕事と学問に励むものの、数か月後には体調を崩して計画を断念するところも、エッカーマンの話とほとんど同じである。一年後に母親に送った手紙では、「もはや書いたり研究したりする力もありませんし、もうそれに耐えられないし、試すこともありません。天は私がどのような偉大なことや美しいことを成し遂げるのも望んでいないと私は信じています」とまで言っている(1: 316)。

このようなフラーの手紙の内容とエッカーマンの物語の内容は偶然の一致に見えるかもしれない。しかしながら、フラーが、学ぶ対象であるゲーテ（あるいはゲーテが体現する、ギリシアを起源とする古典教養）以上に、学ぶ主体であるエッカーマンの方に（おそらくは自身が意識するよりも強く）一体化していることは、以下の箇所からもうかがうことができる。仕事と学問の両立に疲れ体調を崩したエッカーマンは、聖書の文句を引用し「誰も二人の主人に仕えることはできない」と述べるが(*Gespräche* 18)、同様にフラーも、プロヴィデンスの学校を辞める数か月前にエマソンに宛てた手紙では「私は二人の主人に仕えることはできません」と述べている(*Letters* 1: 327)。そして、エッカーマンは「パンのための学問」と純粋な学問や芸術の追求との間で葛藤するが（*Gespräche* 26; エッカーマン 三七）、フラーも同じように「世知に長けた人物になると同時に文学的存在にもなるという希望をすべて諦めなければならないのではないかと恐れています」と述べている(*Letters* 1: 327)。また、本編「序章」のさらに前に置かれた「まえがき」において、エッカーマンは本を完成させる苦労について、「星まわりが悪くて、病気や、忙しい仕事や、日々の生活をめぐる多くの煩いごとのために、ただ一行ものすことができずに数か月を過ごしたこともしばしばだった」と語る（*Gespräche* 11–12; エッカーマン 一一–一二）。英語版の『ゲーテとの対話』では、この作者「まえがき」の前にフラーの「訳者まえがき」が置かれているが、ここでフラーは翻訳作業の困難について語り、「体調不良のため予想外にかなりの部分を口述に頼らざるを得なかった」ことを認め、「このように考えを記述する方法に慣れていなかったので、それらのページについては、自分の手で書いたページほどには満足していない」と述べている(Translator's xxiv)。

エッカーマンとフラーの自分語りにおいては、理想と現実の葛藤を経験し、その葛藤を繰り返し乗り越えることによってより高次な自己へと到達するというビルドゥングスロマンのナラティヴが共有されている。学ぶ対象のみならず学びつつある主体がほとんど意識されないまま模範とされ、学ぶ内容だけでなく学ぶ姿勢が模倣されることによって、まずは対象（ゲーテ、およびゲーテが体現する理想的な教養）から作者（エッカーマン）へ、作者から読者（フラー）へ、その読者が今度は作者となり次の読者へ、と教養的態度が伝播《でんぱ》してゆく構造がここには見られる。そして、本文中でエッカーマンが繰り返し述べる、ゲーテを中心とする知のコミュニティに属することの喜びは、フラーをはじめとする同時代の多くの女性たちも切望していたものに違いない。フラーはエッカーマンをそれほど高く評価していないような書き方をしているが、フラー自身も含む多くの読者が、その存在を無視しつつも、エッカーマンと自身の姿を重ねあわせたことは間違いないだろう。[5] このことは、フラーが後に開催することになる、若い女性を主な対象とする勉強会のタイトルを、おそらくはエッカーマンのタイトルに影響を受けて「対話《カンヴァセーションズ》」と名付けたことからもうかがえる。したがって、フラー翻訳による『ゲーテとの対話』は、「訳者まえがき」、作者「まえがき」、「序章」「本編」という入れ子状の構造において成立する一つのビルドゥングスロマンとして読まれなければならない。

二　翻訳理論および世界文学理論としての作者「まえがき」

ビルドゥングスロマンと翻訳という行為の関係については、その構造的な共通性からさらに論じることができる。ドイツ・ロマン主義文学における翻訳の役割について包括的に論じた『他者という試練』において、アントワーヌ・ベルマンは「翻訳」と、一般的には「文化」を意味し「形成」「発展」「教育」といったさまざまな意味も含む「ビルドゥング」概念が不可分の関係にあることを明らかにしている。ルターのドイツ語訳聖書に始まり、ゲーテに代表される古典主義の時代から、それに続くロマン主義の時代を経て、ドイツの多くの文学者がギリシア・ローマの古典やさまざまな外国語文学の翻訳に携わり、その過程で新たなドイツ語のボキャブラリーやスタイルを確立し、近代ドイツ国民国家の礎となる土地固有の《ヴァナキュラー》ドイツ語の成立に貢献したが、異なる言語や文化との葛藤を通じて自国の言語や文化を作り上げるという国民国家的なビルドゥングの過程には、翻訳という行為は不可欠であったと言える。ベルマンによれば、ビルドゥングと翻訳の構造的な同質性とは、両者とも「固有のものや同一者（すなわち既知のもの、日常的なもの、親しいもの）から出発して異なるものや他者（つまり未知のもの、驚異的なもの、不気味なもの《ウンハイムリッヒ》）へと向かい、そしてその道行きの経験を終えて、再び元の出発点に戻ってくることを目指す運動」であるという点にある（九六、強調原文）。したがって、ビルドゥングスロマンの典型的主人公であるヴィルヘルム・マイスターも、異郷で「手本、次いで媒体となる登場人物に出会い、彼我の比較照合を体験」し、さまざまな手本に「同一化しよう」と試みながら、最終的には「自分で自己を発見」することになる(6)（一〇〇、強調原文）。

『ゲーテとの対話』においてエッカーマンも同様の道筋を辿ることになるが、特に「序文」においては、模倣することへの「衝動」が繰り返し強調されている点は注目に値する。エッカーマンは「馬の絵を模写してみたいという抑えがたい衝動」に駆られたのをきっかけに芸術に目覚め（*Gespräche* 7 筆者訳）、この「一旦めざめた感覚的模写の衝動」は以降、生涯彼の元を離れず(7)、その後も陶芸の下絵を模写したり、オランダの画家の絵を「模写」するなど(11)、模倣することへの飽くなき欲求と、その作業に没頭する喜びが繰り返し描かれている。これはエッカーマンの関心が美術から文学へと移った後も同様で、さまざまな古典や外国文学（および外国語）と格闘した後に、ゲーテという最高の模範に出会う。さらには「作者まえがき」の冒頭においても、エッカーマンは「ゲーテとの談話や対話のかずかずを蒐集したこの仕事は、大部分は、私が価値ありと、あるいは珍しいとおもった何らかの体験を必ず文字で書きうつしてみて自分のものにせずには気がすまないという、私自身のもって生れた自然の衝動から生れたものである」と述べている（vii; エッカーマン 一一）。このような模倣から自己の確立へというナラティヴもビルドゥングスロマンの典型であると言えるが、同時にこれは翻訳の比喩でもある。

実際に、作者「まえがき」において、エッカーマンは自身をゲーテの言葉を翻訳する一種の翻訳家として自己規定している。エッカーマンは、ゲーテを「どの方角にも違った色を反射してみせる多面的なダイアモンド」になぞらえ、「ゲーテが、さまざまな状況において、またさまざまな相手に応じて、別の人間であったように、私もまた、私の場合に、ただまったく謙虚な意味で、こう言いうるにすぎない、これは私のゲーテである」と語る（*Gespräche* x; エッカーマン 一三）。さらに続けて、エッカーマンは、自身の描くゲーテ像が、自分が「彼をどのように把握し、再現することができたか」にかかっていることを認め、「このような場合には反射が起こり、他の個性を通り抜ける際に、独自なものがまったく失われずにすんだり、異質なもの［Fremdartiges］が内化［sich heimische］されないですむことは、非常にまれである」と論じている（x–xi 筆者訳）。この「再現」や「反射」や「異質なもの」を巡る議論は、良い翻訳とは何かという同時代の翻訳を巡る議論と密接に関わっている。後にヴァルター・ベンヤミンも言及し、現代の翻訳理論研究においても言及されることの多い、『西東詩集』の「注解と論考」に収められたゲーテの翻訳論によれば、翻訳には三段階の方法がある。第一段階の方法は「われわれが自分の感覚で外国を知ることができるようにする」もので、これは「詩文学の独自性」を排除した散文的な訳である（Goethe 526; ゲーテ 三八一）。第二段階の方法においては「翻訳者は外国の状態に身を置きはするが、ただ未知の感覚をわがものとし、それをさらに自分の感覚と表現しようと努める」もので、これはパロディ的な翻訳と呼ばれる（527; 三八一）。「最高にして最後」の第三段階の方法においては、「翻訳を原典と同化させ、一方が他方のかわりになるのではなく、他方と同じ力を持つようにしようとする」が、そのような翻訳は「自分の民族の独自性を捨てるもの」であるため、これに対して「当初はきわめて抵抗が大きかった」（528–29; 三八一—八二）。そして、この第三の翻訳は「究極的には行間にひそむものの表現に近づき」、「それを通じてわれわれは原テクストにみちびかれ」「最後には、異国の要素、土着の要素［Fremden und Einheimischen］、旧知のもの、未知のものが接近しあおうとして動いている全円が閉ざされるのである」とゲーテは語る（532; 三八三）。もちろん、これら三種類の翻訳を明確に区別することは現実的には不可能であり、大抵の翻訳は多かれ少なかれそれら三つの要素を含んでいるはずである。また、ゲーテの言う「最高にして最後の」第三の翻訳がどの程度まで実現可能かどうかも、結局のところ、さまざまな条件によるはずだ（多くの場合、ドイツ語から英語に翻訳する方が、ドイツ語から日本語に翻訳するよりも、第三の翻訳に近づくのは容易であろう）。ここでゲーテが言う第三の翻訳とは、あくまで翻訳が目指すべき一つの理想、一つの方向性としてのみ理解すべきであろう。

ゲーテの諸作品に大きな感銘を受けたエッカーマンは、当然のことながら、その翻訳論についても知っていた。したがって、前に引用した反射をめぐるエッカーマンの議論も翻訳における原典の意味（あるいは感覚、精神）の再現性に関する議論として読むべきである。つまり、ゲーテという対象を自分の言葉で翻訳しようとすると、自分というフィルターを通る以上、否が応でもゲーテのオリジナルな思想や精神の一部は失われてしまい、ゲーテという人間に固有の要素も訳者にとって親しみ深いものへと変形され同化吸収されてしまう。このような翻訳の問題についてエッカーマンは論じているのであり、だからこそ、自身が描くゲーテ像もあくまで「まったく謙虚な意味で」「私のゲーテ」にすぎないということを強調しなければならない。エッカーマンの自己評価によれば、自身のゲーテ理解はいまだに狭く限られた自己の範囲内に留まるのであって、それはゲーテの言うところの翻訳の第二段階に相当する。だが、本の執筆という作業を通じてコピーである自分とオリジナルであるゲーテが一致し、コピーがオリジナルの「代替品となるのではなく、オリジナルと同じ働きを」するような第三段階へと移行すること、つまりは自身がゲーテに「なる」ことを目指すのであって、その過程こそがビルドゥングの本質ということになるのである。そして、逆説的だが、自己がオリジナルと完全に同一化した時には、もはやそれはオリジナルのコピーではなく、新たなオリジナルとなる。

このようなビルドゥングスロマンのナラティヴにおいては、個人的な自己形成の物語は（しばしば国民国家的な）共同体の自文化発見の物語のアレゴリーとなり、逆もまた然りである。先に言及した「序文」において、エッカーマンはゲーテの詩集との出会いについて次のように語っている。

今ようやく私は目がさめて、本当の自覚に到達したような気がした。これらの詩歌には、私自身のこれまで知らずにいた内面が反映しているようにも思われた。ここではまた、私というただの人間の思考や感情では及びもつかないようなよそよそしい学者ぶったところにぶつかることもなければ、私などの思いもよらない異国の古めかしい神々の名前がとびだしてくることもなかった。むしろ私の見出したものは、あらゆる欲望や幸福や苦悩のなかにある人間の心そのものであり、目の前にひろがる晴れわたった真昼そのままのドイツの自然であり、やさしく浄化し

た光につつまれた純一な現実なのであった。（19–20; エッカーマン 二九—三〇）

エッカーマンにとってゲーテとは、本来の「自然」なドイツ文化の体現者であり、主人公エッカーマンがゲーテという最高の模範との対話を通じて「自身のこれまで知らずにいた内面」を発見する過程と、ドイツ語話者がさまざまな外国語との対話（すなわち翻訳）を経てドイツ的なアイデンティティを発見する過程が、『ゲーテとの対話』というビルドゥングスロマンの二重のプロットとなっている。

三　ロマン主義的フェミニズム批評としての「訳者まえがき」

訳者フラーが多くの点でエッカーマンのビルドゥングの思想を共有していることはすでに述べたとおりだが、その一方で、「訳者まえがき」において、フラーが自身とエッカーマンの思想上の相違点について述べていることにも注目しなければならない。フラーは、「無邪気な尊敬」と「ゲーテの精神への追従」のために、エッカーマンが「解釈者」としては「まったく価値のない」「非常に透明な媒体」となっていると批判し (vii–viii)、彼が「偉大な人間の養子であり、彼に仕えている徒弟」の役割に甘んじていることに対して、「われわれのプライド」が満足しないと述べる (viii–ix)。エッカーマンのビルドゥングと翻訳の思想においては、学ぶものが忠実に師を模倣するのと同様に、翻訳者は「透明な媒体」として原文の意味や感覚を忠実に再現することが理想とされる。しかし、フラーの翻訳観においては、翻訳者は原典に対してライバル関係となり、原典に積極的な解釈を施すことによって原典を乗り越えることが目標とされる。フラー自身も『ゲーテとの対話』の翻訳において、ゲーテが「最高にして最後」と考える行間逐語《ちくご》的な翻訳ではなく、むしろ散文的な「パラフレーズ翻訳」や「抜粋翻訳」を多く採用していることを認めているが (xxxi)、このフラーとゲーテ（あるいはエッカーマン）の翻訳に対する態度の違いは単なる技術的な好みの問題に留まらず、より根源的な問題として、フラーがイギリス経由でヨーロッパのロマン主義を通過した後にゲーテのテクストと出会っていること、彼らとは異なる言語を母語とすること、さらに、もっとも重要な点として、彼らとは異なるジェンダーであったということなどから生じていると思われる。ジュリー・K・エリソンは、フラーの文学的な主体形成が「解釈者」としてなされ、解釈を通した原典との対話が、彼女にとってロマン主義的フェミニストとしての主体を確立する重要な契機となったことを論じているが(217–60)、フラーのエッカーマンに対する批判も、彼のあまりにもへりくだった姿勢とゲーテの神格化に対する反発だけでなく、エッカーマンに「解釈者」としての批評性が欠けていることに起因していると考えられる。これと近い文脈で、アントワーヌ・ベルマンは、ドイツのロマン主義作家ノヴァーリスの「あらゆる詩は翻訳」であり、「ドイツ語のシェイクスピアは今や英語のシェイクスピアよりすぐれている」という一節を取り上げながら(二一〇)、ドイツのロマン主義者たちは、翻訳は単なる原典の再現ではなく、「原典に優るヴァージョンを産み出す」ことを目指すべきだと考えていたのだと論じている(二一三)。同様に、フラーのエッカーマンに対する微妙な反応も、おそらくは人文主義的な古典主義に対する、よりナショナリスティックなロマン派的態度を反映していると言えるだろう。

同時期のフラーの人生において、おそらく最も大きなインパクトを持った出来事の一つが一八三五年の父ティモシーの死であったことについてはすでに述べたとおりだが、フラーにとって父親との別離は生活上の大きな変化を意味するだけでなく、その創作活動においても一つの契機をもたらしたように思われる。幼少期に始まる父親との手紙のやり取りからは、娘の文章に対してしばしば細かい間違いを指摘する父親に対して、褒められたい一心で勉強に励むフラーの姿を垣間見ることができるが、彼女にとっては父親による評価基準が自己評価の基準として内面化されていたと思われる。そして、父親の死はそのような参照点を失うことを意味すると同時に、自身が自身の参照点となること、すなわち、以後、自己評価は自分で下さなければならなくなることを意味したはずだ。フラーが『ゲーテとの対話』を翻訳するにあたって、偉大な父であり師であったゲーテを追想する「養子」および「徒弟」としてのエッカーマンの姿に、父親の言葉を思い出す自分自身を重ね合わせていたとしても不思議ではない。作者「まえがき」の冒頭で、エッカーマンは「加えて、私は、初めてあの傑出した人物と出会ったときも、またすでに彼と何年も一緒に暮した後でも、たえず教えられることを餓え求めていたし、私はすすんで彼のいう言葉の内容をつかもうとして、これから先の私の人生のためにもそれをとっておくべく、せっせと書きとめておいた」のだと語るが（vii; エッカーマン　一二）、その前半部の原文は以下のとおりである。

Zudem war ich immerfort der Belehrung bedürftig, *sowohl als ich zuerst mit jenem außerordentlichen Manne zusammentraf,* als auch nachdem ich bereits jahrelang mit ihm gelebt hatte…（*Gespräche* vii 強調筆者）

これに対し、フラー訳は以下のようになる。

I felt constantly the need of instruction, *not only during the earlier stages of my connection with that extraordinary man*, but also after I had been living with him for years…（*Conversations with Goethe* 3 強調筆者）

さらに、オクセンフォード訳は以下のとおりである。

Moreover, I felt constantly the need of instruction, *not only when I first met with that extraordinary man*, but also after I had lived with him for years….(7)（*Conversations of Goethe* 1 強調筆者）

前述のとおり、オクセンフォード訳は大部分をフラー訳に負っているが、この箇所ではフラー訳にかなり変更を加えている。とくにイタリックスで強調した部分については、原文も複雑ではなく、オクセンフォード訳や日本語訳のように「初めて出会った時」以外に訳すことが難しいように思われるが、なぜかフラーは「あの並外れた人物との交流の初期段階」

とわざわざ訳している。推測の域を出ないが、これは、フラーがエッカーマンの言葉を翻訳するにあたって、おそらくは自身と父との関係を読み込んでいたがゆえではないだろうか。つまり、実の父であれば「初めて出会った時」ではおかしいので、無意識にこのような訳になってしまったのではないか。

エッカーマンにとって、ゲーテは「あとにも先にも変ることなく、多くの詩人のなかで私が日夜最も信頼する導きの星と仰いでいた人」であり、「彼の言説は私の考えかたとぴったり一致調和して、ますます高い思想の地点へ私をいざない、その高い芸術は」、「ますます私にその根本をきわめ、その高さを求めて努力しようとふるいたたせていたもの」(*Gespräche* 33–34; エッカーマン 四一)である。ゲーテとエッカーマンのビルドゥングの思想に共鳴するフラーも、このような偉大なる父の形象を追い求めていたかもしれない。しかし一方で、女であるフラーにとって、ゲーテとエッカーマンにおけるような父と息子の理想的な関係は望むべくもなく、またロマン主義的フェミニスト批評家の卵としては、そのような絶対的な上下関係は望ましいものでもなかったはずだ。エッカーマンは、ゲーテの「さまざまな言葉のあふれんばかりの豊かな充実を思い、それにひきかえ、その中から私の文字にあらわすことのできたほんの僅かな部分をいま眺めてみると、この自分がまるで、さわやかな春の雨を、ひらいた両の手でけんめいに捕えようとしながら[in offenen Händen aufzufangen bemüht ist]、その大部分を指の間から漏らしてしまう子供のように思えてくる」と語る(*Gespräche* vii; エッカーマン 一一、強調筆者)。一方、フラー訳では、傍点部は「爽やかな春の雨を捕まえようと手を伸ばす[stretching out his hands to catch the refreshing spring shower]」(*Conversations with Goethe* 3)とされている。このフラーの訳では、一方で救いを求める子供のイメージが描かれていると同時に、受け身ではなく自分の方から「手を差し伸べる」という積極的なニュアンスが加えられていることに特に注目したい。

この「手を伸ばして救いを求める子供」という表現は、やはり同時期に初めて出会い、フラーにとって大きな文学的影響力を持ったエマソンに宛てた手紙の中でも用いられているが、その使い方はやはり独特である。この同時代のアメリカを代表する男性知識人との、時にはジェンダーの違いを超え、また時にはそれによって阻まれた複雑な交流についてここで詳細に論じる余裕はないが、一八四〇年九月二十九日付のエマソン宛の手紙の中で、フラーは「もしあなたが、神が私をその御下へと弛《たゆ》まず導いて下さるこの階段を見たことがないならば、あなたは本当に私のことをまったく分かってなかったのです。そして、実際に、子供のような祈りの苦しみの中で、私の魂が父としてのあなたに手を伸ばした時［when my soul, in its childish agony of prayer, stretched out its arms to you as a father］、この叶わぬ願いが何を意味するのかあなたには分からなかったのですか」と挑発的に書いている（*Letters* 2: 160）。この手紙の中で、フラーは男女関係における伝統的な慣習に従い自分を「子」、エマソンを「父」と呼んでいるが、その一方で、上の引用箇所では、神の導きによって天国への階段を登ってゆくのは実はフラーの方であって、彼女の方が上からエマソンに救いの手を差し伸べようとしているようにも見える。実際のところ、聖書において手を差し伸べるのは必ずしも救いを求める子供の方ではない。たとえば、使徒行伝では「み手を伸ばしていやしを」なすのはむしろ神の方である（四・三〇、口語訳）。したがって、フラーの手紙では自身とエマソンの、いずれもが父と子の立場に立つことになり、どちらが父でどちらが子か、どちらが癒しを与える側でどちらが与えられる側か判断が難しくなっている。ジェンダーをめぐるフラーのレトリックは錯綜《さくそう》しており、父子あるいは男女の上下関係を維持しようとする意志と、より水平的で平等な関係を求める願望の両方が、「手を伸ばす」という表現の繰り返しの中に書き込まれている。父親の代わりにフラー家の一切を取り仕切るという文字どおりの意味でも、より象徴的な意味でも、自らが父に「なる」ことと、その不可能性の間でフラーの文章は揺れ動いている。そして、このようにジェンダーに両義性を持ち込むフラーのスタイルは、後の『十九世紀の女性』（一八四五）などにおける複雑なジェンダーの理論化に繋がっていると言えるだろう。

おわりに

『ゲーテとの対話』本編では、ゲーテがフランス、イギリスをはじめとする、諸外国の文学作品を翻訳や原文で読み、また外国からのゲストがたびたびゲーテの元を訪れては、ドイツ語や外国語で会話する姿をエッカーマンは記録している。エッカーマンは作者「まえがき」の最後で、自身の本が「世〔die Welt〕にでる」(xiv) ことを祝福しているが、そこには、単に本が出版されるというだけでなく、それが翻訳を通じて「世界〔die Welt〕」に流通することも含意されているように思われる。このエッカーマンの世界文学の夢は、フラーの翻訳によって現実のものとなったと言える。だがエッカーマンが描き出すヨーロッパ諸文化の活溌な交流の中に、アメリカは一切登場しない。フラーが、同書に描かれているような国際的な知的交流の場に身を置いてみたいと切望したことは間違いないし（その夢は後に実現することになるが）、またフラーの個人としての願望は、やはり文化的にはイギリスに従属し、大陸にも大きく遅れをとっているというコンプレックスを抱いていたアメリカの文学者たちの国民文学創出の夢を代弁しているとも言えるだろう。その意味で、フラーによる『ゲーテとの対話』翻訳は、一人の女性批評家の男性中心の知のコミュニティへの参加の物語であると同時に、アメリカ文学の世界文学共同体への参入の物語でもあるのである。

◉本研究はＪＳＰＳ科研費 16K02503 の助成を受けたものです。

◉注

（1）以下、フラーの基本的な伝記的情報については、チャールズ・キャッパーおよびメーガン・マーシャルを参照 (Capper 1: 3–350, 2: 3–193; Marshall 5–520)。フラーの外国語（特にドイツ語）学習についてはフレデリック・オーガスタス・ブラウンを参照 (Braun, *Margaret* 41–70)。

（2）フラー訳とオクセンフォード訳の比較については、エマ・ガートルード・ジャエックを参照 (Jaeck 228–32)。

（3）フラーによるゲーテの（主に詩）作品の翻訳についての古典的な比較研究としてはブラウンの研究書を参照 (Braun, *Margaret*)。

とくに『タッソー』の翻訳に関してはブラウンの論文を参照 (Braun, "Margaret")。脱構築批評とフェミニズムおよびジェンダー批評を通過した後の解釈としては、クリスティーナ・ズウォーグおよびコリーン・グレニー・ボッグズを参照 (Zwarg 59–96; Boggs 91–110)。

（4）以下、*Gespräche* の日本語訳は、基本的にエッカーマン『ゲーテとの対話（上）』（山下肇訳、岩波書店、一九六八年）を使用し、筆者が翻訳した箇所のみ、その旨を注記する。

（5）たとえば、水木しげる『ゲゲゲのゲーテ』を参照。水木も『ゲーテとの対話』を最も影響を受けた本として挙げているが、このインタヴュー集で本人が語るゲーテとの出会いと漫画家として自己を確立するまでの話は、エッカーマンの自伝と瓜二つである。さらに、このインタヴュー集自体が『ゲーテとの対話』の模倣であり、水木はゲーテの立場に立って弟子の質問に答えるという形式をとっている。

（6）これについては古屋を参照（一七―一八）。

（7）このオクセンフォード訳の版については、形式的な著者を誰とすべきか意見が分かれるかもしれない。少なくともここで言及している第一巻においては「作者まえがき」が収録されており、この「作者」がエッカーマンを指すことは明らかであるので、本論ではエッカーマンの著作として扱った。

●引用文献

Boggs, Colleen Glenney. *Transnationalism and American Literature: Literary Translation 1773–1892*. Routledge, 2007.

Braun, Frederick Augustus. *Margaret Fuller and Goethe: The Development of a Remarkable Personality, Her Religion and Philosophy, and Her Relation to Emerson, J. F. Clarke, and Transcendentalism*. H. Holt, 1910.

——. "Margaret Fuller's Translation and Criticism of Goethe's 'Tasso.'" *The Journal of English and Germanic Philology*, vol. 13, no. 2, 1914, pp. 202–13.

Capper, Charles. *Margaret Fuller: An American Romantic Life*. Oxford UP, 1992–2010. 2 vols.

Eckermann, Johann Peter. *Conversations of Goethe with Eckermann and Soret*. Translated by John Oxenford, vol. 1, London, 1850.

——. *Conversations with Goethe in the Last Years of His Life*. Translated by Margaret Fuller, Boston, 1839.

——. *Gespräche mit Goethe in den Letzten Jahren Seines Lebens: 1823–1832*. Bd. 1, Leipzig, 1836.

Ellison, Julie K. *Delicate Subjects: Romanticism, Gender, and the Ethics of Understanding*. Cornell UP, 1990.

Fuller, Margaret. *The Letters of Margaret Fuller: 1817–1838*. Edited by Robert N. Hudspeth, Cornell UP, 1983–1995. 6 vols.

——. Translator's Preface. Eckermann, *Conversations with Goethe*, pp. i–xxiv.

Goethe, Johann Wolfgang von. *West-östlicher Divan*. Stuttgart, 1819.

Jaeck, Emma Gertrude. "John Oxenford as Translator." *The Journal of English and Germanic Philology*, vol. 13, no. 2, 1914, pp. 214–37.

Marshall, Megan. *Margaret Fuller: A New American Life*. Houghton Mifflin Harcourt, 2013.

Oxenford, John. Translator's Prerface. Eckermann, *Conversations of Goethe*, pp. i–iv.

Zwarg, Christina. *Feminist Conversations: Fuller, Emerson, and the Play of Reading*. Cornell UP, 1995.

エッカーマン、ヨハン・ペーター『ゲーテとの対話（上）』山下肇訳、岩波書店、一九六八年。

ゲーテ、ヨハン・ヴォルフガング「西東詩集　注解と論考」生野幸吉訳、『ゲーテ全集第十五巻――書簡』小栗浩他編、潮出版社、一九八一年。

ダムロッシュ、デイヴィッド『世界文学とは何か?』秋草俊一郎・奥彩子・桐山大介・小松真帆・平塚隼介・山辺弦訳、国書刊行会、二〇一一年。

古屋耕平「ビルドゥングと超越――エマソンとドイツ翻訳理論」『和洋女子大学紀要』五十五集、二〇一五年、一五―二三頁。

ベルマン、アントワーヌ『他者という試練――ロマン主義ドイツの文化と翻訳』藤田省一訳、みすず書房、二〇〇八年。

水木しげる『ゲゲゲのゲーテ――水木しげるが選んだ93の「賢者の言葉」』水木プロダクション編、双葉社、二〇一五年。

会話というコミュニティ
――〈愛〉の実現の場としてのマーガレット・フラーの〈会話〉

高尾 直知

はじめに

フィリップ・F・グラは、アメリカにおける超絶主義の思潮形成過程のなかで決定的な「自己認識確立」の瞬間として、一八三六年をその一つにあげている(Gura 8–9)。オレスティーズ・ブラウンソンやジョージ・リプリーの代表的著作にならんで、なによりもラルフ・ウォルドー・エマソンの『自然論』が超絶主義の最前線に躍りでて、その潮流を確かなものにしたのがこの年だ。そしてこのリプリーとエマソンに、フレデリック・ヘンリー・ヘッジとジョージ・パトナムを加えた四人が、名高い〈トランセンデンタル・クラブ〉(この呼称はのちに批判者らによって付けられた)として参集するのも同年九月である。この思想運動が討論クラブのかたちで始まったことに、超絶主義の持つコミュニティ型の知のありかたを見ることができる。

討論集会のような分散的な思想運動形態は、超絶主義の不定形性の特質で、ブロンソン・オルコットも一八三〇年代初期に公開会話形式の会合を開いていたが(Gura 135)、やはりこの方法論をもっとも有効に活用したのは、マーガレット・

フラーだろう【図版1】。フラーはみずから〈トランセンデンタル・クラブ〉の一員となり、のちにはその機関誌ともいえる『ダイアル』誌の編集に携わる。それと同時に会合による相互啓蒙を、〈会話《カンヴァセーションズ》〉という集会形式に洗練し、生涯の課題であった女性の社会的・文化的地位向上のために利用した。三十名足らずの参加者を集めた私的集会において、さまざまのテーマについて〈会話〉をリードしながら、当時の女性の置かれた立場に関して参加者を啓蒙し自身の発想を論理づける。参加者のなかから、有名な一八四八年のセネカフォールズ会議を主催し、女権運動の立役者となるエリザベス・ケーディ・スタントンや、立場は違いこそすれ同じ女権運動家であったキャロライン・ドールやエドナ・チェイニーらが輩出されたのも、フラーの〈会話〉手法の成果といえる[1]。

結局この〈会話〉という実践性こそが、フラーにとって共同体的知を実現する格好の手段となるのだが、逆にそれがゆえに、そのような共同体性の内実をわかりにくくしている。具体的にどのような議論がおこなわれ、どのような結論が導かれたのか、後代のものには知りようがないのだ。おそらく当時の男性超絶主義者たちも、女性だけでおこなわれる集会に同様の不満なり好奇心なりを抱いたのだろう。男性側の要望もあって、一八四一年フラーは男女混合の〈会話〉集会を開催した。さきほどのドールがその記録をまとめ、一八九五年になってから『マーガレットと友人たち』と題して発表している。それを読むと、エマソンをはじめとする男性参加者たちが、座談を主導するフラーを阻害しようとしているとしか思えない発言を繰りかえしている[2]。そこから浮かびあがるのは、フラーの開催した〈会話〉の本来の姿というよりは、むしろその失敗例であり、いわば幻影のようなものにすぎない。読者は、ありえたに違いない幸福な〈会話〉の姿をおぼろげに想像するしかない。

ナンシー・クレーグ・シモンズがまとめるように、フラーの集会については、このドールのテキスト以外には、次の三つぐらいしか直接の記録は残っていないようだ。

（A）エマソンらがまとめた『マーガレット・フラー・オッソーリ回想録』（一八五二）にエマソン自身が記した「ボ

ストンの会話」の章に引用されているもの。
（B）シモンズ自身が編纂《へんさん》した一八三九年から一八四〇年にかけての会話の記録（エリザベス・ピーボディのまとめたものが「エリザベス・ホアの手跡原稿」として残っているもの［Simmons 195］）。
（C）さらには予備的におこなわれた会話集会についてフラー自身が記した「読書日誌O」と（誤って）呼ばれる手記（Ritchie）。

ただし、シモンズによれば、（A）のエマソンはどうやらピーボディの記録を参照しており、二つは重複する（Simmons 198）。〈会話〉集会が開催されていた当時は、エリザベス・ピーボディの筆記録《トランスクリプト》が広く出回っていたようで、エマソンの叔母のメアリー・ムーディ・エマソンもそれを読んでいたらしいことが、シモンズによって論証されている［197］）。すべからく断片的であり、〈会話〉の内実を詳しく知りたいと欲する後世のものはそれを得ることはないのである。フレデリック・ダグラスが、クレオール号反乱事件の黒人首謀者マジソン・ワシントンを「英雄的奴隷」と呼び、その物語を追いかけながら、結局つぶやくように、「われわれは、まるで（迷子のこどもをずっと探して）疲れて肩を落とした母のように、追跡をあきらめて戻るしかない」（Douglass 175）。

【図版1】マーガレット・フラー

しかし、「英雄的奴隷」追求が中途半端に終わらざるをえないとダグラスがいうのは、語りつくされ囲いこまれることを嫌い、むしろ行動の自由を担保しようとした黒人逃亡奴隷の意図をあらわすものだった。同じように、フラーもまた自由に動きまわることのできる余地を残そうとして、〈会話〉集会という実践的舞台を活躍の場として選んだのではないか。フラー自身は次のように語ったとされる。

どんな経験であれ、そこから手に入れることのできる最善のものを文字に記すことはできません。というのも、どれぐらい明確な思いを得たかが大切なのではなく、わたしたちのなかに注ぎこまれて、いまやわたしたち自身の一部となった徳性こそが大切だからです。はっきりとした考えをなに一ついいあらわせないとしても、それでも高められ、より大きく、より賢くなったなら、それで結果は出せたのだから。人生の最善の部分は、あまりに霊的で、記録に堪えるものではないのです。(qtd. in Higginson 118)

フラーの目的が、このような「徳性」をたがいのうちに見出し、自分自身のものとしていくことだとすれば、そして、その「徳性」がそれまでのジェンダー・アイデンティティを超えたものを目指しているとすれば、それは確かに記録に堪えるものではなかっただろう。本論においては、しかし、そのような記されざる内実を、残された手掛かりからわずかながらも再構築することで、フラーの〈会話〉の実践的意図を描きだしてみたいと思う。そうすることで、超絶主義運動以降のフラーを跡づけたいからだ[3]。

以下、「しるしや痕跡、ありえたこと、あったかも知れないことを物語ることで、読者諸氏の面前にまかり出」たいと思う[4] (Douglass 176)。

一　「つたない記憶力で、おっしゃったことを全部覚えていられればいいのだけど」

一八三七年の春まで、フラーはブロンソン・オルコットの主催した有名なテンプル・スクールで教師として働いていたが、学校は立ちゆかなくなっていた。そこで同年夏、おもに経済的理由からフラーはテンプル・スクールを辞し、ロードアイランド州プロヴィデンスのグリーン・ストリート・スクールに教師として赴任。一八三九年に教師を辞めるまでのプロヴィデンス時代のフラーについては、語られることが少ない。しかし、フラーの教え子アン・ブラウンの学校日誌――グリーン・ストリート・スクールは、進歩的教育の一環として毎日の出来事を日誌に書かせていた――を見ると、フラーの教師としての経験が、のちの〈会話〉の方法論形成に大きく影響していることがうかがえる。古代ギリシア史の授業では、「授業の途中でフラー先生はふと思いついて、ギリシア神話でもっとも美しい物語の一つだとおっしゃる話」――キューピッドとサイキの話――をしていた (Fergenson 84)。これは〈会話〉のなかで大きく取りあげられるテーマである。また、ブラウンが「ルイ十六世については、あまり活発な会話をおこなうことができませんでした」などと記すことから (100)、〈会話〉が授業の重要な要素だったこともうかがえる。

ブラウンは教職を去るフラーの別れの挨拶に際して、「つたない記憶力で、先生のおっしゃったことを全部覚えていられればいいのだけど。でもそれは無理だから、ここまでに記したことで、できるなら満足しないといけない」と記して、フラーの〈会話〉にまつわる重要なテーマを明らかにする (111)。つまり、フラーの語ることばの美しさ、意味深さを十分に自分のことばで捉えきれないという不満感、能力不足の意識である。

同様の慨嘆は、フラーの〈会話〉をめぐるそこかしこに散見される。一八四一年の〈会話〉に出席したドールは、先の『マーガレットと友人たち』のなかで、速記によるメモを残しておいたといいながら「正確なことばは思いだせないけど、今晩のマーガレットは三つの神話的王朝があったことを区別していた」とみずからの能力の限界を認める (Dall, *Margaret* 38)。また、第四回「知恵」の集会では、「ミネルヴァを扱った美術作品について、マーガレットはなにか美しいことをいった」と記しながら、実際にフラーのことばを概括するにとどめ、具体的なことばを記さない (91 傍点筆者)。ミネルヴァは、ジョーン・フォン・メーレンによる伝記のタイトルにもなるぐらいフラーと結びついた神話上の存在であるから (Von Mehren)、ここでドールがことばを濁すのは、うがった見方をすれば、そのような神話的存在としてのフラー自身を語りつくさないでおこうというひそかな願望のあらわれとも取れる（十九世紀末には、フラーは女権運動家のあいだでは神格化されていた）。さらに『マーガレットと友人たち』出版直後には、日記にフラーを回想する文書を記し、そこに新たな逸話として、スポルディング夫人とアイルランド系の老コックとの会話を書きとめている。「「かのじょの話を聞いたことある?」」「ないわ」「そりゃ残念だ。あのひとの話はじつに美しいからな」」(Myerson, "Caroline" 421)。ここでも、フラーの「美しい」話は、文字として読まれるものではなく、むしろ実際の対話のなかで聞くべきもの(それがゆえに、記録することはできないもの)として語られているのである。

同じ記録不能の感覚は、エリザベス・ピーボディ自身も告白するところである【図版2】。エマソンが引用する一八四〇年の〈会話〉の記録において、ピーボディ(と目される記録者)は、「こういった彫刻に関する会話のなかで、マーガレットが発した明敏なことばをすべて思い出すことは、私の記憶力のまったく及ぶところではない」と告白する(Emerson et al. 345)。興味深いことに、フラーがみずからの発言を思い出すことができないさまも描かれている。「[参加者が]マーガレットに、この前の会話をしめくくった『人生』に関する発言をもう一度繰りかえしてくれと乞うた。マーガレットは、自分のいったことばをすべて忘れてしまったと答えた。みなが納得したからには、すぐれた詩神に啓発されていたのだろうが、その詩神はすでに去ってしまったと」(347)。発話者も記録者も、ともに明確に記憶することのできない(それでいて記憶に残る)発話とは、単なる逐語的な転記を超えた、その場の気分とでも呼ぶべきものを内包したものだといえるだろう。シモンズの編纂したピーボディによる〈会話〉のトランスクリプトにおいても、改革にともなう痛みは価値あるものだとするフラーの発言について、「これらは、フラーの思想でももっとも優れたものの一つである。しかし、長い演説ではなく、会話のなかで出てきたもので、あくまで不完全にしか記されていない」といい、〈会話〉については完全な記録が不可能であると記す(Simmons 218)。さらに、音楽をめぐるやりとりのなかで魂が触れあう瞬間を描きながら、「そのはなしはとても美しいものだったが、よく思いだせない」と記憶の限界を語っている(213)。ここでも、〈会話〉の余韻《よいん》とでも呼ぶべきものが働いていることを見てと

【図版2】エリザベス・ピーボディ

ることができる。先の発言の回(第十八回)の〈会話〉のテーマが、女性を抑圧する社会を改革することにともなう痛みであることを考えれば、このような記録の不完全性は、そのような痛みを文字化することが不可能であることを、暗に示しているのではないか。「思いを表現するうえでことばの持つ絶対的不能性」の感覚を、皮肉にも〈会話〉参加者は共有していたのだ(210)。

こういった記録不能性について、エマソンは別の視点から証言している。「ボストンの会話」のなかで、エマソンはフラーの〈会話〉集会をめぐる一つの錯誤に言及していた。「華美な服装」とか「容姿が美しいという噂」がフラーについてふれ回られているが、これらはみな「かのじょの天才によって、漠然と気高い印象が生みだされた」ことの結果にすぎないと断じるのだ(Emerson et al. 337)。そして実際には「フラーの身だしなみには、なんら高価なものや派手なところはない」と、友人たちの証言を引く。このエマソンの訳知り顔な注釈は、〈会話〉集会参加者たちが漠然と感じる、フラーの発言の記録不可能な「美しさ」を、服装容姿に関する錯誤と結びつけて、あえて曲解矮小化《わいしょう》しようとする試みと読めないだろうか。ジュディス・マトソン・ビーンは、エマソンがフラーとの対話において、「美術の持つ魅惑的な美しさ、そこから生まれる現世的な快楽を警戒していた」として、フラーが称揚していた具象的芸術の身体性——いわば芸術の身体性——に目を向けようとしなかったことを指摘している(Bean, "Texts" 234)。『回想録』におけるエマソンは、〈会話〉の持つ身体性から生まれる審美的道徳的価値についても、否定的だったということなのだろう。これは、先に述べたような〈会話〉集会における遠回しな干渉活動からもうかがえることだ。

こういった記録不可能性の言説が持つ、テキスト戦略的な意味はなにか。もちろん、これほどまでに幅広く見られる〈会話〉に関する記録(記憶)不可能性の言説が、統一的な意識のもとになされているとは考えにくい。しかしそれだけいっそう、そこに込められた無意識的な指向性を感じることができる。その指向性とは約言すれば、フラーの身体的存在(の欠如)の意識だろう。ちょうどジェフリー・スティールが語るフラーにおける〈服喪《モーニング》〉の戦略と同様に、〈会話〉をめぐる記録不可能性は、女性の身体的存在が、テキストから排除されてしまわざるを得ないことに対する嘆きの意識の表出

【図版3】キャロライン・ドール

であり、逆にいえば、そのような排除された身体性が確固としたものとして存在していたことを指ししめす指標ともなっていると読んでもいいのではないか。

　こう考えるうえで、先のドールによるフラー回想文の別の個所にジョエル・マイアソンが付した注は、さらに示唆的だ。マイアソンは、フラーのことばの辛辣《しんらつ》さについてドールが語るところに注釈して、サラ・クラークの次のようなことばを引用している。「[フラーは] ひとの内面を乱暴に探りだすような話しかたをするが、驚くべき真実を伝えてくれる。自分のごまかしや保身は打ちこわされてしまう。それでもわざわざ自分を見いだしてくれた、自分を見いだそうと興味を持ってもらえたということが嬉しくて、ひとは舞いあがってしまうのだ」(qtd. in Myerson, “Caroline” 427n)。クラークのことばから考えると、フラーのことばをめぐる記憶力不足の感覚とは、じつはこのように自分のひそかに思う自画像をいいあてられたという感覚、自分でも気がつかないみずからの理想像を言いあてられたという感覚に起因するものといえないか。ドールもまた、このあたりの印象を次のように語っていた。「[フラーの] 存在には、あらゆる虚飾をはぎ取るなにかがあった。意識せざるうちにおこなう見せかけであっても、かのじょの存在に抵抗することはできなかった」(Dall, *College* 117)。自分自身ではことばにできないおのれの真のあるべき姿、「虚飾」と「見せかけ」の裏側にあるほんとうの自分。それをフラーがことばにしてくれたという感覚、そしてそれがゆえに、そのフラーの「美しい」言説を語り直すことができないというもどかしさの思いである**【図版3】**。さらに、それを先のスティールの〈服喪〉のレトリックと組みあわせて考えるならば、そのようなおのれの「真の姿」が、十九世紀社会の言説から排除され、疎外されていること、語られざるものとなっていること、そのような感覚を、この記録(記憶)不可能性の裏側に読みとることも可能となる。

　ドールは、先の引用の直前で、「かのじょがいなくなってから、その不在を悲しみとともに悼んでいる」と語って、まさにこの〈服喪〉の姿勢と、フラーの明らかにする女性の真の姿の近さをあらわしていた(116)。〈会話〉の記録者たちは、フラーのことばのうちに、もしくは、〈会話〉において女性的な交誼《こうぎ》が深まるなかで、社会的なことばにすることができなかったおのれ自身の真の姿を発見したような思いにとらわれ、その美しさに深く感銘を受けた。しかし、そのような感銘は、あらためてのちになってから言説化しようとすると、ことばの網の目をすり抜けてしまう。そこに、フラーとの〈会話〉の記録のうちに、痕跡としてしか記されることのない身体性の感覚が生じるのだ。(5)

二 「かのじょはギリシアの神々を懐かしんで泣いた」

上述のような理由で、フラーの〈会話〉集会の内実については、多分に読むものの想像によるところしかなく研究者泣かせなのだが、そのなかでも〈会話〉の内実について明敏な分析をおこなっているのが、チャールズ・キャッパーである。フラーの集会で最初に取りあげられたのがギリシア神話の人物だったことに触れて、これを「心理神話化」と呼び、そのような題材選択の背後にある思惑について、いくつかの理由を推測するのだ。その目的とは、一つには、超絶主義の台頭を間近で目撃しながら、哲学的素養を欠いているため十分理解できていない女性たちに、最新の概念をわかりやすく解説するため。もう一つには、単に文学的なモチーフと思われる神話的人物に、哲学的な重要性を与えるため。そして最後に、最も重要なものとして、神話の人物を通じて、当時のアメリカ社会の制約を超えた心理的ファンタジーを経験させるためだと、キャッパーはいう(Capper 303)。確かに、さきほどのブロンソン・オルコットのテンプル・スクールにおける失敗に見られるように、当時のキリスト教的倫理観に真っ向から対立することは難しい。そのような社会通念に支配された当時の女性たちに、古典神話という教養主義を前面に押したてながら、そういった通念のそとに一歩踏みだすことを教えるという方法論は有効だろうと想像はつく。フラーは身近で見たオルコットの失敗によく学んでいるのだ。しかし、単にそれだけではない内実を、このギリシア神話のテーマ化は含んでいるように思われる。

フラー自身は「偉大な国家の知性が表出したもの［つまりギリシア神話］を一連の単なる無為な空想」とは考えられ

ないといって、古代神話を〈会話〉の最初の題材として取り扱うことを正当化している。「これらの神話や神々の形態は、普遍的宗教感情――あこがれ――政治的審美的生きざまを不朽《ふきゅう》のものとした国民の知的活動――への敬意の表れであり、それらを理想化したものである」(Simmons 204)。さらに、幼いころギリシア神話に慣れ親しんだ自分にとって、キリスト教の「精神性は、あまりにむき出しのもの」に見え、「ギリシアの神々を懐かしんで泣いた」と内心を明かす(Dall, *Margaret* 162)。フラーにとってギリシアの神々とは、キリスト教的な規範性以前の、「普遍的宗教感情」を実体化した存在であり、単なる精神的な組織神学ではなく、むしろ身体性を備えた根源的な存在なのである。いいかえれば、当時のキリスト教が内包していた身体性への侮蔑――身体を地上的仮象として捨ててしまうような傾向――ではなく、むしろ存在の必然として身体の意味を実体化するものだったのだ。ひとの身体には意味がある。ひとの身体は存在にとって必須のものであり、そこに存在の意味は宿る。そのことを教えるものとして、古代ギリシアの神話的テーマを取りあげることは、〈会話〉集会の目的に合致したものといえるだろう。キャッパーのいう「心理的ファンタジー」とは、女性たちがみずから「脱国家化」し、みずからの運命を「尋常ならざる見方で」見るという、どちらかというと女性たちの精神的解放の手段として考えられている。つまり、キリスト教的社会のもつ女性抑圧的規範性から解放されることを目指すという意味あいである。しかし、そこにはさらによりふかい、身体性の発見という意味あいがあったのではないか。本節ではそのことを検証してみたい。

一八三九年の〈会話〉集会冒頭において、ギリシア神話についてフラーは次のような解説をしている。

ミス・F［フラー］は、ギリシア神話の多くが、［古代］ギリシア人の目に端を発するものだと考えている。ギリシア人は屋外に住み――気候が温暖だったから――屋外の景色に感覚もこなれている。ギリシア人は、生命力と精力に富み、目に映るすべてを人格化した。［山の精］オレイアスや、［水の精］ナーイアス、［海の精］ネーレーイスが目に見えたのだ。そのすがたかたちは詩人たちが歌い、芸術家たちが描いているとおり、まるでこどもの目が火のなかや雲のかたちのなかに見える姿を、なんでも顔に見立ててひととして描くように、自然の輪郭が人間化されたものだ。神話のそのほかの姿――ジュピターやジュノー、アポロなど――は、偉大な本能や観念といった、ひとを成り立たせている内的要素が、切りわけられ人格化されたものである。(Simmons 204; cf. Emerson et al. 330)

この「ギリシア人の目」は、エマソンが語るような「透明な眼球」とは、その性質をまったく異にしている。エマソンの目が、自然を凌駕《りょうが》して、その向こう側にある理想的な世界を見る目であるとすれば、フラーの語る古代ギリシア人の目は、自然そのものの形態を愛しみ、ひとと同じ感性を持つものと見る目だろう。現実の世界を人間的身体性の延長として見る目、人間にとっての世界の意味を語り、同時にそうすることで、人間という身体的存在の自然との交歓を楽しむ目であるといえる。

このことはさらに、翌年芸術を語る〈会話〉集会において、彫刻を語るかのじょのことばにより明確にあらわされている。フラーにとって「お気に入りの芸術」である彫刻には「われわれの存在がやがていたるであろう高みがあらわされている。彫刻の特質とは、われわれを卑しめるもの――理想から現実へとつなぐもの――を、ことごとく捨て去ることを可能にすることなのだ」(Emerson et al. 343)。もちろん、ここで「彫刻」としてフラーが考えているのが古代ギリシア彫刻に端を発する身体を備えた芸術作品であり、それゆえに先のギリシア神話の説明において語られた「自然の形態が人間化されたもの」と等価であることはまちがいないだろう。このように彫刻を語るフラーの目は「ギリシア人の目」と接続している。彫刻において、ギリシア神話があらわしているような、精神と身体とが接合した全人間的な理想が表現されている。フラーがギリシア神話を、〈会話〉の最初のテーマとして選んだのは、身体を含む全人格性に、出席した女性たちが思いいたるためであるといえる。先ほども述べたように、エマソンはフラーの具象芸術への傾倒を警戒していたのだが、フラーの語る「かたち《フォーム》」や「輪郭《ライン》」といった具象性の肌触りへのこだわりは、やはりフラーが女性としての身体性に意識的だったことのあらわれだろう。

同じことは、次の一節から理解される。

> マーガレットは、ギリシア芸術もまたキリスト教芸術と同様に不死性を表現していると考えていた。ただし、それを遠い将来にはるかに卓越したものとして措定《そてい》するのではない。むしろ［古代］ギリシア人は、不死性を現在のうちに表現しようとした。死すべき肉体のうちに巣食う脆弱《ぜいじゃく》さと腐敗のあらわれをすべてそぎ落とそうとしたのである。ひとのかたちを理想化すれば、神ができあがる。存在の完成した姿を思いえがき、表現することができるという事実そのものが、ひとの不死性をはっきりとあかしするものであり、マグダラのマリヤの表情にあらわれた願いと同じ働きをするのだ。(Emerson et al. 345)

ギリシア神話にあらわれる神々こそが、「ひとのかたちを理想化」したものであり、ひとの死すべき肉体から「脆弱さと腐敗のあらわれをすべてそぎ落とそうと」したもので、そこにあらわされているのは、ひとの身体の完成した姿であった。このようなものとしてギリシアの神々を考えることは、キャッパーのいうような脱国家化というよりも、むしろみずからの身体そのものの完成を夢見ることである。対応するキリスト教的な象徴としてマグダラのマリヤに言及するのも、そのようなひそかな意図を伝えるものと考えていいだろう。マグダラこそが「むき出しの」精神性を前面に押したてるキリスト教のなかで、唯一といってもいいほど身体性をあらわにし、みずからの肉体からの解放ではなく、むしろその官能性を含めて肉体の浄化を願うことを象徴する女性であるからだ[6]。

前節で触れたキューピッドとサイキの物語（第五回〈会話〉）は、一八三九年の〈会話〉集会の（現在残っている記録のなかで）白眉《はくび》ともいっていいテキストである (Simmons 206–08)。フラーは基本的に「ギリシア人はアポロのなかに天才の一要素を抽出して、かれの歩む歴史のなかに、その要素の成長過程を描いた。つまり、その要素の関係性や活動といったものだけをあらわすのだ。これがギリシア人の思考回路の特徴である。彼らが作りだした物語の基礎には、つねに一つの要素だけがある。それらが複合することはない」といって、ギリシア神話の人物がある一つの人格的要素を表象していることを前提として話を進める(205)。しかし、サイキに関しては、その名前があらわす「ひとの霊魂」という一要素には還元しがたい、複雑な意識を持つ存在として描かれているように見える。むしろひとりの女性の苦難の生涯をあらわす人物、それがフラーの語るサイキだ。

　アプレイウスの語る物語「黄金のロバ」に則って、サイキとキューピッドの物語を語りなおしたあと、参加者たちはその意味を考えはじめる。いわく、ヴィーナスの命を受けたプロセルピナから得た箱の意味はなにか。「それはヴィーナスの悪巧みだったとミス・Fはいう。ヴィーナスはサイキがその箱を開けるとわかっていた。サイキはいつも人間的で、禁じられたことをやってみたいと思うもの。神聖な美しさを、下卑た世界に求めようとすること、つまり、わたしたちの本性の野卑な本能にそれを求めることは、誤った希求。その結果、高等能力は眠りに落ちてしまう。そこから目覚めるためには天からの働きかけが必要」(207)。夫であるキューピッドを慕う思い、義母ヴィーナスとの葛藤、そのヴィーナスの奸計《かんけい》にはまって冥界《めいかい》に美を求め眠りに落ちるが、最後には夫キューピッドに助けられ不滅の愛と結ばれる……。この人物の辿る経験は、単にひとの霊魂《サイキ》の物語というにとどまらず、まさに当時の女性たちの歩む人生の縮図といっていい。かのじょの前に義母として現れるヴィーナスは、地上的通俗的な女性の象徴であり、男性たちに馴致《じゅんち》されつくした先輩女性たちの代表である。そのような女性たちは、次世代の女性に対しても、女性の美徳と偽って地上的な価値（たとえば、夫への盲従）を押しつける。そのために神聖なる男女関係を求める能力は眠らされるのだ、とフラーは解説している。

　このようにサイキの物語を読むことは、単に有閑階級の女性の不満のはけ口となるのではなく、むしろ女性の経験する苦難を古代から続く物語に根拠づけ、さらにはその経験の持つ意義自体を探るための契機をも提供してくれる。そして、サイキのまわりにいる登場人物たちが、つねにサイキを「自分自身の魂のもっとも深いところからわきあがる愛情から誘いだす」誘惑者であると定義づけることで、女性たちが奥深くに抱える愛情——キューピッド、つまりエロスに対する愛情――の存在を取りだしてみせる(207)。この愛情は、サイキの夫に対する愛情ではあるが、〈会話〉参加女性たちにとっては、おのれの夫たち（もしくは夫となるべき男たち）への愛情を意味するのではない。主人公たるサイキとは異なり、キューピッド（エロス）については、やはり一つの人格的要素の表象であり、それはエロスそのもの、高みを希求し愛する思いそのものを指しているからだ。つまり、女性たちが「奥深くに抱える愛情」とは、愛することを愛する思い、愛するという行為のなかに宿る精神的充足を愛する倫理的感覚を指しているのである。ここでも、女性が身体的情動から切りはなされることなく、むしろそれを認知し、さらに純化することを求めているということがうかがえるだろう。

　このことはさらに、参加者のひとりが「サイキの行動がひとにとって必要な過程をあらわしているとミス・フラーがいったことに関して、そうすると幸福は不可能になるのではないか」と質問することではっきりとしてくる。これに対してフラーは、「ひとの成長においてあらゆる苦痛から逃れることは、不可能といわざるをえない」としながら、「しかしもし幸福をその質によって計ることができるとすれば、わたしたちはやはり得をするのだ。最終的に純化が完成すれば、幸福を手に入れて、それを実際に感じることができるのだから」という（207強調原文）。サイキが不滅の愛と結ばれるのは、確かに天上でのことで、地上での歩みには苦難がともなう。そこに幸福はないかもしれない。しかし、その地上の歩みにおいてこそ、純化の完成の希望が存在し、最終的な完成の「質」は、苦難を遙かに上回る。そのように語ることで、フラーは幸福の可能・不可能という二項対立を解体して、完成への過程という現世的存在の意味付けをおこなう。さらに「悪は一時的なもの――ただし、それが続くあいだは現実のもの」とことばを副《そ》える（208強調原文）。「このような［不完全な世界で完全を求めることの］苦痛自体、価値のあるものだ。その苦痛によって、思考や感情は目覚め、より深くより高い知見にいたるのだから」といい、「苦しむことそれ自体が、不滅なものへと導く証左になる」として、ひと（女性）の完成の道筋を示す(218)。悪を「善の不在」と定義したエマソンと比べると、フラーにおいては現実の苦痛という身体上の問題が、いかに大きな重みを持っていたかが明らかになるだろう。これらがすべて純化され、先のギリシア彫刻のごとく「脆弱さと腐敗のあらわれをすべてそぎ落と」された完成のときの、いまだ来たらずといえども必ずあることを語るフラー。かのじょにとってギリシア神話とは、そのような身体性を回復し、それを完成するという女性の精神史を語る最善の手段だったのである。

三　「わたしのあがめる神は愛」

フラーは有名な一八四二年夏の日記のなかで、美しい月夜を散歩しながら「自然はこたえを約束しても、決してわたしたちの受けるべきものを与えてくれない」と不満を述べるエマソンと、自分自身とがいかに違うかに触れて次のように記している。「わたしはそういうところはついていけないといった。美しいものにふれて、なぜと問いかけ、その中心に向かって迫ろうという気にはなれない。わたしは、その瞬間、自身の存在が満たされたかのように充足し、心満ちたりていた。自然がわたしの心の底に横たわることばを語ってくれたからだ。（中略）わたしのあがめる神は愛、かれのは真実だと、たがいの意見が一致した」(Myerson, "Margaret" 324)。フラーはさらに、エマソンの〈愛〉に対する理解に触れて、「愛とは単なる現象である。円環的な動きのなかで、自然がもちいるしかけにすぎない」とその議論をまとめる(330)。先ほども述べたような、具象芸術に対する警戒感を踏まえて考えれば、性愛をも包括する広義の〈愛〉とは、単にひととひととが触れあいその思想性を高めるための方便にすぎないとエマソンはいうのである。少なくともそれが、フラーの見たエマソンの愛情観だった。

一八三九年の〈会話〉集会のなかでは、フラーは〈美〉という属性を討論の俎上《そじょう》に載せることで、やはりこのような男性的な精神性に抵抗しようとしている。〈真・善・美〉といえば、プラトン以来の絶対的価値を表す三大属性だが、フラーも第八回集会で、「美しいこと、善いこと、真であること」の三つが「絶対者を語るうえでわたしの知るかぎり最善の表現である」とする。そしてそのなかでも、〈美〉という属性を、最高のものとして定義づけようとする。

神聖な法則が、完璧に顕示されてわたしたちに働きかける際には、善はその企図を、真はその有機的関係を、美はその結果をあらわす。この三重の働きかけに対して、わたしたちは真には知性をもって、善には好意を持って答えるが、美に対してはその二つの結果として生まれるもの、つまり魂をもって答える。このような魂の応答から考えるに、聖なるものの魂においては、真と善は、美のうちに内包されており、わたしたち、もしくはわたしたちのような副次的な存在がいなければ、これら三つのものはバラバラには顕示されないだろう。つまり、その場合は、別々の善いものや、真なるものや、美しいものさえもありえず、ただすべては美なる全体のうちに包摂されるのだ。

(Simmons 212)

フラーの神が〈愛〉であることも、このような文脈から理解できる。善とは、絶対者の動機の純粋さをあらわし、真とはその動機に基づく実践をあらわす属性であるとすれば、その結果生まれる最高の成果は、美をもたらす。これを、〈フラーが意識していると思われるキリスト教的な文脈において〉ひとの魂の生成に関連づけてみれば、ひとの魂を生みだそうとする絶対者〈つまり神〉の意図はよいものを産みだそうとする善性に動機づけられており、そしてそれを作りあげる過程は法則に則った真性に動機づけられている。そして、その結果生みだされた魂は、純粋な状態において、その善性と真性を包含しながら、それ以上の徳性である美しさをあらわすものとなるということだ。そのような〈真・善・美〉の区分は、「副次的な存在」である人の認識能力の限界から生まれることで、実際にはすべては〈美〉のうちに包摂される。そして、その〈美〉を求める感情が、崇高なる情動としての〈愛〉となるわけだ。

そのような〈美〉なる存在を表現するフラーの特愛のことばが「調和《ハーモニー》」である。「わたしは一貫性《ユニティ》ということばよりも、調和というほうを好む。なぜなら一貫性とは「わたしはある」であり、調和は絶対者の「存在」そのものだからだ」(Simmons 213)。つまり、美しいものとは調和したものであり、それは単一的存在——一貫性を持った存在——として想像されるべきものではなく、むしろ複合的な調和として想像されるべきものなのである。この複合的調和を目指すうえで、フラーは男女の性別についても、画期的な理解を語る。つまり「男と女は、たがいに同じ能力と精神的要素を持っており、ただ、その割合が違うだけだ」というのである(214)。これは、のちに、『十九世紀の女性』における大テーゼ「ひとの成長は、男性性と女性性という二重性をもつ」に通じる重要な理解である(*Woman* 99)。この二重性のゆえにこそ、先の「複合的調和」が可能になるのだから。

おわりに

一八三九年の〈会話〉集会の最後では、「人格形成こそが最高の意味における芸術なのではないか」というマリアン・ジャクソンのことばに、出席者が賛意を示して大団円を迎える(Simmons 222)。ここで、芸術とは、「自然を完成させる最後の一筆」であり、複雑な自然の美しい働きを理解してそれに人格的に応答する作業のことをいう。つまり、〈会話〉の出席者たちは、おのれの内なる男性性と女性性とを、複雑な調和のもとに成長させ、その人格を美しく完成させることこそが「最高の意味における芸術」、ひとのなすべき務めであると悟ったのである。そして、このような理解は、〈会話〉という身体性と応答可能性を兼ねそなえた場所でのみ得られることを、フラーは示そうとしたのではないか。調和の取れた〈美〉を愛し、それを体現する人格の形成には、言語をもちいながらも、それを超えた接触と応答とが必要であることを、フラーの〈会話〉は教えている。〈会話〉集会とは、そのような人格の完成を教え、その必要を喚起しつつ、同時にその完成の方途を提供し実践する場だったのである。(7)

◉注

（1）スタントンとフラーの関係については、フィリス・コールに詳しい。コールはスタントンがフラーの〈会話〉集会に参加していたことを指摘する (Cole 537)。ドールに対するフラーの影響については、ティファニー・K・ウェインを参照した (Wayne)。フラーの女性運動家への影響については、アージャーシンガーとコール編著、ベーリー他編著を参照した (Argersinger and Cole; Bailey et al.)。

（2）ドールによれば、エマソンは、「自分の一連の連想を追いかけていた。マーガレットの連想を追いもとめるために集まっていることを忘れてしまったようだった」。それに対してフラーは「このような混合集会を喜ぶことはなく、実力を発揮しきれず失敗だったと考えていた」(Dall, *Margaret* 46, 13)。ボストンでの〈会話〉集会は一八三九年十一月に始まっていた。それ以前にも実験的集会を開いたが、そこでも参加男性に対して、フラーが悪感情を持っていたらしいことが手記に記されており、リッチーはその経験が、女性限定集会開催を決意する理由となったと想像する (Ritchie)。

（3）レズリー・E・エッケルは、ニューヨーク時代以降のフラーが、みずからのスタイルを「会話的ジャーナリズム」と呼んで、読者を会話に巻きこむことを旨としていると分析する (Eckel 31)。インターパーソナルな徳性の発現に重きを置いたフラーの特質こそが、ぎゃくにその死後さまざまな批判をも生むことになったのではないか。この着想が本論の出発点である。

（4）フラーの〈会話〉を論じるのに、黒人逃亡奴隷フレデリック・ダグラスを引くのは唐突に感じられるかもしれない。しかし、ジェフリー・スティールが論じるとおり、黒人逃亡奴隷たちも女性たちと同様に、文化的社会的欠落のなかでの悲哀《メランコリー》を克服するために、〈服喪《モーニング》〉という手段を用いて、具体的な悲惨な事件を悲しみ、そうすることでそれまで語ることのできなかった文化的社会的欠落状況を可視化したのである (Steele 8–10)。

（5）フラー自身『湖畔の夏』において、「マリアナ」伝を語るなかで〈服喪〉の姿勢を取っていた。フラーは自伝的なマリアナという仮想の人物について、「あの姿形、わたしが出会ったなかでも、もっとも精力と彩りに満ちたあの姿が、この地上が消えうせてしまったのだ」と語る (*Summer* 51)。そうすることで、ことばにすることの叶わない女性自身の「真の姿」が失われていることを悼みつつ、逆にそのような「真の姿」のありさまへと読者の視線を誘っているのである。

(6) フラーにおけるマグダラについては、すでに拙論において触れた(髙尾　一八―二〇)。このような女性の身体の持つ問題については、ジョン・マトソンが女性の徳性との関係で論じている (Matteson)。マトソンは、女性の身体を徳性への障害として論じるが、むしろそれを新たな人格性形成への手段であるとフラーが考えていたことを、本論は述べようとする。

(7) ビーンは、このような会話的な親和関係《ラポール》を、ジュリー・エリソンの言葉を借りながら「愛の対話」と呼ぶ ("Presence" 83)。それは単に教育的な方法論にとどまらず、実践的な原場面ともされているのである。

◉引用文献

Argersinger, Jana L., and Phyllis Cole, editors. *Toward a Female Genealogy of Transcendentalism*. U of Georgia P, 2014.

Bailey, Brigitte, et al., editors. *Margaret Fuller and Her Circles*. U of New Hampshire P, 2013.

Bean, Judith Mattson. "'A Presence among Us': Fuller's Place in Nineteenth-Century Oral Culture." *ESQ*, vol. 44, nos. 1–2, 1998, pp. 79–123.

——. "Texts from Conversation: Margaret Fuller's Influence on Emerson." *Studies in the American Renaissance*, edited by Joel Myerson, UP of Virginia, 1994, pp. 227–44.

Capper, Charles. *Margaret Fuller: An American Romantic Life*. Vol. 1 (*Private Years*), Oxford UP, 1992.

Cole, Phyllis. "Stanton, Fuller, and the Grammar of Romanticism." *New England Quarterly*, vol. 73, no. 4, 2000, pp. 533–59.

Dall, Caroline Healey. *The College, the Market, and the Court; or, Woman's Relation to Education, Labor, and Law*. Boston, 1867.

——. *Margaret and Her Friends; Or, Ten Conversations with Margaret Fuller upon the Mythology of the Greeks and Its Expression in Art*. Boston, 1895.

Douglass, Frederick. "The Heroic Slave." *Autographs for Freedom*, Boston, 1853, pp. 174–239.

Eckel, Leslie E. "Margaret Fuller's Conversational Journalism: New York, London, Rome." *Arizona Quraterly*, vol. 63, no. 2, 2007, pp. 27–5).

Emerson, Ralph Waldo, et al. *Memoirs of Margaret Fuller Ossoli*. Vol. 1, Boston, 1852.

Fergenson, Laraine R. "Margaret Fuller as a Teacher in Providence: The School Journal of Ann Brown." *Studies in the American Renaissance*, edited by Joel Myerson, UP of Virginia, 1991, pp. 59–118.

Fuller, Margaret. *Summer on the Lakes, in 1843*. 1844. U of Illinois P, 1991.

——. *Woman in the Nineteenth Century*. 1845. Edited by Larry J. Reynolds, W. W. Norton, 1998.

Gura, Philip F. *American Transcendentalism: A History*. Hill and Wang, 2007.

Higginson, Thomas Wentworth. *Margaret Fuller Ossoli*. Boston, 1884.

Matteson, John. "'Woes ... of Which We Know Nothing': Fuller and the Problem of Feminine Virtue." Bailey et al., pp. 32–50.

Myerson, Joel. "Caroline Dall's Reminiscences of Margaret Fuller." *Harvard Library Bulletin*, vol. 22, 1974, pp. 414–28.

——. "Margaret Fuller's 1842 Journal: At Concord with the Emersons." *Harvard Library Bulletin*, vol. 21, 1973, pp. 320–40.

Ritchie, Amanda. "Margaret Fuller's First Conversation Series: A Discovery in the Archives." *Legacy: A Journal of American Women Writers*, vol. 18, no. 2, 2001, pp. 216+. *Questia*. August 24, 2016.

Simmons, Nancy Craig. "Margaret Fuller's Boston Conversations: The 1839–1840 Series." *Studies in the American Renaissance*, edited by Joel Myerson, UP of Virginia, 1994, pp. 195–226.

Steele, Jeffrey. *Transfiguring America: Myth, Ideology, and Mourning in Margaret Fuller's Writing*. U of Missouri P, 2001.

Von Mehren, Joan. *Minerva and the Muse: A Life of Margaret Fuller*. U of Massachusetts P, 1994.

Wayne, Tiffany K. *Women Thinking: Feminism and Transcendentalism in Nineteenth-Century America*. Lexington Books, 2005.

高尾直知「マーガレット・フラーとローマ共和国の夢」『越境する女——十九世紀アメリカ女性作家たちの挑戦』倉橋洋子・辻祥子・城戸光世編、開文社出版、二〇一四年、三一一二一頁。

女たちのユートピア
——ブルック・ファームにおける理想と現実

城戸 光世

はじめに——ブルック・ファーム記出版史

ブルック・ファームという、ほんの六年という短命ながら、文学や歴史の分野で常に関心を集めてきた超絶主義的ユートピア・コミュニティは、「アメリカでもっとも有名な共同体実験の一つであり、超絶主義の社会的側面の最良の体現」とも言われる (Myerson, "Rebecca" 603)。その共同体が崩壊し、半世紀余りが過ぎた一九〇〇年、ボストン公立図書館に勤めていたリンゼイ・スウィフトは、同図書館所蔵文献や元メンバーの手紙など幅広い資料に基づいた概説書を出版したが、その序文を、「最もよく知る資格のある人たちがしばしば言ってきたことであり、ここでまた言うのも適切だろうと思われるが、ブルック・ファームの正確な歴史は決して書かれることはないだろう」と始めている (Swift v)。ブルック・ファームに実際に参加したことで知られる作家ナサニエル・ホーソーンもまた、現実のユートピア共同体とそこでの短い滞在を長編三作目の『ブライズデイル・ロマンス』の題材に選んだ際、このロマンスに実在の「社会主義者コミュニティ」の描写や理論の概説を期待しないようにと読者にあらかじめ警告した (Hawthorne 1)。ブルック・ファームが、

【図版1】ブルック・ファーム辞去後ホレス・グリーリーの『ニューヨーク・トリビューン』紙に編集者として加わった頃のジョージ・リプリー（右下端）。左隣がグリーリー、後部中央が同じくブルック・ファームのメンバーだったデイナ。1840年代〜1860年頃マシュー・ブラディ撮影（Library of Congress所蔵）

彼の人生の「最もロマンティックなエピソード」であり、「本質的には白昼夢でありながら事実である」ことで、虚構と現実の間の〈中間地帯〉を提供する格好の舞台となると考えたホーソーンは、この共同体の全容を語りその精神を伝える能力を持った別の人物に、その歴史書を提供してくれることを切に望むと述べたのであった(2)。そのような人物の例として彼が挙げたのが、共同体の設立者であったジョージ・リプリー、その妻ソファイアのいとこでもあったチャールズ・アンダーソン・デイナ、ジョン・サリヴァン・ドワイト、ウィリアム・ヘンリー・チャニング、ウォレン・バートン、セオドア・パーカーである。彼らは皆、共同体の実際の参加者か、あるいは頻繁に滞在して観察する機会が豊富にあった、ユニテリアン派の牧師や元牧師たちであった【図版1】。

しかしホーソーンの期待に反し、これら男性たちの誰もこの共同体の歴史やその意義の考察を書き残すことはなかった。彼らの「この落ち着かない沈黙」によって(Francis 52)、その生活や理念を詳細に伝える書物の一冊も登場しないまま、ブルック・ファームが解散して半世紀近くが経った一八八〇年頃から一九〇〇年頃、南北戦争以前のアメリカに建設されていた百を超えるユートピア共同体の体験者たちがいなくなっていくことへの焦燥感からか、また世紀末に広がっていた社会主義への関心もあってか、ブルック・ファームという「競争的な産業文明の砂漠におけるオアシス」の体験者の手による回想録が数多く出版された(Reed ix)。かつて二十代でブルック・ファームに家族とともに参加したジョン・トマス・コッドマンは、その著『ブルック・ファーム——史的および私的回顧録』（一八九四）の序文で、当時の共同体生活について、「各人がそれぞれ特別な生活体験を持っていた。作者は自身の立場からのみ綴っている。（中略）皆が見過ごしにしてきた重要な義務だと思わなければ、この回想録も書かれなかった」と述べた (**Codman vii**)。一方、同じ頃回想録を出版したブルック・ファーム参加者の一人アメリア・ラッセルもまた、「より真実の生活を求めたその目的と努力についての真の歴史がずっと求められてきた」にもかかわらず、「そのつらい浮き沈みの間中歯車を回し続けた仕組みをすべて」理解していた人間が、なぜこれまでその内面生活を明らかにしてくれなかったのかわからないと語り、自身の回想を残すことを決意したと述べている (**Russell 1**)。

二十歳でイギリスからアメリカに渡ったジョージアナ・ブルース・カービーもまた、そのような回想録を残した一人である。彼女はイギリスから移住して数年の後にブルック・ファームに弟とともに参加し、そこで四年間を過ごした体験を、やはり十九世紀末に出版された回想録『経験の日々——自伝的物語』（一八八六）のなかで詳細に語っている。彼女はこの滞在を機にマーガレット・フラーとも親しくなり、ブルック・ファームがフーリエ主義に転向した際に辞した後、他のフェミニスト活動家らとともにニューヨークのシンシン刑務所の女性収監者に対する改革に取り組んだ人物でもあった。アメリア・ラッセルと、後年西部に移住したこのジョージアナ・ブルース（のちにリチャード・カービーと結婚し、ジョージアナ・ブルース・カービーとなる）のブルック・ファーム回想録は、どちらも一八七〇年代に東部の雑誌や新聞、あるいは友人たちの求めに応じて記された回想が中心となっている。またラッセルの回想記を二回にわたって連載した『アトランティック・マンスリー』誌は、さらに一九〇〇年三月号に、やはりブルック・ファームに住んでいたオーラ・ガネット・セジウィックによる回想記「ブルック・ファームにおける十六歳の一少女」も掲載している。

たしかにこれら女性たちの回想記は、かつてのこの共同体の雰囲気や逸話を伝える貴重な文献ではあるものの、スウィフトやスティーヴン・デラーノらも指摘するように、その体験から数十年も経過した後に記憶に頼りながら書かれた部分も多く、不確かな面や誤りもある。一方、二十世紀に出版された、ブルック・ファームの参加者メアリー・アン（マリアン）・ドワイトの書簡集『ブルック・ファームからの手紙——一八四四年—一八四七年』（一九二八）は、参加時期こそ遅いものの、「ブルック・ファーム共同体のメンバーによって、その場所の生活を記すという明確な意図のもとに書かれた、現存する唯一のまとまった書簡集」であるという(Reed ix)。彼女の手紙のほとんどは、当時ボストンの建築事務所で働いていた兄フランクと、親友でありのちに女権運動活動家ともなるアンナ・Q・T・パーソンズに宛てて書かれたものであった。[1]

当時のブルック・ファームでの生活の貴重な語り部であるこれら女性たちは、全員がこの共同体における重要な労働力であり、それぞれがこの集団生活の支柱となっていた。またこのユートピア共同体の建設と維持には、歴史上、夫ジョージ・リプリーの陰に隠れがちではあるが、共同設立者であったソファイア・リプリーの、理想社会実現に向けての強い熱意と行動力が何より不可欠であった。[2] 彼女は、ブルック・ファーム設立以前に夫とともに西部に旅をし、オハイオ州に当時存在していた別のユートピア共同体、ドイツ移民の分離派によるゾーア村を訪れ、そこでの女性たちの暮らしぶりについて紹介した訪問記を発表したこともあった。また女性の自由を束縛する社会的・文化的要因を論じた記事を投稿するなど、フェミニスト的な思想の持ち主でもあった。

本論では、これまであまり光が当てられてこなかったこれら女性たちの視点から見たユートピア共同体の理想と現実に焦点をあて、精神と身体の調和を目指し、より良き社会を夢見た十九世紀の共同体建設運動に対して、彼女たちがどのような見解を持っていたのか、そして実際にどのような共同生活を送り、その日々の生活の中でどのような思想が育まれていったのかを検討してみたい。

一　ユートピア共同体の胎動——超絶主義者たちの懐疑と支援

当初〈リプリーの農場〉と呼ばれたこの共同体は、一八四一年四月にリプリー夫妻他十余名の参加者によって始められた。その設立メンバーにホーソーンとともに複数のトランセンデンタル・クラブのメンバーが加わり、チャニングやエリザベス・ピーボディら多くの超絶主義者たちもこの共同体建設を熱心に支持したことはよく知られている。ラルフ・

ウォルドー・エマソンをはじめとする超絶主義者たちが理想とした、個人の自由や独立独行とは対極にあるように思われる集団生活や共同体主義を、当時多くの超絶主義者たちが積極的に支持した理由については、歴史家や研究者の間でもさまざまに議論されてきた。たとえばアメリカにおけるフーリエ主義についての研究書でカール・J・ガーネリは、ブルック・ファーム建設をエマソン的な個人主義からの「重要な理想と戦略の変更の結果」であり、それが超絶主義運動に「重大な内部分裂」を引き起こしたと考えたが（五七）、一方ジョエル・マイアソンは、「改革は超絶主義者の世界観からの自然発生物であり最終的産物」であって、「世界に対する異なる見方をもたらしたいという彼らの欲求は、しばしば多くの改革計画として具体的な形をなした」ととらえている (Myerson, *Transcendentalism* xxxii)。個人の自由や精神の向上を阻害するような、資本主義や貨幣経済に基づく競争的社会に代わる新しい体制をもった理想社会の建設は、彼らのもっとも顕著な社会改革の試みであった。しかしマイアソンも指摘するように、「新しい社会秩序の希望が芽生えうるまえに、個々人が変わる必要があると考え、共同体的努力から距離を置き、代わりに自己修養に力を注いだ」のが、エマソンやヘンリー・デイヴィッド・ソローらだったといえる (xxxii)。

エマソンとリプリーの理想的共同体建設に対する見解の違いは、ブルック・ファーム設立直前に二人の間で交わされた書簡に明確に示されているとして、しばしば引用される。一八四〇年十一月九日にエマソンに宛てた手紙で、元ユニテリアン派の牧師であったジョージ・リプリーは、個人的な好みや習慣から言えば、世間から離れて自分だけの神の国を持ちたいところだが、「より大きな社会的善を希望する際にはこの個人的感情は犠牲にしなければと感じています」と述べ、次のように語った (qtd. in Myerson, *Transcendentalism* 310)。

我々の目的は、ご承知のように、今存在している以上に自然な知的活動と肉体労働の結びつきを確保することにあります。思想家と労働者を、同じ個人の中でできるだけ結びつけ、すべての人にその好みや才能に見合った仕事を提供し、その勤労の成果を確実に与えることによって、より高次な精神的自由を保障すること。また教育の恩恵と労働の利益をすべての人に広げることによって、卑しい労働の必要性をなくすこと。そのようにして、我々の競争的制度の圧力の中で過ごすよりも、もっと単純で健康な生活がお互いの関係によって可能になるような、進歩的で知的で教養のある人たちによる社会を準備することにあるのです。(308)

そしてその目的達成のために、かつて夫妻で夏を過ごしたボストン郊外に農地を確保する予定であることを伝え、この企画への援助や協力がエマソンから得られるかどうか尋ねたのであった。しかしその要請に逡巡しながらも出したエマソンの答えは、〈共同体〉は自分にとって良いものではないというやんわりとした断りだったこともよく知られている。当時、超絶主義者たちの機関誌『ダイアル』の編集を行ない、〈会話〉と名づけられた集会で女性たちに自由な議論の場を提供していたマーガレット・フラーもまた、ブルック・ファームに関わりの深い人物としてよく名前が挙げられてもいる。実際ブルック・ファーム設立後、忙しい都会生活からの一時的避難場所を求めて、何度もブルック・ファームを訪れている。しかし彼女もまたエマソン同様、この共同体計画については当初から懐疑的であった。彼女はちょうどボストン郊外からの引っ越しを検討していた頃、創設されたばかりのリプリーの共同体に加わることも選択肢として考えたものの、さまざまな理由からその可能性を退けたという(Capper 64)。彼女は共同体の建設計画について、ブロンソン・オルコットやリプリー夫妻、エマソンらと議論する機会が多かったが、リプリーがエマソンに前掲の手紙を送る直前、一八四〇年十月末にチャニングに宛てて書いた手紙では、リプリーの共同体指導者としての資質について、「彼は楽天的すぎますし、ゆっくり時間をかけて頭の中で物事を成熟させることがありません。でも彼の目的は価値がありますし、彼の勇気と明晰《めいせき》な頭脳があれば、彼の実験も、少なくとも彼にとっては、失敗にはならないだろうと思います。冷や水をかけるつもりはないのですが、それでも彼には、自分自身の精神以外に、誰か対等で忠実な友人の助けが最初からあればよいのにと思います」と懸念を示していた(Fuller 174)。

一方フラー同様超絶主義者たちと親しく交流していたエリザベス・ピーボディは、彼らの間で共同体建設の是非が議論されていた一八四〇年夏に、ボストンの知的中心地となる小さな書店をウエスト・ストリート十三番地に開いたばかりであったが、その書店や自宅をブルック・ファーム共同体の活動のために開放するなど、熱心にこの共同体を支持したことで知られる。リプリーはブルック・ファーム設立後も、なかなかその設立意図や計画を公に発表することがなかった。しかしこのような計画の成功のためには大々的な宣伝が得策と考えていたピーボディは、のちにノーサンプトンの牧師職を辞してブルック・ファームに加わることになるジョン・サリヴァン・ドワイトに宛てた一八四一年六月二十四日付の手紙で、「共同体に関しては、その計画を詳細に、理想とからめて、リプリー氏が何か通常のやり方で示すか、あるいは友人がそうすることを許してくれない限り、その包まれた布からどうやって踏み出せるかわかりません」とその苛立ちを表明し (**Peabody, *Letters* 259**)、結局はその宣伝役を自ら担うこととなる。ブルック・ファームの建設意図とその実態について紹介するピーボディによる記事は、共同体設立の半年後とその数か月後の二回にわたって『ダイアル』誌に掲載された。「キリストの社会観瞥見《べっけん》」(一八四一年十月号) と「ウエスト・ロクスベリー共同体の計画」(一八四二年一月号) である。

最初のエッセイでは、キリストの考えに沿った人間社会を作るためにどんな方法があるのかを探るとされ、共同体建設の試みの例として、シェイカー教徒などの経済的に成功した宗教的共同体について触れているが、しかしそれらは家族の神聖さや人の個性を犠牲にしていると指摘される。人の社会の究極の目的は、各人をその内なる性質に沿った完全さに到達させることだと考えるピーボディは、将来を担う子どもの教育こそ共同体の第一の目的とすべきだと訴え、その原則に沿った共同体の試みを次号で紹介すると述べる (**"Glimpse" 228**)。

その次号に掲載された記事「ウエスト・ロクスベリー共同体の計画」でようやく、人の魂の修養という理想を追求する共同体の試みとして、ブルック・ファームの計画と実践が紹介される。ピーボディによれば、異なる人生を歩んできた他人同士の集団であるこの共同体参加者たちの共通の目的は、男女ともに自らの性質に完全に忠実であることであった。ブルック・ファームでは、どのような労働も神聖なものとされ、すべての参加者が、肉体労働に限らず、なんらかの働きで貢献するという原則がある。また長年経験を積んだ教師たちによって、成人にも子どもたちにも自己修養の機会が豊富に与えられる。このように紹介したピーボディは、「もし創設者たちの希望が実現されたならば、すぐに何倍もの祝福となるでしょう。その道徳的雰囲気は必ずや有益なものとなります。それが続く限り、兄弟愛の美しさの実例となるでしょう」との希望を述べたのであった（"Plan" 367）。

二　ユートピア共同体の共同建設者としてのソファイア・リプリー

フラーとピーボディという二人の著名な超絶主義者の女性たちがこの共同体建設に感じたのは、理想社会の追求という目的の気高さと同時に、その構成員の資質や経済的基盤に対する実際面での不安だったのかもしれない。しかし不思議なことに、女性の権利擁護者でもあった二人はともに、これら共同体が目指し、実践しようとしていた男女平等の権利や分業の仕組みについては、ほとんど言及していない。一方、夫ジョージ・リプリーとともにユートピア共同体の創設者として、その萌芽から崩壊までを見届けたソファイア・リプリーは、以前に別の共同体を見学したことがあり、その際も女性たちの労働環境や生活に目を留めたことがあった。

ピーボディの共同体に関する最初のエッセイを掲載した同じ号の『ダイアル』誌（一八四一年七月号）に掲載された「手紙」と題する記事は、「ある西部の共同体」と改題されてホレス・グリーリーの『ニューヨーカー』誌にも転載された。この記事は無記名であったものの、常に匿名で出版していたソファイア・リプリーの手によるものだろうと推測されている。[3] この「手紙」は、夫妻が一八三八年に西部に旅をした際、オハイオ州にあったゾーア村と呼ばれるドイツ人移民の共同体を訪れたときの観察と印象を記したものである。多くの十九世紀ユートピア共同体の研究者は、一八三七年の経済不況が、それまでのアメリカの貨幣経済や資本主義に基づく社会構造への疑問や反発を強め、オルタナティヴな社会制度を求めるユートピア建設運動を活発化させたと指摘しているが、超絶主義者たちの間でもその頃から共同体建設についてしばしば議論されるようになっていた。ソファイア・リプリーもまた、夫ともに、理想を目指す社会改革の試みに当時から関心を抱いていたようである。この頃セオドア・パーカーはその日記に、「リプリー夫人は不正について叫び声をあげないことで私を暗黙のうちに非難し、抽象にとらわれることで私たちが人間性を失う危険について語った」と記載している (qtd. in Raymond 19)。

そのソファイア・リプリーのゾーア村訪問記は、『ダイアル』誌への掲載こそブルック・ファーム建設後であったが、一八三八年八月九日という手紙の日付からも、理想の共同体建設計画を実行に移す何年も前から、彼女が一般社会とは異なる独自の生活様式をもった共同体に関心を寄せていたことを示している。この「手紙」では、二十年前にドイツからやってきた約二百名の分離派の男女が、このオハイオの肥沃《ひよく》な渓谷に自分たちの村を建設し、経済的に発展させてきた歴史と、財産の共有や結婚制度の廃止といった独自の慣習が簡単に紹介されている。その後この「手紙」の書き手は、建物の外観や美しく管理された庭園から人々の服装や暮らしぶりまで詳細に描写しながら、現在の共同体の姿を読者に鮮明に伝える。ゾーア村の住民たちは、外部から数多く訪れる視察者のため、村の中に宿屋をもっていた。彼女は、案内されたその宿屋の綺麗に整えられた様《さま》、地方らしい料理のもてなし、人々の親切で穏やかな態度、機能的な労働環境に感心したようである。一行は指導者のバウメラーにも会うが、彼が商売の才能をもち、広範囲に責任を担っている様子には感心するものの、彼が「明らかに博愛主義者ではなく、それが私たちのこの共同体への関心を減じることになった」とも述べられている (Ripley, "Letter" 125)。それでもその美しい田園風景のなかで皆がゆったりと働きながら、独自の生活を送っている様に彼女は大いに感銘を受けたようで、とりわけ女性たちについては、次のように紹介される。

ここの女性たちは、家事や子育てに関する限り、もっとも流行の先端を行く婦人が望める以上の余暇をもっています。なぜなら料理は一つの大きな建物で行なわれ、彼らはそこに食べに行くからです。あらゆる種類の田舎のご馳走を食べるのですが、一週間に二度しか肉類は許されていません。そして子どもたちは三時になると彼らのもとから離れ、保母の世話を受けます。男の子たちは一つの家、女の子たちはまた別の家に行きますが、役に立つのに十分な年齢になると、牛の世話をしたり、刈入れをしたり、その他何かしらの畑仕事を行ないます。決まった仕事量はありません。少なくとも年配のメンバーの間では。でもそれぞれが屋外や屋内でできる最大のことをしています。(126)

この時の共同体観察が、のちに食事準備や子育てなどの家事労働に関するブルック・ファームでの生活方針に影響を与えたのであろう。ブルック・ファームでもまた、その広大な農地に建てられた建物の一つだけが料理と食事を行なう場所として指定され、メンバーたちは皆季節を問わずそこへ朝昼夜と食事に行き、子どもたちの世話も特定の若い女性たちが一手に担うことになる。このような家事労働の集約は、十九世紀後半にメルシナ・フェイ・パースを中心とした「マテリアル・フェミニスト」たちが提唱した、コミュニティにおける共同家事の方策を先取りする実践であったとも言える。[4]

ソファイア・リプリーはまた、ブルック・ファーム参加以前から、フラーと同じく女性の知的活動や自己修養を制限する既存の社会制度に対する批判意識を持っていた。しかし教師や編集者として外で活動する機会の多かったフラーとは異なり、女性たちの活動や内面生活の充実を阻害する大きな要因として、父権的な社会制度や慣習以上に、女性たちが日々こなし、一日のほとんどの時間を費やさざるをえない、家事や育児といった家庭内労働の負担の大きさに注目していた。『ダイアル』誌一八四一年一月号に掲載されたリプリーの「女性」と題されたエッセイは、掲載よりかなり前にフラーの〈会話〉集会のために書いたものを改稿したと推定されているが (Myerson, *Transcendentalism* 314)、そこで彼女は、当時もしばしば議論されていた「女性の領域」について、いかに女性という性が「よりか弱い性」として認識されているかを指摘し ("Woman" 362)、次のように述べていた。

社会の中で、あるいは説教壇から、女性の宗教的義務について耳にするのと同様、女性たちが送っている、あるいは送るべきだとされる内省的生活についてもよく耳にします。これはあまり知られていない、あるいは少なくとも認識されていない事実のようですが、男性がその重たい責任を投げ出す場所、彼の安息の長椅子は、しばしばその忠実なる妻によって、彼女の静かな内省や余暇を犠牲にしながら、整えられているのです。(中略)もし混乱やひっきりなしの心配事に晒《さら》されている存在がいるとしたら、それは女性であって、彼女が自身の家に引きこもっているときなのです。そしてもしそこに平和や温かさが作りあげられるとしたら、それは甘美な宗教的感性や、穏やかな慈悲の心、あるいは柔らかな優しさによるのではなく、男性を戦場へと導くのと同じ、疲れを知らない大きな力やエネルギーによってなのです。(363)

そしてリプリーは、今の社会では、「女性は何も所有していません。所有されているのです」と断言する(363)。「そして女性はその個性を失い、彼［夫］からの尊敬をけっして得られません。その生活は通常バタバタとしていてせわしないか、不毛な秩序や、退屈な礼節や規則正しさばかりで、活力もありません。子どもたちはおそらくは母親を愛しているのでしょうが、彼女はただの上級子守であり、父親が託宣者《たくせん》なのです」(364)。これが「女性の運命」なのか、「弱く浅薄なままでいることに甘んじる女性がこんなに多いのはなぜ」なのかと問いかけるリプリーは(365)、しかし家庭生活の維持のための労働を軽視したり敵視したりしていたのではなかった。代わりに彼女は、「骨折り仕事が、幸せな家庭の作り手という高次の使命を堕落させることのないようにしましょう。家庭の秩序は行き渡らせなければなりません。でも惑星が軌道を進むのと同じ自然の法則との関係を見つけることによって、それを高貴なものとしましょう」と提言した(365–66)。リプリーにとって、夫とともに作り上げたブルック・ファームは、産業化や商業主義の進む社会において、自己修養の機会も持てず、家族からも尊敬を受けることのないまま、家庭に縛られた女性たちにとって、まさにオルタナティヴな生き方や思想を探求するための実験生活として始まったのだと言えよう。

三　ユートピアにおける女性たちの生活と理念

よく知られているように、ブルック・ファームは設立当初、超絶主義者たちの間で長く議論されていた共同体生活の理念を実践へと移し、美しい自然環境のなかで労働と自己修養に従事することで精神と肉体を調和させ、少数の仲間たちとともに牧歌的な生活を送る試みとして始まった【図版2】。しかし徐々に経済状況が厳しくなり運営が困難になっていく中で、当時アメリカで流行していたフランスのユートピア思想家、シャルル・フーリエの「共同体主義」の原則を率先して取り入れ、一八四五年には〈ブルック・ファーム・ファランクス〉として再出発する。以降、共同体は、フーリエ主義に則り数多くの職人とその家族を受け入れるようになるが、彼ら新しい参加者と、設立理念に賛同して参加した当初のメンバーとの間に、ある種の階級格差が生まれ、それがブルック・ファームでの体験や印象に大きな差を生んでいった。本節ではなかでも設立当初からいた女性たちの視点を中心に、彼女たちのブルック・ファームでの生活とその印象を紹介しながら、その体験が彼女たちに何を残したのかを探ってみたい。

当時のブルック・ファームでの生活を、ホーソーンと同じく夢のような人生の一エピソードとして懐古する回顧録が世紀転換期にいくつも登場したのは、前述のとおりである。彼ら回想記の書き手たちが一様に記憶しているのは、それが家族的な雰囲気と知的刺激に満ちていたことであり、共同体主義の思想にそれほど感銘を受けていなかったイギリス人移民ジョージアナ・ブルース・カービーにおいてもそれは同様であった。

この運動に直接かかわっていない人たちにとって、それがかつてのメンバーにこれほど永続的で、これほどに幸せな印象を持つことになったのはなぜかという点は、いつまでも謎のままでしょう。一つの理由は簡単に理解できます。知的階級と才能ある改革者は、どんな文明国でも、もっとも高く評価される人たちだと知られています。たんなるお金持ちは、平凡な客たちの中にそういった人物の居場所を確保しようと多大な努力をします。でも私たちにとっては、彼らこそが主流であり、彼らの影響が、若者たちに勉学への情熱を、壮年たちに彼らへの敬意と賞賛をかきたて、私たち皆が空気中に浸透していた知的な優雅さを呼吸していました。当時のあらゆる新しくもっとも美しい思想が、私たちを見出し、私たちは地上のすべてのもっとも高貴なるものと調和し、どんなつまらない感情からも守られていました。(Kirby 44)

しかし当時のカービーは、リプリー夫人と年も近く親しかったアメリア・ラッセルや、同じ二十代であっても、ジョン・サリヴァン・ドワイトの妹で、超絶主義の思想や共同体主義にも深く共鳴していたマリアン・ドワイトとはまた異なる、やや辛辣《しんらつ》な人物観察に基づく体験記を残している。カービーは、弟と自分の下宿代と教育費を労働によって賄う取り決めで参加したため、彼女にとって共同体での日常生活は、「暗唱と、家事と、ノート取りと、集会に分割された」ように思えたと回想している(32)。またジョージ・リプリーの姉マリアンと妻ソファイアは、ブルック・ファームの出資者であり株主でもあって、農場に併設された学校における教育の監督責任を担っていたため、カービーはその先輩女性たちの権威に反発も覚えたようである。ソファイア・リプリーの教育手腕は認めていたものの、その冷静さは、母親的存在をまだ求めていた二十代の女性たちにとっては冷たく感じられるものであり、ジョージ・リプリーの姉に対しては、「よくものは知っていたけれども、まったく独創性に欠け、授業を受ける生徒たちの関心を引く力はまるでなかった」とも記している(25)。

【図版2】ジョサイア・ウォルコット《ブルック・ファームと虹(*Brook Farm with a Rainbow*)》(油絵、1845年)
(Massachusetts Historical Society所蔵)

一方、四十代で共同体に参加したアメリア・ラッセルは、大人のメンバー同士として、ソファイア・リプリーにはより大きな共感を寄せていた。リプリーとともに十時間以上も並んで一緒に洗濯をしたこともあり、彼女が率先して床掃除や裁縫に従事し、またマニラからやってきた少年が象皮病を患った時には看護師のように献身的に看護していたことなどを回想しつつ、ラッセルはリプリーの「魂の真の高貴さと生来の善良さ」や「知的能力」といった直截《ちょくさい》的な言葉で、ほとんど殉教《じゅんきょう》者並みのその献身や知性を賞賛している (Russell 4)。実際リプリーについては、別のブルック・ファームの住人の一人も、「あれほどに洗練され教養がありながら、しばしば一日十時間も、奴隷のように、滑りやすい洗濯室や暑いアイロン室で、自ら進んでというだけでなく、仕事の指示をするためあちらこちらに朗らかに言葉をかけながら、楽しそうにすら働いていた」と回想している (qtd. in Delano 48)。

また四年間このブルック・ファームで暮らしたラッセルは、この共同体に参加した自身の目的は「まったく重要でない」とし、他のメンバーがなぜこの共同体に惹かれ、「その困難な事業のあらゆる辛苦を耐え抜いた」かもほとんど知らなかったと述べるものの (1)、設立者たちのより良い社会を築こうという熱意や住民同士お互いを思いやる知的雰囲気に満ちた共同生活を次のように懐かしんだ。

> 私たちの生活は非常に単調で、都会の刺激的な生活に慣れている方が遠目に見たら、耐えられないものと見えたかもしれません。しかしそこに私たちがどれだけの多様性を工夫して取り入れていたかは不思議なほどでした。ざっと観察するだけの人は、私たちがたんに、人を雇って軽くすることもできない家内仕事の退屈な繰り返し作業にのみ従事しているのだと考えたでしょう。そういう人は、着実に仕事をする働き手たちの心を、どれだけ多くの思想が満たしていたかは見てとれなかったでしょう。(3)

このように語る彼女は、その生活における労働の負担は大きくても、少なくとも当初の超絶主義時代のブルック・ファームでは、参加者たちを満たしていた精神的な充足感と仲間との一体感の喜びがあったことを強調する。ブルック・

ファームの農地購入後に最初に建てられた家は、高所にある家や猛禽《もうきん》の巣を意味する「エアリー(Aerie)」と名付けられたが、そこにリプリー夫妻が膨大な蔵書とともに移り住み、多くの若い学生たちもそこに居住することとなった。しばしば自らを働き蜂に例えたメンバーたちは、「蜂の巣(Hive)」と呼ばれる建物で全員が一緒に夕食をとった後、毎夜このエアリーに集まり、刺激的な談話や朗読会や音楽会などを楽しんだという。敷地内の学校ではラテン語やギリシア語、その他外国語や歴史、数学などの科目以外に、絵画やダンスも教えられており、時に開かれる舞踏会には近隣の村やボストンの親しい友人たちも招かれ、同じく敷地内にあった森でのパーティやチャールズ河でのボート漕ぎなどのさまざまな催しや娯楽も、人々が懐かしさとともにその牧歌的共同生活を思い出す大きな要因となった【図版3】。

【図版3】ブルック・ファームのメンバーが身につけていたとされる服装(West Roxbury Historical Society所蔵)

一方フーリエ主義に転向し、職人たちを次々受け入れるようになってからのブルック・ファームでは、古参者と新参者との階級的相違による断絶もあり、外部から見てもブルック・ファーム・ファランクスは、「社会を再生させようという詩的な試みというよりは、これを変革しようという機械的な試み」だと見なされるようになっていく(Kirby 47)。フッセルも「私たちの一体感が破れた」原因を、共同体の思想にまったくなんの関心もなく、より快適で楽な暮らしだけを求めてきた人たちと、もともとの参加者との間の齟齬《そご》にあると考えた(18)。「新しいフーリエのシステムが組織され、私たちの生活の詩心が消えてしまった」と嘆き(11)、理想を高く掲げて皆が苦労しつつも楽しんでいた以前の生活と、フーリエの思想に基づき、ある種、機械的に細かく時間配分された労働体制のもとでの生活とを比較しながら、「かつて享受していた自発的な労働の代わりに、今では義務感があって、それによって自分が自分のものではないという感覚を受けた」と回想している(14)。

他方ラッセルやカービーのような当初からのメンバーとは違い、フーリエ的共同体主義に移行しつつあった時期に参入したマリアン・ドワイトの書簡は、ブルック・ファーム後期における女性たちの共同体生活の実態やその理念に対する見解を知る上でもっとも興味深い一次資料となっている。彼女がブルック・ファームに参加したのは、設立から三年が経った一八四四年のことで、彼女はまだブルック・ファーム農業教育協会であった時から、共同体がフーリエ的ファランクスへと変わり、その二年後に解散するまでをこの地で目撃した証言者である。彼女は当初から、「現実を理想的なものにする」という設立者たちの熱意に賛同し(Dwight 7)、ブルック・ファームをそれ以前のどんな生活よりも素晴らしいものと感じて、自分たちの「真実の生活という理念」が外部社会にも浸透していくという希望も持っていたようである(26)。しかしそんな彼女も、「あまりにも人が多く、仕事をする女性があまりに少ないため、ほとんどいつも働かないといけないのです」と兄に宛てた手紙で漏らすほど(8)、女性たちのやるべき仕事は多かった[5]。アン・C・ローズが指摘しているように、一八四一年から一八四五年にかけて参加していた九十九名のうち、六十名が男性だったという男女の不均衡もその一因であろう(Rose 186)。男性も皿洗いや給仕などを一部担うことがあったとはいえ、女性たちは学校での教育に子どもたちの世話、多いときは百人前後の食事の支度や片づけ、洗濯や掃除に裁縫など、ほとんどの家事一切を分業体制で行なわなければならなかったからである。

興味深いのは、カービーやラッセルが設立当初の「詩心」が失われ、生活が機械的な作業へと変わってしまった原因として非難したフーリエ主義への転向について、ドワイトがその共同体主義を女性の立場から個人的に支持している点である。市場で売るための絵付けランプなどの制作に関わっていた彼女の次のような手紙からは、なぜ女性たちが当時フーリエ主義を支持したのか、その理由の一端が垣間見える。

では今から、私たちの意匠《いしょう》グループについて興味を持ってもらいますね。それには大きなことがもたらされるという希望――何より女性が自立へと向上すること、そして男性との平等が認められるという希望――を持っているのです。ブルック・ファームにやってきて以来、このことについてたくさんの考えが私の心の中で葛藤してきましたし、今ではどうやってそれが実現できるか見えてきたような気がします。女性は市場で売れるものの作り手にならなければならないのです。女性は、お金を作り、男性から自立して自分自身を支えるよう稼がないといけないのです。（中略）このことを霊的な見方でとらえてみてください。女性を男性と同等の存在へと向上させたら、どんな知的発展が私たちに期待できないことがあるでしょうか。社会全体がどう変わるでしょう！（32–33）

フーリエ自身もまた、社会的調和の鍵となるのは女性の経済的解放であり、労働を通じての自立こそが解決策であると論じたが、ドワイトの見解もまさにフーリエのこの考えに感化されたものであろう。二十代の若さで共同体に参加したドワイトのこのような女性の立場や地位向上についての理念や希望こそ、ソファイア・リプリーが共同体設立以前からすべての女性たちに期待していたことでもあった。カービーもその自伝のなかで、のちにブロンソン・オルコットとともにもう一つの超絶主義的ユートピア、フルートランズの建設に乗り出すチャールズ・レーンがブルック・ファームを訪問した際に、これまで男性のみが子どもの知性に影響をもたらすと考えられてきたけれども、母親こそが、胎児とのより長く密接な関係を通して、男性より大きな影響力を持つと語ったことに感銘を受けたと記している。彼女によれば、「このことはこれまででもっとも重大な知らせでした。なぜなら、もし法則を研究してそれを遵守《じゅんしゅ》するならば、次の世代は現在より良いものとなり、この国はどんな「衰退」もなく「向上し前進する」からです」（39）。彼女はブルック・ファーム辞去後もフラーをはじめとする女性権利擁護者たちと交流を続け、西部移住後も教育者として活躍し、カリフォルニア州の学校に今もその名を残している。

おわりに

南北戦争以前という早い時期に、男女ともに個人の自由を保障する経済体制を作ろうとし、男性も家事手伝いなどを行なう一方で、女性も指導的立場や株主となっていたリベラルなユートピア共同体、ブルック・ファームであっても、その生活が女性たちのある種、自己犠牲的な日々の家事労働の上に成り立っていたことは、彼女たちの回想録や書簡からも見て取れる。ブルック・ファームはもともと同時代の他のどの共同体より独身女性たちが多く参加していたと言われる。デラーノも指摘するように、フーリエ主義導入前後では構成員も変化したものの、彼女たちの多くは、自立心と知性を備え、我慢強く、社会意識の高い女性たちであった(82, 172)。共同体における家事労働は女性たちにとって負担の大きなものであったが、しかしながら彼女たちが抱いた女性の社会的地位に対する自覚とより良き未来への希望は、自然豊かな環境での同胞たちとの協働生活や、知的刺激に満ちた議論や多様性を培う教育によって育まれ、「世界が与えてくれる以上により気高く高次の思考」という大きな精神的遺産として(Russell 3)、一般社会に戻ったのちも彼女たちの中に長く残り、影響を与え続けた。「社会主義とフェミニズムとの相互依存性」はよく指摘されるところであるが(Bartkowski 25)、これらユートピア的コミュニティで、さまざまな階級の人々と生活を共にしつつ、当時最先端の思想に触れ続けた女性たちの体験記は、二十世紀以降に続くこの二つの運動の連帯や衝突を考えるうえでも、非常に貴重な資料となっている。

◉注

（1）パーソンズ本人は共同体生活には家族の反対で参加できなかったものの、しばしばブルック・ファームを訪問し、その機関誌となる『ハービンジャー』に寄稿し、のちにボストン女性協同組合を設立することにもなる人物である。彼女はフラーの子ども時代からの友人でもあり、霊媒師としても有名だった。彼女はまた、ある人物の書いた文書を、書き手も知らされず、内容も読まないまま、額に当てることでその書き手の性格を判断するという「リーディング」と呼ばれる交霊会をしばしば行なっていた。ドワイトは日記で、フーリエ思想のアメリカへの紹介者アルバート・ブリスベーンも出席したフーリエに関するリーディングを、パーソンズがブルック・ファームで行なったときの様子を記している(108–09)。

(2) たとえば『超絶主義ユートピア』の著者リチャード・フランシスは、「G［ジョージ］とS［ソファイア］・R［リプリー］はその共同体と同化した唯一の人たちだ。二人は共同体と結婚していたのであり、彼らはこの共同体そのものだ」と述べたエマソンの日記を引用しつつ、ジョージ・リプリーを「ブルック・ファーム共同体の体現者であるだけでなく、アメリカの超絶主義の歴史全体におけるきわめて重要な人物」と評価するものの、妻ソファイアの共同体への貢献についてはほとんど言及していない(Francis 39)。

(3) ソファイア・デイナ・リプリーの伝記を書いたデイナ家の子孫ヘンリエッタ・デイナ・レイモンドによれば、『ダイアル』誌に掲載されたこれら匿名の記事がソファイア・リプリーによるものであることは、ジョージ・ウィリス・クックによって確定されている(Raymond 108–09)。

(4) 南北戦争後から二十世紀にかけて、家庭生活や女性と労働の問題をめぐってさまざまな論争が行なわれたが、ドロレス・ハイデンはそのような論争を三つのモデルとしてまとめている。その一つであるパースの提唱した「近隣方策」、すなわち近隣同士で主婦が仕事を分担し合うという家事労働の集約についてはハイデンに詳しい(三七、八九―一二七)。

(5) マリアン・ドワイトは、フーリエ主義的ブルック・ファームでの彼女の典型的な一日を、兄に以下のように紹介している。「今では私の仕事は以下のとおりです(とはいえ頻繁に変更しがちなのですが)。朝食の給仕(半時間)、M・A・リプリーの朝食の片付けの手伝いなど(一時間半)、十一時までに寮班のところにいく――午餐《ごさん》のための着替え――それから「鷲《わし》の巣(Eyrie)」［Aerieとも呼ばれた］へゆき午餐時間まで縫い物――十二時半。その後一時半か二時から五時半までピルグリム・ホールで絵画の授業をし、「鷲の巣」で縫い物。五時半に「蜂の巣《ハイヴ》」に行き、お茶の準備の手伝い、その後七時半頃まで食器洗いを行なう。このように長い一日をなんとか切り抜けていますが、労働と楽しい仲間との付き合いやおしゃべりが交互にあるため、楽しくやっています」(7–8)。

◉引用文献

Bartkowski, Frances. *Feminist Utopias*. U of Nebraska P, 1989.

Capper, Charles. *Margaret Fuller: An American Romantic Life*. Vol. 2, Oxford UP, 2007.

Codman, John Thomas. *Brook Farm: Historic and Personal Memoirs*. Boston, 1894.

Cooke, George Willis. "'The Dial': A Historical and Biographical Introduction, with a List of the Contributors." *Journal of Speculative Philosophy*, vol. 19, no. 3, July 1885, pp. 225–65.

Delano, Stephen. *Brook Farm: The Dark Side of Utopia*. Harvard UP, 2004.

Dwight, Marianne. *Letters from Brook Farm, 1844–1847*. Edited by Amy L. Reed, Vassar College, 1928.

Francis, Richard. *Transcendental Utopias: Individual and Community at Brook Farm, Fruitlands, and Walden*. Cornell UP, 1997.

Fuller, Margaret. *The Letters of Margaret Fuller*. Edited by Robert Hudspeth, vol. 2, Cornell UP, 1983.

Hawthorne, Nathaniel. *The Blithedale Romance*. 1852. *The Blithedale Romance and Fanshawe, The Centenary Edition of the Works of Nathaniel Hawthorne*, vol. 3, edited by William Charvat et al., Ohio State UP, 1964, pp. xv–298.

Kirby, Georgiana Bruce. *Years of Experience: An Autobiographical Narrative*. New York, 1887.

Myerson, Joel, editor. "Rebecca Codman Butterfield's Reminiscences of Brook Farm." *New England Quarterly*, vol. 65, no.4, 1992, pp. 603–30.

——, editor. *Transcendentalism: A Reader*. Oxford UP, 2000.

Peabody, Elizabeth. "A Glimpse of Christ's Idea of Society." *The Dial*, vol. 2, 1842, pp. 214–28.

——. *Letters of Elizabeth Palmer Peabody: American Renaissance Woman*. Edited by Bruce A. Ronda, Wesleyan UP, 1984.
——. "Plan of the West Roxbury Community." *The Dial*, vol. 2 , 1842, pp. 361–72.
Raymond, Henrietta Dana. *Sophia Willard Dana Ripley: Co-Founder of Brook Farm*. Peter E. Randall Publisher, 1994.
Reed, Amy L. Introduction. Dwight, *Letters*, pp. ix–xi.
Ripley, Sophia. "Letter." *The Dial*, vol. 1, 1841, pp. 122–29.
——. "Woman." *The Dial*, vol. 1, 1841, pp. 362–66.
Rose, Anne C. *Transcendentalism as a Social Movement, 1830–1850*. Yale UP, 1981.
Russell, Amelia Eloise. *Home Life of the Brook Farm Association*. Little, Brown, 1900.
Sedgwick, Ora Gannett. "Girl of Sixteen at Brook Farm." *Atlantic Monthly*, vol. 85, 1890, pp. 394–404.
Swift, Linsay. *Brook Farm: Its Members, Scholars, and Visitors*. Macmillan, 1900.
ガーネリ、カール・J『共同体主義——フーリエ主義とアメリカ』宇賀博訳、恒星社厚生閣、一九八九年。
ハイデン、ドロレス『アメリカン・ドリームの再構築——住宅、仕事、家庭生活の未来』野口美智子・梅宮典子・桜井のり子・佐藤俊郎訳、勁草書房、一九九一年。

第Ⅳ部　メルヴィル的コミュニティ

メルヴィルとシェイクスピア、あるいは幻の文学共同体
――「ホーソーンと彼の苔」のころ

橋本　安央

はじめに

「捕鯨船がおれのイェール大学であり、おれのハーヴァードなのだった」(Melville, *Moby-Dick* 112)。高貴な出自をもちながらも、一平水夫として捕鯨船に乗り組むイシュメールが、『白鯨』(一八五一)第二十四章「弁護」の結びにて、このように呟く。たしかに語り手イシュメールと同様に、作者ハーマン・メルヴィルも、正規の高等教育をうけることなく、終生アカデミアとは無縁のところで生きたのであった。一八四六年に小説家としてデビューしたのち、ニューヨークの文人編集者エヴァート・オーガスタス・ダイキンクを中心とした文壇や、彼らの文芸運動〈ヤング・アメリカ〉に、多少なりともかかわった時期はあるが、[1]それらをのぞけば、そしてまた、親族間内部という私的空間をのぞけば、小説家としてのメルヴィルが、特定の文学的、思想的共同体に属することで、おのれの文学世界を深めていったということもない。メルヴィルにとって信ずることができるのは、個人と個人の信頼関係と共感に根ざした友愛精神なのであり、その文脈の延長線上にある、文学と思想をめぐる友人たちとの対話なのであった。

メルヴィルにとってそのような、重要なる他者の一人として、同時代作家ナサニエル・ホーソーンの名を挙げることは、もはや尋常一様でしかなかろうが、本論では、それに連動するかたちで、ホーソーンと直接的な面識をもつ直前の季節にメルヴィルが耽読した、もう一人の重要なる他者、イギリス・エリザベス朝の劇作家、ウィリアム・シェイクスピアとの関係を再考したい。(2) 同時代のアメリカ社会におけるシェイクスピア受容と、メルヴィルのそれの在り方は、ずいぶん異なっているのだが、アメリカにおける十九世紀前半期の劇場空間、知的空間と比較検討することで、メルヴィルの悲劇観、文学観の特性を、垣間みたいということである。それはすなわち、公的に認知されたものではなく、若き作者が遙かなる時空間を超え、ホーソーンとシェイクスピアのあいだを取り結んだ、幻の絆たる文学共同体を追いかけることでもある。そうした文脈で、「ホーソーンと彼の苔」(一八五〇)を読み直してみたい。

一　ホーソーンとシェイクスピア

一八五〇年夏、避暑のために逗留《とうりゅう》していた、マサチューセッツ州バークシャー郡ピッツフィールドにあるゲストハウスにて、メルヴィルは『白鯨』の執筆を一時中断し、評論文「ホーソーンと彼の苔」を一気呵成《かせい》に書きあげる。そうしてそれを、雑誌『リテラリー・ワールド』一八五〇年八月十七日号および同月二十四日号に掲載した。同月五日、文学史上名高き、モニュメント・マウンテンにおけるピクニック(3)にて、ナサニエル・ホーソーンとはじめて出逢った直後のことである。

この文章は、表面的には先輩作家ホーソーンの作品集『旧牧師館の苔』(初版一八四六)を称える書評の体裁をとるものだが、その一方で、三十一歳の若き作者がおのれの文学観を開陳しつつ、アメリカ文学における天才はホーソーンのみにあらず、我もまた、その候補の一人なのだということを、間接的に主張もする。そうしたなか、全体の三分の一程度の議論が進んだあたりで、メルヴィルは突然吠えはじめる。いわく、世間はホーソーンの麗《うら》らかな世界にばかり注目するが、彼を天才たらしめているのは、ときおり垣間みえるような、深くて暗い闇の世界、カルヴァン主義に由来する類いの、堕落につらなる悪という、人間性の本質を看破する洞察力なのであり、そうした意味で、ホーソーン文学にはシェイクスピアに匹敵するほどの深みがあるのだ、と。そうしてシェイクスピアが援用される。

さて、私の心をとらえ、魅了してやまないのは、いま述べた、ホーソーンのなかにあるあの黒さである。とはいえそれは、彼のなかで過剰に発達しすぎているのかもしれない。おそらく彼は、私たちがみえるように、おのれの暗闇にあるすべての陰影に光をあてることもしていない。だが、たとえそうだとしても、彼の背景を無限に薄暗くしているのは、まさしくこの黒さなのである。――そしてまた、それと同じ無限に薄暗いものを背景にして、シェイクスピアはきわめて壮大な綺想《きそう》を演じている。すなわちシェイクスピアにたいして、もっとも深遠な思索者という、きわめて高尚ではあるが、きわめて限定的な名声をあたえるに至った綺想を演じているのだ。限定的な名声だとする所以は、深遠な思索者と呼ばれたせいで、哲学者がシェイクスピアのことを悲劇と喜劇の大作家として崇敬しないからである。「奴の首を刎《は》ねろ！　バッキンガム公もこれまでだ！」。この種の大言壮語は、別人の手で書きこまれたのだが、たしかに満場の大喝采を博するものではある。――そしてまた、このように勘違いをして拍手喝采する人たちは、シェイクスピアのことを、たんにリチャード三世のこぶやマクベスの短剣を描くだけの人なのだろうと想像する。だが、シェイクスピアの奥底に存するもの、すなわち彼のなかにある直観的〈真理〉をときおり一瞬閃《ひらめ》かせ、まさしく現実の枢軸たるものを素早く機敏に探りあてる力――こうしたものが、シェイクスピアをして、シェイクスピアたらしめているのだ。（"Hawthorne" 244）

ホーソーンとシェイクスピアに共通する項とは、両者の背景を「無限に薄暗く」するほどの、「あの黒さ」である。メルヴィルはそのように直観する。そしてまた、〈真理〉を告げんとするそうした「黒さ」に、いまだに誰も気づいていない。おのれこそが、おのれのみが、彼らのなかにそれを見てとることがかなうのだ、と。それはすなわち、メルヴィルのなかに「あの黒さ」を看取しうる感性が、あらかじめ備わっていたということでもある。あるいはおのれがあらかじめ心にいだく文学観を、ホーソーンとシェイクスピアのなかに読みとらんとするのだといってもよい。そうしてそれぞれの頂点に三者を配したかのごとき、黒き天才のトライアングルが、メルヴィルの夢想のなかで形成される。

二　メルヴィルのシェイクスピア体験

先に引いた箇所において、メルヴィルは同時代のシェイクスピア理解の在り方に、批判の矛先《ほこさき》を向けもする。ならば、アメリカにおけるシェイクスピア受容のどのような具体的様相に、メルヴィルは反応しているのだろうか。でも、この問いに触れる前に、まずは、作者の基本的なシェイクスピア体験を、駆け足で確認しておきたい。

メルヴィルは十歳代のどこかの時点で、家庭や学校をつうじて、あるいはおそらく、家庭の占める割合がおおきいのだろうが、シェイクスピアを読みかじりはしていたようである。一八三九年五月、十九歳のときに、当時住んでいたニューヨーク州北部のランシングバーグで、地元の新聞に「書き物机の断片」という若書きの文章を投稿するのだが、そこにはすでに、『ハムレット』や『ロミオとジュリエット』、バイロン、コールリッジあたりからの引用がちりばめられている。それはすなわち、一八三〇年代の後半にあって、アメリカ北東部でシェイクスピアの戯曲やイギリス・ロマン派の詩が、すくなからず読まれていたことを示唆していよう。こうして蒼《あお》き日々にある程度触れていたシェイクスピアを、メルヴィルが本格的に読みはじめた時期は、わりにはっきりしている。第一子の誕生を控え、ボストンにある妻の実家、すなわち一八三〇年から六〇年までマサチューセッツ州最高裁判所の首席判事をつとめたレミュエル・ショーの屋敷に、妻とともに帰省していた、一八四九年二月以降のことである。先述のエヴァート・ダイキンクに宛てた、二月二十四日付けの書簡において、見事な版のシェイクスピア本に出逢ったことを、昂揚しながら告げるのだ (*Correspondence* 118–20)。

このときメルヴィルが激しく読みこんだ書物は、義兄アレグサンダー・ヒル・エヴェレットとともに、当時ボストンの有力な雑誌であった『ノース・アメリカン・レヴュー』の編集もしていた、オリヴァー・ウィリアム・ボーン・ピーボディという人物が編纂《へんさん》し、一八三六年にボストンのヒリアード＝グレイ社から出版された、『ウィリアム・シェイクスピア戯曲全集』七巻本のリプリント版のようである。もっとも、厳密にいえば、この版を購入する前に、博学であった義父の蔵書を借りて読んでいる可能性も否定はできない。すなわち、メルヴィルが実際に所蔵していたのは、三七年に同じ版元から刊行されたリプリント版なのだが (Sealts 213)、四九年二月の時点では、それとは異なる版を読んでいたかもしれぬのだ (Hayford 956)。だが、かりにそうだとしても、この一八三六年のボストン版は複数の版元がさまざまにリプリントし、流通させていたようであり (Sherzer 659)、メルヴィルが四九年二月にボストンで出逢った版は、そのいずれかであろうと思われる。この戯曲全集は、アメリカにおける本文批評の文脈では、「画期的《エポック・メイキング》」とも称されるものであり (Sherzer 658)、それまでの数多《あまた》の版とは異なって、一六二三年にイギリスで公刊されたファースト・フォリオに依拠している、との触れこみで発行されたものである。その実態は、かなりちゃんぽんであったようだが、シェイクスピアのテクストにたいしてヒストリカルな眼差しをもちえた最初のアメリカ版だということは、断言してもかまわぬだろう。そもそもシェイクスピアにおける「オリジナル」という概念は、きわめて怪しいものなのだが、メルヴィルとしては、一八四九年の当時にあって、あたうかぎり「オリジナル」に近いシェイクスピアを読んでいる、そのような自覚があったことであろう。それは翌年にものされた評論文、「ホーソーンと彼の苔」全体の、前提なのだといってよい。

三　観るシェイクスピア／読むシェイクスピア

こうしたところを念頭におけば、先の引用箇所にある、「奴の首を刎ねろ！　バッキンガム公もこれまでだ！」という「大言壮語」にたいする批判の意味が、より明瞭にみえてこよう。『リチャード三世』におけるこの科白《せりふ》は、むろんシェイクスピアが書きつけたものではなく、コリー・シバーが一七〇〇年に加筆したものである。この翻案版は、十八世紀から二十世紀初頭に至るまで、アメリカにおいても『リチャード三世』が上演される際にはふつうに使用されていたものである。だからこそ、メルヴィルは、それに興奮して拍手喝采をする観衆のことを、「勘違い」の輩として批判するのだ。そしてまた、別の箇所にて、作者は「シェイクスピアを激賞する人のなかで、彼の作品を深いところまで読みこんだ者がほとんどいないか、あるいはおそらく、巧妙につくられた舞台を観たことがあるだけ、ということであるならば」という条件節のかたちを借りて（"Hawthorne" 245）、同時代においてシェイクスピアが大人気であるにもかかわらず、シェイクスピアを読む人と、観る人と、どちらもシェイクスピアを充分に理解していないとして、さらなる批判をくわえている。ここで俎上《そじょう》に載せられる、「読むシェイクスピア」、すなわち批評の対象としての、活字で読むシェイクスピア文学と、「観るシェイクスピア」、すなわち観劇の対象としての、舞台上で演じられるシェイクスピア演劇と、それぞれのアメリカにおける受容の歴史を、もうすこし詳しくみておきたい。

まずは、「大言壮語」も批判される、「観るシェイクスピア」のほうだが、アメリカにおけるシェイクスピア劇の上演史は、植民地時代にまで遡る。アメリカ史において、最初の恒久的植民地となるのは、一六〇七年に建設された、現在のヴァージニア州にあるジェイムズタウン植民地なのだが、時代的にいえば、それはシェイクスピアがまだ現役で活動していたころのことである。でも、いわずもがなのことではあるが、そのころのジェイムズタウン植民地に、芝居を愉しむ余裕など、あろうはずもなかった。さらに本国イギリスにおいても、劇場文化の不毛な状況がつづいたのち、清教徒による一六四二年の劇場封鎖もあり（Westfall 21）、イギリスの劇場文化がアメリカに移植されるには、しばらく時間を要することになる。記録に残るかぎりでは、一七三〇年のニューヨークにおける、アマチュア劇団の手による『ロミオとジュリエット』が、最初のシェイクスピア上演であったそうだが、その後、一七五〇年以降になると、『リチャード三世』や『ロミオ』、『ハムレット』、『オセロー』あたりに人気がでるようになり、一七六七年にはシェイクスピアの舞台人気に一気に火がつくことになる（Vaughan 15, 19–20, 24）。清教徒の牙城《がじょう》たるニューイングランドでは、演劇禁止の状況がつづいており、そしてまた、独立戦争開始直前、一七七四年の大陸会議にて、劇場禁止のお触れがだされたりもしたが(Vaughan 26)、独立後は全米でいっそうシェイクスピア劇の人気が高まってゆく。ボストンにおいてですら、独立宣言が公布されてから十五年以上も経過した一七九二年に、ようやく『ロミオ』と『ハムレット』が、「道徳にかんする講演」という建前で、悲劇の芝居という実態をかくしたうえで、はじめて上演されることになる(Westfall 26; Sherzer 639)。

独立後のアメリカの観客が、敵国であるイギリスの劇作家による芝居を、なぜにかくも熱く観ていたのか、という問題については、キム・C・スタージェスの書物に詳しいのだが、いわく、シェイクスピアはイギリス人ではなく、アメリカに移住してきた植民地人のルーツにあたる文化的イコンなのであり、要するに、アメリカ人の祖先なのであり、かくてシェイクスピアはアメリカに帰属するのだ、という理屈である。「専制国家」から独立した、民主制社会たるアメリカで、もっとも人気があったシェイクスピア劇は、封建社会を背景とする『リチャード三世』であった。すこし不思議な気もするが、それはコリー・シバーによる翻案版であるだけでなく、好き勝手に台本が書き替えられ、王侯たちの残虐な極悪非道ぶりが強調されて、彼らがやっつけられるところに、アメリカの観衆はやんややんやの大喝采を送っていたということである(Sturgess 56–57)。イギリスで上演する際に使用されていたさまざまなシェイクスピア改作版は、アメリカにおいても「定本」として流通していたのだが、かててくわえてこうした書き替えは、他の作品においてもふつうにおこなわれており、そうして若き自由の国の共和主義的熱狂につつまれて、シェイクスピア劇は文字どおり、自由に受容されてゆくのであった。このように翻案版に偏重した状況は、エドウィン・ブースが復刻版に挑戦する、一八七五年ごろまでつづくことになる。そうした点をふまえて、メルヴィルの評論文に戻るならば、これまで本論において引いた箇所にうかがわれるのは、植民地時代から一八五〇年の時点まで脈々とつづいている、「本来」のシェイクスピアの姿からかけ離れた、「巧妙につくられた」だけの「観るシェイクスピア」の現状にたいする、メルヴィルの不満であるということになろう。

他方、もう一つの批判の対象となっている、「読むシェイクスピア」のほうに眼を転じたい。十八世紀末までは、アメリカの批評界は基本的にイギリスに追従するのみだったのだが、第二次独立戦争とも呼ばれる、一八一二年から一四年にかけて戦われた米英戦争後、国家意識、愛国主義の高まりとともに、独自性を求めて、イギリス以外に目をむけはじめることになる。そこでおおきな役割を果たしたのが、ドイツのシュレーゲル兄弟であった。兄アウグスト・ヴィルヘルム・シュレーゲルは、一七九八年からシェイクスピア作品のドイツ語韻文訳に着手し、シェイクスピアをドイツの「国民文学」的存在へと高めたことで知られるが、弟フリードリヒ・シュレーゲルとともに、ドイツの初期ロマン派美学の理論化と紹介につとめた人物でもある。アウグストがフリードリヒのアイディアもふまえた講演原稿を基に編んだ、『劇芸術と文学についての講義』（一八〇九―一一）という書物は、オランダ語、フランス語、英語の翻訳版もすぐに出版され（山本 三）、ロマン派の文学論を諸外国に広めることにおおいに貢献するのだが（一柳 二〇二）、かくて、ドイツの初期ロマン派美学は、コールリッジなどをつうじてイギリスのロマン派に影響をあたえ、かつアメリカにも直接入ってくることになる。ウィリアム・チャーヴァットに拠れば、一八一七年の時点で、アウグスト・シュレーゲルのこの書物は、アメリカの雑誌でよく議論の対象になっていたのだそうだが（Charvat 61）、したがって、ドイツとイギリスのロマン派にたいする理解と批評が、アメリカの知的風土に根づきだした時期は、おおよそ一八一七年から一八二〇年あたりのころだと推察される。それと同時に、「読むシェイクスピア」というロマン派的概念も、アメリカに入ってきたということである。

　一八二〇年代もなかばになると、アメリカにおけるロマン派詩人の一番手は、ウィリアム・ワーズワースであり、詩人ウィリアム・カレン・ブライアントや、先にも触れた、ボストンの雑誌『ノース・アメリカン・レヴュー』などが、この流れを牽引《けんいん》する（Charvat 73）。超絶主義の中心人物、ラルフ・ウォルドー・エマソンは一八〇三年の生まれであるが、一八二〇年、すなわち十六歳のころから、詳しい日記をつけはじめている。それらをぱらぱら眺めてみると、初期のころから、バイロンやワーズワースの名が記されていることに気づくのだが、それはすなわちエマソンが、アメリカの批評界にロマン派の詩や理論が導入されはじめた最初期の段階において、鋭《すすど》くも、その動きに反応していたということである。そしてまた、エマソンにおおきな影響をあたえたさらなる先駆者として、一八〇五年の時点ですでにワーズワースの愛読者であったという、叔母メアリー・ムーディ・エマソンの名を、ここで挙げることもできよう(Cole 119)。ちなみにメルヴィルは一八一九年の生まれであるが、まさしくロマン派が本格的にアメリカに入ってきた頃合いに、生を享《う》け、それを空気のように吸いながら、成長していったことになる。こうしたロマン派受容と連動して、アメリカにおけるシェイクスピア批評も動きだす。一八四〇年に公刊された回想録『帆船航海記』で知られるリチャード・ヘンリー・デイナの、同名の父親は、詩人、小説家、および批評家であり、『ノース・アメリカン・レヴュー』誌にも寄稿していた人物なのだが、このデイナが一八三四年から、シェイクスピアをめぐる講演を開始する。これは出版物のかたちで残されていないのだが、シュレーゲル、コールリッジ、チャールズ・ラムの影響下にある、アメリカ初の、本格的なシェイクスピア批評であったといわれている(Charvat 63, 178–79)。[4]

ちょうどそのころ、というのは一八三六年のことだが、エマソンが『自然論』を発表して思想家としてデビューし、マサチューセッツ州コンコードにて、いわゆるトランセンデンタル・クラブが結成される。この同好会がドイツ観念論やコールリッジの思想哲学をアメリカに馴染ませた経緯について、詳しく述べる余裕はないが、エマソンはその後、一八四五年ごろにボストン文化協会《ライシーアム》にてシェイクスピアにかんする講演をおこなっており、その原稿は、「ホーソーンと彼の苔」と同年、一八五〇年に刊行された評論集『代表的人物』に収められている。そこにおいて、プラトン、スウェーデンボルグ、モンテーニュ、ナポレオン、ゲーテとならび、六人の「代表的人物」の一人として、シェイクスピアの天才ぶりが論じられるのだが、その章題は、「ウィリアム・シェイクスピア、あるいは詩人」というものであり、すなわち詩人としてのシェイクスピアに、その論点がおかれている。それをひと言でまとめるならば、英知と想像力と抒情の天才として、シェイクスピアが評価されているということであり、劇作家としては、「二義的」な扱いしかされていない(Emerson 256)。そこにエマソンの劇場嫌いという清教徒的特性をみいだすことも可能だろうが(Falk 540)、とまれ、「美」をめざすという「美徳」にささえられた、哲学的、詩的な価値にみちたものとして、エマソンはシェイクスピアの戯曲を称えるのであった (Emerson 258)。

もう一人、シェイクスピアに言及しているニューイングランドの知識人として、ユニテリアニズムの指導者的牧師、ウィリアム・エラリー・チャニングを挙げておきたい。チャニングは、コールリッジを愛好し、先に触れたメアリー・ムーディ・エマソンと同様に、ワーズワースの詩を熱烈に歓迎した最初期のアメリカ人の一人でもある (Dorrien 46–47)。人間の善性をかたり、その内面を神聖視する講話をつうじて、学生時代のラルフ・エマソンに影響をあたえ、かくて、超絶主義の「萌芽」となったとも評される人物であるが (Dorrien 48)、そのチャニングが一八三〇年に発表した、「国民文学論」という評論文においても、シェイクスピアが言及される。ちなみに、ここでいう「文学」とは、小説や詩のことだけでなく、哲学や歴史学、その他なんでもよい、優れた精神が産みだす書き物全般を含意するものである (Channing 244)。チャニングがいう「国民文学」とは、高度な知性に支えられるかたちで、道徳心、信仰心を向上させるような、そしてまた、アメリカにとってだけでなく、人類全体に資するような、新しい真理に到達する類いの、アメリカの天才による書き物のことであり、その出現が切望される。この講演のなかで『ハムレット』が言及されるのだが、それはすなわち、人間性の複雑な構造を解明し、それを活字にすることで、人に影響を与えたところを最大限に評価する、といった文脈におけるものである (266)。天才的な教育者的思想家として、シェイクスピアが評価されている、そのようにいってもよいだろう。

四　幻の文学共同体

こうしたところをふまえて、冒頭にも引いた、「ホーソーンと彼の苔」における次の箇所に戻りたい。

そしてまた、それと同じ無限に薄暗いものを背景にして、シェイクスピアはきわめて壮大な綺想を演じている。すなわちシェイクスピアにたいして、もっとも深遠な思索者という、きわめて高尚ではあるが、きわめて限定的な名声をあたえるに至った綺想を演じているのだ。限定的な名声だとする所以は、深遠な思索者と呼ばれたせいで、哲学者がシェイクスピアのことを悲劇と喜劇の大作家として崇敬しないからである。

哲学者がシェイクスピアに「もっとも深遠な思索者」という評価をあたえている、というところは、超絶主義であれユニテリアニズムであれ、当時のニューイングランドの思想界である程度共有されていたものを指していると推察されようが、メルヴィルはそうしたシェイクスピア理解を、「限定的」なものとして退ける。代わりにもちだされるのが、シェイクスピアは「悲劇と喜劇の大作家」であるとの視点である。ここまで迂回をしてきたのも、メルヴィルのこの着眼点が、同時代にあって主流から外れたものであったことを確認するためであったのだが、さらにもう一つ付けくわえれば、こうしたメルヴィルの眼差しは、民衆の側に立つことを、おのれの拠り所としていた詩人ウォルト・ホイットマンが、晩年に至り、エリートの気晴らしのためのごときシェイクスピア喜劇は、「アメリカと民主制にとって好ましくない」と述べているところとも(Whitman 558)、対照的である。メルヴィルは、「ホーソーンと彼の苔」の前半部において、ホーソーン文学における光と闇の相互関連性について強調するのだが、それはすなわち、光がきらびやかであればあるほどに、ときおり垣間みえる闇の世界が深くなる、ということである。その延長線上に、「哲学者がシェイクスピアのことを悲劇と喜劇の大作家として崇敬しない」という批判があることに鑑みれば、喜劇性があるからこそ、悲劇性がいっそうに際立つということであり、喜劇があるから悲劇がある、あるいは悲劇があるから喜劇がある、そうでなければ人間の生を丸ごと捉えることはかなわない、そのようなメルヴィルの文学観も浮かびあがってくる。そのうえで、人間性の深い闇を一瞬だけでも識別できるような作家が偉大なのであり、つまりそれは、主として悲劇の世界で展開されるべきものなのだが、そうした無限に暗い闇の世界を知る作家、劇作家として、ホーソーンとシェイクスピアを天才と称しているということである。

ハムレット、タイモン、リア、イアーゴーといった暗い人物の口をつうじて、シェイクスピアは巧みに告げる。あるいはときに、ほのめかす。まともな人格の善人であれば、かりに口にすれば、あるいは示唆するだけでも、ほとんど狂気の沙汰であるような、私たちが怖ろしい真理であるとうすうす感じている事柄を。苦悩の末に絶望に至った結果、狂乱の王リアは、仮面を脱ぎ去り、決定的な真理にかかわる正気の狂気を口にするのだ。("Hawthorne" 244)

ここにおいて言及される名は、一般的な分類にしたがえば、すべてシェイクスピア悲劇の登場人物のものである。そしてまた、彼らを「暗い人物」と呼び、かつ表題人物オセローではなく、堕落した知性の主イアーゴーの名を挙げているところも念頭におくならば、これらの人物はたんなる悲劇的人物という意味だけでなく、心のなかに闇をかかえる者たちの謂《い》いでもあるさまがみえてくる。だからこそメルヴィルは、悲劇という文脈において、人間性の闇をうがつ、天才にしか見抜けないもの、ただしまともに書くと、世間から非難をうけるため、わかる人にしかわからないようなかたちで一瞬ほのめかすしかないようなもの、そうしたことを書くことができるのが、ホーソーンであり、シェイクスピアなのだとして、両者を結び、称えるのであった。

シェイクスピアが深遠なる思想と人間理解を活字にしたことを評価するチャニングとは異なって、「私がシェイクスピアを賛美しているとするならば、それは彼が実際にやったことにたいしてではなく、やらなかったこと、やるのを差し控えたことにたいしてである」("Hawthorne" 244)、メルヴィルはそのように紡ぐ。シェイクスピアの偉大さは、書かれたものにあるのではなく、書かれなかったところにあるのだと、メルヴィルは直観的に理解していた。それはすなわち、シェイクスピアでさえも、エリザベス朝の時代と劇場文化の制約に縛られて、本当に書きたかったことを書いていない、ということである。はじめて本格的にシェイクスピアの戯曲全集を読みこんだ興奮が冷めやらぬまま、エヴァート・ダイキンクに宛てた二通目の、一八四九年三月三日付けの書簡において、メルヴィルは次のように綴っている。

願わくは、シェイクスピアにのちの世を生き、ブロードウェイを闊歩《かっぽ》してもらいたいものである。アスター［十九世紀中葉、マンハッタン東八丁目およびラファイエット通りの角にあった高級オペラハウス］にて、彼に宛てた挨拶状をことづける栄誉にあずかりたいとか、一緒にダイキンクの高級ポンチをやりながら愉快に過ごしたいとか、そうしたことではない。エリザベス朝の誰しもが、おのれの心に嵌《は》めていたくつわであっても、［現代アメリカであれば］シェイクスピアがすべてを明瞭に口にするのを邪魔はしないだろう、ということなのだ。シェイクスピアですら、本当のところ、可能なかぎりにおいて率直であったわけではないと、私は考えているのだから。実際問題、この不寛容な宇宙において、率直な人などいるのだろうか。率直になることができる人などいるのだろうか。でも、独立宣言があるとないとでは、大きな違いがある。(*Correspondence* 122)

シェイクスピアが現代アメリカに生きていれば、最大限率直にものを書くことができたであろう。そのようにしてメルヴィルは、シェイクスピアが同時代のアメリカ人であることを夢想する。あるいは幻視する。では、共和制のアメリカ社会にあって、アメリカ作家がいかにして、『リア王』のような悲劇を書くことができようか。階級制度をもたず、芸術にかかわる伝統も、芸術表現における約束事も、なにもかもない社会にあって、いかにしてアメリカの悲劇を小説の枠組みで構築しうるのか。それが、「ホーソーンと彼の苔」をものしたのちに、あるいはものしつつ、メルヴィル自身がおのれに課した、次の作品における重要なテーマの一つとなってゆく。

そしてまた、民主制のアメリカであっても、社会の制約がないわけではない。十九世紀前半期のアメリカ思想界における主な流れは、文学は楽天主義的であるべきだ、というものであった。それはたとえば、カルヴァン主義の衰退とともに、旧約聖書的ではなく、新約聖書的な慈悲深きものとして、神の存在を定位しなおすという宗教的要因と、それに連動するかたちで、人間性の本質は、そのような優しい神から授けられた美徳にあるのであり、陰鬱であるとは利己主義的な人間の堕落の姿に他ならないとする、哲学的な要因のためである。楽天主義は、社会秩序を安定させるためにも必要であったということである(Charvat 19–20)。チャニングもエマソンも、そのような流れに位置する思想家であるといってよいが、こうした社会にあって、家系的にも気質的にもカルヴァン主義者であったメルヴィルは(Sedgwick 86)、「黒い」カルヴァン主義のなかに悲劇の鉱脈を掘りあてる。そうして『旧牧師館の苔』や『緋文字』(一八五〇)をものしたホーソーンだけが、アメリカ文学の救世主ではないことを、証さんとする。メルヴィルは「ホーソーンと彼の苔」を執筆した一八五〇年夏の時点で、すでに次作の小説をかなり書きあげており、当初の予定では、それをその年の晩秋までに脱稿するつもりであったようである。だが、この作品はその後大幅に書き直され、あるいは書き足され、笑いも包含する類いの、悲劇の道を突き進んでゆく。すなわち、あらゆるものに神の創造作用をみいだす者、媒介者をもたず、直接的に絶対者とむきあう者、そのような、まぎれもなくカルヴァン主義の資質を兼ね備えている(Sedgwick 86)、アメリカの、邪悪であり、かつ気高き王の、狂気と破滅のカタルシスをめぐる小説に書き替えるのに、作者はおおよそ一年ほどの歳月を費やすことになる。そうしてホーソーンとシェイクスピアとの幻視の結ぼれにささえられ、反カルヴァン主義という時代の風潮に抗って、『白鯨』と題される小説が、悲劇の叙事詩として紡がれたのであった。

●注

(1) メルヴィルと〈ヤング・アメリカ〉運動の関係については、拙著『痕跡と祈り――メルヴィルの小説世界』(松柏社、二〇一七年)巻末の註釈において詳述している。同書には、「ホーソーンと彼の苔」の全訳も収めている。

(2) 本文で直接言及することはないが、メルヴィルの具体的な作品におけるシェイクスピアからの影響関係を論じた先達の文献として、F. O. Matthiessen, *American Renaissance: Art and Expression in the Age of Emerson and Whitman* (1941. Oxford UP, 1968 [F・O・マシー

セン『アメリカン・ルネサンス――エマソンとホイットマンの時代の芸術と表現』全二巻、飯野友幸・江田孝臣・大塚寿郎・高尾直知・堀内正規訳、上智大学出版、二〇一一年）およびCharles Olson, *Call Me Ishmael*（1947. The Johns Hopkins UP, 1997［チャールズ・オールスン『わが名はイシュメイル』島田太郎訳、開文社出版、二〇一四年］）の二点およびそれぞれの翻訳版を、敬意をこめて、挙げておきたい。

（3）マサチューセッツ州ピッツフィールドに避暑と『白鯨』執筆のために滞在していたメルヴィルは、一八五〇年八月五日月曜日の朝、エヴァート・ダイキンク、コーネリアス・マシューズといったニューヨークの文人仲間に連れられ、自身の別荘に滞在していた、ハーヴァード大学医学部教授かつ詩人のオリヴァー・ウェンデル・ホームズと合流後、ストックブリッジにある法律家デイヴィッド・ダドリー・フィールド邸に向かった。そこで出版者ジェイムズ・T・フィールズと一緒にレノックスからやってきたホーソーンと合流したのち、一行は近隣のモニュメント・マウンテンにピクニックに向かう。これが十九世紀を代表する作家二人の、最初の邂逅となるのであった。このときホーソーンは四十六歳、この五か月ほど前に発表した『緋文字』が好評を博し、批評的にも一目置かれるような作家になっていた。他方、メルヴィルは三十一歳、第一作『タイピー』での衝撃的なデビュー以来、「人喰い族のなかで暮らした男」という野獣のごとき評判がついてまわり、書きたい作品を書く術を、模索し、葛藤し、身悶えするような、若き小説家の一人にすぎなかった。しかしながらこの二人は、初対面にもかかわらず、この日にすっかり意気投合する。

（4）アウグスト・シュレーゲルの影響下にてものされた、コールリッジによるロマン派的シェイクスピア批評は名高い。それに拠れば、古典主義時代の規範であった、アリストテレスに由来するギリシア古典劇の三一致の法則などは、とりわけ時の一致、場の一致にかんしては、規則というより、アテネの「局地的事情に付随するたんなる不都合」に関連するものであり、決して普遍的なものではないという。筋の一致だけが原理という名に値するのであり、その点においてシェイクスピアはまことに卓越しているのだ、と（Coleridge 321）。かくてコールリッジは、全体の構成からみた細部の機能を重視する。すなわち、想像力の働きをつうじた作品全体の有機的統一にこそ、シェイクスピア戯曲の赫々《かっかく》たる輝きがあるのだという。「特定の素材にたいして、かならずしも素材の特性から立ちあがったわけではない、あらかじめ定められた形式を押しつけるならば、その形式は機械的なものである（中略)。他方、有機的形式とは、本有的なものである。発育するにつれて、それは内側から生ずる形をとるのであり、それが充分に発育してはじめて、外側の形式が完成するということだ。生命がそうしたものであるように、形式とはそういうものである。最重要な天才的芸術家たる自然は、多種多様な能力を無尽蔵に有しているが、同様に、形式においても無尽蔵である――外側にみえる相貌は、それぞれが内側に存する本性の顕現なのだ――その本当の姿は凹型の鏡から反射され、放射される――そして自然によって選ばれし詩人、我らがシェイクスピアの有する卓越性とは、まさしくそうしたところにある――彼自身が人間の姿をした自然なのであり、能力と、私たちの意識よりも深遠なる秘められた知恵を、自己意識的に制御する、天才的な悟性なのだ」(Coleridge 229–30)。

◉引用文献

Channing, William Ellery. "Remarks on National Literature." 1830. *The Works of William E. Channing, D.D.*, vol. 1, 10th Complete ed., George G. Channing, 1849, pp. 243–80.

Charvat, William. *The Origins of American Critical Thought, 1810–1835*. U of Pennsylvania P, 1936.

Cole, Phyllis. *Mary Moody Emerson and the Origins of Transcendentalism: A Family History*. Oxford UP, 1998.

Coleridge, Samuel Taylor. *Lectures and Notes on Shakspere and Other English Poets*. Edited by T. Ashe, George Bell & Sons, 1893.

Dorrien, Gary J. *The Making of American Liberal Theology: Imagining Progressive Religion 1805–1900*. Westminster John Knox, 2001.

Emerson, Ralph Waldo. "Shakspeare, or the Poet." 1850. *Emerson's Prose and Poetry*, edited by Joel Porte and Saundra Morris, W. W. Norton, 2001, pp. 247–60.

Falk, Robert P. "Emerson and Shakespeare." *PMLA*, vol. 56, 1941, pp. 532–43.

Hayford, Harrison and Lynn Horth. "Melville's Notes (1849–51) in a Shakespeare Volume." Melville, *Moby-Dick*, pp. 955–70.

Melville, Herman. *Correspondence*. Edited by Lynn Horth, Northwestern UP/The Newberry Library, 1993.

——. “Fragments from a Writing Desk.” 1839. Melville, *The Piazza Tales*, pp. 191–204.

——. “Hawthorne and His Mosses.” 1850. Melville, *The Piazza Tales*, pp. 239–53.

——. *Moby-Dick; or, The Whale*. 1851. Edited by Harrison Hayford et al., Northwestern UP / The Newberry Library, 1988.

——. *The Piazza Tales, and Other Prose Pieces, 1839–60*. Edied by Harrison Hayford et al., Northwestern UP / The Newberry Library, 1987.

Sealts, Merton M., Jr. *Melville’s Reading*. 1950. Revised and Enlarged ed., U of South Carolina P, 1988.

Sedgwick, William Ellery. *Herman Melville: The Tragedy of Mind*. 1944. Russell & Russell, 1972.

Sherzer, Jane. “American Editions of Shakespeare: 1753–1866.” *PMLA*, vol. 22, 1907, pp. 633–96.

Sturgess, Kim C. *Shakespeare and the American Nation*. Cambridge UP, 2004.

Vaughan, Alden T., and Virginia Mason Vaughan. *Shakespeare in America*. Oxford UP, 2012.

Westfall, Alfred Van Rensselaer. *American Shakespearean Criticism 1607–1865*. Wilson, 1939.

Whitman, Walt. “A Thought on Shakspere.” 1886. *Prose Works, 1892*, vol. 2, edited by Floyd Stovall, New York UP, 1964, pp. 556–58.

一柳やすか「ドイツ・ロマン派の胎動期とシェイクスピア——若いフリードリヒ・シュレーゲルのハムレット体験をめぐって」『シェイクスピアの受容——共同研究』共立女子大学文学芸術研究所編、共立女子大学文学芸術研究所、一九八九年、一八三—二〇七頁。

山本定祐「ロマン派の美学」『Waseda Blätter』第十四号、二〇〇七年、三—二二頁。

メルヴィルと「ヤング・アメリカ」

林　姿穂

はじめに

「文学におけるヤング・アメリカ運動」とは、アメリカ文学界がヨーロッパ文学からの独立を果たし、アメリカらしい正典《キャノン》の確立を目的とした運動である。この運動の発端となったのは一八四五年の小説家、コーネリアス・マシューズの発言である。[1] マシューズは、アメリカ国家が領土を拡大していくのと同時に学術面においてもアメリカが支配的国家となる必要性があると訴えたのである（Widmer 60）。その頃から、マニフェスト・デスティニーの理念に基づく領土拡大と同様に、学術や思想の面においてもアメリカが支配的国家になることは自明の理と考えられるようになった。[2] しかし、アメリカ人読者の自国の文学への関心は薄く、彼らはイギリスやその他のヨーロッパ諸国から入ってくる文学作品の方を好んでいた。そのため、アメリカ人作家の存在は読者に認識されにくく、多くの者は匿名で雑誌に小説を書く機会しか与えられていなかったり、報酬もほとんど支払われていない状態であったことが指摘されている（McGill 189; Tebbel 2: 225）。アメリカ人作家が自国で擁護されていなかったために、アメリカ文学の体制が当時確立されていなかったことは容易に推測できる。アメリカン・ルネサンス期を代表する作家、ハーマン・メルヴィルもまた経済的に困窮していた作家の一人だと言える。当時出版業にたずさわっていたエヴァート・ダイキンクはメルヴィルと友好関係にあり、ヤング・アメリカの運動家としてさまざまな活動をしていた。その活動内容は、アメリカ人作家たちに妥当な支払いができていないことを懸念して、給付金を支払うよう政府に申し出たり、「アメリカ文学界における不毛さ」を公然と述べることのできる作家を発掘するといったようなものであった（Widmer 99–104）。メルヴィルは、当初はヤング・アメリカの運動を支持し、作品を通じて「アメリカ文学界における不毛さ」をさまざまな形で表現していたが、それに対するダイキンクの理解が得られなかったために彼と対立関係になり、次第にヤング・アメリカの運動家たちとも距離を置くようになった。

本論ではメルヴィルの『白鯨』や『ピエール、またはその曖昧性』、短編小説「書記人バートルビー、ウォールストリートの物語」などを主に取り上げながら、メルヴィルの視点から見た、アメリカ文学界の問題とヤング・アメリカの運動について具体的に論じていく。まず始めに、『白鯨』と『ピエール』で描写される作家や思想家を取り上げ、彼らが社会からどのように受容され、彼らの思想の所有権は誰に属すると考えられていたかを確認する。次に、「バートルビー」で描かれる書写の単純労働と、主人公ピエール・グレンディニングの執筆活動を比較しながら、メルヴィルが描く書き手の労働のあり方について考察する。これらの考察を通して、かつてのアメリカが、文学をはじめとする学術面では発展途上であったその理由をヤング・アメリカ運動と関連づけて論じていきたい。

一　『白鯨』で語られる文学界の問題

メルヴィルはアメリカ人作家や思想家がどのような者たちであるかを『白鯨』の第八十九章「しとめ鯨とはなれ鯨」の中でほのめかしている。この章では、捕鯨を人間の男女関係や哲学的思想に喩えながら、所有権とは何かが主に語られる。銛《もり》が打ち込まれた鯨であっても、その鯨を逃がしてしまえば所有権はその船になく、最終的に「しとめた者に属す」とイシュメイルは語る。このような所有権に関する考え方は、鯨の所有権をめぐる裁判の中で弁護士が語ったものとして紹介されているが、同様の理論で、男女関係についても言及されている。ある紳士が妻の品行の悪さを見かねて、妻を「人生という海の中に放棄した」が、それを後悔して「彼女の所有権を取り戻すこと」を申し立て、訴訟を起こす。紳士が放棄した時点で女性は「はなれ鯨」となる。やがてはじめの紳士ではなく、次にしとめた紳士の所有物、すなわち「しとめ鯨」となったとき、元の紳士に女性の所有権は認められず、後に女性をしとめた男性が所有権を有する(331–32)。

イシュメイルは明言してはいないが、この紳士と女性の関係を、当時のアメリカの出版社と作家の関係に置き換えることもできるだろう。すなわち、出版社に都合よく使われ、作品を自らの生活資金のために提供するアメリカ人作家は、出版社にとっての「しとめ鯨」であるといった具合にである。その一方で、出版社の援助を受けることなく荒波に放棄された作家は誰かの目に留まるのを待つ「はなれ鯨」のようであるとも言える。イシュメイルは、同章で「これ見よがしに剽窃《ひょうせつ》をする美文家」と「自由に物事を考える思想家」を比較し、前者を「しとめ鯨」、後者を「はなれ鯨」に喩えている(334)。ここでイシュメイルが言う「剽窃」とは、海外からの「密輸」を意味している。すなわち出版社は作家が海外から思想や文化をこっそりと盗んで、自分のものであるかのように語ることを容認し、作家もまた作品の売れ行きと生活資金のために、平気で他国の思想や他人のアイディアを模倣していたものと思われる。金銭欲から剽窃をしたり、周囲の批評を気にかけてヨーロッパ文学の模倣をし、出版社に迎合する作家は、真の知識人ではなく、出版社に身柄を拘束された「しとめ鯨」と同等だとイシュメイルは暗示する。

アレクシ・ド・トクヴィルは『白鯨』が出版されたほぼ同時期に、『アメリカの民主主義』の中で、外国人の視点から、アメリカの執筆業について論じている。次の引用はイシュメイルとトクヴィルの見解が重なり合う部分である。

彼らは外国の風習を借りた色彩で描写し、自分の生まれた国の現実をほとんど書かないので人気を得ることは稀である。合衆国の市民自身、本が出版されるとしても、それが自分たちの利益のためではないことをよく知っているようで、彼らは通例アメリカの作家がイギリスで認められるのを待ってから出版について決断する。それは絵画の世界で原画の値打ちを決めてもらうようなものである。だから、アメリカは、厳密に言うとまだ自身の文学というものを手に入れていない。(Tocqueville 544; 傍点筆者)

「はなれ鯨」のように人は自由な思想家になるべきであるとイシュメイルは語っているが、当時の時代背景と思想家や作家の経済的自立を考えると、それは単なる理想論でしかなかったことがわかる。多くの者は、外国の伝統を意識しつつ、「これ見よがしに剽窃をする美文家」にならざるを得なかったのである。トクヴィルが指摘するように、アメリカ文学界では、イギリスの基準で作品の評価が決められていた。つまり、アメリカ人作家たちはヨーロッパ的価値観から逃れることができないでいた。メルヴィルが尊敬していた作家のナサニエル・ホーソーンについて論じたエッセイ、「ホーソーンと彼の苔」の中では、文学作品が所有者や国籍のないものであってほしいというメルヴィルの願いが語られる。メルヴィルは、「すべてのすばらしい本が父や母を持たない孤児であればよいのに」と言いながら(239)、作品そのものが作家名やその国籍にとらわれることなく、評価されるべきだと主張した。

当時のアメリカの書店ではヨーロッパ諸国の作家による作品やその海賊版が一般的によく売れていた。そのため、多くのアメリカ人作家は、自らの名を匿名にして、アメリカ人が書いたのかヨーロッパ人が書いたのか区別がつかないようにして売り出すことが多かった。つまり、アメリカ人作家の書いた作品は、出版界の利益のために、作品の生みの親が誰なのかわからない孤児にならざるをえず、作品も作家の労力も使い捨てのように扱われていた。アメリカ人作家の作品はメルヴィルが理想とするような、出版社の後ろ盾がなくても自立できる孤児にはなりえなかった。そのため、アメリカ人作家の多くは好んで奇抜な小説を書こうとしなかったし、アメリカ文学界にも期待を抱いていなかったとスーザン・S・ウィリアムズは指摘する。ウィリアムズは、読者はよい文学を生み出すための駆動力であるがゆえに、書籍は消費者である読者が入手しやすい値段でなければならなかったと言う。その一方で、作家の権利は、国際著作権法が存在しなかったので、法律で守られていなかった。そのため、作家は他国で自作が海賊版として出回ったとしても、利益を得られなかった。アメリカ国内においては、海外作家の作品が海賊版として安価で出回っており、読者はそれらを好んで買い求めるので、アメリカ人作家の野望が挫かれてしまったのだとウィリアムズは指摘する (Williams 36)。アメリカ人作家が読者に認識される機会は、はじめからなかったのである。「ホーソーンと彼の苔」でメルヴィルは「アメリカの天才は自身が成長し、偉大になるためのパトロンなど必要としない」(247) と語っているが、実際は批評家や出版社の後ろ盾がなければ作家やその作品が世に知られることはない上、作家に報酬が入ることもなかった。極論を言えば、作家は出版社に帰属する労働者にすぎなかった。まるで鯨の油が人の利益のためだけに搾り取られるように、作家もまた「しとめ鯨」となって執筆の労力を出版社に搾り取られ、出版社の好む本が書けないのであれば、使い捨てられる運命にあった。それだけでなく、作家は法律という後ろ盾によっても擁護されることはなかったのである。

エドワード・L・ウィドマーは、当時『白鯨』が「アメリカ的倫理観に疑問を投げかける作品」だと考えられていたことを指摘するが (Widmer 119)、出版界における倫理観に対する疑問も同時に描き出されている。メルヴィルは「自分の生まれた国の現実」を生々しく描くアメリカ人作家の一人であったが、イギリス的な価値基準で文学作品の良し悪しが決められていたことを考慮に入れると、『白鯨』は当時は評価に値しなかった。リチャード・チェイスは「壊れた円環」というアメリカ文学論の中で『白鯨』をはじめとするアメリカン・ルネサンス期の作家の作品を例に挙げ、イギリス文学の作品の結末と比較する。イギリスの文学作品においては、初めは、登場人物の心の歪みや、円満な生活からの逸脱、登場人物の不注意な行動や悪い企みが見られるものの、それが文化的かつ社会的調和をもたらす方向に物語が進んで、最終的には円満解決するため、一般的に物語は円環構造を備えていると言う。その一方で、アメリカ小説においては、エイハブ船長に見られるように、登場人物の調和は見られず、社会から疎外されたまま円環が破壊されていると述べている。すなわち、物語の進み方とその結末において、イギリス的円環とアメリカ的円環があり、それは対照的であるとチェイスは指摘する (Chase, "Broken" 41–55)。アメリカ人作家の手法について、トクヴィルもまた同様の観点から、「終始、絶え間なく大袈裟で何事につけイメージを膨らませ」「調和のとれた印象を与えず」、「学識より才気」、「深みよりも想像力」が優先されると言う (548)。このことから、『白鯨』はきわめてアメリカ的な小説であり、イギリスの伝統的手法からは明らかに逸脱していると言える。メルヴィルは、親友のダイキンクやヤング・アメリカの運動家たちの想像力を掻き立て、『白鯨』で描かれる不調和に対する意味づけが彼らによってなされることを期待していたのかもしれない。しかし、彼らがその名のごとくあまりに未熟（「ヤング」）であったのでメルヴィルの意図が理解されることはなかった。イギリス的ではない小説だと批評家に見なされたために、『白鯨』は評価されず、売れ行きも思わしくなかった。その後、作家としてのメルヴィルの生活は困窮し、次第にメルヴィルは書く意欲を失っていく。『白鯨』の次の作品である『ピエール』の出版前の一八五一年二月にメルヴィルがダイキンクに宛てた手紙には、当時の心境と、出版社との決別の意思がはっきりと綴られている。

> 私にはあなたが求めているような作品を書くことができません。できるものならあなたに力をお貸しするくらいのことはしたいのですが。でも、あなたが欲しがるようなものを書く気にはなれないのです。(*Correspondence* 180)

メルヴィルのように出版社に迎合できない者は珍しくなく、そのために執筆の意欲をなくす作家は少なくはなかった。これまでに述べた、当時のアメリカ文学界における問題点をまとめると、次のようになる。第一に、国際著作権法がなかったために、作家の思想の所有権が誰に属するのかが曖昧であり、作家には妥当な金銭が支払われないことがあった。そして第二に、アメリカ人作家が自国の批評家たちに妥当に評価されなかったことで、彼らは独創的な実験的小説を書く意欲を失っていたことである。また出版社が多くの利益を手にする傍らでメルヴィルのように経済的に困窮していた作家もいた。マニフェスト・デスティニーの理念に基づく出版産業の拡大の裏には、虐げられる弱者の書き手が存在していたのである。そういった現実を映し出すために、メルヴィルは『白鯨』以降の作品では虐げられる書き手を主人公にしたのだと言えるだろう。

二　『ピエール』とアメリカの出版界

『ピエール』の第十七書、「文学におけるヤング・アメリカ」では出版界における不毛さが具体的に描かれている。作家を抑圧する出版業者のせいで、文学界におけるマニフェスト・デスティニーの実現が妨げられていることが第十七書以降の所々で示される。フィクションで描かれる文学界の不毛さの要因は、現実世界でも見られたように、若手作家を育てるのではなく、その労働力を搾取し、使い捨てる出版界の自己中心的なやり方にある。そのため、若手作家のピエールは出版業者や批評家と良好な関係を築くことができず、執筆を続ける気力を失ってしまう。『ピエール』において、主人公ピエールは、生活資金のために出版業者に迎合することに疑問を抱き、彼らと距離を置く。ここで『ピエール』で描かれる出版業者がどのような圧力を作家にかけているのか、現実の出版界と比較しながら確認していきたい。

ピエールは、突然、雑誌「キャプテン・キッド」の関係者に呼び止められ銀板写真を撮らせてほしいとせがまれる。ピエールは「君は公的財産なのだ」と言われ、「人格を冒瀆《ぼうとく》された」と感じる(253–54)。フィクションの中の印刷業者もまた、ピエールに心からの敬意を示すどころか詐欺行為をしかけてくる。「しがない洋服屋」から出版業界に転身したばかりのこの業者は、文学的知識すらないのに、ピエールをはやし立て、製本にかかる費用を巻き上げようとする。彼らは「裁縫婦費――印刷人および製本人代と思ってください――につきましては発売当日先生［ピエール］のご負担ということで」と手紙をしたため、自らは金銭的なリスクを負わないようにしている(246–47)。『ピエール』の中で描かれる業者は作家の経済的状況を圧迫する存在である。度重なる出版業者の強引な出版の勧誘に対し、ピエールは嫌悪感を抱き、彼らの申し入れを断っている。このようにフィクションの世界においても、作家と出版社の良好とは言えない関係が反映されている。マイケル・J・エヴァートンは、南北戦争前期《アンテベラム》のアメリカにおいては、出版業者はビジネスセンスを損なわない程度に、キリスト教的倫理に基づいたビジネスをすることに重きが置かれたと指摘する(Everton 124)。しかしそれは建前にすぎず、実際には利益追求を重視する慣行が作家たちを苦しめていた現実が描きこまれている。

ピエールが商業主義に抗えず、執筆業を続けていくことに苦痛を感じていることについて、チェイスは、成長過程で誰もが経験する精神的不安に陥っていると言う。ピエールがそういった精神状態を乗り越えることができない理由については、アメリカに若者を救済する「確立された組織や文化がない」ためだと指摘している(*Herman Melville* 139)。しかし、チェイスは、その未熟な「組織や文化」が何であるかは具体的には論じていない。この作品においての未熟さはピエール個人だけに当てはまるのではなく、批評家や印刷業者など出版界に関わる者すべてに当てはまる。すなわち、作品では、出版界のビジネスの慣行そのものが、作家や芸術を育てる土壌としては未熟であることが描かれている。『ピエール』の中では具体的なヤング・アメリカ運動の内容の詳細は直接的には描かれないものの、第十七書の「文学におけるヤング・アメリカ」の章ではピエールの作家仲間の一人が「一部たったの二十五セントで」自作本を売りに出すことが語られ、その値段の安さにピエールは心を痛める(255)。出版業者に若手作家はおだてられ、有名になってもその見返りはわずかであったことが見て取れる。この作家仲間の一人と同様に出版業者からおだてられた経験を持つピエールは、シェイクスピアの作品の『アテネのタイモン』に出てくる主人公タイモンと重ね合わせられる(3)。そして語り手は、ピエールが「人間嫌いのタイモン」で、人間不信に陥ってしまったと語る(255)。現実世界においては、作家に妥当な支払いがされるよう事態を改善することもヤング・アメリカ運動の一環であったが、『ピエール』では皮肉にも若手作家の労力が搾取されている状況は変わらない。タイモンのように気前よい者が出版界においては利用され、裏切られて使い捨てにされてしまう。ヤング・アメリカの運動は若手作家の才能を見出し、救済するものではなかったことがこの章では遠回しに描かれている。作品に登場する批評家は「完全なまでにこの作家［ピエール］は高尚である」とおだて、ピエールが「尊敬すべき若者であることに意義を唱える者はいない」と絶賛する(246)。その一方で、ピエールの作品の中身に関しては、それを語るだけの知識がないので、まったくふれない。ピエールは写真集の横にサインの代わりとして、詩を書き添えるよう婦人にせがまれることもあり、こういった要求が「研ぎ澄まされた作家の個性を喪失させる」と嘆く(250)。都合よく自分が出版社に使われ、芸術性が評価されることもなく、名前だけが独り歩きしているので、ピエールは「文学を始めるに当たって、匿名という仮面をつければよかった」と後悔する(249)。この言葉は文学界に作家を育てる土壌がないことや、アメリカ人作家があえて匿名での出版を好む理由を示している。都会で執筆をしながら生計を立てるためには、作家はこのような状況に抗うことはできない。名前が独り歩きする現状を嘆くピエールの心境は次のように語られる。

いっそうのこと運命が彼を紳士でなく、グレンディニングでなく、天才でもなく鉄匠にでもしてくれていたなら。ただ、ここでの行為が許しがたき軽率なものだと言われずにすむというのも、「子供じみた」[juvenile] アメリカの文学界」の雑誌作家として、簡単な詩と引き換えに、何らかの小遣い稼ぎがまったく不可能でないことを、すでにある程度、経験し、その事実を知っていたからである。(260; 傍点筆者)

皮肉にも「ヤング・アメリカ」という固有名詞はあえて「子供じみたアメリカ」と言い換えられている。子供だましが通用する文学界では、「簡単な詩」であっても受け入れてもらえることを駆け出しの作家にすぎないピエールは悟っている。そのような若手作家から見たヤング・アメリカ運動は、高尚な運動ではなく、どんな未熟な作家でも救済してくれる気さくな人々の集まりで、一時的に資金を提供してくれる便利な仲間にすぎない。厳しい観点で批評をしたり芸術性を磨くために切磋琢磨《せっさたくま》する集団というわけでは決してない。

芸術性を磨くことや、アメリカらしい出版物を出すことに興味を示さない出版社は、ソネットに商品価値を見出している。彼らはヨーロッパの伝統を好んでおり、ピエールの「熱帯の夏――ソネット」を市場に出そうとするが(247)、ピエールは自分の若さを理由に出版を断る。ここでの若さは年齢的なことはもちろんのこと、作風の未熟さをも意味する。ピエールのキャリアが未熟なのと同様に、若い作家をはやし立て、本の体裁だけを整えて売り出そうとする業者もまた未熟であることをメルヴィルは風刺している。

当時アメリカでは、作家であれ出版社であれ、特別な専門知識と経験がなくても文学界に参入することができた。ニナ・ベイムが、ピエールが第十七書で突如作家になり、文学的伝統について熟知しないうちに、自分の気持ちの赴くままに執筆をするようになったと述べているように(Baym 919)、ピエールは素人同然の作家にすぎない。彼の職業に対する強い熱意が一時的で表面的なものにすぎないという疑念を読者に抱かせる。

出版業者は金銭欲をむき出しにしている割には、愚かにもビジネスセンスがほとんどなく、出版業界の知識が乏しい。『ピエール』の中の印刷業者は「ロシア皮」を使った表紙で「蔵書版」を売り出すことを計画している(247)。しかし、『ピエール』が執筆された当時は皮製の出版物はもう流行っておらず、印刷技術の発展とともにペーパーバックが主流になりつつあった。ヘルマット・レーマン＝ハウプトは、豪華な蔵書版が流行ったのは十九世紀初頭であったと言う[4]。当時のアメリカにおいては、安くてすぐに手に入る本の方に商品価値が見出されていた。それゆえ『ピエール』の業者も素人《しろうと》同然で、時代遅れな方法で商売をしようとしていることがわかる。

「蔵書版」を勧めるばかりでなく、当時、最も市場価値がないと言われた詩を商品化しようとする点においても、『ピエール』の業者にはビジネスセンスが感じられない。ジョン・テベルによると詩の市場価値は十九世紀末になっても認められず、「最も市場向きではない商品」とされていたし、「同業者内での通念では、詩人は出版社に投資する価値があると見込まれるまでに、少なくとも二十年の経験と名声がなければならない」と考えられていた(Tebbel 2: 135)。それゆえ、当時の読者から見れば、新人作家ピエールの詩を出版したところで、売れるはずもないのは明白であった。出版社からの妥当な擁護を受けられないピエールはますます経済的に困窮し、彼の執筆活動そのものが次第に苦痛を伴うものとなっていく。次の引用はそういったピエールの苦痛をよく表している。

頭は頭痛、背中は神経痛だらけ——社会的必要とかいう名の、つらいしがらみでそうしているだけだ。こうして製作された作品なのだから、自分の気持ち同様、ちゃちで、軽蔑したくなる。いずれは、進まぬ心とパン屋のつけが生んだ鬼っ子。生みの親は、自分の命にも無頓着、せっかく孕んだ萌芽の生命にも無関心。これでは生まれる子供はおんぼろにきまっている。(258; 二七〇—七一)

「ホーソーンと彼の苔」の中で、メルヴィルは作品そのものに愛着心を見せ、親がいなくても、その孤児的な作品が正当に評価されるべきだと論じていた。しかし、それとは対照的に、ピエールには作品への愛着心は、ほとんど感じられない。ピエールは、作家が不健康で、「おんぼろ」な子供を持つ無責任な親でしかないと感じている。「つらいしがらみ」は生活資金を稼ぐ必要性を意味しており、それが目的で生まれた作品は「おんぼろ」で、親でさえも関心を示さないと言う。こういった親(作家)の子供(自分の作品)に対する無関心さはアメリカ人読者の自国の文学に対する無関心さにも繋がっている。自国アメリカが生んだ文学作品に「無関心」な読者層が存在することで、アメリカ人作家である「生みの親」は、「自分の命にも無頓着」になってしまうという悪循環に陥る。このような読者の無関心さは「アメリカ文学界の不毛さ」だと指摘され、アメリカ人読者が文学作品を読むときに、イギリスから入ってきたものなのか、それともアメリカで独自に作られたものなのかの区別がつかない状態であったと言われている(McGill 189)。自国の文学に対する国民の愛着心のなさについて、ピエールは「単にむなしい文学的空腹を生んでいる」と言う(299)。また、作品の内容が重視されないことについては、「印刷された読み物の不毛の時代」だとピエールは嘆く(251)。

このような悪循環に関して、チャールズ・ファイデルスン・ジュニアはピエールが無限に後退を続けていると指摘する。その後退はメルヴィル自身のものとも繋がっており、それは、書けば書くほど確実に虚無感に陥ることを意味する(Feidelson 198–99)。出版社とピエールの関係においても同様で、接すれば接するほど両者の関係は悪化していく。最後まで相互理解や円満解決はなく、その不和のために、ピエールは貧しい生活を強いられ、いつまでたっても彼の才能が開花することはない。

こういった出版社や批評家の不理解、出版社と作家の不仲といったトラブルは、メルヴィルとダイキンクの間にも見られた。メルヴィルと交流が深まる以前のダイキンクは知的な書評を好んで収集し、商業主義的ではまったくなかったと言われている (Zboray 22; Widmer 112)。しかし、ダイキンクの金銭欲のなさから、彼の出版社は財政的苦境に陥る。すなわち、彼の好む知的な作品や書評は、消費者である一般の読者層には受容されなかったのである。そこで一八五〇年ごろからダイキンクは急に方針を変え、経営を立て直すべく、これまで敵視していた批評家と友好関係を持ち、商業主義に傾き始めた。ちょうど『白鯨』が出版され、ダイキンクがそれを酷評したのと同時期である。ダイキンクの財政的苦境を機に、ヤング・アメリカの運動家たちは「仲間褒めの会［Mutual Admiration Society］」と揶揄《やゆ》されるほど堕落し始めた (Widmer 110–11)。この、「仲間褒め」という言葉は『ピエール』の中での「家族的なサークル［the family-circle］」を連想させる (246)。メルヴィルはピエールを介して、知的な書評の追求をやめたダイキンクと知識の乏しい批評家の集団であると思っているヤング・アメリカ運動を間接的に非難したと言えるだろう。

現実世界における、知的さに欠ける書評の一例として、ダイキンク自らが編纂《へんさん》をしていた、『リテラリー・ワールド』誌の中の一八五二年八月二十一日の『ピエール』に関するものが挙げられる。その中では、「メルヴィルは我々がいまだかつて超越できない芸術の新しい理論をこの作品の中で打ち出したのかもしれない」が、「もしもこの小説［『ピエール』］が著述業の無秩序状態を暗示したものであるならば（中略）私たちは賞賛したい」と綴られている。ここでは「新しい芸術の理論」や「著述業の無秩序状態」が何であるかまでは踏み込まれておらず、メルヴィルの意図が完全には批評家に伝わっていないことがわかる。ダイキンクをはじめとする、仲間同士を褒め合うだけのヤング・アメリカの運動家たちを揶揄すべく、メルヴィルは『ピエール』の第十七書を執筆したはずなのだが、皮肉にもそのことについての言及がないことで、現実世界における批評家たちの洞察力のなさも同時に浮かび上がる。『リテラリー・ワールド』誌の中の批評も、『ピエール』の中に登場する批評家たちの批評も、ともに中身がなく、曖昧《あいまい》なものでしかない (Higgins and Parker 40–43)。

ヤング・アメリカ運動が成熟しないまま、活動の途中で消滅してしまったのと同様に、ピエールは一流の作家として成熟することなく自殺してしまう。すべてが曖昧かつ未成熟で中途半端なまま消滅する点において、当時のアメリカ文学界の土壌のなさが見て取れる。その土壌に目新しい文学の体系が構築されることはない。結局は第十七書の「文学におけるヤング・アメリカ」という表題にいかなる意味が含有されているか、ダイキンクをはじめとする当時の批評家たちには明確に理解されなかった。文学界の若さゆえの活力という本来の「ヤング・アメリカ」の意味はメルヴィルの作品世界では完全に失われている。メルヴィルは「ヤング」という言葉を作品世界で強調しながら、皮肉を用いて文学界の未熟さを描いたのであろう。

三　メルヴィルが描く書き手たち

メルヴィルは『ピエール』以降、人間の脆《あやう》さを繰り返し描くようになる。苦悩しながら死にゆく書き手を描くことで、アメリカ文学界の抱える問題を提示しようと試みたのである。『ピエール』の第二十六書では、出版社がピエールの「剽窃」と「前払いした金銭」について突如怒りをあらわにし、訴訟を起こそうとする (356)。このことで追い詰められたピエールは自暴自棄になり感情を表出するようになる。そして激情から従兄弟のグレンを殺してしまう。その後、ピエールは、刑務所で自殺を図る。このように、『ピエール』では、書き手の自己破滅のきっかけは出版社の抑圧であるかのように描かれている。

現実世界においても、フィクションと同様に、出版社と書き手の間での金銭トラブルは横行しており、書き手が出版社に追い詰められるといったケースは珍しくなかった。たとえば、売上げをごまかして、わずかな著作権料しか作家に手渡さないことや、書面での契約を作家と交わさないこと、また約款《やっかん》を出版社側が勝手に削除してしまうといったケースが頻繁にあったとテベルは指摘する (2: 133–34)。それゆえ、金銭トラブルに巻き込まれた書き手が、構築してきたキャリアを断念し、出版社との関係を断ち切るということも珍しいことではなかった。

『ピエール』の翌年に出版された「バートルビー」の主人公バートルビーもまた、ピエールと同様に自己破滅的で、最終的には労働を拒否し刑務所の中で死んでいく。メルヴィルだけでなく、その作品の主人公たちまでもが、次第に書くことに対する意欲を失っていく。また、「バートルビー」の中では、一八四二年に起こったコルト事件の加害者についての言及があり、この事件はピエールの不運な境遇を想起させる。(5) コルト事件の発端は、印刷業者と書き手の間で起こった金銭トラブルだと言われている。刑務所の中で書き手が自殺するという点に注目すると、ピエール、バートルビー、そしてコルトの辿る運命が重なり合う。

バートルビーの雇い主である法律家は、コルト事件に関して、次のように語っている。

> 私とバートルビーは事務所で二人きりだった。私は不運なアダムズと、もっと不運なコルトが二人きりの寂しい事務所で引き起こした悲劇を思い出した。ひどくアダムズに腹を立て、軽率にも激情に身を任せた末に、我を忘れて一瞬のうちに殺害してしまったのだ。その行為によって誰よりも深く悔やんだのは殺人を犯した当の本人だったであろう。("Bartleby" 25)

法律家は孤独なバートルビーが、コルトのように突然感情をあらわにし、暴力的になることを恐れている一方で、「寂しい事務所」で単純作業をするバートルビーに対して共感の意を示している。

労働を強いる側の法律家と書き手のバートルビーとの関係は、印刷業者のアダムズと書き手コルトの関係を想起させるばかりか、出版業者とピエールとの関係をも想起させる。印刷代を書き手のコルトに負担させようとするアダムズの行動は、出版業者がピエールに印刷代の負担を申し出た行為とあまりに類似しているからである。このように、ノイクションの世界とコルト事件には業者の倫理観の欠如という点において共通点が見られる。次の一八四二年一月三十一日の『ニューヨーク・トリビューン』紙の記事にはアダムズとコルトの関係について次のように綴られている。

殺害以前に両者に怨恨《えんこん》の感情があったことは明らかになっていない上、両者には友好関係があった。心の奥底ではコルトに貪欲な気持ちがあり、本の続編で得た一時的収入を独り占めしたいと思い、アダムズを殺したのかもしれない。（中略）両者は温厚な性格であったことは判明している。ただ、アダムズはある状況になると短気で怒りっぽくなることは知られているのだが。コルトは温和なふりをしていたが、ある状況によっては感情的になることがあったらしい。（中略）この事件を寛大に処理してほしいものだ。（"Colt's Trial"）

ピエールがかつて批評家たちへの軽蔑の気持ちを隠しながら、彼らとの友好関係を保っていたように、コルトも自らの感情を抑えていた。「寛大」な処分を願うこの記事の筆者は、出版界の現状を熟知した上で加害者側に共感している。出版社や雇用者との友好関係を維持していかなければ仕事を失う恐れがあることから、作家であれ、単純労働の書記であれ、書き手は皆、不利な条件を強いられても、黙って耐えるしかなかった。そういった書き手への抑圧がアメリカ文学界の発展を遅らせたと言えるだろう。

「バートルビー」では、法律家が恐れているような、暴力沙汰は起こらない。法律家がバートルビーとの友好関係を望んだり、慈善的態度を取り続けるその理由は、バートルビーの激情を恐れてのことであるが、バートルビーは誰とも交流せず孤独で居続けることを望んでいる。バートルビーは、資本主義を重んじる利益追求型の人間には何を語っても通じないと痛感して沈黙したのであろう。ピエール、バートルビー、そしてコルトは資本主義社会の犠牲者である。とくにピエールとコルトは、アメリカで書くという労働に携わったために、倫理観のない出版業界のビジネスに巻き込まれ、苦悩し、自己破滅してしまう。

おわりに

メルヴィルが描いたアメリカの出版界は現実のアメリカの出版界の実態とよく似ている。現実とフィクションの両方において、文学におけるヤング・アメリカ運動は、アメリカらしいキャノンを追い求めるという理想論を掲げるだけで、商業主義には抗えず、本来の目的を見失っていた。ヨーロッパの模倣を断つために、メルヴィルはこれまでヨーロッパの伝統には見られない手法で主人公の自己破滅やアメリカ文学界の問題点を描いた。そうすることで、自信に満ち溢れたアメリカ国民に資本主義国家の犠牲者や倫理観を欠いた出版界の現状を示した。

メルヴィルにとって、アメリカらしいキャノンを確立するという試みは、脆さや崩壊を描くことを意味していた。不毛な文学界の様子を作品世界の一部に組み込むことで、感受性豊かな読み手はアメリカ文学が発展途上にあることを認識する。しかし、こういったメルヴィルの試みは、自信に満ちた南北戦争前期《アンテベラム》のアメリカでは受容されず、何の影響もなかった。もしも、ヤング・アメリカ運動が当初の理念に基づいて活発に行なわれていたら、メルヴィルの試みの意図を理解できる批評家や出版社が現れていたかもしれない。メルヴィルの作品の価値が早い段階で見いだされていたら、そして、それらがより多くの国に広められ、妥当な著作権料が作家に支払われていたら、メルヴィルが作家として経済的に困窮し、苦悩することはなかったであろう。また、アメリカ人作家全般の地位が、ヤング・アメリカの運動の成果によって確立されていたら、領土だけでなく文学においてもアメリカがもっと早く支配的な国家になり得ていたであろう。しかし、残念ながらそのような文学界の土壌が当時のアメリカにはなく、知的活動であるはずのヤング・アメリカの運動も単なる家族的な集まりに変わり果ててしまったので、メルヴィルの思いが果たされることはなかった。

◉注

(1)「ヤング・アメリカ」という言葉自体は、ヤング・アメリカ運動の主導者として知られているエドウィン・ド・レオンが一八四五年にサウスカロライナ・カレッジにて行なった講演で初めて使ったと言われている。その講演は、アメリカ国家は人と同様に若《ヤング》く未熟な時期にあるが（すなわちヤング・アメリカを意味する）、もはや古びて勢力のない旧国家の支配に委縮して、未来の成熟への道を阻まれるべきではないという内容であった (Curti 34)。

(2) 地理的に驚異的発展をみた時代に、アメリカは、西漸《せいぜん》運動だけでは十分に国民の意識に訴えることができないので、世界的に自国の概念や道徳教義を広めてそれを正当化しようとした。そのために弱者が犠牲になることはいとわなかった。このような時代に、合衆国の領土拡大と思想拡大の理念は、「選ばれし人民」による「使命」、すなわち、「マニフェスト・デスティニー（明白な天命）」と考えられるのが一般的であった (Weinberg 10, 128)。

(3) 物語のあらすじは次のようなものである。アテネの貴族であるタイモンは気前よく人々に施しを与えるが、自分が経済的破綻に陥った時には、施しを与えた人々に見放される。このことでタイモンは人間不信になり、人々や金を憎む。

(4) 十九世紀初頭は、書籍販売というビジネスのイメージ向上のために品質のよい本を売ることが主流であった (Lehmann-Haupt 135)。時代を経て、印刷技術が発達し、ペーパーバックが主流になりはじめると、アメリカでは本の体裁を重視しなくなったため、アメリカの市場に出回っていた本といえば、品質が悪い上、サイズも小さく、余白も狭かった (McGill 95)。

(5) コルト事件の概要は次のようなものである。一八四二年に、簿記のテキストを執筆していた男性、ジョン・C・コルトと、印刷業者の男性、サミュエル・アダムズとの間で金銭問題をめぐって口論となり、コルトが感情的になってアダムズを殺害したと言われている。ここで言う金銭問題とは、アダムズがコルトに貸していた印刷代の返済を意味しており、両者の間でその額の認識にずれがあった。このことから口論が始まったものと推測されるが、刑務所でコルトが自殺を図ったため、事件の動機や真相は謎に包まれたままになっている。

◉引用文献

Baym, Nina. "Melville's Quarrel with Fiction." *PMLA*, vol. 94, 1979, pp. 909–23.

Chase, Richard. "The Broken Circuit." *Theories of American Literature*, edited by Donald M. Kartiganer and Malcolm A. Griffith, Macmillan, 1972, pp. 41–59.

——. *Herman Melville: A Critical Study*. Hafner, 1971.

"Colt's Trial: Tenth Day." *New York Tribune, Chronicling America: Historic American Newspapers*, Library of Congress. 31 Jan.1842, http://chroniclingamerica.loc.gov/lccn/sn83030214/1887-09-15/ed-1/seq-10/

Curti, M. E. "Young America." *The American Historical Review*, vol. 32, 1926, pp. 34–55.

Everton, Michael J. *The Grand Chorus of Complaint: Authors and the Business Ethics of American Publishing*. Oxford UP, 2011.

Feidelson, Charles, Jr. *Symbolism and American Literature*. Chicago UP, 1953.

Higgins, Brian, and Hershel Parker, editors. *Critical Essays on Herman Melville's Pierre; or, The Ambiguities*. G. K. Hall, 1983.

Lehmann-Haupt, Hellmut. *The Book in America: A History of the Making and Selling Books in the United States*. Bowker, 1951.

McGill, Meredith L. *American Literature and the Culture of Reprinting, 1834–1853*. U of Pennsylvania P, 2007.

Melville, Herman. "Bartleby, the Scrivener: A Story of Wall-Street." *Great Short Works of Herman Melville*, edited by Warner Berthoff, Perennial, 2004, pp. 39–74.（メルヴィル『書記バートルビー／漂流船』牧野有通訳、光文社、二〇一五年）

——. *Correspondence*. Melville, *Writings*, vol. 14, 1993.

——. "Hawthorne and His Mosses." *The Piazza Tales and Other Prose Pieces 1839–1860*. Melville, *Writings*, vol. 9, 1987, pp. 239–53.

——. *Moby-Dick; or, The Whale*. Edited by Harrison Hayford and Hershel Parker, Norton, 1967.（メルヴィル『白鯨』（中）八木敏雄訳、岩波書店、二〇〇四年）

——. *Pierre; or, The Ambiguities*. Melville, *Writings*, vol. 7, 1971.

——. *The Writings of Herman Melville*. Edited by Harrison Hayford et al., Northwestern UP/Newberry Library, 1968–2002. 15 vols.

Shakespeare, William. *Timon of Athens*. Edited by John Jowett, Oxford UP, 2008.

Tebbel, John. *A History of Book Publishing in the United States: The Expansion of an Industry 1865–1919*. Bowker, 1975. 2 vols.

Tocqueville, Alexis de. *Democracy in America and Two Essays on America*. Translated by Gerald E. Bevan, Penguin, 2003.（トクヴィル『アメリカのデモクラシー』第二巻（上）松本礼二訳、岩波書店、二〇一四年）

Weinberg, Albert K. *Manifest Destiny: A Study of Nationalist Expansionism in American History*. Johns Hopkins P, 1935.

Widmer, Edward L. *Young America: The Flowering of Democracy in New York City*. Oxford UP, 1999.

Williams, Susan S. *Reclaiming Authorship: Literary Women in America, 1850–1900*. U of Pennsylvania P, 2006.

Zboray, Ronald J. *A Fictive People: Antebellum Economic Development and the American Reading Public*. Oxford UP, 1993.

メルヴィル、ハーマン『ピエール』坂下昇訳、国書刊行会、一九九九年。

劇場文化の政治学
――「二つの教会堂」を通して読み解く『信用詐欺師』

竹内 勝徳

はじめに

ハーマン・メルヴィルの生前最後の長編小説である『信用詐欺師』（一八五七）は、領土拡大主義や奴隷制廃止論、資本主義に伴う金融のあり方など、当時の政治問題をユーモアと対話的スタイルで風刺した作品である。メルヴィルの家系は民主党の政治と深く関わっており、実兄ガンズヴォートは一八四〇年代、ニューヨークの民主党拠点タマニー・ホール派の活動家として、アメリカ各地で大統領候補者の応援演説を行なった。折しも、激しい階級分化が生じ、都市住民が富裕層と貧困層に分かれていく中、『タイピー』や『オムー』において船員の生活や主張を描いていたメルヴィルは、貧困層や移民の支持を狙う民主党の政策と関連付けられるようになっていた。

そんな中、一八四九年五月十日、タマニー・ホール派の民主党員アイザイア・ラインダースに率いられた一万から一万五千人の民衆が、富裕層が通うアスタープレイス・オペラハウスに集まり、イギリスの名優ウィリアム・マクレディの『マクベス』公演を妨害する行為に出た。いわゆる「アスタープレイス暴動」である。マクレディは、アメリカ大衆に絶大な人気を誇った俳優エドウィン・フォレストのライバルと目されており、二人の関係が、イギリスからやって来た高尚文化（マクレディ）に対する民主的俳優（フォレスト）という図式に単純化され、当時の階層構造を象徴的に強化したことでこの事件が発生したと言える。この暴動では警察が出動し、大規模な武力衝突の後、二十二人の暴徒が死亡、三十八人が負傷した。この事件には伏線《ふくせん》があり、五月七日にも同様の妨害行動が発生したために、マクレディはいったん公演をキャンセルしたが、五月九日にワシントン・アーヴィングやメルヴィルの友人コーネリアス・マシューズをはじめとする四十七人の文人や知識人が、公演再開の請願書を届けた。その四十七人の中にメルヴィルが含まれていたのである。自分の名前が載った請願書によって公演を再開したマクレディが大暴動に巻き込まれた。しかし、メルヴィルはこの件について具体的なコメントは残していない。

民主党の労働者側に立つ作家なのか、高尚文化を支持する知識人の側なのか、メルヴィルは周囲の状況から大きな矛盾《むじゅん》を抱え込んだのである。そして、この政治的矛盾は、演劇文化という媒介によって彼の想像力に大きく働きかけることとなった。メルヴィルは短編「二つの教会堂」において、フィクションという形でアスタープレイス暴動を振り返ることになる。そして、「二つの教会堂」に埋め込まれた富裕層と労働者の対比、そこで描かれるアメリカの教会とイギリスの劇場というトランスナショナルで脱構築的関係性は、『信用詐欺師』においてさらに複雑な展開を示すことになる。アスタープレイス暴動はこの展開の原点となる事件であった。本論では、アスタープレイス暴動を、タマニー・ホールなど、知的コミュニティから変容して成立した団体の政治運動がニューヨークの演劇文化と結びついた歴史的瞬間として捉え、それに集約される複合的な文化作用が一八五〇年代のメルヴィルの想像力の中で『信用詐欺師』のスタイルに結実したものと考える。そしてその政治と文化が交錯した痕跡をテクストに読みとる。とりわけ、演劇理論から派生したメルヴィル独自の思想において、民主党のネイティヴィスト的共同体イメージが、メルヴィルが繰り出す詐欺師、世界主義者（コスモポリタン）との対話構造によって大きく変容するプロセスに焦点を当てる。

一　タマニー・ホールとバワリー・ボーイズ

では、作品を詳しく分析する前に、一八四〇年代から五〇年代にかけてのニューヨークにおける政治クラブの活動に絡めて、アスタープレイス暴動へと至る経緯を概説してみたい。この事件はイギリス人俳優とアメリカ人俳優のライバル関係が原因となって発生した。上述したメルヴィルを含む四十七人の知識人が提出した請願書に対して、暴徒を煽ったアイザイア・ラインダースは、「労働者よ、この町を治めるのはアメリカ人なのか、イギリス人なのか。イギリス船でやってきたやつらは、全アメリカ国民への脅威である。今夜こそ、アメリカ人としての意見を表明しよう、イギリス貴族のオペラハウスで！」と書いたビラをニューヨークの町中に配ったという (Berthold 430)。ラインダースはニューヨークの労働者グループ、いわゆるバワリー・ボーイズのリーダーであり、一八四四年の大統領選挙でジェイムズ・K・ポークを候補に掲げた民主党が労働者票を獲得しようとした際、タマニー・ホールと関係を持つようになっていた (Adams 31)。エンパイア・クラブなる政治クラブを立ち上げ、ポークから、フランクリン・ピアス、ジェイムズ・ブキャナン・ジュニアと、民主党の大統領候補を次々に担いで実績を挙げた。一八五七年にはニューヨーク南地区連邦保安官に任命されている。

ラインダースの政治手法はバワリー・ボーイズの伝統に倣い、「ストリートを政治劇場へと変貌させる」ものであった (Adams 31)。すなわち、ハーシェル・パーカーが引用した『民衆と民主主義者《プリビアン・アンド・デモクラット》』紙の記事にあるように、「[ラインダースは] 白馬にまたがり、最強のエンパイア・クラブを率い、ニューヨーク二万人の民主主義者がそれに続いていた。二十の楽団が音楽を奏で、数千もの松明《たいまつ》が灯され、（中略）その中を『ポーク万歳』、『テキサス、ダラス万歳』、『オレゴンは北緯五十四度四十分以下、さもなくば戦争』の掛け声が鳴り響いた」のである (Parker 333)。同じくポークを支援していたメルヴィルの兄、ガンズヴォートは、ポーク本人に宛てた手紙で「犯罪者とも思われる疑わしい人物」がエンパイア・クラブを率いて、ライバルであるホイッグ党の集会を妨害した旨書き送っている(Parker 333)。

ここまで言及したタマニー・ホールは民主党よりも長い歴史をもつ組織である。タマニーの名称は、一六八三年、ウィリアム・ペンとの土地譲渡契約に関わったデラウェア族の伝説の族長にちなんでいる。その発祥については諸説あるものの、その原型となる組織タマニー協会は、アメリカ国民の愛国心と友愛を高めるため、一七八六年にウィリアム・ムーニーという人物を発起人として設立された(Kilroe 122)。その後、ジョン・ピンタードが協会の活動を文化活動へと方向づけ、チャールズ・ウィルソン・ピールの助力により博物館などを手がけるようになった(Bender 46–47)。ピンタードはニューヨーク歴史協会、アメリカ芸術アカデミーなど数多くの学術・文化関連組織や知的サークルの重役に就いたが、タマニー協会は徐々に「力強い共和制に基づいて、ニューヨークの貴族主義を民主主義の原理で変革する」政治組織へと変貌していった(Bender 47)。同じ時期にニューヨークには数多くの知的サークルが設立されている(Bender 28)。その中には劇作家ウィリアム・ダンラップが所属するフレンドリー・クラブもあった。フレンドリー・クラブの当初の目的も「知の共和国」を作り上げることであった(Bender 31)。タマニー協会は文化活動から政治組織へとシフトしつつあったが、十九世紀初頭には建国の父のひとりアレグザンダー・ハミルトンの政敵アーロン・バーの政治進出のために利用され、完璧な集票マシーンへと変わっていくことになる(Kilroe 117)。その拠点となったニューヨークのビルの会議室から、タマニー・ホールの名称が使われるようになった(Kilroe 12)。一八二八年の大統領選挙でアンドルー・ジャクソンが初代大統領に選出されると、タマニー・ホールはニューヨークにおける民主党の一大支持基盤として機能するようになった。

タマニー・ホールがバワリー・ボーイズと関わりを持つようになったのは、ジャクソニアン民主主義が浸透した結果、アメリカ経済は上向いていったが、資本の集中と分業制の導入、土地取得の偏り等によって、貧困層が拡大し、都市部の所得格差が大きくなったことが一番の要因である。具体的に言うならば、領土拡大や運河・交通の整備、北部の産業振興、南部奴隷制度の擁護と綿花中心の対英貿易、移民労働力の受入等、民主党の主要政策が資本主義原理を強め、競争を激化していったのである。ニューヨークのバワリー通り近辺やいわゆるファイブ・ポイント地区に居住する工場労働者や食肉業者たちは、元々ボランティア消防団を中心に組織されたバワリー・ボーイズに合流し、富裕層を優遇する政治を糾弾する政治運動を起こすようになった。その手法は上述したように行進や集会に依拠した劇場型の過激なもので、やがて、一八四八年のフランス革命と比較して語られることとなった (Adams 23)。

アスタープレイス暴動でアメリカ側に立った上述の俳優、エドウィン・フォレストは、一八三八年、バワリー劇場で七月四日の演説を行ない、「金銭が民主主義に挑戦する軍事力となった」ことを訴えていたという。この記事は『デモクラティック・レヴュー』誌に掲載された (Bender 147)。タマニー・ホールを中心とした民主党勢力は、ニューヨーク最大の娯楽である劇場文化とすでに強い結びつきを持っていたのである。アスタープレイス暴動が発生したとき、メルヴィルはアスタープレイス・オペラハウスから三ブロックしか離れていない四番街に居住していた。デニス・バーソルドは、メルヴィルは自分が署名した請願書ゆえにラインダースらから報復を受けてもおかしくない状況にあったとしている (Berthold 437)。メルヴィルはアスタープレイス・オペラハウスに少なくとも二回通っているし、請願書の署名者たちと同じく、ニューヨークの知識人や富裕層が住む地区に居を構えていた (Berthold 436)。つまり、ラインダースとバワリー・ボーイズが敵視する上流階級側に位置していたのである。まさに、アスタープレイス暴動はニューヨークの階級闘争の到達点として発生したものと言えるだろう。しかしながら、後のメルヴィルの創作に鑑みる限り、劇場型の政治は、政治対立や階級闘争に重ね合わせるようにして、演技行動に伴う芸術性の問題を彼に突きつけたように思えてならない。

二　劇場文化の中のメルヴィル

ロバート・C・トールによると、十九世紀前半におけるニューヨークの劇場は概して大衆化していたという。多くの劇場では客席で上流階級と労働者が混在しており、入場料は価格競争によって低く抑えられ、上演する作品もシェイクスピア作品を大衆向けに改変したものやメロドラマが多かった(Toll 9–10)。聴衆は演技に不満を感じると遠慮なくヤジを浴びせ、モノを投げつけ、逆に、クライマックスや気に入ったシーンがあると、一方的にアンコールを求め、俳優に同じ演技を反復させた(Toll 7–9)。ラインダースは政治を劇場化したが、劇場内にも労働者階級の過激な闘争心が持ち込まれていたと言える。当然、俳優に対する観客の交渉力は圧倒的に強く、俳優はそれに対応する力を求められた。たとえば、上述のエドウィン・フォレストは、一八五三年、『マクベス』の二十回連続公演で「変化と柔軟性を継続的に取り入れ」、その度に異なる味付けで演技を行なったという(Toll 9)。これはバワリー・ボーイズのような騒がしい観客にも対応してきた結果であると言えるだろう。また、上演の合間には、ミンストレル・バンドや歌、ダンスなど大衆向けのショーが披露されていた。この分野で頭角を現したのがP・T・バーナムである。バーナムは興行師として、ジョージ・ワシントン初代大統領の乳母をやっていたという、百六十一歳のジョイス・ヘスを、見世物ショーのネタとして使った。これはゴム製の作り物であったが、観客は作り物かどうかを確かめるためにあえて入場料を払ったという。その点、バーナムは「腹話術師のように」「人に考えさせ、話題を作り、興味を持たせる」ことを念頭に置いていた(Toll 28)。バーナムはバワリー劇場の広告係を経て、一八四一年、ブロードウェイのスカッダー博物館（上述したジョン・ピンタードによるタマニー協会設立の博物館を原型とする）を買収、有名なアメリカン・ミュージアムを開設、アメリカン・ミュージアムでは、小人症の俳優トム・サムなどジョイス・ヘスに通ずるさまざまな見世物、並びに、ミンストレル・ショーやメロドラマ、さらには、人体解剖ショーまでも演目に入れた。

メルヴィルがこうしたニューヨークの劇場文化を吸収したことは、指摘するまでもない。『白鯨』には、シェイクスピアの影響が濃厚であり、彼がアスタープレイス暴動の前後にシェイクスピア作品を入手していた事実も重要である(Berthold 432)。エイハブ船長はリア王を思わせるが(Markels 65)、肝心なことは、エイハブも自分の運命を演劇として捉え、「運命の副官であり、命じられたままに演じる」(Melville, *Moby-Dick* 561)という事実である。『白鯨』の後半に入るとト書きが付され、作品自体が演劇的になっていく。ジェフリー・プッシュはエイハブの肉体性にエドウィン・フォレストの姿を重ねている(Pusch 256)。黒人少年ピップによるミンストレル的な演技や、第六十四章で料理長フリースが鯨肉を貪る鮫に説教をするシーンなど、劇間の娯楽も豊富に織り込まれている。リチャード・チェイスは「鯨学」の章を「バーナム的」な見世物であると述べた(Chase 76–77)。実際、メルヴィルは一八四九年に長男のマルコムが生まれた時、バーナムのミュージアムに連れて行きたいとする手紙を弟アランの妻に送っている。その際、マルコムの呼び名をバルバロッサ、アドルファス、フェルディナンドなどヨーロッパ系の名前で想定しながら、「マルコムと一緒にそこでヨーロッパ旅行をしてみよう」と書いている(Parker 615)。『白鯨』の演劇的空間は、ニューヨークの劇場をそのままテクスト化したものとさえ思えてくるし、このことは、それ自体うるさい観客を手玉にとるショーマン的な「変化と柔軟性」の表れとも言える。あるいは、直接的に「手に負えない観客を操作する」演劇的な技術とも言えるだろう(Pusch 250)。

メルヴィルがアスタープレイス暴動において、アーヴィングらの上流階級とバワリー・ボーイズに代表される労働者階級の間に立たされ、表向きに上流階級の側についたことは否定できないが、その創作技術に関しては、ニューヨークの演劇文化から多くの要素を吸収していた。その要素は、マルコムの呼び名にもあるように、ヨーロッパ旅行をイメージさせるコスモポリタン的、あるいはトランスナショナルな方向へと彼を誘う。そこに関しては、バーソルドが指摘するようなバワリー・ボーイズのネイティヴィスト的方向性とは大きく異なると言わなくてはならない(434)。メルヴィルはアスタープレイス暴動で階級の衝突を目の当たりにしたが、そこには政治や階級の問題を題材にしつつ演劇文化から吸収した創作技術を生かす方向性も見出せたということだろう。

三　演技の論理――他者が蘇るということ

それではメルヴィルは、ニューヨークの演劇文化から着想を得て、具体的にいかなる創作哲学を立ち上げたのか。上述した『白鯨』の演劇的空間を導入した真の意味、とりわけ、エイハブが役者の立場を演じる意味は何か。それをアスタープレイス暴動と「二つの教会堂」の関連性の中に読み取ってみたい。バーソルドやバーバラ・フォーレイ、野間正二は、それぞれアスタープレイス暴動と「二つの教会堂」について緻密な分析を行なっており、メルヴィルがマクレディに対して謝罪の気持ちを込めたこと（フォーレイ、野間）や、分断された階級を融合する理想を描いたこと（バーソルドなどが、解き明かされている。しかし、「二つの教会堂」の考察に基づきつつ『信用詐欺師』までの射程を考えたとき、メルヴィルと上流階級、労働者階級の関係性について、その間に立たされたという構図だけでなく、上述のような演劇文化に触発された彼の芸術論やトランスナショナリティを含む、より複雑な相で作品を読み解く必要が生じるだろう。

「二つの教会堂」は、「第一の教会」と「第二の教会」から成るいわゆるディプティック型の短編である。「第一の教会」では、文無しの語り手がニューヨークのグレイス教会と思しき豪華な教会堂に足を運ぶも、教区吏員から追い出されてしまう。語り手は懲りずに鐘楼《しょうろう》へと繋がる入り口を見つけ、「鳥の目で見下ろすような雄大な光景」を求めて階段を昇り、本堂の上部に位置する通気口に到達する（"Two Temples" 304）。そこから眼下の礼拝の「芝居じみた」「魔術ショー」のような様子を観察する。彼自身は「高い場所はそれ自体で信仰の対象となる。大天使の歌は高みで歌われるではないか」と、高揚感に浸っている（306）。その後、鐘楼の入り口をロックされて監禁状態になった語り手は、苦し紛れに鐘を鳴らしたことで教区吏員に捕まり、警察に引き渡されてしまう。時は移り、「第二の教会」では、ロンドンにやって来た語り手が、劇場近くで見ず知らずの労働者風の男から入場券をただで貰い、マクレディが演じる枢機卿リシュリューを目にする。客席では、父親がアメリカにひと旗揚げに行ったという少年からビールを奢《おご》ってもらう。ニューヨークの教会とは異なり、ロンドンの劇場では労働者同士の助け合いがみられる。バルコニー席の高みから見下ろす語り手は、「第一の教会」で経験した鐘楼からの礼拝参加がデジャヴのように蘇ってくるのを感じる。「次の瞬間、あの時の塔の通気口に嵌《は》められた金網が私の眼前に魔術めいて再現されたのです」(313)。その後、マクレディの演技を鑑賞した語り手は、マクレディの姿がニューヨークの教会の牧師と重なるのを感じるのである。「リシュリューは最高の役者だ」。そして語り手は問う。「演技をするとはどういうことなのだろう」(315)。

この作品でマクレディを描いている点において、メルヴィルがアスタープレイス暴動を意識したことは疑う余地はないだろう。しかし同時に、ここには演劇の本質を問う彼の芸術論が込められている。まず、語り手はなぜ「マクレディは最高の役者だ」と言わずに、「リシュリューは最高の役者だ」と語るのだろうか。このことを考えるには、まず、語り手のデジャヴ体験に目を移す必要がありそうだ。ニューヨークの教会での経験が、ロンドンの劇場で再現されるのを感じているのは、ニューヨークの語り手が、ロンドンの同一人物の姿を借りて蘇ったことを意味する。そもそも「芝居じみた」と思われたニューヨークの教会の牧師が、マクレディの姿に重なるのもそれと同じ理由によるはずである。同様に、「リシュリューは最高の役者だ」と言えるのは、マクレディがリシュリューを演じることによって、リシュリューがマクレディを通して蘇っているからである。このことは、この作品が全体として過去形で語られているにもかかわらず、マクレディの場面になると突如として現在形に切り替わることからも裏付けられる。記憶の世界が目の前で再現されたかのように、リシュリューがマクレディの身体を通してこの世界に現れる。つまり、リシュリューこそが役者なのである。メルヴィルにとって「芝居じみた」とは、時空を超越した実在が相互に入れ替わることを意味する。換言するならば、一人の人間が芸術的に生きるということは、自分の身体に過去の自分や他者を繰り返し蘇らせるということ、つまり、生きることは演技をすることに他ならない。これは『信用詐欺師』における、「人生は変装によるピクニックである」(*Confidence-Man* 161) とする考え方と完全に一致する。

メルヴィルの代表作『白鯨』がこうした哲学によって創作されたことを論証するのは難しいことではない。エイハブ船長は「アダム以来の憎悪の総和」を白鯨にぶつけようとするが(*Moby-Dick* 184)、それは彼の中でアダムが今も生きているからに他ならない。これは拙論「エイハブの脚——メルヴィルにおける身体論の可能性」で詳しく論じているが、エイハブがピークォッド号の大工に自分の義足を作らせるとき、切断された部位にまだ失った脚の痛みを感じていた。そして、「お主はあの老アダムを追い出せんのか」と求めるのである(471)。つまり、以前の自分の脚が現在の身体を通じて蘇っており、さらにはアダムの血と肉も現在の自分を通じて蘇っているということ。そうしたことを指してエイハブは、「エイハブはエイハブなのか。この腕を持ち上げるのはわしなのか、神なのか、誰なのか」と問い(545)、自分を「運命の副官」と呼ぶのである(561)。一見、こうした自己の身体への他者の流入というのは、オカルト的なスピリチュアリズムを思わせるが、むしろ、「エイハブの脚」において論証したように、それはモーリス・メルロ=ポンティの「場所の知」やドゥルーズ=ガタリの「生成変化」を思わせる身体反応の共有であったと言える。それが彼の演技論にも生かされたのである。

「二つの教会堂」はこうした演技の構造を、ニューヨークの貧困層とトランスナショナルなニューヨークからロンドンへの移動に絡めて表現した作品である。語り手はニューヨークの貧困層出身であり、上述したバワリー・ボーイズに加わってもよさそうな身分である。しかし、メルヴィルはその語り手を「大西洋を超えた教会堂」に動かし、「大檣頭《だいしょうとう》」のような位置」から劇場内部全体を見下ろさせたのである(314)。ある意味で語り手がニューヨークの教会で鐘楼に侵入し、鐘を鳴らしたのはバワリー・ボーイズ的な侵犯行為かも知れないが、メルヴィルはその語り手に、トランスナショナルな移動によって、より離れたところで過去の自分を再生するという、メルヴィルの演技論の真価を発揮させたと言えるだろう。

四　ミシシッピ川の多様な流れ

『信用詐欺師』の物語は、四月一日にセントルイスからニューオリンズに向けて出港する蒸気船フィデール号上で展開する。第三章において、黒人奴隷と思《おぼ》しきブラック・ギニアが、主要人物である詐欺師の外見について「喪章をつけた紳士、灰色のコートの紳士、大きな台帳を持った紳士、薬草医、黄色のベストを着た紳士、真鍮の名札をつけた紳士、紫の服を着た紳士、軍人風の紳士」と予告する（*Confidence-Man* 13）。ブラック・ギニアはタンバリンを手にミンストレル風の振る舞いで乗客から小銭を集めつつ、その客の一人から名刺を掠《かす》め取っていることから、彼もまた詐欺師の化身であることが理解できる。第四章から、その名刺の持ち主ロバーツに対して、喪章をつけた男、つまり、ブラック・ギニアの変装した姿が詐欺行為に着手する。以降、ブラック・ギニアのリストにある「灰色のコートの紳士、大きな台帳を持った紳士、薬草医」、そして、「真鍮の名札をつけた紳士」、すなわち、P・I・O（Philosophical Intelligence Office, 哲学協会）の男へと姿を変えながら、同一の詐欺師が詐欺を働いていく。基本的にこの作品は、資本主義が貫徹した社会において、キリスト教に基づく慈善や助け合いが単なる善意ではありえず、投資活動や商業取引と区別がなくなった状態を背景としている。大きな台帳を持った男は、ブラック・ラピッズ石炭会社という投資会社の社長を名乗っている。灰色のコートの男は、「ウォール街の精神」で全人類に一人一ドル出資させて、世界の貧困を無くすと主張する。薬草医は、薬の売り上げの半分を灰色の男の組織、セミノール・インディアン孤児院に寄付するという。コスモポリタンとエグバート（H・D・ソローのパロディである）が話題にする蝋燭《ろうそく》屋チャイナ・アスターは、友人のオーキスから持ちかけられた鯨油《げいゆ》投資に応じるが、オーキスの病気やヨーロッパにいる代理人の対応の悪さにより財産を失い、妻の叔父からの遺産までつぎ込んでしまう。遺産は妻が夫を支えるための最後の望みであった。

このキリスト教的な支えを失った世界において、詐欺師はフィデール号の乗客を信頼させて騙したり、疑ってかかる者を逆に信頼させたり、人類への愛を説いたりして、活動を続けていく。まず、注目すべき場面は、第十九章に登場するメキシコ戦争からの帰還兵と薬草医の対話である。トマス・フライと名乗るその兵士は、ニューヨーク生まれの元桶屋職人で、ハッピー・トムと呼ばれていたが、愛国主義者としてバッテリー公園での政治集会に参加したとき、舗装職人と一人の紳士との喧嘩に巻き込まれる。舗装職人を刺殺した紳士は保釈され、トマスはニューヨーク刑務所（通称トゥームズ）で禁固刑に服することとなった。以来、トマスは他人を信用できなくなった。この話を聞く薬草医をよそに、トマスは「ブエナビスタで戦ったハッピー・トムにお恵みを」と、周囲の乗客に物乞いを始める(110)。客の一人はトマスの身の上話を疑うが、薬草医はそれを諫《いさ》める。トマスは「安劇場のピット席」にいるようだと自分の境遇を説明する(111)。

メキシコ戦争は先に触れた民主党のポーク大統領が始めた戦争であり、それと前後してテキサス州やカリフォルニア州などの領土拡大を成し得た。そのときにニューヨークの愛国主義者であり、労働者であり、政治集会にも参加したというトマスは、上述したバワリー・ボーイズに近い人物だったと言えるだろう。頑なに人を信用しないトマスであったが、薬草医が無料で薬を提供すると、トマスはそれに感動して、あと三箱を有料で買い求める。注意すべきは、トマスの身の上話が虚偽である可能性が否定できないということ、そして、それを分かった上で薬草医は話を受け入れ、フィクションか現実かの区別によらず、物語を共有する中で、トマスの疑い深さを信用へと反転させたということである。

同じような展開が、第二十一章のミズーリの独身者ピッチとP・I・Oの男との対話にもみられる。ピッチはトマス以上の人間嫌いで、森林地帯でのサイダー製造に従事していた。アメリカ人、アイルランド人、イギリス人、ドイツ人、カリフォルニアから送ってもらった中国人と、十五年間で三十五人の少年労働者を雇用したが、「白人だろうがモンゴル系だろうが、人間性をみると、多種多様な悪ガキばかり」だったことを暴露する(133)。それに対して、P・I・Oの男は、「子供は見た目とは違う要素を隠し持っているので、今はみえなくとも、隠れた美しさがそのうち表に出てくる」ということ、産毛がヒゲに変わりはするものの、ヒゲはすでに産毛の中に内在している、子供の中に大人が、現在の姿の奥に未来の変貌した姿が内在しているということを訴える(133)。同じく、毛虫の中には蝶《ちょう》が内在しており、「すべての生き物は無限の再生によってより良いものへと変貌していく」と述べる(141)。ついに、ピッチは態度を軟化させ、少年についての考え方が変わったことを認め、P・I・Oの男から新たに子供を派遣してもらうことに同意する。

さらに、第二十四章から登場するコスモポリタンは、チャールズ・ノーブルなる人物と対話を行なう。その中でジェイムズ・ホール（同名の実在の作家をモデルにしている）の「インディアン嫌い」のエピソードが、ノーブルの語りの枠内で物語内物語として提示される。エピソードの主役はインディアン嫌いのジョン・モアドック大佐である。モアドックは、両親と八人の兄弟をインディアンに殺されたため、「インディアン殺しが自分の激情」となり、復讐を誓った(174)。一方、森林地域の白人の子供たちには「インディアンに対する反感は善悪とともに教え込まれる」。「兄弟は愛すべき、インディアンは憎むべきということを一緒に学ぶのである」(165)。インディアン嫌いの観念は教育や政治において作り出されるものであるとされる。そして、「インディアンに関する真実というよりは、森林地域住民のインディアンに対する印象」が一人歩きして増幅し(166)、さらには、モアドックのような「個人の激情」がそこに融合することで、「最強のインディアン嫌い」が生まれるという(169)。ノーブルは、このようなインディアン嫌いが人間嫌いのピッチと共通するのではと問う(176)。

その後、コスモポリタンとノーブルは『ハムレット』のポロニアスや『冬物語』のオートリカスの解釈をめぐって議論を闘わせ、登場人物たちの「悪辣《あくらつ》だが楽しい」矛盾する性格が「強い想像力の中にしか存在しないのに、生きた人間のように感じさせる」ことを認めている(195)。そして、「陽気な人間嫌い」という「新種の怪物」のごとく矛盾する概念を持ち出し、キリスト教が人の心を改善できなくとも、素行面を軟化させることができたのと同じく、「人を陽気にする活動が進展すれば、人間嫌いも洗練され、柔和な人になるはず」と結論づける(201)。そして、この勢いでコスモポリタンはノーブルに五十ドルの借金を求める。態度を豹変させて断るノーブルに対し、コスモポリタンは五ドル硬貨を十枚自分の周りに並べ、「魔術師のような雰囲気で」呪文を唱え、態度を変える前のノーブルを呼び起こす。「嘘の仲違いを演じることで現実の喜びを強めることができる」と述べるノーブルに対して、コスモポリタンは「君は君の役を僕以上にうまく演じたね」と返す(205)。ノーブルは自分が元アマチュア劇団員だったことを認める。

語り手はこうした一連の演技活動の意義について次のように説明している。「人は小説において娯楽を求めるだけではなく、根底において、現実以上に現実らしい世界を求めるものだ。(中略)それゆえ、小説の登場人物は、演劇の役者のように、誰も着ない服を着て、誰も話さない言葉を使い、誰もやらない行動をとらなくてはならない」(207)。さらに、ノーブルの後にコスモポリタンと対峙するエグバートは、上述したチャイナ・アスターをめぐる話題で、やはり、同様の演技的関係に巻き込まれたため、「どこで演技が終わり、どこで現実に戻ったのか分からなくなった」という(253)。

本節でのここまでの議論をまとめると、『信用詐欺師』では、資本主義が進展したアメリカ社会において、他者への信頼をなくし、人間嫌いになったトマスやピッチ、そしてピッチと共通するタイプとしてのモアドック大佐のエピソードを語るノーブルに対し、薬草医、P・I・Oの男、コスモポリタンが、一定の物語を共有し、毛虫の中に蝶が内在する説、すなわち、自己の中に未来の自分が内在する説を提起し、さらには、現実ではあり得ない矛盾した概念を想像することの意味を問うている。そして詐欺師とその相手がそうした種々の物語や観念を演じ合う中で、実際に人間嫌いの感情が軟化していくプロセスが描かれていると言える。つまり、語り手が言うように、演技を通じて現実と想像の境界が曖昧になるが、その中で自己の中の未来や、想像上の矛盾要素たる他者が、「生きた人間のように」現実と同じ存在感を持って湧き上がってくるということである。繰り返すが、このプロセスの大きな起点となったのは、バワリー・ボーイズに近い階級にいたと思われるトマスのエピソードであった。

ピッチと類似したタイプとされるモアドック大佐のエピソードにおいては、「人間嫌いは一つの人種に集中するときに激しくなる」(177)との指摘がなされる。自分を保釈してくれなかった司法制度への恨み(トマス)から、少年労働者への恨み(ピッチ)、そして、インディアンへの恨み(モアドック大佐)と、ここで考察してきた人間嫌いの系譜に、上流階級への反感と絡んで、人種差別の傾向が付帯していることは否定できないだろう。バーソルドはアスタープレイス暴動において、移民や自由黒人など、自分たちの雇用機会を奪う他者への人種差別的感情がバワリー・ボーイズ側にあったことを認めている(434)。これは『信用詐欺師』において、白人労働者の過酷な状況を念頭に「奴隷制廃止論は奴隷から奴隷への同情に過ぎない」とするピッチの感情と重なり合う(128)。したがって、人間嫌いを軟化させる一連の演技的関係には、ネイティヴィズムを希薄化する働きが重なっていると言わなくてはならない。

詐欺師がコスモポリタンとして登場することは、この事情と無縁ではないだろう。作品序盤にある記述がここで重要となる。「アメリカ西部には、あらゆるものを勢い良く混ぜ合わせる精神が息づいており、ミシシッピ川はそれを典型的に表している。遥か遠くの支流や逆向きの流れが合流し、滅茶苦茶だけど一つの世界を形成して、安定した流れを湛えているのだ」(9)。この一節の最後の部分で、語り手は"one cosmopolitan and confident tide"という表現を使っている。ジェニファー・グレイマンはここに、合流しながらも、逆流や遠い支流の特質をも維持し、それぞれの差異を尊重しようとする、メルヴィル流民主主義とその芸術観の共鳴点を見出している(Greiman 48–49)。これに付け加えるならば、先の議論において触れた、自己の中の未来、あるいは毛虫と蝶のアナロジー、さらには矛盾要素としての他者が演技行為によって実在化するプロセスも、詐欺師、並びに、コスモポリタンの哲学として捉えていいだろう。ララ・ランガー・コーエンは、これについて、メルヴィルのテクストの変転するスタイルを表しているとしたうえで、「文学と詐欺行為が相互変換可能である」と述べている(Cohen 166)。詐欺師コスモポリタンは、地域的に配置された他者や、主体の中に分裂的に抑圧されている他者を呼び起こしつつ、演技の構造を創出し、現実には経験できない想像上の観念を相手役に実体験させることで、ネイティヴィスト的傾向を持つ人間嫌いの態度を変容させたと言える。

その手法は、前節の「二つの教会堂」に関する議論を想起すれば、コーエンの言うようにメルヴィルの芸術観と密接に関わったものであることが分かる。「二つの教会堂」の語り手は、マクレディの演技を鑑賞するうちに、逆にマクレディを通してリシュリューが役を演じている気持ちになった。そして、遠く離れたニューヨークの教会堂での経験が、その場の自分の中にはっきりと蘇ってきたのである。この語り手も、トマスとは性格が違うものの、同じニューヨークの労働者階級で、バワリー・ボーイズとの関係も想定できる人物である。その労働者としての不満が、マクレディのリシュリューや、遠く離れたニューヨークとロンドンのイメージ交錯により、ある程度軽減されていることは言うまでもない。彼もまた、「遥か遠くの支流」のごときニューヨークの体験や、毛虫の中の蝶のように自分の中に眠る他者や過去の自分を、その特質を活かしながら、実体験できるコスモポリタン的演技空間にいたということである。

おわりに

以上のように、「二つの教会堂」を通して『信用詐欺師』を読むことで、タマニー・ホールなど知的コミュニティから派生したニューヨークの階級形成に対するメルヴィルの洞察をあらためて検証することができた。四十七名が署名したマクレディ公演の請願書にメルヴィルの名前があったことは否定のしようがないが、『信用詐欺師』の世界を覗く限り、彼はバーソルドやフォーレイが言うように、上流階級と労働者階級の間に立ったという訳ではなく、あくまで芸術家の表現方法を持って、バワリー・ボーイズ的なネイティヴィスト傾向を持つ労働者階級の不満が、コスモポリタン的な演技の構造によって別の何かに変容する世界を描いたと言えるだろう。ただ、『信用詐欺師』最大の皮肉は、こうした芸術論や民主主義的展望が、詐欺行為とセットにならざるを得ないということだろう。生きることが不断に他者を自分の中に呼び込むことであり、それが詐欺を可能とするのであれば、詐欺行為も、その条件となる資本主義の暴走も、不可分のものとして決してなくなりはしないだろう。これこそ、メルヴィルが発見した近代の皮肉なのかも知れない。

◉本研究はＪＳＰＳ科研費 JP16H03395, JP16K02495 の助成を受けたものです。

◉引用文献

Adams, Peter. *The Bowery Boys: Street Corner Radicals and the Politics of Rebellion*. Praeger, 2005.

Bender, Thomas. *New York Intellect*. Alfred A. Knopf, 1987.

Berthold, Dennis. "Class Acts: The Astor Place Riots and Melville's 'The Two Temples.'" *American Literature*, vol. 71, no. 3, 1999, pp. 429–61.

Chase, Richard. *Herman Melville: A Critical Study*. Macmillan, 1949.

Cohen, Lara Langer. *The Fabrication of American Literature: Fraudulence and Antebellum Print Culture*. U of Pennsylvania P, 2012.

Foley, Barbara. "From Wall Street to Astor Place: Historicizing Melville's 'Bartleby.'" *American Literature*, vol. 72, no. 1, 2000, pp. 87–116.

Greiman, Jennifer. "Democracy and Melville's Aesthetics." *The New Cambridge Companion to Herman Melville*, edited by Robert S. Levine, Cambridge UP, 2014. pp. 37–50.

Kilroe, Edwin P. *Saint Tammany and the Origin of the Society of Tammany or Columbian Order in the City of New York*. M. B. Brown, 1913.

Markels, Julian. *Melville and the Politics of Identity: From King Lear to Moby-Dick*. U of Illinois P, 1993.

Melville, Herman. *The Confidence-Man: His Masquerade*. Edited by Elizabeth S. Foster. Hendricks House, 1954.

——. *Moby-Dick or The Whale*. Edited by Harrison Hayford et al., Northwestern UP / Newberry Library, 1988.

——. "The Two Temples." *The Piazza Tales and Other Prose Pieces, 1839–1860*, edited by Harrison Hayford et al., Northwestern UP / Newberry Library, 1988.

Parker, Hershel. *Herman Melville: A Biography, 1819–1851*. Johns Hopkins UP, 1996.

Pusch, Jeffrey. "The *Thaumatic* Experiences: Drama and Audience in *Moby-Dick*." *Nineteenth-Century Contexts*, vol. 37, no. 3, 2015, pp. 249–65.

Toll, Robert C. *On with the Show: The First Century of Show Business in America*. Oxford UP, 1976.

竹内勝徳「エイハブの脚――メルヴィルにおける身体論の可能性」『身体と情動――アフェクトで読むアメリカン・ルネサンス』竹内勝徳・高橋勤編、彩流社、二〇一六年、一〇一―一二一頁。

野間正二「アスター・プレイスの騒乱とハーマン・メルヴィル」『アメリカ研究』第三十二号、一九九八年、七五―九三頁。

第V部　拡がりゆくコミュニティ

重なる断片、生まれるコミュニティ
――ルイーザ・メイ・オルコットの模倣とその作品の行方

本岡 亜沙子

はじめに

ルイーザ・メイ・オルコットは、物語から好みの場面や登場人物を見つけてきては、家族や隣人の前でたびたびそれらを演じていた（L. Alcott, *Journals* 57; Shealy 15）。このような少女時代の楽しみは、作家オルコットの形成に大きく寄与したと言えよう。たとえば、彼女の代表作『若草物語』第一部（一八六八）の物語構成は、ジョン・バニヤンの古典的寓話『天路歴程』（一六七八、一六八四）をなぞったものであり、その中にはシェイクスピアやディケンズ作品の登場人物になりきる少女が登場する。いわば本歌取りのように、古典文学に自らの体験を織り込みながら一つの作品を構成していくことこそが、オルコットの文学的特徴の一つでもある。

幼児が大人の真似をして言葉を覚えていくように、総じて人間の学びは模倣から始まる。作家もその例外ではなく、先行作品の物語性やレトリックから多くを学び、次第に独自の文学的想像力や技法を生み出していく。そしてオルコットも同様に、模倣から学びはじめ、「新しいスター」や「文学界の名士」と賛美される作家にまでなった（*Journals* 119）。

しかし、古典文学へは際立った傾倒を見せる一方で、オルコットの古典哲学への眼差しは冷淡なものである。教育哲学者の父親エイモス・ブロンソンを「プラトン」という愛称で呼びながらも、オルコットが読んだプラトンの著作はわずか一冊のみに限られる[1] (*Letters* 26, 113, 152, 167, 201, 261)。彼女は、壮大なプラトン哲学の深淵に近づこうともせず、たった一冊から知り得た断片的で表層的なプラトンのイメージを父親に投影し、二十数年にわたって父親を「プラトン」と呼んでいた。

このように、オルコットは、文学と哲学とに対照的な眼差しを向ける。以降の節で具体的に検証していくが、彼女の文化的嗜好はその作品にも如実《にょじつ》に書き込まれることになる。そしてこのようなオルコット作品は、前述のように当時の文学界や一般読者にも広く受容された。そこで本論では、オルコット作品が大衆に受け入れられた文化的背景を詳《つまび》らかにすることから始め、模倣という観点からオルコットの作家論と作品論を展開し、断片的な知の集積から生まれるコミュニティの有り様に光を当てていく。

一　大衆化した古典教養

オルコットは一八四五年、リディア・マライア・チャイルドの『フィロシア』(一八三六)にプラトンの一節を見つけ、日記にそれを転記した。約五十年後、その日記を再読したオルコットは、「あっぱれ。なんとまあ、十二歳でプラトンとは。父親の愛読するプラトンが幼い少女の心も魅了したのね」と日記の余白に残したメモで記している(*Journals* 55)。彼女がプラトンを意識する背景には、プラトンの哲学そのものよりも、父親からの影響があった。ブロンソンは生涯二つの学校——子ども向けのテンプル・スクール(一八三四—三九)と成人向けのコンコード夏期哲学・文学学校(通称コンコード哲学学校、一八七九—八八)——を設立したが、どちらの教室にもプラトンの胸像が飾られていた[2] (Peabody 1; Bridgman 14)。プラトンに傾倒する父親の姿を見て育った娘ルイーザは、手紙の中で幾度となく父親を「プラトン」と呼んでいる。

ブロンソンに哲学の教えを受けたのはルイーザに限らない。事実、彼の哲学学校には初年度だけで約四百名、十年間で約二千名が足を運んだ (*Letters* 235; Eiselein and Phillips 63)。そこでは、プラトン学者のハイラム・K・ジョーンズや、ヘーゲル学者で『思弁哲学雑誌』創刊編集者のウィリアム・トリー・ハリスなど中西部の知識人と、ラルフ・ウォルドー・エマソンやチャイルドなど東部の知識人が一堂に会し、講義や討論を行なった。その聴講者は、ブロンソンたちが一切の入学要件を課していなかったため、西洋事情に詳しい人も疎い人もいた (Warren 202)。講堂には、学者もいれば「哲学者の卵」もいて、興味本位で受講する観光客や、「不死」という講義テーマと哲学者の名前だけに反応し、自宅で飼う亀三匹のさらなる長寿を願って、それぞれプラトン、ソクラテス、ダンテと名付ける人もいるという状況だったのである (*Journals* 216; "A Day" 78–79; McDowell 223)。

古典が含み持っている歴史や教養ではなく、その表層的なイメージのみに興味を示す傾向は、南北戦争後期《ポストベラム》アメリカにおける市井《しせい》の人にも認められる。[3] 急速に工業化が進み、比較的安価に芸術作品を複製できるようになった時代ゆえ、レプリカの絵画や彫刻を購入し、自宅に飾って満足する中産階級の家庭が増えたのはその一例となろう (Winterer, *Culture* 144–45)。自己修養を担う古典教養を指していたカルチャーという言葉は、次第に大衆文化を意味するようになる。

古典に範を置かない傾向は、十九世紀アメリカにおける高等教育機関のカリキュラムにも見られる。ハーヴァード大学を一例に挙げると、従来同大学では、古典の言語や歴史、文学を中心とした古典カリキュラムが提供されていた。古典教養は、人間性の調和的発達を目指す上でも、学生の批判的思考力や論理的表現力を育む上でも有効だとされていた。しかし同大学の学長チャールズ・ウィリアム・エリオットは、この画一的な教育プログラムでは、自然科学系学問への需要が高まるにつれ、諸学問が細分化・専門化される時代に対応できないと考えた。そこで彼は多様なカリキュラムを用意し、その選択肢の中から個々の関心に沿った科目を学生自身に選ばせることで、幅広い分野を切り開ける優秀な人材を養成・輩出することを目指した (Carnochan 9–10; Eliot 24–25)。

歴史家キャロライン・ウィンタラーによれば、この選択科目制度の導入はハーヴァードの学生の古典離れを引き起こした。自然科学・社会科学系の科目が増えたのは当然のこと、古典関連科目にも、古代史や美術史など古典文化を鑑賞して学ぶものが増えたため、古典語が同大学の入学要件科目や必修科目から外れたからである。(4) 一八八三年まで全学生の一年次必修科目であったギリシア語とラテン語は、一八九〇年までにはそれぞれ十六パーセントと三十パーセント台にまで履修者を減らした (Winterer, *Culture* 101, 125)。その後も原書講読の授業は細々と続いていくものの、そこで培う読書体験は受講者の徳性の涵養《かんよう》に結びつかず、彼らの知識自慢の道具へと次第に矮小《わいしょう》化されていった (Eliot 4)。

ハーヴァード大学学長のエリオットは、学生の古典離れを助長したとして、他大学から厳しく指弾された。なかでも熱烈な古典支持派であったプリンストン大学学長ジェイムズ・マコッシュは、「完璧な言語ともっとも偉大な文学と、古より伝えられてきた崇高な思想」を教授しないことは、その背景にある宗教や道徳の教育を放棄したも同然だとしてエリオットを痛烈に批判した。音楽や当時の美術、フランス演劇など「好事家《ディレッタント》向けの科目」を通して古典の知識を与えても、名著を通して人格の陶冶《とうや》に努める授業がなければ学生の全人的な人格形成は望めない。その勉学を学生に課さないのであれば、今後ハーヴァード大学から学者や教養人が輩出されることはないとマコッシュは警鐘を鳴らした (McCosh 23, 12)。しかし、エリオットが選択科目制度の導入を翻すことはなかった。

自由選択制度の適用によって古典語教育が下火となる傾向は、ハーヴァード大学に限ったものではなかった。それは、南北戦争後期《ポストベラム》に新設された諸大学、たとえば、近代科学に重きを置く研究大学院大学のジョンズ・ホプキンズ大学や、農工業技術者の育成を目指し農学や機械工学を中心に授業を展開する中西部の州立大学にも多く見られた (Rudolph 247–56)。また、十九世紀末までには、古典語必修履修を固守していたイェール大学にまで、古典教養の位置付けが下がる現象が見られるようになった (Winterer, *Culture* 101–02)。

コンコード哲学学校の校長を父に持つオルコットも、古典哲学には距離を取っていた。女性参政権運動や貧民救済など、執筆以外にもやるべき仕事を多く抱えていた彼女にとって、父を含む哲学者の思索は時間の浪費に過ぎず、退屈なものに映っていたからである(*Journals* 216, 226)。では、オルコットの求める知とはどのようなもので、彼女はどのようにそれを蓄えていたのか。次節では、ハーヴァード大学ホートン図書館に所蔵されている彼女の未発表スクラップブックを通して、オルコットが蒐集していた知について検証していく。

二　オルコット母娘のスクラップブック

スクラップブックは、印刷技術や流通網、郵便制度など各種出版インフラが整備され、新聞・雑誌などの定期刊行物、および書籍が種類・発行部数ともに激増した南北戦争後期《ポストベラム》に流行した。(5)『スクラップブックとその作り方』(一八八〇)を著したE・W・ガーリーは、玉石混淆《こんこう》の生まれては消えていく《エフェメラル》情報の中から、自分にとって価値のあるもののみスクラップするよう読者にすすめていた(6)(Gurley 10)。

ルイーザ・メイ・オルコットもスクラップブックを手がけた一人である。ホートン図書館には彼女のスクラップ帳が二冊所蔵されている。その一冊は標題紙と見返しに『スクラップブック』と冠した一八五五年作のもの、もう一冊は見返しと冒頭ページに『スクラップス』と書かれたものである。後者の制作年は不明だが、五十枚綴りのノートの巻末付近にオルコット直筆の自著一覧(一八五五―八六)が記されていることから、少なくとも八六年から彼女が亡くなる八八年までの二年間のうち、同帳を制作した時期があったことは間違いない。制作終了年に開きのある二冊のスクラップブックであるが、双方は彼女の読書記録という共通した特徴を持つ。それら読書記録の中には、たとえばピタゴラスやチョーサー、シェイクスピア、ゲーテ、ディケンズ、カーライル、エマソンの作品や、祈禱《きとう》書、ヒンドゥー教の正典などからの抜粋が転記されている。

これら二冊のスクラップブックは、その内容からして、その前身であるコモンプレイス・ブックに近い。古典書から抜粋した常套句《コモンプレイス》を主題別に分類・編纂《へんさん》したこのレファレンス集は、早くはルネサンス期から作文を教える際に繰り返し

【図版1】スクラップブックのようなアビゲイルの日記帳
Mrs. Alcott's Last Diary. MS Am 1817.2 より抜粋
Harvard University, Houghton Library 所蔵（筆者撮影）

参照されたものであった。エマソンとヘンリー・デイヴィッド・ソローがそれを共有していた逸話はよく知られているが、こういった抜き書き帳は知識人や良家の子息の読書記録、または創作の糧として、十九世紀のアメリカでも活用されていた (Gernes 110–14; McGill 360)。オルコットも例に漏れず、さまざまな名著の名場面をスクラップ帳に蓄えては、作品作りに活かしていたようだ。たとえば『スクラップブック』の冒頭に記された『ハムレット』の一場面は、若き日の彼女が実の姉妹と読み合ったり実演したりしたものである (*Journals* 74; Cheney 66)。こうしたシェイクスピア劇に興じる姉妹の思い出は、オルコットの自伝的作品『若草物語』においても描かれている (*Little Women* 15)。

読書記録を兼ねたオルコットのスクラップブック作りとは対照的に、切り抜きの蒐集に勤しんでいたのが彼女の母アビゲイルであった。アビゲイルの日記帳には、表舞台で活躍する家族の活動を示す新聞・雑誌記事の切り抜きや地図、講演会の入場券、催し物のチラシ、郵便切手、電信用紙、クリスマスカード、スケッチ、果ては葉っぱや花、亡き家族の髪の毛、布地までもが貼られている[7] (A. Alcott, *Mrs. Alcott's*)【図版1】。

アビゲイルの日記帳が、切り抜きの寄せ集め以上の意味合いを持つことは、ブロンソンから贈られた一枚の女性画が貼られたページ【図版2】から明らかとなる。そこには、本を閉じて佇《たたず》む古代風のドレスを着た女性と、ラテン語で「完全な静けさのうちに《イン・ペルフェクト・クイエスキット》」と書かれた巻き物が描かれ

ている (A. Alcott, *Fragments*, folder 10)。書物との対話を止め沈思黙考していると思《おぼ》しきその女性は、アビゲイルが絵の女性の左側に大きく書き込んだ「絶望［Despair］」の文字と、その左半身の足元にさらに付け足された影でもって、より悲壮感漂う女性に変貌を遂げている。ここで付言すべきは、アビゲイルが十八歳でラテン語訳聖書の一部を英訳していたことであろう (LaPlante, *Marmee* 27)。アビゲイルに古典語の素養があったとすれば、巻き物の文字を理解しないまま彼女が自身の言葉を重ねたとは考えにくく、むしろそれを咀嚼《そしゃく》した上で挿絵全体の意味を意図的に改変したと考えられそうだ。

アビゲイルがこの絵を夫から受け取った一八五七年、もしくは五八年、彼女は三女エリザベスの看病に明け暮れ疲弊していた。娘に取り憑《つ》く死の影に怯える彼女が自身の苦悩を絵の女性に投影していた可能性は、「物言わぬ乙女」という詩を貼り付けた裏面のページ【図版3】によってさらに高まる。その詩は肖像画の生気のない乙女を描写したものである。しかし、彼女が一瞬生命力を取り戻す場面で、アビゲイルは感嘆符を二つも打っている。この詩が『ナショナル・マガジン』一八五八年一月号の掲載作であったとすれば、アビゲイルが付した感嘆符は、娘の回復を願う母の想いを物

【図版2】ブロンソンから贈られた絵
Fragments of Diaries, 1845–77. MS Am 1130.14 より抜粋。Harvard University, Houghton Library 所蔵（筆者撮影）

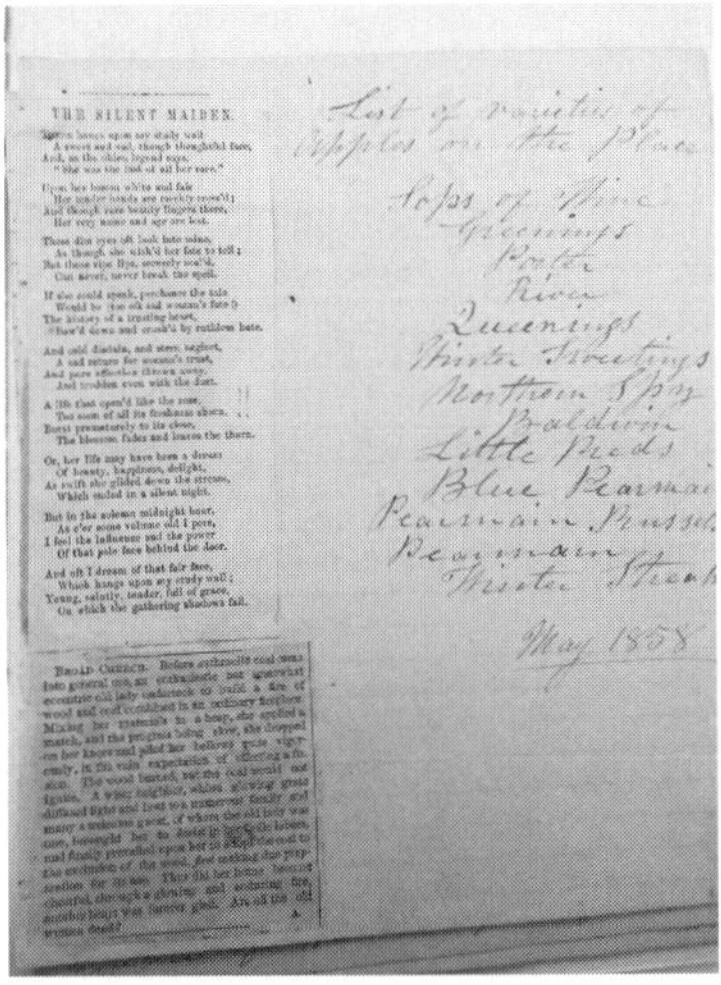

【図版3】「物言わぬ乙女」の詩（左上）
Fragments of Diaries, 1845–77. MS Am 1130.14 より抜粋。Harvard University, Houghton Library 所蔵（筆者撮影）

語るものと解釈できよう。アビゲイルはこのように、ハサミで切り取った素材を組み合わせ、古典語を英語で上書きしたりページの余白に書き込みを加えたりしながら、自身の感情を表出していた。

スクラップブックの研究者エレン・グルーバー・ガーヴィーが指摘するように、スクラップブックは自己表現の手段であるとともに、「ペンの力で社会に応えることのなかった人々」が人種や階級、性別等の壁を超え、仕事や家庭、教育、政治等の場で自分の声を他者に届ける手段でもある (Garvey 4)。アビゲイルにとってもそれは、自己表現の手段であり、他者と交流するツールでもあった。

ここでアビゲイルの自伝的背景を振り返っておくと、彼女は一八四八年から約六年間、貧困層の人々や移民に食料や衣類を寄付し、職業や下宿を斡旋《あっせん》する社会福祉事業に携わっていた。アビゲイルはボストン初のプロのソーシャルワーカーとして、同市内の貧困実態調査書や彼女の慈善団体の活動報告書、求人案内や支援物資提供の依頼文などを書き、『クリスチャン・レジスター』紙に定期的に載せていた (LaPlante, *My Heart* 169–79)。しかし健筆をふるって貧困問題の改善を目指しても移民の数は増え続け、貧困問題の深刻度は増すばかり。心身ともに疲弊したアビゲイルは、慈善事業の第一線から退いた。

しかし注目すべきは、家庭に入った後のアビゲイルが、スクラップブック作りと同じ方法で同問題の改善に尽力していた点である。たとえば、『ニューヨーク・トリビューン』紙一八五八年十一月十四日号掲載の「食の経済――私たちは何を食べるべきか」という、食育を通して貧困問題の改善を試みる記事を読んだ彼女は、ドクター・ローレンスという人物にその記事を送り、別の印刷媒体への転載を依頼している (*Fragments*, folder 7)。記事の拡散を望んだ彼女の希望どおり、その記事は翌月別の新聞に載る。こうしたアビゲイルの行ないは、彼女が印刷物から知識を得るだけでなく、それを流通網の広範な新聞市場に流すことで、読者との共有知の成立を目指した可能性を示唆するものである。

このように、オルコット母娘はともにスクラップを作っていたのだが、その形式や内容もさることながら、それを作る目的にも重要な違いがあった。アビゲイルは社会との繋がりを生み出そうと切り抜きに励んでいたが、ルイーザ・メイ・オルコットは、文学的楽しみとその先にある執筆活動という私的な目的のためにスクラップ帳を手がけていた。さらに敷衍して言うと、後者のスクラップ帳に写し取られた場面は、あくまで抜粋の寄せ集めであり、そこに体系的な知を読み取ることは難しい。とすれば、彼女のスクラップ帳二冊は、まるで古典教養をファッションのように享受する大衆と同じかのように、彼女の知が断片的・表層的なものに留まっていた可能性を示唆してはいないだろうか。では、オルコットの教養観が大衆に近いものであったとすれば、彼女と大衆との差別化はどこで図られうるのか。

三　オルコット作品における入れ子の模倣

当時の子ども向けの物語は、中産階級の増加と子どもの識字率の向上を背景として、南北戦争後期《ポストベラム》に教条主義的な読み物から娯楽色豊かなものへ変わりつつあった。その変化を見逃さなかったオルコットの作品には、娯楽に教訓を滑り込ませたもの、つまり物語を読む子どもを楽しませ、それを買い与える大人にも配慮した物語が多い。たとえば、本論冒頭で触れたように、『若草物語』第一部は、重荷を背負った四姉妹が落胆の沼から天の都まで数々の試練を経ながら巡礼ごっこ (Playing Pilgrims) をする物語で、バニヤンの『天路歴程』を下地にしている (*Little Women* 7)。このようなオルコットの作品は、「娯楽と教訓の源」であり「あらゆる少年少女の教養教育」を担っていると当時から一定の評判を得ていた (Clark 310–11)。「小さなご近所さん」(一八七四) と「壁の穴」(一八九〇) という二本の短編作品は、オルコットが作品に込めた教養を考えるうえで有効な視座を提供してくれる。

「小さなご近所さん」は、愛娘の死後、読書で孤独を癒やそうとしてきた古典学者が、「鳥の言葉」に興味を示す近所の少年バーティ・ノートンと出会い、その言葉を学びながら交流する物語である ("Little Neighbors" 121)。ジョイ・A・マーセラは、二人の対話場面に着目し、そこにオルコットの父親ブロンソンの教育思想やその実践との繋がりを見いだしている (Marsella 77–78)。たしかに、少年とともに鳥の言葉を理解しようとする教授の態度は、大人の価値観を子どもに植え付けようとした同時代の教育と異なり、子どもと対話しながら彼らに生来備わった良心や能力を引き出すよう努めたブロンソンの姿に重なるものがある (Bartlett 106)。しかしマーセラは、本作においてなぜこのブロンソン的人物が古典学者に設定されているのか、そしてなぜ彼が、鳥のさえずりという人間には解釈不能な言葉を理解しようとするのか、という点について議論を深めていない。マーセラが言及しつつも、重要視していなかった場面、つまり教授が鳥の生態を知るため、ある書物を手に取る場面を見てみよう。

この古典学者が鳥の言語分析の手引きにしたのはジョン・ジェイムズ・オーデュボンの著作で、彼は代表作『アメリカの鳥類』（一八三八）で名を馳せたアメリカの画家で鳥類研究家であった。教授はオーデュボンの本を少年に読み聞かせると、挿絵をハサミで切り抜きスクラップブックに貼り付けていく。ここで注目すべきは、そのページに文字——オルコットが「死語」(dead language) だと考えているギリシア語かヘブライ語——が印字されている点である。つまり、教授がスクラップ帳の台紙に用いているのは古典書、しかも羊皮紙のカバーに真鍮《しんちゅう》の留め具のついた稀覯《きこう》本ということになる ("Little Neighbors" 134)。

こうした手持ちの出版物、たとえば教科書や官報、小説、説教集、聖書などをスクラップブックの台紙に再利用することは、十九世紀のアメリカ社会において一般的であった。その主な理由は、再読することのない古書を手元にただ置いておくよりはスクラップブックの台紙にしたほうが資源の無駄にならず、用紙代も省けるうえ、新品のスクラップ帳にお金を払うなら本を買いたいと語ったあるスクラップブッカーの言葉で事足りるであろう (Colman 90)。もちろんガーヴィーが指摘するように、古典書や説教集が象徴する権威を弱めるためそれらのテクストを別のテクストや絵で覆い隠すこともあった (Garvey 52–57)。しかし、多くの場合は、先に触れた人物のように、それらの書物にスクラップ帳の台紙以上の価値を見いだしていなかったのではないか。

翻って、「小さなご近所さん」における興味深い点は、古典の崇高さを理解しているはずの古典学者がその書物をスクラップ帳の台紙に利用している点である。本作におけるこうした古典軽視の傾向は、古典語の辞書の上に少年を座らせる他、教授が少年や鳥と集う以下の場面にも表れている(123)。

コッキー［少年が付けた鳥の名前］は新しい友人［教授］を気に入り、時おり自身の教育観を伝えに［教授宅を］訪問した。彼［コッキー］は（中略）石膏《せっこう》のホメロス像の禿げ頭の上に乗り、そこから少年たちが遊ぶ姿を興味深く見守っていた。(136)

教師役の鳥が自身の教育観を語るとき、生徒役の教授と少年は「少年たち」とひとまとめにされる。文字を読まない（読めない）鳥からすると、難解な古典書を読み解ける教授も、「思いだす《リメンバー》」を「リコメンバー」、「言語《ラングイッジ》」を「ラングウィッチ」と言い間違えるリテラシーの低い少年も、大差はない(136)。教養を持っている人と持っていない人との階層関係がここでは機能していない。

この場面をさらに面白くしているのが、鳥がホメロスの胸像に乗っているという場面設定である。ホメロスは、文字を使わず肉声での言語表現にこだわりをみせた口誦詩人であった。音の世界に生きる鳥やホメロスとは対照的に、教授は少なくとも少年と出会うまでは文字の世界に自閉する人物であった。教授の蔵書の中で、プラトンの『国家』のみ具体的な作品名が挙げられているのは単なる偶然ではない。エリック・A・ハヴロックが指摘するように、プラトンは同書において、口承に現れる思想や伝統を無批判に継承せず、その内容を文字に起こし批判的に検証すべきだと主張していたからである(Havelock 46–47)。プラトンが音声から文字への移行を推奨していたとすれば、先の場面は、音の文化を代表するホメロス的な鳥が、文字の文化を代表するプラトン的な古典学者に一方的に話しかける場面と解釈できよう。

この場面の後、「小さなご近所さん」は、教授の執筆する小鳥の冒険物語が近隣住民の評判を呼ぶという物語展開が続く(131)。古典の世界に自閉していた人物が子どもでも読める物語を書くことで他者と繋がるというこの流れからは、従来教養とされてきた古い哲学よりも、一般大衆と繋がりをもつ大衆小説に価値を見いだすオルコットの姿が浮き彫りとなる。

古典の哲学を敬遠したオルコットだが、彼女はあらゆる古典に対し同様の否定的な眼差しを向けていたわけではない。短編「壁の穴」は、スクラップブックの登場するもう一つの作品で、この作家が古典に向ける別の態度を考察する上では格好の素材である。

「壁の穴」は、貧困と身体的障害を抱えて孤立状態にあった少年ジョニーが、自宅と隣家を隔てる壁に穴を穿《うが》つことで外界との接触を図る物語である。本や美術品の並ぶ隣家に住むイタリア人少女フェイとは対照的に、アメリカ人少年ジョニーは、どれほど読書や美術に興味があっても、本一冊、画材道具一つ満足に買うことができない。だが彼は、ものを買うことはなくとも、街に捨てられた古新聞や古書などの「がらくた［waifs and strays］」を拾ったり、風や近隣住民から受け取ったりはしている（"A Hole" 174）。ジョニーは新聞や広告、劇場ポスターを手に入れると家の洗濯糊で外壁やスクラップブックに貼り付け、古書を譲り受けると書棚に並べていく。しだいに、それらの印刷物は、彼が自宅付近の空き地で開く屋外展覧会の展示品や私設図書館の蔵書となっていく。

ここで注意を払うべきは、彼が私設の図書館や展覧会を開けるほど、街に大量の印刷物が捨てられていることであろう。このことは、印刷物が市場に出回り人々の手に入りやすくなった反面、文学作品やその劇化作品が人々の単なる一時的な嗜好《しこう》品に過ぎなくなったことを照射するものに他ならない。

すでに価値のなくなったものとして捨てられた印刷物に、ジョニーは再び価値を見いだしている。彼はそれを頼りに街の娯楽に触れ、隣人や浮浪児たち《ウェイフス・アンド・ストレイズ》にその楽しみを分け与える。印刷物を使って外の世界に情報を発信していくこの少年の行動は、オルコットの母アビゲイルが新聞記事を新聞市場に流した行為を想起させる。アビゲイルは、知を個人レベルに留めず、それを読者と共有することで社会問題の改善に努めていたが、ジョニーもまた、手にした印刷物を図書館の会費や美術館の入館料が払えない人々に紹介・貸出することで、彼らに絵画や読書など文化に触れる機会を無償で提供しているわけである。

その展示品の一つ、モンテ・クリスト伯の劇場ポスターは、のちにジョニーとフェイの仲を取り持つことにもなる。半身不随のため自由に動き回れないこの少年は、このポスターに興味を惹かれる。閉鎖的状況に置かれた自身と脱獄囚とに不思議な重なりを覚えたからである。そして、囚人が脱獄を企てるように、少年は外の世界への脱出の機会をうかがう。彼は、そのポスターで作った凧《たこ》を壁の向こう側に飛ばし、隣家の少女の気を引こうとする。つまり彼はポスターに描かれた物語の世界観を使い、印刷物の用途を見たり貼ったりするものから飛ばすものに変えることで、自身の存在を壁の外の住人に知らせたのである(182–86)。

物語の断片的なイメージを自身の状況に引き寄せるジョニーの試みは、オルコットの創作スタイルにも通じる。本作は、ローマ詩人オウィディウスの「ピュラモスとティスベ」を種本として作られたシェイクスピア喜劇『夏の夜の夢』(一六〇五)をさらに改変した作品構成をしているからである。オルコットが先行作品を換骨奪胎《かんこつだったい》したことは、雑誌初出時の本作のタイトルが「幼きピュラモスとティスベ」で、ジョニーとフェイが「幼きピュラモスとティスベ」に喩えられており、スナウトという役者名が『夏の夜の夢』の登場人物だという語注付きで記されていることから確認できる(8)。

オルコット版における改変と脚色のなかでとりわけ注目されるべきは、壁穴の成立過程とそれが果たす機能であろう。オウィディウス作品では、隣り合う家屋を仕切る壁に隙間を見つけた男女がそこで会話を始め、しだいに恋に落ちる。恋人たちの「声の通路」であったこの壁穴は、シェイクスピア版においても同様の成り立ちと役割を果たす(Ovid 76)。他方、オルコットの改変作「壁の穴」におけるそれは、少女と少年によって穿たれ、のちに両家を繋ぐ役割を果たす。その壁穴は、二人が互いの家を行き来するのを可能にし、自宅を塀で囲ってまで他者を排除してきた少女の父親を外部と接触させたからだ。この穴から外界をのぞいた画家である父親は、壁の向こうに住むさまざまな背景をもった人々の存在を知るだけでなく、彼らに寛容な態度を見せるようにもなる。

注目すべきは、ジョニーと娘の交際を認めた少女の父親が、穴の開いた壁に扉を設けた際、「これでおしまい、壁の役。

役目を終えて退場します、誰より早く」というシェイクスピアの石壁役スナウトが述べた台詞とほぼ同じものを口にしたことである（Shakespeare 243; 一一三、Alcott, “A Hole” 205）。しかしその文脈は異なる。スナウトは男女の逢瀬の契り《ちぎ》を聞き届けたことを観客に知らせていたが、少女の父親は家同士の心理的障壁が消失したことを読者に告げている。

壁から扉へ、少女の父親の役割が変更されていることは、後に彼の代表作となる絵画「幼きピュラモスとティスベ」からも確認できる。なぜならその絵には、敵対する両家の親に交際を反対され、悲恋の死を遂げたオウィディウス版の男女のものとは異なり、親の許しを得て仲睦まじく庭で遊ぶ子どもたちの姿が描かれているからである。とすれば、オルコットの「壁の穴」は、近代ヨーロッパ文学、ひいては西洋古典に共通する場面を下地に、登場する男女が死を迎えず幸せに暮らす物語に作り替えられたものであると言えよう。オルコットは男女の生死に関して大幅な改変を加えているものの、その他の点に関してはオウィディウスとシェイクスピア作品の世界観をそのまま借用している。古典軽視と捉えられかねない場面の多い「小さなご近所さん」に比べ、オウィディウスやシェイクスピアの作品観を尊重する姿勢を含み持つ「壁の穴」は興味深いものである。こうした内容の違いは、オルコットが教条的な哲学書とは距離を取る一方で、古典の物語には親しみを覚えていたということを浮き彫りにするからである。

作家の嗜好が色濃く反映される文学作品が、それを手にする読者の好みにも影響を及ぼす可能性は多分にある。したがって、本節冒頭で触れた、オルコット作品が「あらゆる少年少女の教養教育」を担っていたという同時代評の信憑《しんぴょう》性は疑わしいものとも言えよう。しかし、そのような限界は認められるものの、西欧の知の断片を組み合わせながら、子どもにでも読める作品に作り変えていく彼女の手法は、大衆の古典離れが進む時代にあっては、換骨奪胎された古典教養を取り込んだ新たな知への門戸を市井へと開いてくれるものであろう。

◉本研究はＪＳＰＳ科研費 JP26770112 の助成を受けたものです。

◉注

（1）オルコットは、一八六四年五月の日記で『プラトンの対話』を「再読」したと記しているが、それ以外で彼の著作に触れた記録は確認できていない (*Journals* 130)。

（2）ブロンソンは、テンプル・スクールにおいてプラトン著作の抜粋を六歳から十二歳までの生徒に読み聞かせていた (Peabody 18)。この私塾を閉じ、新たに始めたフルートランズ共同体にも彼は、トマス・テイラー編『プラトン作品集』全五巻（一八〇四）を書斎の本棚に並べていた (Sears 182)。

（3）古典のイメージを消費する前触れは南北戦争前期《アンテベラム》にも見られる。アメリカの地名や家の装飾への古典の影響についてはカール・J・リチャード、女性のファッションについてはウィンタラーを参照のこと (Richard 31–40; Winterer, *Mirror* 117–25)。

（4）芸術史が大学のカリキュラムで人気を得た一八七〇年代以降、ミシガン大学など複数の大学では絢爛豪華な美術館や博物館が建設され、高尚文化の観光地と化していた。古典教育をテクスト中心からビジュアル中心へ移行させる動向がここにもうかがえる (Winterer, *Culture* 125)。

（5）南北戦争後期《ポストベラム》のアメリカで流行したスクラップブック関連商品の中でも、マーク・トウェインが特許を取得した糊《のり》付きスクラップブックはとりわけ人気を博し、発売初年の一八七七年だけで二万五千冊売れたという (Rasmussen 874)。

（6）ガーリーは自著の中で、スクラップブック作りに適した台紙の選び方、糊・プレス機の作り方、記事の分類例、さらにはインデックスの作り方まで解説している。

（7）厳密にいえば、アビゲイルの日記帳は一八八〇年代以降、数十年間アメリカで人気を博した記念品蒐集ノート (memorabilia books) に近い。家族の活動履歴をたどる新聞・雑誌記事としては、たとえば、娘ルイーザの出版作の標題紙や広告や書評、ブロンソンの著作や西部講演活動の関連記事、さらにジョン・ラスキンからJ・M・W・ターナーの絵画を模写してよい唯一の芸術家だと絶賛されたヨーロッパ在住の四女メイの活躍を示すものがある (*Fragments*, folder 23; *Mrs. Alcott's*; Ticknor 109)。

（8）「幼きピュラモスとティスベ」は、十九世紀アメリカを代表する高級児童雑誌の一つ『セント・ニコラス・マガジン』の一八八三年九—十月号に発表された。

◉引用文献

Alcott, Abigail May. *Fragments of Diaries, 1845–77*. N.d. MS Am 1130.14, box 2, folders 7, 10, and 23, Houghton Lib, Harvard U.

——. *Mrs. Alcott's Last Diary*. 1876–77. MS Am 1817.2, box 15, Houghton Lib, Harvard U.

Alcott, Louisa May. "A Hole in the Wall." 1883. *Lulu's Library*, vol. 1, Boston, 1890, pp. 172–215.

——. *The Journals of Louisa May Alcott*. Edited by Joel Myerson and Daniel Shealy, U of Georgia P, 1997.

——. "Little Neighbors." *Aunt Jo's Scrap-Bag: My Girls*, etc., vol. 4, 1877, Boston, 1899, pp. 116–43.

——. *Little Women, or, Meg, Jo, Beth, and Amy*. 1868. Edited by Anne K. Phillips and Gregory Eiselein, W. W. Norton, 2004.

——. *Scrapbook*. 1855. MS Am 1817.2, folder 24, Houghton Lib, Harvard U.

——. *Scraps*. N.d. MS Am 1817.2, folder 25, Houghton Lib, Harvard U.

——. *The Selected Letters of Louisa May Alcott*. Edited by Joel Myerson and Daniel Shealy, U of Georgia P, 1995.

Bartlett, George B. *Concord: Historic, Literary and Picturesque*. 1885. Boston, 1895.

Bridgman, Raymond L. *Concord Lectures on Philosophy*. Cambridge, 1883.

Carnochan, W. B. *The Battleground of the Curriculum: Liberal Education and American Experience*. Stanford UP, 1993.（W・B・カーノカン『カリキュラム論争——アメリカ一般教育の歴史』丹治めぐみ訳、玉川大学出版部、一九九六年）

Cheney, Ednah D. *Louisa May Alcott, the Children's Friend*. Boston, 1888.

Clark, Beverly Lyon, editor. *Louisa May Alcott: The Contemporary Reviews*. 2004. Cambridge UP, 2010.

Colman, Julia. "Among the Scrap-Books." *Ladies' Repository*, vol. 12, no. 2, Aug. 1873, pp. 89–92.

"A Day at Concord." *The Free Religious Index*, vol. 13, no. 608, 2 Aug. 1881, pp. 78–79.

Eiselein, Gregory, and Anne K. Phillips, editors. *The Louisa May Alcott Encyclopedia*. Greenwood, 2001.

Eliot, Charles W. "A New Definition of the Cultivated Man." *Present College Questions: Six Papers Read before the National Educational Association, at the Sessions Held in Boston, July 6 and 7, 1903*, by Charles W. Eliot et al., D. Appleton, 1903, pp. 3–25.

Garvey, Ellen Gruber. *Writing with Scissors: American Scrapbooks from the Civil War to the Harlem Renaissance*. Oxford UP, 2013.

Gernes, Todd S. "Recasting the Culture of Ephemera." *Popular Literacy: Studies in Cultural Practices and Poetics*, edited by John Trimbur, U of Pittsburgh P, 2001, pp. 107–27.

Gurley, E. W. *Scrap-Books and How to Make Them*. New York, 1880.

Havelock, Eric A. *Preface to Plato*. Belknap, 1963.

LaPlante, Eve. *Marmee and Louisa: The Untold Story of Louisa May Alcott and Her Mother*. Free Press, 2012.

——. *My Heart is Boundless: Writings of Abigail May Alcott, Louisa's Mother*. Free Press, 2012.

Marsella, Joy A. *The Promise of Destiny: Children and Women in the Short Stories of Louisa May Alcott*. Greenwood, 1983.

McCosh, James. *The New Departure in College Education: Being a Reply to President Eliot's Defence of It in New York, Feb. 24, 1885*. New York, 1885.

McDowell, Maude Appleton. "Louisa May Alcott: By the Original 'Goldilocks.'" *Alcott in Her Own Time: A Biographical Chronicle of Her Life, Drawn from Recollections, Interviews, and Memoirs by Family, Friends, and Associates*, edited by Daniel Shealy, U of Iowa P, 2005, pp. 220–23.

McGill, Meredith L. "Common Places: Poetry, Illocality, and Temporal Dislocation in Thoreau's *A Week on the Concord and Merrimack Rivers*." *American Literary History*, vol. 19, no. 2, 2007, pp. 357–74.

Ovid. "Pyramus and Thisbe." *Metamorphoses*, translated by A. D. Melville, Oxford UP, 1998, pp. 76–79.

Peabody, Elizabeth Palmer. *Record of a School: Exemplifying the General Principles of Spiritual Culture*. Boston, 1836.

Rasmussen, R. Kent. *Critical Companion to Mark Twain: A Literary Reference to His Life and Work*. Infobase, 2014.

Richard, Carl J. *The Golden Age of the Classics in America: Greece, Rome, and the Antebellum United States*. Harvard UP, 2009.

Rudolph, Frederick. *The American College and University: A History*. 1962. Athens: U of Georgia P, 1990.（F・ルドルフ『アメリカ大学史』阿部美哉・阿部温子訳、玉川大学出版部、二〇〇三年）

Sears, Clara Endicott. *Bronson Alcott's Fruitlands*. Houghton Mifflin, 1915.

Shakespeare, William. *A Midsummer Night's Dream*. 1605. Oxford UP, 2008.

Shealy, Daniel. "Louisa May Alcott's Juvenilia: Blueprints for the Future." *Children's Literature Association Quarterly*, vol. 17, no. 4, 1992–93, pp. 15–18.

Ticknor, Caroline. *May Alcott: A Memoir*. Applewood, 2012.

Warren, Austin. "The Concord School of Philosophy." *New England Quarterly*, vol. 50, no. 2, 1929, pp. 199–233.

Winterer, Caroline. *The Culture of Classicism: Ancient Greece and Rome in American Intellectual Life 1780–1910*. Johns Hopkins UP, 2002.

——. *The Mirror of Antiquity: American Women and the Classical Tradition, 1750–1900*. Cornell UP, 2007.

シェイクスピア『新訳　夏の夜の夢』河合祥一郎訳、角川書店、二〇一三年。

ローウェル、フィールズ、ハウエルズの編集方針
――『アトランティック・マンスリー』誌に見る知的コミュニティの形成

中村 善雄

はじめに

ヘンリー・ジェイムズは一八九八年に『タイムズ・リテラリー・サプリメント』誌の前身である『文学《リタラチャー》』に「アメリカの文学」と題したシリーズもののエッセイを連載したが、彼はその六月号にて、アメリカの雑誌について触れている。その中でジェイムズは、雑誌とは「豊かな教育的意味」をもち、「総体としての巨大な国家」を形づくるものであると説いている(James, "American Letters" 684)。要するに、雑誌は国民の知的水準の向上に寄与し、国家の文化形成の一翼を担うということであろう。本論ではこうした前提の下、十九世紀におけるアメリカの雑誌状況に焦点を絞り、編集者を中心とした書き手側によって形成される、狭義の知的コミュニティと、雑誌購読を通して形成されていく読者層という、広義の知的コミュニティの動向を考察するとともに、供給側と受容側のコミュニティの相互関連性について探求していきたい。具体的には、ボストン発祥の文芸雑誌の編集者たちが変動する社会的・文化的状況に反応して、いかなる編集方針を打ち出し、いかなる読者層をターゲットとし、広義の知的コミュニティをいかに形成しようとしたのか

を文学領域を中心に考察することで、一八五〇年代後半から一八八〇年代のアメリカの知的潮流の一局面を炙《あぶ》り出すことを目的とする。

本論では特に、百五十年以上の歴史を有し、今日も存続する『アトランティック・マンスリー』誌（以下『アトランティック』）の刊行状況に着目するが、先に『アトランティック』が発刊される一八五〇年代前夜の、ボストンにおける文芸雑誌の状況に触れてみたい。まず一八四〇年代初頭にはトランセンデンタル・クラブが自らの思想の伝播《でんぱ》を目的として雑誌『ダイアル』を発刊した。マーガレット・フラーを編集長に、ジョージ・リプリーをアシスタント兼営業担当にして発刊されたが、この雑誌は当初から不評であった。オレスティーズ・ブラウンソンは一八四一年一月号の『ボストン・クォータリー・レヴュー』誌の中で、この雑誌の執筆者たちを「あまりにも曖昧《あいまい》で、儚《はかな》く、希薄である」と評している(Brownson 132)。また、投稿数の少なさからフラーは無償で自らの文章を掲載する羽目に陥った。たとえば、一八四一年十月刊行の『ダイアル』誌は、百三十六の総頁数のうち、フラーの文章が実に八十五頁を占めている(Chielens 129)。こうした編集に伴う負担と自身の病気のために、一八四二年から編集長はフラーからラルフ・ウォルドー・エマソンに代わったが、この交代によって超絶主義の雑誌という色合いがより濃厚となったのは当然であろう。一八四二年の七月号には詩人ウィリアム・エラリー・チャニングの八編の詩とソローのエッセイ「マサチューセッツの博物誌」が掲載されている。しかし、最終的には購読数が二百二十部にまで落ち込み、『ダイアル』誌の出版元であったジェイムズ・マンロー・アンド・カンパニーは売値を三分の一に下げ、この雑誌は四年間で幕を閉じることとなる。ジョエル・マイアソンは『ダイアル』誌短命の原因を、「超絶主義が信頼を得られなかった、また得られ続けなかったという事実と、『ダイアル』誌と編集者の名前がそのボストンの運動と取り消せないほど結びついていたという事実によって、時が経過するにつれて、『ダイアル』誌は大きな注目を浴びなくなった」と分析している(Myerson 53)。『ダイアル』誌はトランセンデンタル・クラブという知的コミュニティが超絶主義の思想を伝播するのには適した媒体であったが、逆にそれが足枷《あしかせ》となり、雑誌維持に必要な幅広い読者層を形成することはできなかったのである。

ボストン発祥の雑誌として、『ダイアル』誌より遅れて発刊され、『ダイアル』誌より寿命の短かった『パイオニア』誌も忘れてはならない。『ダイアル』誌が超絶主義のための雑誌であったのに対し、『パイオニア』誌は特定のイデオロギー色もなく、第一級の文学作品を掲載することを目的としていた。当時二十三歳の編集長ジェイムズ・ラッセル・ローウェルが、同い年のロバート・カーターとともに一八四三年一月に発刊したが、彼らの若さ溢れる情熱はその充実した内容に反映されている。創刊号では、彫刻家ウィリアム・ウェットモア・ストーリーの詩や、音楽評論家ジョン・サリヴァン・ドワイトによるベートーヴェンの記事、ローウェル自身による劇作家トマス・ミドルトンに関する記事の他に、エドガー・アラン・ポーの短編「告げ口心臓」が発表された。翌月発行の第二号の編集作業はローウェルの目の病気のために滞ったが、ナサニエル・ホーソーンの短編「空想の殿堂」、ポーの詩「レノア」が掲載されている。しかし、ローウェルの目の状態はさらに悪化し、同年三月発行の第三号ではホーソーンの「痣《あざ》」が発表されたが、短期間での編集作業のせいで、ウィリアム・アドルファス・ウィーラーから得たドイツの文壇ニュースが一八四三年一月号の『ダイアル』誌に掲載されたにもかかわらず、一部同じ情報が『パイオニア』誌にも載るという失態が起こった。また『パイオニア』誌の売れ行きは芳《かんば》しくなく、加えて発行前に全費用を支払うシステムを採用したため、たちまち財政的に行き詰まった。たとえば、ポーには、散文にせよ詩にせよ、事前に十ドル支払うことを約束している。結果、ローウェルとカーターは製紙業者や印刷工や製版者に対する支払いに追われた。『パイオニア』誌は誌名どおり、高潔たる理念のもとに文芸雑誌の世界に新風を吹き込むという開拓者精神をもっていたが、編集長の病気と経済的側面の軽視によって短命という運命を余儀なくされたのである (Chielens 316–17)。

これらの雑誌はいずれも成功とは言い難く、その顚末は雑誌継続に対する教訓を物語っている。つまりは、供給側に立つ執筆者たちのコミュニティを時代の潮流や読者のニーズに呼応する形で絶えず自己更新し、同時に需要側である読者層の拡張を図り、雑誌発行をビジネスとして成立させる経済感覚が必要であるということである。

一　『アトランティック』の理念——アメリカの知的独立

一八五〇年代ニューヨークには、『ハーパーズ・ニュー・マンスリー・マガジン』や『パットナムズ・マンスリー・マガジン』や『ニッカーボッカー』が、フィラデルフィアには『グレアムズ・マガジン』や『サーティンズ・マガジン』といった雑誌が存在した。一方、ボストンでは前述した『ダイアル』誌や『パイオニア』誌が長続きせず、一八一五年に創刊された『ノース・アメリカン・レヴュー』誌は三千部以下の発行部数で、ローウェルには「文芸のメガテリウム」[1]と揶揄《やゆ》され (qtd. in Sedgwick 27)、新たな雑誌刊行が求められていた。この状況下、一八五七年五月五日に、ボストンのパーカー・ハウスで一つの会合が開かれた。会の主催者であるフィリップス・サムソン・アンド・カンパニーの社主モーゼズ・フィリップスを中心に、右隣にはエマソン、左隣にはヘンリー・ワズワース・ロングフェローが座を占めた。以下オリヴァー・ウェンデル・ホームズとジョン・ロスロップ・モトリーが正対し、ジェイムズ・ラッセル・ローウェルとジェイムズ・エリオット・キャボットが向かい合って座った。フィリップスと対面する席には彼の右腕であるフランシス・アンダーウッドが控えていた。フィリップスはこの時の様子を記した姪宛ての手紙のなかで、この夕食会を「哲学、詩学、歴史における才能の眩《まばゆ》いばかりの集まり」と称している (Howe 15)。これらニューイングランドを代表する知の巨人たちはフィリップスを説得する形で新雑誌発行を決定し、ホームズの提案によって『アトランティック・マンスリー』と命名された雑誌が、半年後の一八五七年十一月一日に世に出る。文芸批評家トマス・ウエントワース・ヒギンソンはこの発刊に対して、「アメリカ文学の新たな時代は近かったが、超絶主義運動自体はそれを直接作り出すことはできなかった。（中略）結合によって、しばらくの間アメリカ文学をはっきりと主導した確かな執筆者サークルが生まれた」と後年回想し (Higginson, *Cheerful* 168)、『アトランティック』とアメリカ文学の新章幕開けとを結びつけている。詩人ジョン・グリーンリーフ・ホイッティアも、「この試みの成功は最初から確かなものであり、アメリカ文学の新たな時代が始まった」と、この雑誌に対する期待の高さを表明している (qtd. in Pickard 405)。
新たな文化の時代を告げるかのように、『アトランティック』は創刊にあたって、高邁《こうまい》なる理想を掲げている。創刊号の裏表紙には、「『アトランティック』は政治的にいかなる政党や党派の代弁者ともならないが、この雑誌の先導者たちはアメリカの理念だと信じるものの代弁者になろうと誠実に努めるだろう」と記している ("Declaration of Purpose")。この文言の下には、パーカー・ハウスの夕食会に出席した発起メンバーに加えて、ハーマン・メルヴィルやホーソーン、ホイッティアや歴史家ウィリアム・H・プレスコット、詩人ウィリアム・カレン・ブライアントや、ハリエット・ビーチャー・ストウ、リディア・マライア・チャイルドといった錚々《そうそう》たる著述家が名を連ねている。この雑誌は崇高な理念のもとに当時のアメリカの知を主導する者たちが結集し、言わばアメリカの「知的独立」を具現化する媒体として出発したのである (Sedgwick 7)。

また創刊号の表紙にジョン・ウィンスロップ(2)の肖像が印刷されていることは意義深い【図版1】。その絵姿から、『アトランティック』が自らの社会的使命を「丘の上の町」の理念と重ね合わせていることは明らかであろう。『アトランティック』の創刊者の一人であるホームズは、「マサチューセッツ州会議事堂の上から人は遠くを見ることができ、あらゆるピラミッドや小塔、また世界中のあらゆる場所にある尖塔からよりも見るに値するものを見ることができる」と述べ (Holmes, *Works* 217)、一八五八年発刊の『アトランティック』の第一巻六号の「朝の食卓の独裁者」の中でも、「マサチューセッツ州会議事堂は太陽系の中心 [hub] である」との有名な言葉を残している ("Autocrat" 734)。ホームズの言辞はニューイングランド外から反発を招き物議を醸《かも》したが、ビーコン・ヒルの上に立つマサチューセッツ州会議事堂を「丘の上の町」の中心に据える彼の感覚は、宗教的理想の中心となる「丘の上の町」と並び、ボストン発祥のこの文芸雑誌

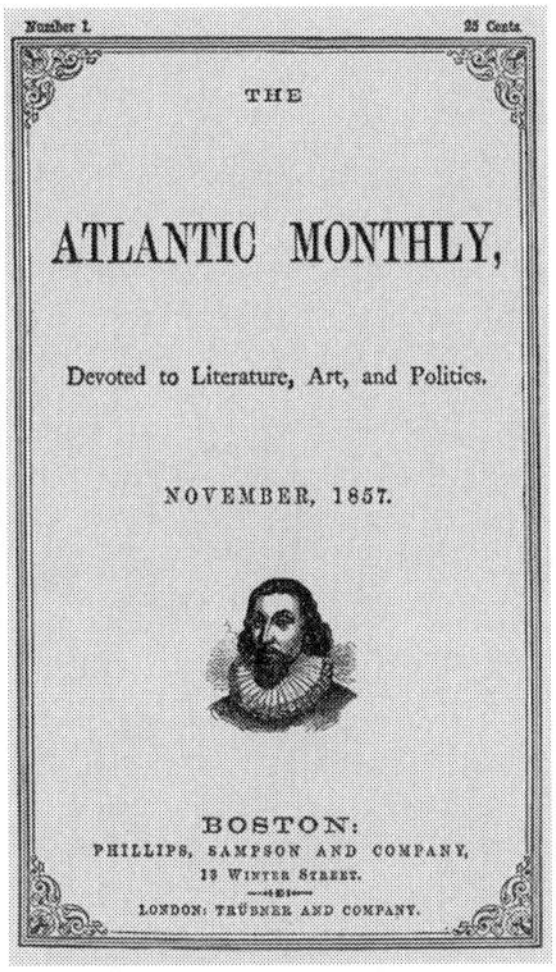

【図版1】『アトランティック』創刊号の表紙
(With permission from *The Atlantic*)

がアメリカの文学・文化の中心となるという自負を反映している。ヒギンソンも後年『アトランティック』の作家たちは、「彼らの父たちが生み出した新しい共和国に対して深くて愛情深い感情を抱く教師であり、教育者であり、光をもたらす者たちである。ニューイングランドは国を導き、文明化し、教化することが定められており、誰一人としてそれを疑う者はいない」と、この雑誌の寄稿者が文化的な意味での「丘の上の町」からアメリカの理想を語ることを一つの使命としていることを示唆している (*Cheerful* 167)。

ニューイングランド、特にボストンを知的源泉として、アメリカの文学・文化を伝播していくという『アトランティック』の理念は、同じく知的読者をターゲットとした「クオリティ・グループ」の一つである『ハーパーズ・ニュー・マンスリー・マガジン』(以下『ハーパーズ』)との比較においても際立っている[3]。『ハーパーズ』は周知のとおり、ジェイムズ、ジョン、ジョゼフ・ウエスリー、フレッチャーのハーパーズ四兄弟らが設立したハーパー・アンド・ブラザーズ社から一八五〇年に創刊されたニューヨーク発の雑誌である。『アトランティック』が当初からアメリカの文化的所産をボストンから発信しようとしたのに対し、『ハーパーズ』は少なくとも創刊から初期の間はイギリスの作家陣に依存していた。当時は国際著作権法の確立以前でもあり、この雑誌の紙面は多くのイギリス作家の作品によって占められたのである。『アトランティック』の創刊号の表紙の裏には、「出版社の声明」として、「自国の作家が最も堅固な激励を受け、大いに信頼され、『アトランティック』の紙面を満たすであろう」と記され ("Publisher's Statement")、実際、創刊からの十五年間、『アトランティック』への寄稿者の約三分の二はニューイングランド出身者で占められていた (Mott 495)。他方『ハーパーズ』創刊号の冒頭を飾った「創刊にあたってひと言」では、「イギリスの雑誌に刊行されるのと同じ速さで、[チャールズ・] ディケンズや [エドワード・] ブルワー [=リットン]、[ジョージ・] クロリー、[チャールズ・] リーヴァー、[サミュエル・] ウォレンや他の著名な投稿者の連載物をこの雑誌に転載します」と表明している ("Word" 2)。事実、創刊号はディケンズを筆頭に、すべてイギリスの執筆陣で埋め尽くされ (Chielens 167)、『ハーパーズ』のイギリス文学への偏重ぶりは競合他誌も不満を表明するほどであった。『アメリカン・ホイッグ・レヴュー』誌は、『ハーパーズ』を「文学の発展に関して反米的な感情」を有していると咎め("Puny Poets" 69)、『グレアムズ・マガジン』は『ハーパーズ』を「良き外国の雑誌」と揶揄した上で、「ヨーロッパの塵《ちり》をこの上なく信奉する者でも、全頁にいきわたるジョン・ブルに対する徹底した馬鹿げた賞賛には飽き飽きするだろう」と、イギリス文学への追従ぶりを痛烈に皮肉っている("Graham" 280)。南北戦争以後、『ハーパーズ』も自国の作品を掲載する方針に変更していくが、購読者数の確保を第一目標とし、イギリス文学の「移植」を厭《いと》わなかった雑誌と、ボストン発の「アメリカの知的独立」を目的とした『アトランティック』との理念の違いは明確であろう。しかし両者の理念の相違とは裏腹に、売り上げには歴然たる差があった。『アトランティック』の創刊号は一冊二十五セントで二万部売れ、一八六〇年までに購読数は約三万部にまで上がったが、同時期の『ハーパーズ』の売れ行きはすでに二十万部に達していた(Chielens 52)。

『アトランティック』は創刊当初から、こうしたアメリカの文化形成を主導するという信念と、ライバル誌と比較して少ない読者層という現実を抱えていたが、前者の実現と後者の好転を託す上で、ローウェルを初代編集長に据えたことは的確であっただろう。彼は詩人にして批評家で、ハーヴァード出身のボストン・ブラーミンであり、一方で先述したように、短命に終わったが、『パイオニア』誌の編集長も務め、両方の必要性を実体験していたからである。社主フィリップスもローウェルを支持し、エマソンも一八五七年五月十七日にローウェルに宛てた手紙の中で、「私の成功に対する自信は、さまざまな大いなる援助をもってあなたが編集長の責任を引き受けてくれたことに依る」と述べ、全幅《ぜんぷく》の信頼を表明している(R. Emerson, *Letters* 78)。

ローウェルの編集方針は、アメリカの文化と価値の形成をボストンから発信することであった。その流れの中で、当時人気を博していた感傷小説や教訓小説を敬遠し、書評や編集においてもその方針を反映させ、現実を映し出す比較的リアリスティックな小説を推奨した。その中でローズ・テリー・クックはローウェルの恩恵を受けた一人であり、創刊号に掲載された短編「サリー・パーソンの義務」をはじめ、彼女の初期作品が『アトランティック』に掲載されている。すでに人気作家であったストウの作品は読者層の拡大が期待できると同時に、特に『牧師の求婚』や『オールドタウン

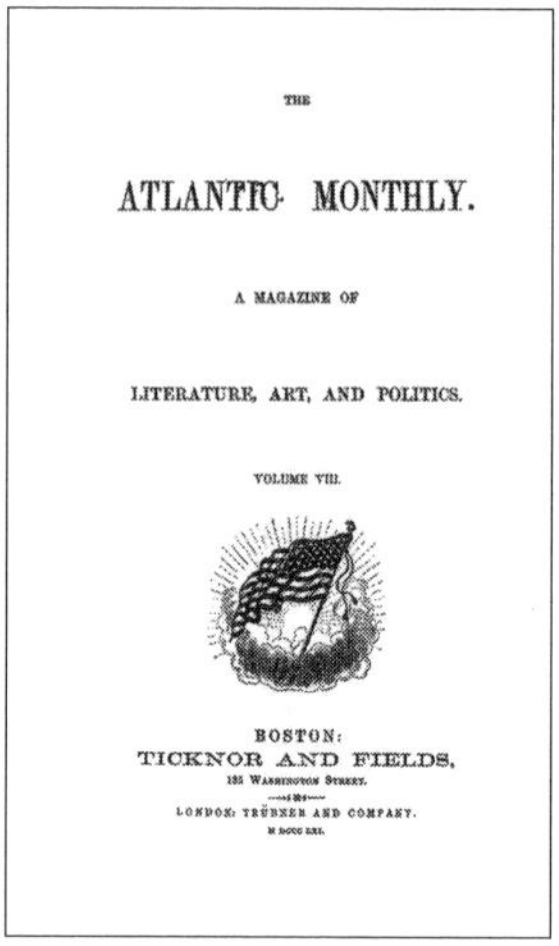

【図版2】『アトランティック』
1861年7月号の表紙

の人々』がニューイングランド地域のリアリズムを描き出した作品としてローウェルに評価された。彼女たちを含めた女性作家の作品の積極的な掲載は、十九世紀の『アトランティック』の傾向の一つであり、エリザベス・フェルプスやメアリー・フリーマン、セアラ・オーン・ジュエット、アリス・ブラウンといったニューイングランドの地方色を前面に押し出す作家の支援をすることで、ローウェルは当時人気を博していた感傷／家庭小説に対して批判的な論陣を張るとともに、『アトランティック』のニューイングランド性を特徴づけた。フレッド・パティは「『アトランティック・マンスリー』の出現とともに、初めて健全なリアリズムが決定的にアメリカの小説にもたらされた」と、ローウェルが文学水準の向上に努力した点を評価している (Pattee 168)。

一方で、ローウェル編集長時代の特徴として、反奴隷制主義運動に向けた一貫した姿勢が挙げられる。元来ローウェルのアシスタント役を務めたアンダーウッドが一八五三年の時点で、「ニューイングランド文壇の文学的影響力を反奴隷制運動の支援に向ける」との計画を抱き、それが『アトランティック』創刊へと結実していった (Underwood 48)。ローウェルにしても、また雑誌の主要メンバーであるホイッティアやストウにしても周知のとおり、有名な反奴隷制論者である。ゆえに創刊時に理念として語られた「政治的にいかなる政党や党派の代弁者ともならない」という政治的中立性が順守されたとは言えないだろう。逆に、ニューイングランド以外の作家、たとえばポーは、「侮辱されたくない南部人や、同時にまことに頑迷なまでに盲目でひとの意見に耳を貸さない固陋《ころう》さに嫌気を催したくない南部人は、この作家［ローウェル］の手による書に触れるべきではない」と警戒しており、『アトランティック』が標榜《ひょうぼう》する「アメリカの理念」は「ニューイングランドの理念」を大いに反映したものだった[4] (Poe 280)【図版2】。

二 「アメリカ文学の超人たち」のコミュニティの形成と強化

社主モーゼズ・フィリップスが一八五九年八月に四十六歳の若さで突然死去したのを契機に、同年十月に『アトランティック』はティクナー・アンド・フィールズ社に買収され、共同経営者であったジェイムズ・トマス・フィールズが一八六一年にローウェルの後任編集長となった。

同じ編集長にしても、フィールズはローウェルと経歴の点で大きな違いがあったことはよく知られている。ローウェルがハーヴァード出のブラーミンであるのに対して、フィールズは父を三歳で亡くし、ポーツマスの困窮した家庭から十三歳の時にボストンにやってきた苦労人である。しかし彼はボストンのオールド・コーナー書店の年季奉公人から、出版社の共同経営者にまで上り詰めた人物であり、セルフ・メイドを地で行くビジネスマンと言える。フィールズは基本的にローウェルの編集方針を踏襲したが、両者の経歴の違いが『アトランティック』の方向性にも反映されたのは当然であろう。ヒギンソンは母親への手紙の中で、二人の違いを次のように語っている。「ローウェルには著しく欠けていた機敏さとビジネス的特質をもっているので、フィールズが『アトランティック』の編集をするのは雑誌にとって素晴らしいことである。(中略)ローウェルがどちらかと言えば腰を落ち着け、良質なものが来るのに任せる傾向があるに対し、フィールズは常に良質なものを探しまわっている」と、後者の積極的な姿勢を評価している (*Letters* 111)。事実ローウェルの編集時代よりも売り上げを伸ばし、一八六六年までに購買数は五万部に達した (Sedgwick 81)。

ではフィールズは具体的にどういった編集方針を採ったのだろうか。彼はヒギンソンも指摘したように、経営者として持ち前のビジネス感覚を発揮している。まず、エマソンやロングフェロー、ホームズやホイッティアといった『アトランティック』創刊時のメンバーを「ニューイングランド文壇の集団」、あるいは「アメリカ文学の超人たち」と吹聴《ふいちょう》し、この執筆者グループをアメリカにおける最高の知的コミュニティとして宣伝していった (Sedgwick 73)。そして『ア

【図版３】左から、フィールズ、ホーソーン、ティクナー
(Courtesy of Special Collections, Fine Arts Library, Harvard Library)

トランティック』を、この卓越した文芸グループが集うフォーラムとして位置づけ、知的読者層をターゲットとする競合雑誌との差別化を図ろうとしたのである。また、ローウェルの編集長時代には孤立していたフィールズの友人ホーソーンや、ソローを執筆陣に加え、このグループの強化を図った【図版３】。フィールズが編集長になる以前の一八四九年当時、セイラムで孤独を託《かこ》っていたホーソーンを鼓舞し、翌年の『緋文字』出版にも手を貸している。ホーソーンの死後、寡婦《かふ》となったソファイアによって印税訴訟を引き起こされるが、彼の編集長時代に、ホーソーンは合計十四もの短編やエッセイなどを『アトランティック』から発表している。前編集長ローウェルとの仲違いによって疎遠となったソローとの関係も修復し、一八六一年から六四年の間にフィールズは彼の七つのエッセイをこの雑誌に掲載した。フィールズはこのように『アトランティック』所縁《ゆかり》の執筆者たちを一つのコミュニティとして纏《まと》め上げ、その集団をブランディングすることで、その文化的影響力を高め、『アトランティック』の購買増へと結び付けようとしたのである。

温和かつ社交的な性格も手伝って、フィールズはまた多くの著名な作家を惹きつけ、チャールズ通りにある自宅を、あらゆる世代の作家たちに対して開放し、そこを知的コミュニティの拠点とした。ホームズがボストンを世界の「中心[hub]」と称するならば、フィールズの自宅はさしずめその「中心」のなかの「中心」だったと言えよう。彼はさらなる効果を狙って、自宅を単なる文学サロンだけではなく、偉大なる作家たちの殿堂として演出している。ジェイムズがチャールズ川沿いの「水辺の博物館」と称したように、彼の自宅にはバイロンの署名入りの詩集やキーツの髪の毛が入ったロケットや、ジョシュア・レノルズによるアレグザンダー・ポープの肖像画、リンカーンが所有していたポープの書が所蔵され、自らの居所を文学の殿堂として印象付けた (Goodman 56)。

こうした知的サロンづくりには、フィールズの妻アニーもひと役買っている。彼女は一八五四年の二十歳の時に、十七歳年上のフィールズと結婚したが、その若さも手伝って作家たちの間で人気を博した。また、「ミセス草原」や「フラワー」と呼ばれるほど、アニーは自宅を花で満たし、文字どおりそのコミュニティの拠点に花を添えたのである。実際の文学サロン作りに寄与したのみならず、アニーは『アトランティック』の編集についても手を貸している。彼女はエマソンの又従兄弟ジョージ・B・エマソンの経営する若い女性のための学校に通い、ラテン語、フランス語、科学、古典を学んだ才媛である。それゆえ文壇においても大きな影響力を有し、ヘレン・マリア・ウィンズローは「フィールズ夫人ほど今日のボストンにおいて力を持っているものはいない」とまで言い切っている (Winslow 60)。

執筆者サークルを強化しようとするフィールズの姿勢は、彼らに対する経済的支援からも見て取れよう。彼は（先述したソファイア・ホーソーンによる印税訴訟があったが）、一般的には支払いの良い編集者として知られた。エドワード・ウォルドー・エマソンがフィールズのことを「我々すべての守護者で、扶養者である」と評したことからも察せられる (E. Emerson, *Early Years* 380)。『アトランティック』の執筆料は、南北戦争前は作家の格によって、一頁につき五ドルから十ドルであったが、戦中のインフラに対応して五ドルから十五ドル、ホーソーンやホームズといったごく少数の作家に対しては最高二十ドルにまで引き上げた。引く手あまたであったストウの場合は、独占契約として特別に割増金を支払っている (Sedgwick 75)。また出版時でなく、原稿受け取りの時点で執筆料を支払い、困窮する若手作家には前払いも行なった。こうして、『アトランティック』に寄稿する執筆陣の財政的不安を払拭《ふっしょく》し、この知的サークルの保持・強化に務めたのである。

ビジネス的感覚を発揮して、フィールズは『アトランティック』の地位と購買数を高めていったが、南北戦争以後、この雑誌を取り巻く状況は変化していく。戦後、アメリカの経済的・商業的中心がニューヨークへと移行するのに伴い、『アトランティック』を脅かす文芸雑誌群もこの大都市から続々と登場したからである。その一つが一八六五年創刊の『ネイション』誌である。エドウィン・L・ゴドキンによって創刊されたこの週刊雑誌は、特に南北戦争後の再建時代における知識階級のオピニオン・マガジンであった。散文小説を掲載せず、購買数が六千部から一万二千部と限定的で、『アトランティック』に取って代わることはなかったが、戦後の知的潮流の変化を予感させるトップバッターとして登場した。次に競合したのが『ギャラクシー』誌である。この雑誌は『ネイション』誌以上に『アトランティック』をライバル視していた。一八六五年にティクナー・アンド・フィールズ社の出資者であったジェイムズ・オズグッドは『アトランティック』に対抗する雑誌創刊の噂を、後に『アトランティック』の編集長となるトマス・ベイリー・アルドリッチから聞きつけている。アルドリッチはオズグッドに対して、「この雑誌はニューヨークで創刊され、最も有名なアメリカとイギリスの作家を抱え、およそ二か月で『アトランティック』を干上がらせると思われる」と書き送り、新たな雑誌創刊に対する警戒を喚起した (qtd. in Sedgwick 77)。フランク・ルーサー・モットもこの雑誌は、「『アトランティック・マンスリー』に対する崇高なる不満と、ニューヨークは自身の月刊誌を有するべきだという感情から生まれた」と記している (Mott 361)。しかしながら、『ギャラクシー』誌は『アトランティック』よりも執筆料が低く設定され、当初の購買数は六千部で、フィールズが編集長を辞する一八七一年には約二万三千部にまで伸長するが、結局この先行雑誌を「干上がらせる」ことは出来ず、逆に一八七八年に『アトランティック』によって吸収される運命を辿る。

だが一八七〇年に入ると、『アトランティック』の真のライバル誌となる『スクリブナーズ・マンスリー』誌(以下『スクリブナーズ』)がチャールズ・スクリブナー、ロズウェル・スミス、ジョサイア・ギルバート・ホランドらによって創刊される。『スクリブナーズ』も『アトランティック』同様「クオリティ・グループ」の一つであったが、再建期に台頭・伸長した中流階級を主な読者層とし、より知的エリート層をターゲットとした『アトランティック』とは読者層が多少異なるとはいえ、購買数では大きな違いがあった。その差に拍車をかけたのが挿絵の存在である。ジェイムズが一八七四年にウィリアム・ディーン・ハウエルズに宛てた手紙で、「『アトランティック』の表紙や紙面はまるで人が時代の最も高級な文化に仕えているかのように感じさせる」と語っているように、この雑誌は挿絵や無意味な活字の強調といった手段を敬遠した (*Letters* 424)。他方、『スクリブナーズ』は当時一流の挿絵画家による挿絵を積極的に取り入れ、創刊当初から人気を博した。具体的には、E・W・ケンブル、ウィンズロー・ホーマー、フレデリック・レミントンといった当代世評の高い有名イラストレーターが関わった。ティモシー・コールにいたっては、四十年の長きにわたって、『スクリブナーズ』のレイアウトを担当している(Chielens 364)。一八八一年に経営方針の違いから、『スクリブナーズ』は『センチュリー・マガジン』に名称変更されたが、実質はほとんど変わらず、発行部数の高さから執筆料も高く、それによって有名作家を惹きつけ、常に『アトランティック』とは歴然たる購買数の差があった。

フィールズも戦後、アメリカ文学の中心がニューヨークへと移り変わることを見越し、一八六六年からオハイオ州出身のハウエルズを副編集長に据えた。彼は名声の確立した「アメリカ文学の超人たち」に加え、若い世代の作家やニューイングランド以外の作家との関係を開拓することを視野に入れ、ハウエルズを起用したのである。

三 「アメリカ文学の新流派」の形成

ハウエルズが『アトランティック』の副編集長となった一八六六年の時点で、この雑誌を支えてきた「アメリカ文学の超人たち」への過度な依存には限界があった。ホーソーンやソローは一八六〇年代前半に世を去り、エマソンの健康状態は悪化し、ローウェルは共同編集者として『ノース・アメリカン・レヴュー』誌の編集に傾注し、ホームズは人気を失い、時代遅れの感があった。フィールズは編集長の後半期に『アトランティック』の初期メンバーの文学的影響力の衰退を予見し、それゆえハウエルズを副編集長に任命したが、ハウエルズが編集長となった一八七一年以降、「アメリカ文学の超人たち」からの脱却はさらに加速している。その変化について、一八九九年から一九〇九年まで『アトランティック』の編集長を務めたブリス・ペリーは、ハウエルズが「ボストン人の雑誌をアメリカ人の雑誌に変え」、「『アトランティック』についてのビーコン・ヒルの意見を取るに足らないものにした」と語っている(Perry 174)。

実際、ハウエルズの編集長時代にはニューイングランド出身作家の投稿の割合は大いに減少している。彼は『アトランティック』を生み出したボストンに対して畏敬の念を抱く一方、広範な読者を惹きつけるために、各地域出身の若い作家の作品を掲載した。ニュージャージー出身のリチャード・ワトソン・ギルダーやメイン州出身のジュエット、インディアナ州出身のジョン・キャリー・エグルストンといった面々である。ハウエルズ自身はこれらの作家たちを「アメリカ文学の新流派」と称し、自らをそのスポークスマンに位置づけている。ジェイムズも一九一五年に『アトランティック』に掲載された回想エッセイの中で、ハウエルズの編集長時代を、「新しいアメリカ小説の最初の種子がまさに『アトランティック』という土壌に撒《ま》かれた」と讃えている("Mr. and Mrs. Fields" 137)。

その「新流派」の中でも、西部出身のマーク・トウェインは、『アトランティック』に原稿を寄せる以前からすでに人気を博し、低迷する雑誌の購買数を押し上げる意味でも重要な作家であった。ハウエルズは、トウェインが一八七四年に『アトランティック』に初めて発表した「ほんとうのはなし」が掲載される以前から、積極的に彼の作品を求め、通常の原稿料の倍に当たる一頁につき二十ドルの支払いを約束している。少年向けの本と判断された『トム・ソーヤーの冒険』は掲載しなかったが、結局、一八七四年からハウエルズが編集長を辞する一八八一年までの間に『ミシシッピの古き時代』(後に『ミシシッピの生活』(一八八三年)に所収)を連載するとともに、十二編の短編を掲載するに至っている。しかし海賊版が先に新聞に発表され、『ミシシッピの古き時代』については国際著作権法の確立前だったので、カナダの出版社によって海賊版が出回り、『アトランティック』の購買数はほとんど変動なく、トウェイン作品による人気上昇という当初の目論は的外れに終わった(Sedgwick 141)。

ハウエルズにとって「新流派」とは、よく知られたように、リアリズム小説の浸透であるが、それを推し進める上で、彼が最も心を砕いた作家がジェイムズである。副編集長就任後、ハウエルズが初めて目にしたジェイムズの原稿は一八六六年発表の「貧しいリチャード」であったが、フィールズからこの短編が掲載に値するか否かについて判断を求められた際、「はい、その作家から手に入れられるすべての物語を」と書き送り、当初からジェイムズの著作を第一級のものと確信していた(Howells, "Henry James" 25)。一八六七年八月十日のチャールズ・エリオット・ノートン宛の手紙の中で、ハウエルズは「ジェイムズが小説において成功するあらゆる要素を持っていることに疑いの余地がない。しかし、彼は自分の読者を大いに生み出さなければならない。それまではむしろ私は今存在している読者を軽蔑する」と、当時駆け出しであったジェイムズの売り出しと彼の読者層の形成を願っていた (*Selected Letters* 283)。実際、ハウエルズが編集長であった一八七一年から八一年の十年間に、『ロデリック・ハドソン』や『アメリカ人』、『ヨーロッパ人』、『ある婦人の肖像』といったジェイムズの創作前期を代表する小説の多くが『アトランティック』から発表されている。この厚遇に対して、ジェイムズもハウエルズの七十五歳の誕生日を祝う席上にて、「私が執筆を始めた時、あなたは私に寛大なる編集の手を差し伸べてくれた」と、感謝の念を述べている ("Letter" 558)。

ハウエルズは「アメリカ文学の超人たち」に続く若手作家あるいは中西部作家の作品を積極的に掲載し、新たな執筆サークルの形成に腐心するとともに、作品紹介の意味で、書評の割合を大幅に増加させている。その分量は副編集長時代の二倍に達し、特に小説を中心に、あらゆる分野の主な新作が書評された。ハウエルズ自身も年間に五本から一五本の書評を執筆したが、T・S・ペリーに至っては、ハウエルズの編集長時代に、三十編の文学批評と三百九十七編の書評を著している (Sedgwick 152–53)。一八八一年の終わりには、『アトランティック』に掲載された小説の書評や、記事が年間で七十にも上った。頁数にして年間三百ページに当たり、競合雑誌である『ハーパーズ』の五パーセント、『スクリブナーズ』の十パーセントに対して、約十八パーセントと、書評に多くの紙面を割いている (John 43)。

また執筆者と読者の相互交流の場として、ハウエルズは一八七七年に「投稿者クラブ」と名付けられた、匿名で自由に投稿できる討論欄を『アトランティック』に新たに設けている。この取り組みは好評で、初年度の一八七七年には百五十もの投稿があり、ハウエルズの父もカナダ系先住民に関する記事を送った。ハウエルズ自身も、詩人エドモンド・ステッドマンに対して、「そのクラブに書く気のある聡明な女性を知っているならば、私のために紹介してください」と、女性の参加も積極的に受け入れている (qtd. in Eppard xix)。一八七九年十二月十九日の『ボストン・イヴニング・トランスクリプト』紙では、「投稿者クラブ」は「少なくとも、ある読者層にとってはこの雑誌の中で、最も興味深い部分になる見込みが十分ある」と評価されている (qtd. in Eppard 6)。

ハウエルズはこのように紙面の内容を充実させるとともに、宣伝の点からも新たな読者層の獲得を目指していたことがうかがえる。特に中西部の読者層の形成のためにその地域への宣伝を増やしている。『アトランティック』はおよそ四十の新聞に出稿していたが、その中には『シカゴ・トリビューン』紙や『シンシナティ・ガゼット』紙、『ミルウォーキー・センティネル』紙、『ミズーリ・リパブリカン』紙、『セントルイス・デモクラット』紙といった中西部の新聞が多く含まれていた (Sedgwick 150)。一八八一年に出された『アトランティック』の宣伝広告文を見ても、その最後に、「あらゆる知的なアメリカ市民の注意深い読書に報いるように努めています」と記され、「アメリカの雑誌」になるべく、国全体に読者ネットワークを構築しようとしたハウエルズの意図を見て取ることができる。

しかしながら、ハウエルズの幾多の努力にもかかわらず、『アトランティック』の購読数は伸び悩んだ。フィールズの編集長時代に五万部を記録したのをピークに、一八七〇年には三万五千部に、四年後には二万部にまで減少した。ハウエルズ時代の末期には、一万二千部にまで落ち込んでいる。一方、一八八〇年前半に『ハーパーズ』の購読者数は十万に達し、『スクリブナーズ』の後継である『センチュリー・マガジン』は二十一万を超える部数を誇った。『アトランティック』とライバル誌とのこの購読数の差にはいくつかの原因が考えられる。一つは前述したように、『アトランティック』が高級な文芸雑誌としての自負から、挿絵の積極的な使用を躊躇《ちゅうちょ》し、幅広い読者層への訴求力を欠いていたことが挙げられる。また、文学や文芸批評重視のハウエルズの姿勢が、その他の分野に割かれるべき紙面を少なくし、読者を一部の文学愛好家に限定する傾向にあった。出版者であるヘンリー・オスカー・ホートンは中西部への旅行の際、『アトランティック』が「あまりに文学的で、あまりに学問的で、現代生活とはあまりにもかけ離れている」という不満を耳にしており (Ballou 264)、ハウエルズが意図した中西部への読者層の拡大も思惑どおりにはいかなかった。

『アトランティック』の購読者数の落ち込みは広告費のみならず、執筆料の抑制へと繋がり、それは『アトランティック』を支えた執筆者グループにも変化をもたらした。一部人気作家については例外はあったが、『アトランティック』の出版元であるホートン・ミフリン社は基本的に原稿料の値上げには応じず、ノートン、ジェイムズ、ジュエットやヒギンソンといった常連の執筆者たちは『ハーパーズ』や『センチュリー・マガジン』へ寄稿するようになった(Goodman 165)。一八八八年の、ボストンからニューヨークへのハウエルズ自身の転居も、『アトランティック』離れと、アメリカにおける文化的ヘゲモニーの移行を象徴した出来事であろう。一方で、『アトランティック』を創刊から支えてきた「アメリカ文学の超人たち」――一八八二年四月のエマソンの死去を皮切りに、九〇年代に入るとローウェル(一八九一年没)、ホイッティア(一八九二年没)、ホームズ(一八九四年没)、ストウ(一八九六年没)――が相次いで死去することで、『アトランティック』の一章が幕を閉じることとなる。

おわりに

十九世紀中葉のアメリカは、アトランティックの「向こう側」たるヨーロッパを意識しながら、「アメリカの知的独立」の具現、つまり「こちら側」たるアメリカの文学・文化形成に迫られていた。その中心となったのが、「丘の上の町」の言説を背景としたボストンであった。しかし、南北戦争後の再建時代にニューヨークが経済的・商業的中心としてその地位を高め、それに応じて文芸の拠点がニューヨークへと移行するとともに、アメリカの領土拡張に比例して、アメリカ文学の読者圏が西へと拡大していった。読者圏の広がりは、同時に供給側の執筆者たちのコミュニティの拡散を招き、東部からの一極集中的な文学・文化の発信から、新たに中西部を起点に発信されることで分散的となった。こうしたアメリカの知的動向に対して、『アトランティック』の編集長を務めたローウェル、フィールズ、ハウエルズの三人の編集長はその変化を機敏に感じ取り、雑誌存続のために、時代のニーズに即した編集方針を試みている。ローウェルは、ニューイングランドを代表する知識人として、大衆的な感傷小説や教訓小説に対抗するため、リアリズムとニューイングランドの地域性を前面に押し出す作品を積極的に掲載することで、アメリカ文学の水準向上を図ろうとした。フィールズは持ち前のビジネス的センスを発揮して、ニューイングランド在住の「アメリカ文学の超人たち」を、アメリカを代表する知的コミュニティとして宣伝し、それによって『アトランティック』をブランド化し、ボストンからの文化発信を強固なものにしようとした。オハイオ州出身であるハウエルズは、ニューヨークへの知的ヘゲモニーの移行に伴ってニューイングランド作家への依存を減じ、またアメリカの版図拡大に応じて西部作家への積極的なアプローチを重ね、『アトランティック』を「ボストン人の雑誌」から「アメリカ人の雑誌」へと変貌させるべく努力を重ねた。この三人の編集を顧みると、『アトランティック』は時代の趨勢《すうせい》によってその方針を微妙に変え、時代を映し出す鏡として機能し、「巨大な国家」の文化的歴史を語る一つの証人としての役割を果たしていたと言えよう。しかし他方、『アトランティック』は、視覚的に魅力的な紙面作りをするという雑誌の商業化の流れや、南北戦争後に台頭した中産階級を読者層に取り込むことの必要性を軽視したがゆえに、『ハーパーズ』や『スクリブナーズ』といったライバル誌に購読者数の点で後塵《こうじん》を拝した。そこに、アメリカの知を主導するとして創刊された『アトランティック』の矜持《きょうじ》と、その自負心ゆえに時代と読者に迎合し（得）なかったこの雑誌の歴史の一端を見て取ることができるであろう。

◉注

（1）主に更新世（約二五八万年前から約一万一七〇〇年前）に南北アメリカに生息した巨大なナマケモノの近縁属。体長は約六メートル。

（2）マサチューセッツ湾植民地の初代総督となったジョン・ウィンスロップは、ボストン上陸前のアラベラ号船上にて、マタイによる福音書の言葉「あなたがたは世の光である。山［欽定訳聖書では丘］の上にある町は、隠れることができない」（マタイ五・一四）を引き合いに出し、新大陸の理想として「丘の上の町」の建設を標榜した。

（3）「クオリティ・グループ」とは、『アトランティック』や『ハーパーズ』、『スクリブナーズ』、『センチュリー・マガジン』といった、知識階級たちを読者層とする文芸雑誌の一群を指し、この用語は十九世紀に広く使われた。

（4）フィールズの編集長時代の一八六一年の七月号からは、『アトランティック』の表紙を飾っていたウィンスロップの肖像が、アメリカ国旗に変更された。一八六二年には、四ドルの執筆報酬をジュリア・ウォード・ハウに支払って、北軍の行進曲となった「リパブリック賛歌」が同年二月号に掲載され、『アトランティック』は反奴隷制と北軍支持の姿勢を鮮明にしている。

◉引用文献

Ballou, Ellen B. *The Building of the House: Houghton Mifflin's Formative Years*. Houghton Mifflin, 1970.

Brownson, Orestes. "Literary Notices." *The Boston Quarterly Review*, vol. 4, 1841, pp. 127–36.

Chielens, Edward E., editor. *American Literary Magazines: The Eighteenth and Nineteenth Centuries*. Greenwood Press, 1986.

"Declaration of Purpose." *The Atlantic Monthly*, vol. 1, no. 1, 1857.

Emerson, Edward Waldo. *The Early Years of the Saturday Club: 1855–1870*. Authors Choice Press, 2003.

Emerson, Ralph Waldo. *The Letters of Ralph Waldo Emerson*. Edited by Ralph L. Rusk, vol. 5, Columbia UP, 1939.

Eppard, Phillips, and George Montiero. *A Guide to the* Atlantic Monthly *Contributor's Club*. G. K. Hall, 1983.

Goodman, Susan. *Republic of Words: The* Atlantic Monthly *and Its Writers, 1857–1925*. UP of New England, 2011.

"Graham Versus Reprints." *Graham's Magazine*, vol. 3, no. 3, 1851, p. 280.

Higginson, Thomas W. *Cheerful Yesterdays*. Houghton Mifflin, 1898.

——. *Letters and Journals of Thomas Wentworth Higginson, 1846–1906*. Edited by Mary Potter Thacher Higginson, Houghton Mifflin, 1921.

Holmes, Oliver Wendell. "The Autocrat of the Breakfast Table." *The Atlantic Monthly*, vol. 1, no. 6, 1858, pp. 734–44.

——. *The Works of Oliver Wendell Holmes*. Vol. 2, Houghton Mifflin, 1892.

Howe, M. A. De Wolfe. *The* Atlantic Monthly *and Its Makers*. Atlantic Monthly Press, 1919.

Howells, William Dean. "Henry James, Jr." *Century*, vol. 25, no. 1, 1882, pp. 24–29.

——. *Selected Letters of William Dean Howells*. Edited by George Arms and Christopher Lohman, vol. 1, Twaye, 1979.

James, Henry. “American Letters.” *Literary Criticism: Essays on Literature, American Writers, and English Writers*, edited by Mark Wilson and Leon Edel, Library of America, 1984, pp. 651–702.

——. “A Letter to Mr. Howells.” *The North American Review*, vol. 195, no. 677, 1912, pp. 558–62.

——. *Letters: 1843–1875*. Vol. 1, edited by Leon Edel, Belknap Press, 1974.

——. “Mr. and Mrs. James T. Fields.” *The Atlantic Monthly*, vol. 116, 1915, pp. 21–31.

John, Arthur. *The Best Years of the Century: Richard Watson Gilder,* Scribner’s Monthly*, and the* Century Magazine*, 1870–1909*. U of Illinois P, 1982.

Lowell, James Russell. *Letters of James Russell Lowell.* Edited by Charles Eliot, vol. 1, Harper and Brothers, 1894.

Mott, Frank Luther. *A History of American Magazines: 1865–1885*. Belknap Press, 1938.

Myerson, Joel. *The New England Transcendentalists and the* Dial*: A History of the Magazine and Its Contributors*. Fairleigh Dickinson UP, 1980.

Pattee, Fred Lewis. *The Development of the American Short Story: An Historical Survey*. Biblo and Tannen, 1966.

Perry, Bliss. *And Gladly Teach: Reminiscences.* Houghton Mifflin, 1935.

Pickard, Samuel T., editor. *Life and Letters of John Greenleaf Whittier*. Vol. 2, Houghton Mifflin, 1895.

Poe, Edgar Allan. “James Russell Lowell.” *The Works of the Late Edgar Allan Poe*, vol. 3, Redfield, 1853, pp. 275–82.

“Publisher’s Statement.” *The Atlantic Monthly*, vol. 1, no. 1, 1857.

“Puny Poets and Piratical Publishers.” *The American Whig Review*, vol. 13, no. 37, 1851, pp. 68–79.

Sedgwick, Ellery. *A History of the* Atlantic Monthly*, 1857–1909: Yankee Humanism at High Tide and Ebb*. U of Massachusetts P, 2009.

Underwood, Francis Henry. *James Russel Lowell: A Biographical Sketch*. Houghton Mifflin, 1893.

Winslow, Helen Maria. *Little Journeys in Literature*. L. C. Page, 1902.

“Word at the Start.” *Harper’s New Monthly Magazine*, vol. 1, no. 1, 1850, pp. 1–2.

世紀末イギリス社会主義者たちの〈アメリカン・ルネサンス〉

貞廣　真紀

はじめに

英語という言語を共有するイギリスとアメリカは両者をむすぶ読書共同体を形成していたが、十九世紀を通じて、それは、きわめて不均衡な関係性によって特徴づけられていた。一八三七年のヘンリー・クレイ上院議員による提言から一八九一年の国際著作権法成立までに五十年もの歳月を要したのは、海賊版の販売によって生計を立てていた中小規模の印刷所や書店、出版社、ひいては未熟なアメリカの出版業界全体の保護のためだったが、法的規制の不在は作家の権限を抑制し、いわゆる「海賊版黄金時代」を引き起こした。イギリスの作品がアメリカでリプリントとして出回り、アメリカ作家を過酷な出版競争に巻き込んだのである。十九世紀中葉のヤング・アメリカは、イギリスの廉価《れんか》出版物に包囲されたアメリカ作家たちがアメリカの読者を取り戻すという、作家個人の利益と愛国心の入り混じった運動であり、その中で〈アメリカン・ルネサンス〉が花開くことになった(1)。

ところが、南北戦争からの復興をきっかけにニューヨークの出版社が力をつけると、アメリカの大衆が少数のイギリス人作家を受容するという英米のパワーバランスは逆転し、今度はアメリカの作品がイギリスで広く受容されるようになる。『ハーパーズ・ニュー・マンスリー・マガジン』や『スクリブナーズ・マンスリー』などのアメリカの文芸誌は立て続けにイギリス版を発行し、『ハーパーズ』などはアメリカよりイギリスで、イギリス雑誌よりも多くの読者を獲得していたという(Gohdes 66–70)。

たとえば、ウォルト・ホイットマンの死を受けて『ニューヨーク・タイムズ』紙が出した記事は示唆的だ。「彼の死亡記事の数はローウェルの二倍と言っても過言ではない。(中略)アメリカでの彼の評判は、大西洋のこちら側で生じたイギリス人による賞賛の影響を大いに受けることになるだろう」(Frederick 1)。そして、予言どおりのことが起こった。あるいは、そのような事態はすでに始まっていたという方が正確だろうか。本論の結論を先取りすれば、ホイットマンやハーマン・メルヴィル、そしてアメリカの批評家たちは、イギリスで作られた〈アメリカン・ルネサンス〉像を、似姿でありながら反転した鏡像のようにして、いわば鏡像からその実像を構築していったのである。

そもそも、イギリスにおける〈アメリカン・ルネサンス〉の発見、それはどのようにして起こったのだろうか。メルヴィルの晩年、彼を高く評価してイギリスでの再版を働きかけたのも、当時もっぱら自然史家として知られていたソローを政治思想家として取り上げ始めたのも、あるいはまた、ホイットマンの読者層を労働者階級に広げたのもイギリスの社会主義者たちであった。イギリスでは、選挙法改正で高まるデモクラシーの気運と、ウィリアム・グラッドストンのリベラル政治の失敗に起因する大不況が引き金となり、一八八〇年からわずか二十年の間におびただしい数の社会主義グループが結成された。有名なものを挙げるだけでも、一八八三年に社会民主主義連盟、一八八四年にフェビアン社会主義とウィリアム・モリスの社会主義同盟、一八八八年にスコットランド労働党、一八八九年に第二インターナショナル、一八九二年に独立労働党と続き、いかに急速に社会主義思想が普及したかがわかる(Bevir 23)。当時の社会主義は一貫した主義というよりはラディカリズムと呼ぶべきもので、政治思想としては未熟であったがゆえに、さまざまな反体制思想(たとえば、同性愛擁護、菜食主義、神秘主義、芸術至上主義)と連携しながら、ゆるやかで多面的な共同体を形成していた(Gandhi 8–9)。ちょうど同じ頃、四百万人を超える失業者が発生していたアメリカでも格差社会が人々の関心事となり、エドワード・ベラミーのユートピア小説『顧みれば』（一八八八）がベストセラーになったが、イギリスの社会主義者たちがアメリカの反体制的ロマン主義に精神的支柱を求めたことは、アメリカのユートピア社会主義がある種のリアリズム小説を求めたのと対照的であると言えるかもしれない。

環大西洋文学研究の先駆者ロバート・ワイスバックは、アメリカ人がイギリスを意識するほどイギリス人はアメリカを意識しておらず、アメリカ文学のイギリス人に対する影響は、たとえあったとしても個人的なものにとどまると指摘する（Weisbuch 31）。しかし、その指摘がある程度正しいにせよ、世紀末イギリス社会主義者の間で生じたアメリカ作家ブームは、個人的な嗜好《しこう》を超えた一つの文化現象であったように思われるのだ。当時の社会主義運動はいくつもの組織が緩やかに連携し、それ自体として共同体的な繋がりを持っていたが、同時にそれは、機関誌や廉価版リプリントを通じて形成された文学の解釈共同体でもあった。本論は、八〇年代から世紀末の環大西洋批評空間で〈アメリカン・ルネサンス〉の作家たちがどのように受容され、それが晩年のホイットマンとメルヴィルにどのような共同体的思考を喚起したのか、いわば三重の意味での共同体をめぐる考察である。

一　イギリス世紀末の社会主義運動とキャメロット・シリーズ

一八九四年三月の『ニューイングランド・マガジン』に掲載された「フェビアン協会」という記事の中に「イギリスにおける社会主義の発展は文学の新しい精神に支えられている」という一文がある（qtd. in Harris 114）。さきに触れたように、その「新しい精神」こそ、〈アメリカン・ルネサンス〉の作家たちであった。たとえば、キリスト教系社会主義グループのフェローシップ・オブ・ザ・ニューライフのウィリアム・ジャップは自伝『旅行』の中で当時を振り返り、「［ホイットマンの］『草の葉』と［エドワード・カーペンターの］『民主主義の方へ』は、ソローの『ウォールデン』、エマソンの『エッセイ』、『処世術』とともに、神のインスピレーションを与えられた聖書のような」作品であったと書いている（Jupp 68）。

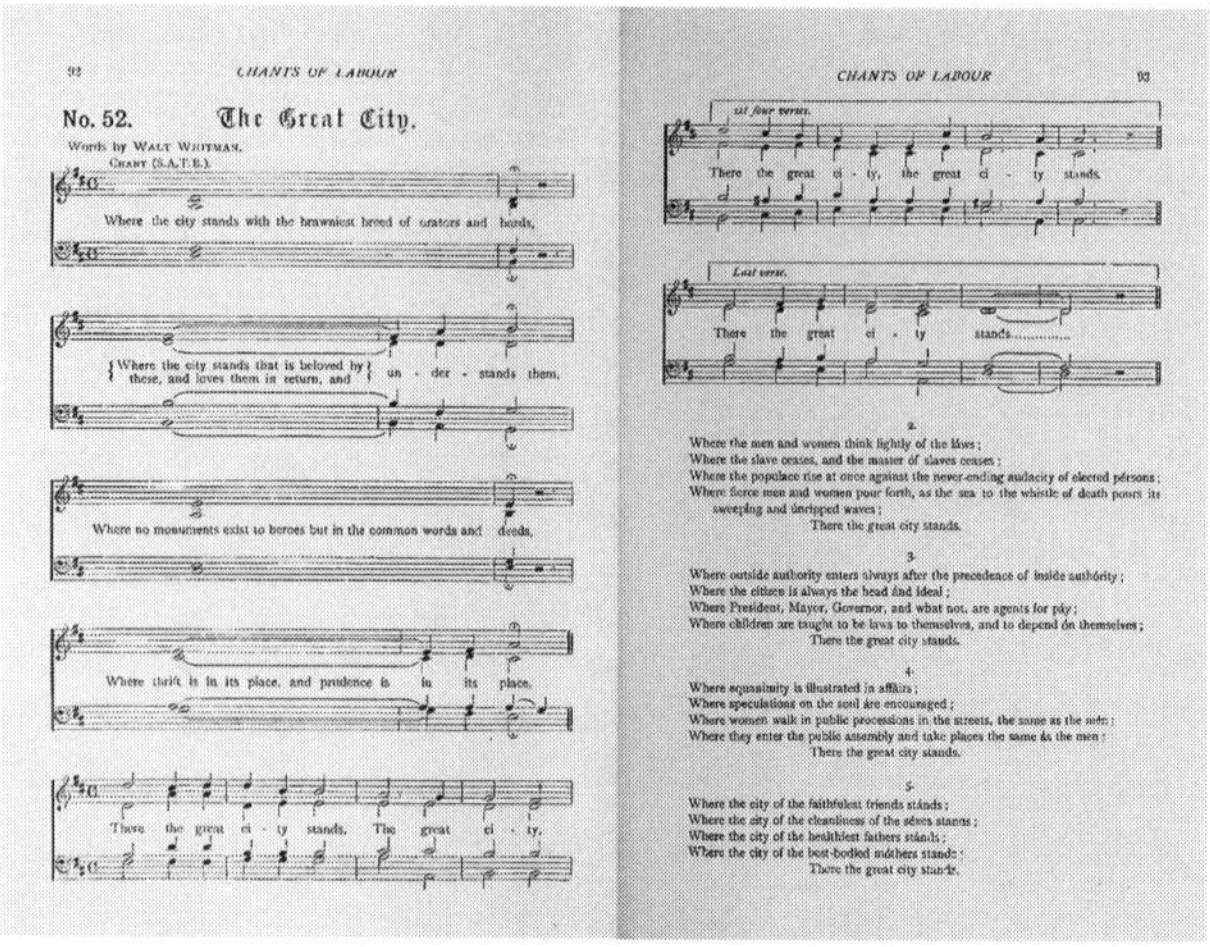

【図版1】エドワード・カーペンター『労働歌』に収録のホイットマンの詩

とりわけ、一八六七年にウィリアム・マイケル・ロセッティの手によってイギリスで初版が出されて以来、イギリスにおけるホイットマンの訴求力には目をみはるものがある。たとえば、一八八二年一月、オスカー・ワイルドはホイットマンの暮らすニュージャージー州カムデンを訪問してメディアの注目を集めたが、八四年と八七年にはブラム・ストーカー、一八八九年には『アジアの光』(一八七九)でベストセラー作家となったサー・エドウィン・アーノルドもそれに続いた。社会主義者たちも例外ではない。フェビアン社会主義とフェローシップ・オブ・ザ・ニューライフの創始者エドワード・ピーズとパーシヴァル・チャブ、『民主主義の方へ』(一八八三)を書いたカーペンター、のちに詳述するキャメロット・シリーズの編集者アーネスト・リースといった社会主義者たちも、こぞってカムデン詣をしている。また、ホイットマンの『草の葉』は、カーペンターの『労働歌』(一八八九)に見られるようにしばしばソング・ブックとして普及し、さまざまな社会主義の会合で歌われていたという(Harris 1)【図版1】。

このようなアメリカ作家の人気拡大に、社会主義グループが発行していた機関誌や廉価版リプリントが果たした役割は小さくない。社会主義者たちは一つの組織に縛られることなく複数の組織に所属し、集会に参加したり機関誌に寄稿したりしながら社会主義文芸ネットワークを形成していた(Harris 68)。リプリントに目を転じると、ハリスが指摘するように、出版物の大量生産は労働者の搾取を引き起こしかねない危うさを孕《はら》んでいたが、同時に、それは社会主義に対する人々の意識を高めることにも貢献していた(107)。社会主義運動に関連した廉価版リプリントとしては、とりわけウォルター・スコット社のキャメロット・シリーズが重要である。そしてこのシリーズこそ、イギリスにおけるメルヴィル、ソロー、ホイットマンの受容の舞台でもあるのだ。

メルヴィルの手紙にキャメロット・シリーズが登場するのは一八九〇年一月十二日のことである。メルヴィルは『タイピー』（一八四六）の版権を持つイギリスの出版社のジョン・マリーへの手紙の中で、『タイピー』をこのシリーズから再出版する可能性をオファーされていることを告げ、版権について伺いを立てている (Leyda 20–21)。晩年、メルヴィルの作品はイギリスで再評価されるのだが、その中心人物の一人が、日本における社会主義、無政府主義運動の先駆者の石川三四郎とも交流のあった社会主義者ヘンリー・ソルトであった。ソルトはフェビアン協会に所属し、菜食主義協会の会長を務めて留学中のガンジーと交友関係を持ったり、人道主義連盟を立ち上げたりするような積極的な活動家で、カーペンターからソローを紹介されて心酔し、伝記『ヘンリー・ソローの生活』（一八九〇）を出版してもいる。結果的に不発に終わったとはいえ、キャメロット・シリーズからの『タイピー』再版というソルトの提案は、当時『ビリー・バッド』を執筆中だったメルヴィルに改めて階級問題を意識させることになったのではないだろうか。

というのは、キャメロット・シリーズは「労働者による労働者のための」シリーズだったからだ。創業者ウォルター・スコットは、鉄道建築や造船業に従事する労働者階級の出身で、一八八四年、炭鉱夫詩人ジョゼフ・スッキプジーを編集長にカンタベリー詩人シリーズを開始する (Turner 32)。それは、二年後に創刊されるキャメロット・クラシックス（八七年にシリーズと改名）と同様、労働者読者層をターゲットにしたシリーズで、のちに廉価で有名なエヴリマンズ・ライブラリーを立ち上げる編集者アーネスト・リースも編集に加わることになった【図版2】。『草の葉』を出版するにあたって、リースはホイットマンに宛ててこう書いている。「『草の葉』をこのシリー

【図版2】リースの編集によるエヴリマンズ・ライブラリー版『タイピー』(1907) の内表紙。デザインはウィリアム・モリスのケルムスコット・プレスを意識している。Hermanの綴りにnが一つ多いのはご愛嬌か

ズに組み込むことは、それでなければ本を読むことさえできない人々にチャンスを与えることなのです」と。一シリングという「最も貧しい人々にも入手可能な値段」の「貧しい人々のためのエディション」、それがスコット社のシリーズだったのだ(qtd. in Traubel 1: 452)。イギリスにおける初版であるロセッティ版が上中流階級に向けて出版され、ラファエル前派や耽美主義者の支持を獲得したのに対し、スコット版はその安さも後押ししてか、発売二か月で八千部を売り上げて労働者階級の読者層の創出にひと役買った(Whitley)。リースはロセッティ兄弟をかなり意識あるいは敵視していたようで、カンタベリー詩人シリーズの『草の葉』の序文でも、「すべてにおいて実際的で、実証主義的なリアリズムの詩人」ホイットマンのイギリスにおける出版窓口が、まったく系統の異なる「ロマン派」詩人ダンテ・ガブリエル・ロセッティであることを揶揄《やゆ》している(Rhys xx)。

さて、問題のキャメロット・シリーズは、カンタベリー詩人シリーズの姉妹版ともいうべき散文シリーズであった。宣伝文句として、このシリーズが「一シリングという貴重な選挙権」で入手可能と書かれていることは興味深い(qtd. in Turner 31)。発刊の経緯はベンジャミン・ディズレイリによる一八六七年の選挙法改正にさかのぼる。都市労働者への選挙権拡大はデモクラシーの気運を高めたが、同時に、無教養な大衆に対する人々の漠然とした不安をも引き起こした。イギリス議会はその後も一八七二年に秘密投票法、一八八四年に第三回選挙法改正と、立て続けに改革法案を成立させるのだが、そうした不安に対処すべく、合わせて教育制度を整えていくことになる。一八七〇年の初等教育法、一八八〇年の義務教育法がそれである。かくして、労働者階級の地位向上と教育の必要に対する意識の高まりの中、キャメロット・シリーズは自己教育を求める労働者のためのシリーズとして立ち上げられたのである(DeSpain 147)。

シリーズ名は、最初の巻が『アーサー王の伝説』であることに由来するのだが、その選択はさほど意外ではない。十九世紀初頭にテクストが再発見されたことから、当時イギリスの文学界では「アーサー王復興」現象が生じ、リースがその人気と大衆性にあやかろうとしたことは容易に想像がつくからだ。ところが、シリーズ第二巻が『ウォールデン』(一八五四)だったこと、そして、これがイギリスにおける最初の版であることは驚くべきことではないだろうか。このシリーズには一八八六年に『ウォールデン』、一八八九年に『コンコード川とメリマック川の一週間』、一八九一年に『エッセイ』の合計三冊のソロー作品が組み込まれるのだが、アメリカ作家で三冊も入っているのは、当時詩人としても批評家としても重鎮であったジェイムズ・ラッセル・ローウェルだけだから、ソローに対する関心が並々ならぬものだったことがわかる。

さらに、『エッセイ』の収録内容はイギリスにおけるソロー受容の特徴をよく反映している。ここには「散歩」「冬の散歩」など自然関係の文章と並んで、「ジョン・ブラウンの弁護」「ジョン・ブラウン最後の日々」「市民的不服従」が収められている。つまり、ソローの政治思想家としての側面を非常に重視しているのだ。これは同時代のアメリカにおけるソロー評価と対照的である。ソローの作品は一八六〇年代からH・G・O・ブレイクらによって編纂《へんさん》され、教室でさかんに使用されるようになっていたが、ソローの評価は自然主義文学の勃興と連動していたため、自然観察にまつわる記述的で科学的なエッセイが流通の中心で、政治思想系のエッセイを収録した版はあまり売れなかったようだ(Buell 357)。イギリスでの状況は少し異なる。[2] ロバート・ブラッチフォードの『楽しきイングランド』(一八九四)は二百万部が売れた労働党最初のベストセラーだが、その冒頭、彼が読者に勧める三冊のうちの一冊として――『貧困の問題』と『イギリス産業史』というきわめて実際的な二冊に並んで――ソローの『ウォールデン』が挙げられている(Blatchford 12)。ソローがアメリカで自然学者詩人としての地位を確立しつつあったとすれば、キャメロット・シリーズはソローの社会改革者としての作家像を作り上げるのに貢献したと言えるだろう。[3]

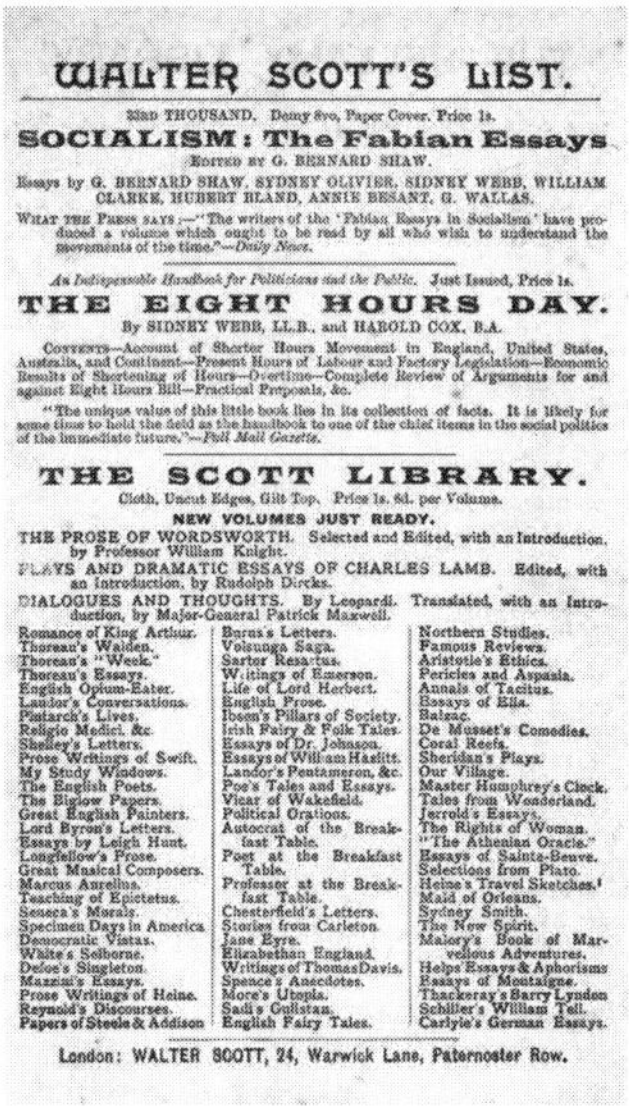

【図版3】ロバート・ブラッチフォード『楽しきイングランド』に掲載の広告。ソロー作品はシリーズの第2、第3、第4巻になっている

一八九二年にシリーズ名がスコット・ライブラリーに変更されるころ、そのターゲットは労働者階級から一般読者へとシフトしていったようだが(Turner 34)、その際、ソロー

の三作品は出版の順番にランダムにつけられた巻数ではなく、第二巻、第三巻、第四巻と、続きのエントリーを例外的に与えられた【図版3】。ターナーは巻号変更の理由を不明としているが(35-36)、ソローの作品が一八九二年の段階で、ある一定の評価を与えられていることは間違いなさそうだ。一般に、シリーズとは、そこに含まれた本が基本教育において読む価値があることを読者に保証し、作品を「古典化」する機能を持つが(Ezell 3)、ソロー作品はこのシリーズを通じて、まさにその一歩を踏み出したのではないだろうか。

二 環大西洋空間の文学論争

すでに没していたソローは別として、ホイットマンもメルヴィルも、彼らを評価したアメリカの批評家も、大西洋の向こう側の熱狂を手放しで喜んでいたわけではなかったようだ。イギリスに対するアメリカの態度にはどこかアンビヴァレントなところがある。一面において、南北戦争後の両者の関係はきわめて友好的なものだ。南部と北部に共通する「起源」としてのイギリスは、移民の急増によって多人種、多言語化するアメリカが国家を再統合するのに有効なイメージを提供した。そのことは一八七一年のアングロ・アメリカン協会の設立にも裏づけられる。しかし、イギリスの読者がアメリカ文学を賞賛すればするほど、アメリカの文壇は文化収奪の不安を覚えたということになるだろうか。

ホイットマンがイギリスでの受容に関して受け身の姿勢でなかったことは、彼が英米の読者を利用しながら「人々に理解されない」詩人という自画像を作り上げ、いわゆる「エレミヤの嘆き」を演じたことからも明らかだ。事件のあらましはこうである。一八七一年に産業博覧会の開会式で、翌年にはダートマス大学で詩の朗読を依頼されていることからもわかるように、南北戦争後、ホイットマンはアメリカの人々にも広く受け入れられるようになっていた。ところが、一八七六年、彼は匿名で『ウエスト・ジャージー・プレス』紙に「ホイットマンの実際の地位」という記事を寄せ、自分がいかにアメリカで軽視されているかを訴える。しかも、それをW・M・ロセッティに送り、イギリスで拡散してほしいと依頼までしたのである。この記事はロセッティによって『アシニーアム』誌一八七六年三月十一日号に掲載され、それを読んだスコットランド詩人ロバート・ブキャナンが二日後の『デイリー・ニュース』紙にアメリカ読者の盲目を揶揄する詩を掲載すると、今度はそれを見たアメリカの新聞雑誌がそれに応戦した。大西洋を挟んだ人気論争である。この事件をきっかけにホイットマンの名前はさらに人々に知られ、その結果、一八八一年の『草の葉』の第六版はボストンの有力出版社オズグッドから出版されることになった。さらに加えれば、事態はこれでも収まらず、翌年、猥褻《わいせつ》を理由にボストン地方検事によって『草の葉』の発売中止勧告が出されると、イギリスにおける擁護論はさらに高まり、イギリスのファンが次々にカムデン詣と献金を行なうという具合に事態は発展していく(Blake 198–211)。

実は、熱狂的なホイットマンのファンだったブキャナンは、アメリカにおけるメルヴィルの評価をめぐって、はるかに小規模ではあるものの、のちに似たような火種を撒いている。彼は一八八五年の『アカデミー』誌にホイットマンについての詩を載せるのだが、そこでメルヴィルにも言及しているのだ。「私はこのトリトン［メルヴィル］をくまなく探した。彼はまだニューヨークに住んでいるらしい。この大陸では、ホイットマンと比肩するこの偉大な作家のことを誰も知らないようだった」と(Buchanan 103)。当時メルヴィルと親しかった若き伝記作家アーサー・ステッドマンはメルヴィル不遇説を真っ向から否定し、ソルトに宛てて書いている。「メルヴィルがこちらで作家たちに無視されているというブキャナンの嘘はどうか忘れてください。ホイットマンのときと同じで、これは嘘なのです」(qtd. in Sealts 52)。

ところで、アーサー・ステッドマンをメルヴィルに引き合わせた人物こそ、彼の父であり、ローウェルやハウエルズと並ぶ文学界の重鎮E・C・ステッドマンだった。ボストン詩人一辺倒だったアメリカ文学史をホイットマンやポーを加えて再構築したという意味で、ステッドマンは二十世紀以降の文学史観の基礎を作ったというべき人物なのだが(Golding 294)、彼が『アメリカン・アンソロジー』（一九〇〇）の中で「エマソン、ホイットマン、ポーからこそ、旧世界は多くを学ぶべきなのだ」と宣言していることは、彼が環大西洋批評空間における英米の対立をするどく意識していたことを意味する(Stedman, *American* xxiv)。実際、彼は一八七五年に『ヴィクトリア詩人』、一八八五年に『アメリカの詩人』を書き、英米の文学の関係を弁証法的に捉えようとしていた。また、彼の関心が海外におけるホイットマンの受容にあることは明らかで、『アメリカの詩人』では「ロングフェローを除いて、ホイットマンほどイギリス、フランス、ドイツで注目を集めているアメリカの詩人はいない」と記述しているほか、ホイットマンが一八七六年に引き起こした人気騒動に言及することも欠かさない (*Poets* 350, 361)。したがって、ホイットマンに対する彼の評価は、外国に略奪されかけたアメリカ作家をアメリカ文学に取り戻そうとする側面を持っていたわけで、いささか国粋主義的な響きを帯びる。一八八九年三月二十七日、アンソロジー『アメリカ文学双書』をホイットマンに献本するにあたり、次のような手紙を添えている。「このアンソロジーには傑作が入っています。しかし、傑作を単に集めたものではありません。(中略) これはアメリカそのものなのです」と (*Life and Letters* 121)。アンソロジーがそれ自体「多からなる一」としてのアメリカであるというステッドマンの主張は、たしかにホイットマンの『草の葉』と共鳴している。

『アメリカ文学双書』に収録されたホイットマンの詩は、当時イギリス社会主義者たちに人気だった詩とだいぶ趣が異なる。カーステン・ハリスによれば、社会主義者たちの間では「まさかりの歌」「君のために、おおデモクラシーよ」「ぼく自身の歌」や「ポーマノクからの旅立ち」「開拓者よ、おお開拓者よ」の評価が高かったという。また、ボーア戦争に対する反戦意識から、「博覧会の歌」や『軍鼓の響き』の「和解」も人気だったようだ (21)。他方、ステッドマンの選定はというと、「ポーマノク」と「ぼく自身の歌」は共通しているが、「軍艦鳥に寄せて」「おお船長、わたしの船長よ」「この景観を作った霊よ」「喜べ、船の仲間よ、喜べ」「揺れ止まぬゆりかご」など中期以降の作品が多い。そのせいもあってか、詩形式としては伝統的で、内容的にもセンティメンタルな傾向が強く、ステッドマンの評価基準がいまだ十九世紀的なそれであったことをうかがわせる。とはいえ、彼が「懐かしきアイルランド」や「エチオピア人が軍旗に敬礼」を選んだことは、彼なりの仕方でアメリカの多様性やデモクラシーを考えていたことを示すだろう。アイルランドとホイットマンを結びつける試みにはポストコロニアル的意識が見え隠れするのだが、ホイットマンの項目の冒頭の詩が「外国の人々へ」や「アメリカの歌声が聞こえる」であることもこの印象を裏づける。ステッドマンがイギリスの側の評価に抵抗するようにして、アメリカ詩人のアメリカ性を一層強化しながら文学史を形成しようとしていたとすれば、その批評的試みはヤング・アメリカ運動の反復のように見えてくるのではないだろうか。

三　アメリカの共有財――「リップ・ヴァン・ウィンクルのライラック」

それでは、ホイットマンとメルヴィルは社会主義者たちにどのように応えたのだろうか。晩年のホイットマンに付き添い、その発言の一字一句を書き残したホレス・トローベルも社会主義に傾倒しており、しばしばホイットマンと社会主義について話をしている。しかし、ホイットマンの態度はいつも異なっていてどこか摑《つか》み難い。トローベルの「リースたちの社会主義に共感しているのですか」という質問に対して、「結局のところ、私たちはだれもが社会主義者なんじゃないのか」と返したかと思えば(Traubel 1: 221)、「なぜ彼ら〔社会主義者たち〕は不平ばかり言っているんだろうか」と批判したり(Traubel 5: 22)、別の機会には「キリストが社会主義者でコミュニストでなくて何だろうか。財産も所有物もないじゃないか」とまぜっかえしてしまうのだ(Traubel 5: 18)。しかし、次のような返答が当時のホイットマンの立場をよく説明しているかもしれない。「誰もが私のところにお墨付きを求めてやってくる。これを承認してほしいあれを承認してほしい、と。みんな彼らの仕方で私がラディカルだと思っているのだ。私は彼らの仕方でラディカルだよ、しかし、彼らの仕方でのみそうだというわけではない」(Traubel 1: 65)。ホイットマンはいわば、イギリスの社会主義者たちに「所有される」ことを拒んだのだ。

社会主義に対する自らの態度について語った（というより、周到に語ることを避けた）ホイットマンの場合とは異なり、メルヴィルの考えを実証する資料は存在しない。キャメロット・シリーズに参加したホイットマンが、労働者搾取に繋がる大量生産形態と労働者読者層への思想の普及というダブルバインドに引き裂かれながら、それでもなお自らの詩をそこに載せるという矛盾を生きたのに対し、晩年のメルヴィルは、大量生産・大量消費の市場から離れて細々と私家版詩集を出版していた。しかし、それは、単に晩年の彼の孤独を表しているというよりむしろ、ウィリアム・モリスのアーツ・アンド・クラフツ運動に見られるような小規模の出版、あるいはエリザベス・ミラーの言葉を使えば「スロープリント」への傾斜として (Miller 2)、すなわち社会主義たちとの共振として捉えることができるのではないか。

実際、晩年のメルヴィルは、イギリスの社会主義者たちが自分の読者であることをよく知っていて、個と社会の関係、所有についての問いに思考を巡らせていたように見える。もしイギリス人のファンがいなければ、『ジョン・マーと他の水夫』（一八八八）の序文でアメリカ人とは何かを論じることもなかっただろうし（貞廣　四九—五五）、一八八六年頃から取り組んだ『ビリー・バッド』の主要登場人物をイギリス人に設定しつつ、ビリーとアメリカの関係をほのめかしてその運命を問うこともなかったのではないだろうか。さらに、これらの作品と同時期の一八八八年から九一年にかけて執筆された、韻文と散文を合わせた小作品「リップ・ヴァン・ウィンクルのライラック」は、イギリス植民地がアメリカ合衆国に転換する狭間の時を扱っているという意味で、イギリス人読者とアメリカの批評家に挟まれたメルヴィルの状況を投影した作品として読むことができるかもしれない。

メルヴィルの「リップ」には、未完でしかないもの、腐敗して死んでいくものがその生命を後世に接ぎ木する様子が描かれている。木こりは家を未完のままにリップに引き継ぎ、未完のまま放置された屋根の支柱には柳の巨木が覆いかぶさって苔むしている。その柳はリップが不在の間に倒れて朽ち果てていくのだが、まさに腐敗のその場所でライラックが花開くのだ。「腐敗とはしばしば庭師」なのである[4] (Melville 111)。事実、廃墟に生えたライラックはリップの死後、人々をこの場所に呼び寄せる。「その所有者の青春は今やはるか昔のこと／彼の子供たちの子供たち——ひとりひとりが／陽光を浴びて遊び戯れたリップさながら——／楽しげにこれまた陽気な房をもいだ」(Melville 114)。もがれたライラックは他の人々の土地に植えられ、そこでまた花開く。

「子供たちの子供たち」という表現は、ここでは字義どおりに受け取るべきではない。というのは、この子孫繁栄のイメージは、出産という再生産方式の世代接続や長子相続とは無縁のものだからだ。腐った柳の生命をつなぐのは苔、スミレ、ライラックという異種の植物であり、つまるところ他人なのである。このことは、メルヴィルの作品が土地にしているアーヴィングの「リップ・ヴァン・ウィンクル」の物語と好対照をなす。アーヴィングの作品においては、帰還した老リップは自分にそっくりの息子リップを見て混乱する。彼のアイデンティティの混乱の原因は、過去の自分と現在の自分の断絶であると同時に父と子の世代の断絶であり、それはそのまま革命による政体の断絶の隠喩となっているのだが、この危機的事態は、老リップが孫リップを抱く娘ジュディスに会い、その母子像に母と自分の姿を重ね合わせたことで解消される。ジュディスの苗字が庭に由来するガーディニアなのは、彼女が老リップを新しい人間へと生まれ変わらせる母体としてイメージされているからだろう。その実人生において生涯独身を貫いたアーヴィングは、長子相続とは違う仕方で、つまり、過去に未来を幻視する想像力——マイケル・ウォーナーの言葉を借りるならアナクロニズム——によって、親の世代から自分の世代、そして子供と孫の世代という四つの世代をつなぐのだ (Warner 785–89)。

　メルヴィルの作品においても、帰還したリップはその意識に分裂を抱え、自分のことをリップと呼びはじめる (「俺の頭！——誰の頭だ？——ああ、リップ、俺はリップで／あのライラックはちっちゃな挿し木だった。なのに／あそこに見えるライラックは木だもんな！」) (Melville 113)。しかし、アーヴィングの場合とは異なり、彼の混乱が物語内で解消されることはない。語り手は混乱したリップから半ば強引に話を逸らし、代わりに、彼の死後のライラックの運命について語る。そもそも、帰還したリップが混乱したのは、小さかったライラックと家を覆うばかりに成長したライラックの同一性を措定《そてい》できなかったためなのだから、ライラックとは、こう言ってよければリップの混乱の元凶であり、主体内部の亀裂の象徴でもある。しかし、その断絶の象徴とも言うべきライラックが、母でも娘でも息子でも孫でもなく他人である隣人によって挿し木され、そのまた隣人に挿し木されることで、リップの生きたその場所が「最初の楽園」のような「恵みの地」になるのだ[5] (Melville 114)。メルヴィルが長子相続を思い描けないのは、彼が一八六七年に長男マルコムを、一八八六年には次男スタンウィクスを亡くしたことと無関係ではないかもしれない。彼の楽園は、相続的なものというよりは隣接的な関係として、未来の見知らぬ誰かとの間に来るべき共同体として想像されている。

メルヴィルがライラックの香りに繰り返し言及することは、それが共有財であることを裏書きする。「新参者も香りで分かった。（中略）「香りを追って行け！」」(Melville 114)。匂いとは五感に与えられる刺激の中でもっとも刹那《せつな》的でありながら、物質という起源から切り離されて自由に拡散し、観察者の身体に勝手に入り込んでくるという意味で、人のアイデンティティの核に関わる性質を持っている (Gigante 150)。また、匂いとは、「他の人びとも、欲すると否とにかかわらず、ともにこれを享受することを強要される」ものでもある（カント 八五）。つまり、それは根底的なまでに個人的な経験に属しながら、同時に共有空間を作り出すという二重性を持っているのだ。香りという誰にも所有されることのない共有財の重要性を証立てるかのように、その地域は「リップの土地」ではなく「ライラック郷」と名づけられる (Melville 114)。それは、たとえ束の間ではあれ、香りを共有するすべての人々のものだ。

アーヴィングの「リップ・ヴァン・ウィンクル」がアメリカの国家神話であるとすれば、メルヴィルがそれに接ぎ木するように書き上げたこの物語もまたアメリカの共有財ということになるのだろう。私有財産権に基づかない共有財としての著作、それこそ彼がかつて「ホーソーンと彼の苔」（一八五〇）で理想と呼んだ「捨て子のテクスト」ではなかったか。ホイットマンが社会主義者に寄り添いつつ彼らに「所有」されるのを拒んだように、そして、ステッドマンが環大西洋批評空間の中でアメリカの詩にこだわり続けたように、メルヴィルもまた、アメリカの詩人であることにこだわり続けた。しかし、それでもなお、遠い海の彼方のいまだ見ぬイギリス社会主義者の読者たちの痕跡を私たちは晩年の作品に見ることができる。イギリスとアメリカの狭間で、個人と社会の狭間で、共有されるべき作品というものを、作品を通じて広がる共同性というものを彼もやはり摸索していた、そのように思えるのである。

◉本研究はＪＳＰＳ科研費 JP16K16792 の助成を受けたものです。

◉注

（1）小林・中垣（二〇一七）には国際著作権法や英米の海賊版に言及した論文が複数収録されている。イギリス労働者階級の読者層の創出など、本論と多くの点で関心を共有している。

（2）ソローの政治エッセイ『反奴隷制と改革文書』は、マルクスやカーペンターの著作と並んでゾネシャイン・カンパニーの「社会科学シリーズ」からも出版されている。他方、アメリカの編纂者ブレイクの一八九〇年三月四日の手紙からは、急進的な奴隷制度廃止運動家ジョン・ブラウンに対するソローの熱狂を彼が否定的に捉えていることがわかる (Oehlschlaeger and Hendrick 5)。

（3）ソローが個人主義を貫いたことと社会主義思想は一見すると相容れないように思えるが、社会主義は個人の犠牲を必ずしも必要としない。たとえば、フェローシップ・オブ・ザ・ニューライフのハーバート・リックスは「敵対関係は社会主義と個人主義の間ではなく社会主義と資本主義の間」にあり、「真の個人主義は社会主義の最も美しい花であり果実」であると書いている (qtd. in Harris 148)。スコット版序文の筆者のウィル・H・ダークスも、ソローが、社会を個人に優先するがゆえではなく、むしろソロー作品に見られる「個人の理想化」をこそ評価している (Dircks xxvii)。ちなみに、こうした個人主義と社会の関係をめぐる社会主義者たちの議論をホイットマンは強く意識していたようだ。彼は自分の作品がキャメロット・シリーズに収められることに積極的で、『民主主義の展望』に自ら前書き（一八八八）をつけたが、彼は「私たち」という語に注をつけ、「偉大な個人を形成することで大衆を形成する」、それこそが「合言葉」であり「この本の骨髄」であると書いている (Whitman n.p.)。

（4）訳文は大島を参照したが一部変更した。

（5）リップの死後に最初に挿し木をした人々が一列縦列 (Indian file) でこの地に入り込んだという記述から (Melville 114)、大島は、挿し木をしたのが北米先住民であった可能性を指摘している（三七二―七三）。

◉引用文献

Bevir, Mark. *The Making of British Socialism*. Princeton UP, 2011.

Blake, David. *Walt Whitman and the Culture of American Celebrity*. Yale UP, 2006.

Blatchford, Robert. *Merrie England*. Walter Scott, 1894.

Blodgett, Harold. *Walt Whitman in England*. Cornell UP, 1934.

Buchanan, Robert. "Socrates in Camden, with a Look Round." *Academy*, vol. 28, no. 15, August 1885, pp. 102–03.

Buell, Lawrence. *The Environmental Imagination: Thoreau, Nature Writing, and the Formation of American Culture*. Harvard UP, 1995.

DeSpain, Jessica. *Nineteenth-Century Transatlantic Reprinting and the Embodied Book*. Ashgate, 2014.

Dircks, Will H. Introduction. *Walden*, by Henry David Thoreau, Walter Scott, 1886.

Ezell, Margaret J. M. "Making a Classic: The Advent of the Literary Studies." *South Central Review*, vol. 11, no. 2, 1994, pp. 2–16.

Frederick, Harold. "A Fine Bismarck Boon . . . Walt Whitman's Death the Great Literary Sensation." *New York Times*, 3, April, 1892, p. 1.

Gandhi, Leela. *Affective Communities: Anticolonial Thought, Fin-de-Siècle Radicalism, and the Politics of Friendship*. Duke UP, 2006.

Gigante, Denise. *Taste: A Literary History*. Yale UP, 2005.

Gohdes, Clarence. *American Literature in Nineteenth-Century England*. Columbia UP, 1944.

Golding, Alan. "American Poetry Anthologies." *Canons*, edited by Robert Von Hallberg, U of Chicago P, 1984, pp. 279–307.

Harris, Kirsten. *Walt Whitman and British Socialism: "The Love of Comrades."* Routledge, 2016.

Jupp, William. *Wayfarings*. Headley Brothers, 1918.

Leyda, Jay. *The Melville Log: A Documentary Life of Herman Melville, 1819–1891*. Vol.2, Harcourt, Brace, 1951.

Melville, Herman. Billy Budd, Sailor *and Other Uncompleted Writings*. *The Writings of Herman Melville*, vol. 13, edited by Harrison Hayford, et al., Northwestern UP / The Newberry Library, 2017.

Miller, Elizabeth Carolyn. *Slow Print: Literary Radicalism and Late Victorian Print Culture*. Stanford UP, 2013.

Oehlschlaeger, Fritz, and George Hendrick. *Toward the Making of Thoreau's Modern Reputation: Selected Correspondence of S. A. Jones, A. W.*

Hosmer, H. S. Salt, H. G. O. Blake, and D. Ricketson. U of Illinois P, 1979.

Rhys, Ernest. Introduction. *Leaves of Grass: The Poems of Walt Whitman*. Walter Scott, 1886.

Sealts, Merton M., Jr. *The Early Lives of Melville: Nineteenth-Century Biographical Sketches and Their Authors*. U of Wisconsin P, 1974.

Stedman, Edmund Clarence. *Life and Letters of Edmund Clarence Stedman*. Edited by Laura Stedman and George M. Gould, vol. 2, Moffat, Yard and Company, 1910.

——. *Poets of America*. Houghton, Mifflin, 1885.

——, editor. *American Anthology 1787–1900*. Houghton, Mifflin, 1900.

Traubel, Horace. *Walt Whitman in Camden*. 9 vols. Small, Maynard et al., 1906–1996. *The Walt Whitman Archive*, edited by Ed Folsom and Kenneth M. Price, http://www.whitmanarchive. org/criticism/disciples/traubel/index.html.

Turner, John R. “The Camelot Series, Everyman’s Library, and Ernest Rhys.” *Publishing History*, vol. 31, 1992, pp. 27–46.

Warner, Michael. “Irving’s Posterity.” *ELH*, vol. 67, 2000, pp. 773–99.

Weisbuch, Robert. *Atlantic Double-Cross: American Literature and British Influence in the Age of Emerson*. Chicago UP, 1987.

Whitley, Edward. “Introduction to the British Editions of Leaves of Grass.” *The Walt Whitman Archive*, edited by Ed Folsom and Kenneth M. Price, http://whitmanarchive.org/published/ books/other/british/intro.html.

Whitman, Walt. *Democratic Vistas, and Other Papers*. Walter Scott, 1888.

大島由起子『メルヴィル文学に潜む先住民——復讐の連鎖か福音か』彩流社、二〇一七年。

カント、イマニュエル『人間学・教育学』三井善止訳、玉川大学出版部、一九八六年。

小林英美・中垣恒太郎編著『読者ネットワークの拡大と文学環境の変化——十九世紀以降にみる英米出版事情』音羽書房鶴見書店、二〇一七年。

貞廣真紀「*John Marr and Other Sailors* における匿名詩人のナショナリズム」『れにくさ』五号、二〇一四年、四三—六九頁。

メルヴィル、ハーマン「リップ・ヴァン・ウィンクルのライラック」大島由起子訳、『福岡大学人文論叢』三十一巻一号、一九九九年、五四五—五四頁。

あとがき

本書の主題である〈知のコミュニティ〉の研究は、日本アメリカ文学会中部支部第三十一回大会（二〇一四年四月）におけるシンポジウム（司会竹野）に端を発します。そこでは、「知のコミュニティの形成――アメリカン・ルネサンスを中心に」というテーマで四人のパネリスト（竹腰・竹野・倉橋・古屋）がそれぞれの観点から発表しました。その発表はさらに発展したかたちで本書にも掲載されていますが、十八世紀から十九世紀にかけてアメリカの知的コミュニティを牽引してきたフランクリン、ソロー、ホーソーンと知的コミュニティとの関係、さらに実質的な団体を形成してはいないものの翻訳の知のコミュニティを扱うものでした。そこで論じられた知のコミュニティは、文学に限らず、アメリカが文化や社会、科学等の分野で発展を目指した時代における、多方面にわたるものでした。

十八・十九世紀のアメリカは、建国の精神を反映した民主的な国家として、改革・発展の使命感を自覚し、また文化・科学・社会の各方面においても、ヨーロッパからの精神的な自立・独立を志向した人々が数多く存在していました。当然ながら、知的コミュニティもシンポジウムで扱った以上に多くのものが存在していたはずです。先のシンポジウムの各パネリストは、端緒についたばかりの〈知のコミュニティ〉の研究が、そこで終了するには、質量ともにあまりにも大きな広がりのある課題を内包していると痛感しました。そこで、「知のコミュニティの形成」を研究課題とする科学研究費の研究グループを形成して研究をすすめるとともに、そのグループを超えて、より広い時代や研究分野に携わる研究者に参加を呼びかけ、論集にまとめて公表すべきであるとの考えに至りました。

本論集を企画するにあたり、まず二〇一六年九月に開催された「知のコミュニティ」夏季セミナーにて、執筆を呼びかけた研究者たちがそれぞれ扱う予定のテーマを口頭発表しました。このセミナーでは、予想をはるかに超えて多岐にわたる内容の発表がなされ、これまであまり論じてこられなかった、知られざる〈知のコミュニティ〉の諸相が浮き彫りにされました。扱われたテーマの中には、作家と社会問題とのさまざまな葛藤、国際的な著作権問題、アメリカが科学的に発展する時代の状況、女性の向上をめざした女性のための読書会、奴隷制問題、ユートピア共同体の形成など、作家や社会問題を論ずるものがありました。

さらに、日本ナサニエル・ホーソーン協会第三十六回全国大会（二〇一七年五月）のシンポジウム（司会髙尾）において、「陰画としての知のコミュニティ——ホーソーンの周辺事情」と題して執筆予定者のうち四人（髙尾・白川・本岡・貞廣）が執筆内容に基づく口頭発表を行ない、フロアとの闊達《かったつ》な意見交換が行なわれました。それはそれぞれの論文の中に生かされています。

本書の執筆者は全員文学研究を専門とする者ですが、本書の内容は、従来の文学研究の範疇《はんちゅう》には収まらず、アメリカの文化（文学）・科学・社会に関する研究を融合したものと言えます。換言すれば、知のコミュニティの研究が、それだけ網羅的で発展的なアプローチを要請しているということのよき証左ではないでしょうか。そしてその意味で、本書はアメリカ独立以前の時代から十九世紀末までを射程に収め、文学はもとより自然科学や社会科学に至るまでさまざまな問題を新しい観点から取りあげて、しかも幅広くかつ包括的な構成によってこの研究の可能性を示しています。もちろん、本書の刊行をもって知のコミュニティの研究は完成ではなく、これが出発点であり、今後もこの種の研究は継続されるべきであると確信します。

本論集の題を考えるにあたり、知のコミュニティは当然のことながら、知の交換、知の情報、ネットワーク、繋がりなどのキーワードが編集委員会にて出されました。これらの中でコミュニティの特質を表す〈繋がり〉を取り入れて『繋がりの詩学——近代アメリカの知的独立と〈知のコミュニティ〉の形成』に全員一致で決めました。余談ですが、編集委員の四人は、じっさいに会って会合を開いただけでなく、現代のコミュニティを形成するためには必須のインターネット・ツールにて幾度となく、日によっては何度もやり取りをして論じあってきました。まさしく、これこそが知のコミュニティ形成の瞬間であるとの実感を持ちました。

本書を通じてアメリカのみならず、さまざまの地域文化における知のコミュニティに少しでも関心を抱いていただければ幸いです。

なお、本論集に含まれる一部の論文（倉橋、竹野、竹腰、古屋、林、城戸）は、ＪＳＰＳ科研費JP16K02515の助成を受けたものです。

倉橋 洋子

二〇一九年一月

◉図版出典◉

p.21　https://americangallery18th.wordpress.com/page/3/

p.22　NY Public Library 所蔵（https://blacknewyorkers-nypl.org/slavery-under-the-british/）

p.58　Yale University, Harvey Cushing /John Hay Whitney Medical Library

p.60　Courtesy of Professor Billy G. Smith (Montana State University) and Professor Paul Sivitz (Idaho State University)

p.101　https://archive.org/details/reportsonfishesr00massa

p.102　https://archive.org/details/bostonsocietyofn00bost

p.121　https://ja.wikipedia.org/wiki/ ファイル :Nathaniel_Hawthorne_old.jpg

p.124　https://en.wikipedia.org/wiki/File:Mathew_Brady_-_Franklin_Pierce_-_alternate_crop.jpg

p.127　https://en.wikipedia.org/wiki/File:Parkers_Ballous1855.JPG

p.144　筆者（稲冨百合子）撮影

p.155　National Park Service, Longfellow House-Washington's Headquarters National Historic Site（【図版2】https://www.nps.gov/media/photo/gallery.htm?id=F9402532-155D-451F-67DFE5526AEDCE7A,【図版3】https://www.nps.gov/media/photo/gallery.htm?id=EE946626-5C87-4735-AA00-2C11D9E5E0AE）

p.191　https://en.wikipedia.org/wiki/File:FullerDaguerreotype.jpg

p.194　https://en.wikipedia.org/wiki/File:Elizabeth_Palmer_Peabody_portrait1.png

p.196　https://en.wikipedia.org/wiki/File:CarolineHDall.JPG

p.210　Library of Congress所蔵（https://commons.wikimedia.org/wiki/File:New_York_Tribune_editorial_staff_by_Brady.jpg）

p.221　Massachusetts Historical Society所蔵（http://www.masshist.org/database/451）

p.223　West Roxbury Historical Society所蔵（http://newbrookfarm.org/history/historical-photos/）

p.296　Harvard University, Houghton Library所蔵（*Mrs. Alcott's Last Diary.* MS Am 1817.2 より抜粋）。筆者（本岡亜沙子）撮影

p.297　Harvard University, Houghton Library所蔵（*Fragments of Diaries, 1845-77.* MS Am 1130.14 より抜粋）。筆者（本岡亜沙子）撮影

p.313　With permission from *The Atlantic*（https://www.theatlantic.com/magazine/toc/1857/11/）

p.316　https://babel.hathitrust.org/cgi/pt?id=coo.31924077699928;view=1up;seq=3

p.318　Courtesy of Special Collections, Fine Arts Library, Harvard Library（https://images.hollis.harvard.edu/primo-explore/viewcomponent/L/HVD_VIAFAL281976?vid=HVD_IMAGES&imageId=urn-3:HUAM:INV112911_mddl）

p.332　Carpenter, Edward. *Chants of Labour: A Song Book of the People with Music.* George Allen & Unwin, 1922, pp. 92-93.（https://archive.org/details/chantsoflabourso00carp/page/92）

p.333　Melville, Herman. *Typee: A Narrative of the Marquesas Island.* J. M. Dent, 1907, p. v.（https://archive.org/details/typeenarrative00melvuoft/page/n9）

p.335　Blatchford, Robert. *Merrie England.* Walter Scott, 1894, p.3.（https://archive.org/details/merrieengland00blatiala/page/n3）

◉執筆者紹介（五十音順）◉

稲冨 百合子（いなどみ・ゆりこ） 岡山大学非常勤講師

主要業績：『ホーソーンの文学的遺産——ロマンスと歴史の変貌』（共著、開文社出版、2016年）、『身体と情動——アフェクトで読むアメリカン・ルネサンス』（共著、彩流社、2016年）、『環大西洋の想像力——越境するアメリカン・ルネサンス文学』（共著、彩流社、2013年）

城戸 光世（きど・みつよ） ◉編著者紹介参照

倉橋 洋子（くらはし・ようこ） ◉編著者紹介参照

貞廣 真紀（さだひろ・まき） 明治学院大学准教授

主要業績：『海洋国家アメリカの文学的想像力——海軍言説とアンテベラムの作家たち』（共著、開文社出版、2018年）、*Thoreau in the 21st Century: Perspectives from Japan*（共著、金星堂、2017年）、『アメリカ文学のアリーナ——ロマンス・大衆・文学史』（共著、松柏社、2013年）

白川 恵子（しらかわ・けいこ） 同志社大学教授

主要業績：『アメリカ文学における幸福の追求とその行方』（共著、金星堂、2018年）、『幻想と怪奇の英文学 II——増殖進化編』（共著、春風社、2016年）、*Ways of Being in Literary and Cultural Spaces* (co-author, Cambridge Scholars Press, 2016)

髙尾 直知（たかお・なおちか） ◉編著者紹介参照

竹内 勝徳（たけうち・かつのり） 鹿児島大学教授

主要業績：『身体と情動——アフェクトで読むアメリカン・ルネサンス』（共編著、彩流社、2016年）、『環大西洋の想像力——越境するアメリカン・ルネサンス文学』（共編著、彩流社、2013年）、『クロスボーダーの地域学』（共編著、南方新社、2011年）

竹腰 佳誉子（たけごし・かよこ） 富山大学准教授

主要業績：「ベンジャミン・フランクリンと知のコミュニティ——フィラデルフィア図書館会社を中心に」『中部英文学』第37号（2018年）、「Benjamin Franklinの独立思想とThe American Philosophical Society再生の関係性」『中部英文学』第33号（2014年）、『アメリカ文学とテクノロジー』（共著、筑波大学アメリカ文学会、2002年）

竹野 富美子（たけの・ふみこ） ◉編著者紹介参照

辻 祥子（つじ・しょうこ） 松山大学教授
主要業績：『エコクリティシズムの波を超えて――人新世の地球を生きる』（共著、音羽書房鶴見書店、2017年）、『ホーソーンの文学的遺産――ロマンスと歴史の変貌』（共著、開文社出版、2016年）、『越境する女―― 19世紀アメリカ女性作家たちの挑戦』（共編著、開文社出版、2014年）

中村 善雄（なかむら・よしお） ノートルダム清心女子大学准教授
主要業績：『エコクリティシズムの波を超えて――人新世の地球を生きる』（共著、音羽書房鶴見書店、2017年）、『ヘンリー・ジェイムズ、いま――歿後百年記念論集』（共編著、英宝社、2016年）、『身体と情動――アフェクトで読むアメリカン・ルネサンス』（共著、彩流社、2016年）

成田 雅彦（なりた・まさひこ） 専修大学教授
主要業績：『ホーソーンの文学的遺産――ロマンスと歴史の変貌』（共編著、開文社出版、2016年）、『アメリカン・ルネサンス――批評の新生』（共編著、開文社出版、2013年）、『ホーソーンと孤児の時代――アメリカン・ルネサンスの精神史をめぐって』（ミネルヴァ書房、2012年）

橋本 安央（はしもと・やすなか） 関西学院大学教授
主要業績：『痕跡と祈り――メルヴィルの小説世界』（松柏社、2017年）、『高橋和巳　棄子《すてご》の風景』（試論社、2007年）、ジャメイカ・キンケイド著『弟よ、愛しき人よ――メモワール』（翻訳、松柏社、1999年）

林 姿穂（はやし・しほ） 三重県立看護大学准教授
主要業績：『英米文学における父の諸変奏――安田章一郎先生百寿記念論集』（共著、英宝社、2016年）、"Dominant Female Power and Distorted Images of the Father in Melville's *Pierre; or, The Ambiguities*"『中部英文学』第33号（2014年）、『境界線上の文学――名古屋大学英文学会第50回大会記念論集』（共著、彩流社、2013年）

古屋 耕平（ふるや・こうへい） 神奈川大学准教授
主要業績："Melville, Babel, and the Ethics of Translation." *ESQ: A Journal of Nineteenth-Century American Literature and Culture* 64. 4 (2018)、『ホーソーンの文学的遺産――ロマンスと歴史の変貌』（共著、開文社出版、2016年）、『身体と情動――アフェクトで読むアメリカン・ルネサンス』（共著、彩流社、2016年）

本岡 亜沙子（もとおか・あさこ） 広島経済大学准教授
主要業績：*Thoreau in the 21st Century: Perspectives from Japan*（共著、金星堂、2017年）、『越境する女―― 19世紀アメリカ女性作家たちの挑戦』（共著、開文社出版、2014年）、「"Moral Pap for the Young" ―― Alcottの〈*Little Women* 三部作〉における家事と教育」『ヘンリー・ソロー研究論集』第38号（2012年）

◉索引◉

【ア行】

アーヴィング、ワシントン　Washington Irving (1783–1859)　145–46, 147, 272, 277, 341, 342

　「リップ・ヴァン・ウィンクル」 "Rip Van Winkle" (1819)　341, 342

アスタープレイス暴動　The Astor Place Riot　5, 271–75, 276, 277, 278, 279, 284–85

『アトランティック・マンスリー』 *The Atlantic Monthly*　5, 122, 123, 129, 144, 148, 149, 153, 156, 211, 310, 312–26, 326n3, 327n4

アメリカ哲学協会　American Philosophical Society　3, 37–46, 47, 52, 53, 54n1, 104

『アメリカ哲学協会会報』 *Transactions of the American Philosophical Society* (1771–)　40–43, 45–46, 47

アレグザンダー、ジェイムズ　James Alexander (1691–1756)　29, 30

アンソロジー・クラブ　The Anthology Club　147

アンダーウッド、フランシス　Francis Underwood (1825–94)　312, 316

ヴァーモント超絶主義　Vermont Transcendentalism　89–90

ウィルソン、アレグザンダー　Alexander Wilson (1766–1813)　110, 112

ウィンスロップ、ジョン　John Winthrop (1588–1649)　42, 313, 326n2, 327n4

ウォード、サミュエル・グレイ　Samuel Gray Ward (1817–1907)　121, 122, 126

ウルストンクラフト、メアリー　Mary Wollstonecraft (1759–97)　66, 69, 71, 72

　『女性の権利の擁護』 *Vindication of the Rights of Woman* (1792)　66, 71

エヴァレット、エドワード　Edward Everett (1794–1865)　101

エッカーマン、ヨーハン・ペーター　Johann Peter Eckermann (1792–1854)　4, 170–77, 178–84, 185–86, 187n4, 187n5, 187n7

　『ゲーテとの対話』 *Gespräche mit Goethe in den Letzten Jahren Seines Lebens; Conversations with Goethe in the Last Years of His Life*　4, 170–86, 187n4, 187n5

　『ゲーテのエッカーマンとソレットとの対話』 *Conversations of Goethe with Eckermann and Soret* (1850)　171, 183, 186n2, 187n7

エマソン、エドワード　Edward Emerson (1844–1930)　122, 126, 319

エマソン、ジョージ・バレル　George Barrell Emerson (1797–1881)　100–01, 102–03, 104, 109, 110, 115, 319

エマソン、メアリー・ムーディ　Mary Moody Emerson (1774–1863)　87, 191, 241, 242

エマソン、ラルフ・ウォルドー　Ralph Waldo Emerson (1803–82)　4, 79–96, 99–100, 104–05, 106, 113, 115–16, 117n1, 121, 122, 123, 126, 132, 135, 138, 143, 161n7, 170, 175, 176, 184, 185, 189, 190–91, 194, 195, 199, 202, 203, 206n2, 212–14, 227n2, 240–42, 246, 293, 295, 296, 310, 312, 315, 317, 319, 321, 325, 331, 337

　『自然論』 *Nature* (1836)　4, 79, 80–82, 86, 88, 91, 92–95, 105, 135, 189, 241

　『代表的人物』 *Representative Men* (1850)　241–42

　『マーガレット・フラー・オッソーリの回想録』 *Memoirs of Margaret Fuller Ossoli* (1852)

190–91, 195
エリオット、チャールズ・ウィリアム　Charles William Eliot (1834–1926)　293–94
オウィディウス　Ovid (43 BC–17/18 AD)　303, 304
「ピュラモスとティスベ」　"Pyramus and Thisbe" (8 AD)　303, 306n9
王室党　Court Party　28, 30, 32
王立協会　The Royal Society　41, 42, 44, 45
『王立協会会報』　*Philosophical Transactions* (1665–1886)　44
オーデュボン、ジョン・ジェイムズ　John James Audubon (1785–1851)　105–06, 109–12, 300
「丘の上の町」　"A City upon a Hill"　313–14, 325, 326n2
オクセンフォード、ジョン　John Oxenford (1812–77)　171, 183, 186n2, 187n7
オグルソープ、ジェイムズ　James Edward Oglethorpe (1696–1785)　23–24
「お上品な伝統」　the genteel tradition　143
オルコット、アビゲイル・メイ　Abigail May Alcott (1800–77)　296–98, 302, 305n7
オルコット、エイモス・ブロンソン　Amos Bronson Alcott (1799–1888)　121, 122, 170, 189, 192, 197, 214, 225, 292–93, 294, 296–97, 299–300, 305n2
オルコット、ルイーザ・メイ　Louisa May Alcott (1832–88)　5, 291–93, 294–304, 305n1
「壁の穴」　"A Hole in the Wall" (1890)　299, 302–04
「小さなご近所さん」　"Little Neighbors" (1877)　299–302, 304
『若草物語』　*Little Women* (1868–69)　291, 296, 299

【カ行】

カービー、ジョージアナ・ブルース　Georgiana Bruce Kirby (1818–87)　211, 220–21, 224, 225
カーペンター、エドワード　Edward Carpenter (1844–1929)　331, 332, 333, 343n2
『民主主義の方へ』　*Towards Democracy* (1883–1902)　331, 332
『外国標準文学見本』　*Specimens of Foreign Standard Literature* (1838)　170
〈会話〉／〈対話〉（マーガレット・フラー）　Conversations　4, 177, 190–205, 206n2, 206n4, 214, 218
カント、エマニュエル　Immanuel Kant (1724–1804)　90, 91, 92, 93, 95, 96, 342
『ギャラクシー』　*Galaxy*　320
クラーク、ジョージ　George Clark (1676–1760)　20, 23–24
経験論　empiricism　85–88, 89–90, 91, 92, 95, 96
ゲーテ、ヨハン・ヴォルフガング・フォン　Johann Wolfgang von Goethe (1749–1832)　4, 150, 169–73, 176–77, 178–84, 185–86, 186n3, 187n5, 241, 295
『西東詩集』　*West-östlicher Divan* (1819)　179
ケント、ジェイムズ　James Kent (1763–1847)　58
コールリッジ、サミュエル・テイラー　Samuel Taylor Coleridge (1772–1834)　89–93, 96, 236, 240, 241, 242, 247n4
『省察の栞』　*Aids to Reflection* (1825)　89–90
「黒人証言」　"Negro Evidence"　22
国民文学　national literature　169, 172, 186, 240, 242

ゴドウィン、ウィリアム　William Godwin (1756–1836)　66, 72, 74
コリンソン、ピーター　Peter Collinson (1694–1768)　38

【サ行】

サタデー・クラブ　Saturday Club　4, 121–23, 126–28, 129–30, 132–33, 138
サルミエント、ドミンゴ・ファウスティーノ　Domingo Faustino Sarmiento (1811–88)　152–54
シェイクスピア、ウィリアム　William Shakespeare (1564–1616)　5, 50, 182, 234–48, 258, 276, 291, 295, 296, 303–04
　『ウィリアム・シェイクスピア戯曲全集』　*The Dramatic Works of William Shakespeare* (1836)　237, 244
　『オセロー』　*Othello* (1622)　238
　『夏の夜の夢』　*A Midsummer Night's Dream* (1600)　303
　『ハムレット』　*Hamlet* (1603)　236, 238, 239, 242, 283, 296
　『リア王』　*King Lear* (1608)　245
　『リチャード三世』　*Richard the Third* (1597)　237–38, 239
　『ロミオとジュリエット』　*Romeo and Juliet* (1597)　236, 238, 239
ジェイムズ、ヘンリー　Henry James (1843–1916)　309, 318, 320, 322–23, 325
ジェファソン、トマス　Thomas Jefferson (1743–1826)　33, 37, 38, 45, 47–53
　『ヴァジニア覚え書』　*Notes on the State of Virginia* (1785)　47–48, 51
ジェンキンズの耳戦争　War of Jenkins' Ear (1739–42)　23, 27
自然史／博物誌／博物学　Natural History　99–117, 102, 330
シバー、コリー　Colley Cibber (1671–1757)　238, 239
社会主義　Socialism　6, 209, 210, 226, 330–33, 338–40, 342, 343
ジュネーヴ・クラブ　Geneva Club　30
シュレーゲル、アウグスト・ヴィルヘルム　August Wilhelm Schlegel (1767–1845)　240, 241, 247n4
　『劇芸術と文学についての講義』　*Vorlesungen über dramatische Kunst und Literatur* (1809–11)　240
シュレーゲル、フリードリヒ　Friedrich Schlegel (1772–1829)　240
ショー、レミュエル　Lemuel Shaw (1781–1861)　236
ジョージ砦　Fort George　19, 20, 23
新大陸退化説　47–52
スウェーデンボルグ、エマヌエル　Emanuel Swedenborg (1688–1772)　241
スクラップブック　scrapbook　5, 295–304
『スクリブナーズ・マンスリー』　*Scribner's Monthly*　320–21, 323, 324, 326, 330
スタントン、エリザベス・ケイディ　Elizabeth Cady Stanton (1815–1902)　190, 206n1
ステッドマン、エドマンド・クラレンス　Edmund Clarence Stedman (1833–1908)　323, 337–39, 342
ストノの奴隷叛乱　Stono Rebellion (1739)　23
「スペイン黒人」　"Spanish Negroes"　20, 22, 24, 31–32

スミス、エリヒュー・ハッバード　Elihu Hubbard Smith (1771–98)　57–58, 60, 61, 62, 63, 66, 68, 72, 72n1, 73n4, 73n6
世界文学　world literature　2, 171, 172, 177, 186
ゼンガー裁判　the Zenger Case (1735)　28–29, 33
ソルト、ヘンリー　Henry Salt (1851–1939)　333, 337
ソロー、ヘンリー・デイヴィッド　Henry David Thoreau (1817–62)　4, 6, 80–86, 94, 99–100, 104–17, 122, 213, 281, 296, 310, 318, 321, 330, 331, 333, 335–36, 343n2, 343n3
　「マサチューセッツの博物誌」 "Natural History of Massachusetts" (1842)　99–100, 104, 105–17, 310
　『メインの森』 *The Main Woods* (1864)　80

【タ行】

『ダイアル』 *The Dial*　99, 104, 170, 190, 214, 215, 216, 217, 218, 227n3, 310, 311, 312
ダイキンク、エヴァート・オーガスタス　Evert Augustus Duyckinck (1816–78)　233, 236, 245, 247, 252, 256, 262, 263
タマニー・ホール　Tammany Hall　271, 272, 273–75, 286
ダンテ・アリギエーリ　Dante Alighieri (1265–1321)　144, 154–60, 161n7, 162n9, 293
　『神曲』 *La Divina Commedia* (1472)　144, 154–59, 161n7, 161n8, 162n9
ダンテ・クラブ　Dante Club　144, 154, 156, 160, 161n5, 162n9
ダンラップ、ウィリアム　William Dunlap (1766–1839)　58, 68, 274
地方党　Country Party　28, 29, 32
チャーヴァット、ウィリアム　William Charvat (1905–66)　240
チャイルド、リディア・マライア　Lydia Maria Child (1802–80)　292, 293, 313
チャニング、ウィリアム・エラリー　William Ellery Channing (1770–1842)　86, 242, 244, 246
　「国民文学論」 "Remarks on National Literature" (1830)　242
チャニング、ウィリアム・エラリー　William Ellery Channing (1818–1901)　123, 133, 134, 170, 212, 214, 310
チャニング、ウィリアム・ヘンリー　William Henry Channing (1810–84)　122, 210, 212
超絶主義　Transcendentalism　4, 5, 79, 80, 83, 84, 88–90, 92, 108, 122, 189–90, 192, 197, 209, 212–17, 220, 221, 222, 225, 227n2, 240, 242, 243, 310, 311, 312
ティクナー、ウィリアム・デイヴィス　William Davis Ticknor (1810–64)　123, 124, 129, 134, 139n6, 318
デイナ、リチャード・ヘンリー　Richard Henry Dana (1815–82)　241
　『帆船航海記』 *Two Years before the Mast* (1840)　241
ディランシー、ジェイムズ　James DeLancy (1703–60)　22–23
テグネール、エサイアス　Esaias Tenger (1782–1846)　148, 150, 151, 161n6
テンプル・スクール　Temple School　170, 174, 192, 197, 292, 305n2
ドイツ観念論　79, 91, 93, 241
トウェイン、マーク　Mark Twain (1835–1910)　305n5, 322
ドール、キャロライン　Caroline Healey Dall (1822–1912)　190, 193–94, 196, 206n1, 206n2

トクヴィル、アレクシ・ド　Alexis de Tocqueville (1805–59)　253–54, 256
『アメリカの民主主義』 *Democracy in America* (1835)　253–54
トランセンデンタル・クラブ　The Transcendental Club　91, 122, 169, 189, 190, 212, 241, 310
ドワイト、マリアン(メアリー・アン)　Marianne (Mary Anne) Dwight (1816–1901)　211–12, 221, 224–25, 227n1, 227n5

【ナ行】

ナトール、トマス　Thomas Nuttal (1786–1859)　109, 110, 111
ナポレオン・ボナパルト　Napoléon Bonaparte (1769–1821)　241
『ニューヨーク・ウィークリー・ジャーナル』 *New-York Weekly Journal*　28
『ニューヨーク・ガゼット』 *New York Gazette*　28, 30
『ネイション』 *Nation*　319–20
『ノース・アメリカン・レヴュー』 *North American Review*　147–49, 156, 237, 240, 241, 312, 321

【ハ行】

パーカー、セオドア　Theodore Parker (1810–60)　122, 210, 217
バートラム、ウィリアム　William Bartram (1739–1823)　112
『ハーパーズ・ニュー・マンスリー・マガジン』 *Harper's New Monthly Magazine*　123, 312, 314–15, 323, 324, 325, 326, 326n3, 330
『パイオニア』 *The Pioneer*　311, 312, 315
バイロン、ジョージ・ゴードン　George Gordon Byron (1788–1824)　236, 240, 318
ハウエルズ、ウィリアム・ディーン　William Dean Howells (1837–1920)　144, 156, 320, 321–26, 337
博物誌／博物学 → 自然史
バワリー・ボーイズ　Bowery Boys　273, 274–75, 276, 277, 278, 280, 282, 284, 285, 286
ピアス、フランクリン　Franklin Pierce (1804–69)　123–26, 128, 129–30, 131–32, 133, 134, 135, 136, 137, 138, 139n4, 139n6, 273
ピーボディ、エリザベス　Elizabeth Palmer Peabody (1804–94)　123, 133, 134, 135–36, 139n7, 139n8, 175, 191, 194, 212, 214–16
ピーボディ、オリヴァー・ウィリアム・ボーン　Oliver William Bourne Peabody (1799–1847)　237
ピール、チャールズ・ウィルソン　Charles Willson Peale (1741–1827)　47, 52, 274
ヒギンソン、トマス・ウエントワース　Thomas Wentworth Higginson (1823–1911)　312, 314, 317, 325
ビゲロー、ジェイコブ　Jacob Bigelow (1787–1879)　110
ビュフォン伯、ジョルジュ＝ルイ・ルクレール・ド　Georges-Louis Leclerc, Comte de Buffon (1707–88)　47, 49, 50, 51–52
ビルドゥングスロマン　Bildungsroman　172, 173, 176–78, 180, 181
フィールズ、アニー・アダムズ　Annie Adams Fields (1834–1915)　319
フィールズ、ジェイムズ・トマス　James Thomas Fields (1817–81)　122, 123, 124, 126, 127, 129, 130, 131–32, 133, 134–35, 137, 138, 139n1, 139n6, 156, 247n3, 317–21, 322, 324, 325, 327n4

ブース、エドウィン　Edwin Booth (1833–93)　239
フーリエ、シャルル　François Marie Charles Fourier (1772–1837)　220, 223, 225, 227n1
フーリエ主義　Fouriérisme (Fourierism)　211, 213, 220, 223, 224, 226, 227n5
フェミニズム　feminism　58, 66, 69, 72, 172, 187n3, 226
フォレスト、エドウィン　Edwin Forrest (1806–72)　272, 275, 276, 277
フラー、マーガレット　Margaret Fuller (1810–50)　4, 104, 143, 169–77, 181–86, 186n1, 186n2, 186n3, 189–207, 211, 214, 216, 218, 225, 227n1, 310
『19世紀の女性』　*Woman in the Nineteenth Century* (1845)　185, 205
『湖畔の夏』　*Summer on the Lakes, in 1843* (1844)　206n5
ブライアント、ウィリアム・カレン　William Cullen Bryant (1794–1878)　240, 313
ブラウン、チャールズ・ブロックデン　Charles Brockden Brown (1771–1810)　3–4, 57–59, 61–72, 72n2, 73n5, 73n6, 74n12
『アーサー・マーヴィン』　*Arthur Mervyn; or, Memoirs of the Year of 1793* (1799, 1800)　58, 61, 64, 65, 70
『アルクィン』　*Alcuin* (1798)　58, 66, 68
『ウィーランド』　*Wieland: or, the Transformation* (1798)　58, 65, 73n5
『エドガー・ハントリー』　*Edgar Huntly; or, Memoirs of a Sleep-Walker* (1799)　58, 64, 65, 70
『オーモンド』　*Ormond; or The Secret Witness* (1799)　58–59, 61–72
『クララ・ハワード』　*Clara Howard; In a Series of Letters* (1801)　72
『ジェイン・タルボット』　*Jane Talbot; A novel* (1801)　72
ブラウンソン、オレスティーズ　Orestes Brownson (1803–76)　88–89, 189, 310
プラトン　Plato (427 BC–347 BC)　203, 241, 292, 293, 301, 305n1, 305n2
フランクリン、ベンジャミン　Benjamin Franklin (1706–90)　37–46, 50, 51, 53, 54n1
「アメリカにおけるイギリス植民地のあいだに有用な知識を増進するための提案」　"A Proposal for Promoting Useful Knowledge among the British Plantations in America"(1743)　37
フリーメイソン　Freemasons　29, 30
フルートランズ（共同体）　Fruitlands　225, 305
ブルック・ファーム　Brook Farm　5, 209–29
プロテスタンティズム　Protestantism　96
ベノック、フランシス　Francis Bennoch (1812–90)　124–25, 126, 138
ホイットマン、ウォルト　Walt Whitman (1819–92)　6, 243, 330, 331–34, 336–39, 342, 343n3
ホースマンデン、ダニエル　Daniel Horsmanden (1691–1778)　20–21, 24, 25–26, 27, 30, 31–32, 33
『黒人や奴隷と共謀しニューヨーク市の放火および住民殺害を謀った白人による陰謀の発覚に関する法的手続きの記録』　*A Journal of the Proceedings in the Detection of Conspiracy Formed by Some White People, in Conjunction with Negro and Other Slaves, for Burning the City of New-York in America, and Murdering the Inhabitants* (1744)　25–26, 27, 30, 33
ホーソーン、ソファイア　Sophia Hawthorne (1809–71)　125, 134, 136, 318, 319

ホーソーン、ナサニエル　Nathaniel Hawthorne (1804–64)　4, 5, 64, 116, 121–40, 148, 149–50, 152, 209–10, 212, 220, 234–36, 243–44, 246, 247n3, 254, 311, 313, 318, 319, 321
『おじいさんの椅子』　*Grand Father's Chair: A History for Youth* (1840)　129, 135, 149
『旧牧師館の苔』　*Mosses from an Old Manse* (1846)　234, 246
『トワイス・トールド・テールズ』　*Twice-Told Tales* (1837)　134–36, 148
『懐かしの故国』　*Our Old Home* (1863)　123–26, 130–34, 137–38
『緋文字』　*The Scarlet Letter* (1850)　64, 128–29, 135, 137, 246, 247n3, 318
『ブライズデイル・ロマンス』　*The Blithedale Romance* (1852)　137, 209–10
『有名な昔の人たち』　*Famous Old People: Being the Second Epoch of Grandfather's Chair* (1841)　149–50
ホームズ、オリヴァー・ウェンデル　Oliver Wendell Holmes (1809–94)　156, 247n3, 312, 313, 317–18, 319, 321, 325
ポストコロニアル　postcolonial　95, 338

【マ行】

マーシュ、ジェイムズ　James Marsh (1794–1842)　89–90, 96
マクレディ、ウィリアム　William Macready (1793–1873)　271–72, 278–79, 285–86
マコッシュ、ジェイムズ　James McCosh (1801–94)　294
マシューズ、コーネリアス　Cornelius Mathews (1817–89)　247n3, 251, 272
マスケリン、ネヴィル　Nevil Maskelyne (1732–1811)　42, 44
マン、ホレス　Horace Man (1796–1859)　152–53, 154
マン、メアリー・ピーボディ　Mary Peabody Man (1806–87)　153, 154
メルヴィル、ハーマン　Herman Melville (1819–91)　5, 6, 233–48, 251–66, 271–86, 313, 330, 331, 333, 336, 337, 339–42
「書き物机の断片」　"Fragments from a Writing Desk" (1839)　236
「書記人バートルビー、ウォールストリートの物語」　"Bartleby, the Scrivener: A Story of Wall Street" (1853)　252, 264–65
『ジョン・マーと他の水夫たち』　*John Marr and Other Sailors* (1888)　340
『信用詐欺師』　*The Confidence-Man: His Masquerade* (1857)　5, 271, 272, 278, 279, 281–86
『タイピー』　*Typee: A Peep at Polynesian Life* (1846)　247n3, 271, 333
『白鯨』　*Moby-Dick; or, The Whale* (1851)　233, 234, 246, 247n3, 252–57, 262, 276–80
『ピエール、またはその曖昧性』　*Pierre; or, The Ambiguities* (1852)　252, 256, 257–66
『ビリー・バッド』　*Billy Budd, Sailor* (1924)　333, 340
「二つの教会堂」　"The Two Temples" (1856)　272, 278–80, 285–86
「ホーソーンと彼の苔」　"Hawthorne and His Mosses" (1850)　234–36, 237–38, 241, 242–46, 246n1, 254, 255, 261, 342
モンテーニュ、ミシェル・ド　Michel de Montaigne (1533–92)　241

【ヤ・ラ行】

ユートピア　utopia　5, 209, 210, 212, 216, 220, 225, 226, 227n2, 331

ラインダース、アイザイア　Isaiah Rynders (1804–85)　271, 273, 275, 276
ラッセル、アメリア　Amelia Eloise Russell (1798–1880)　211, 221–24
ラム、チャールズ　Charles Lamb (1775–1834)　241
リース、アーネスト　Ernest Rhys (1859–1946)　332, 333–34, 339
理性　reason　40, 58, 59, 62, 63, 64, 65, 67, 68, 69, 70,71, 81, 86–96
リッテンハウス、デイヴィッド　David Rittenhouse (1732–96)　41, 42, 43, 50, 51
『リテラリー・ワールド』　*The Literary World*　234, 262
リプリー、ジョージ　George Ripley (1802–80)　88, 91, 170, 189, 210, 212, 213–14, 215, 216, 221, 223, 227n2, 310
リプリー、ソファイア　Sophia Ripley (1803–61)　210, 212, 214, 216–19, 221–22, 223, 225, 227n2, 227n3
ローウェル、ジェイムズ・ラッセル　James Russell Lowell (1819–91)　105, 122, 129, 149, 154, 156, 311, 312, 315–16, 317, 318, 321, 325, 330, 335, 337
ローソン、ジョン　John Lawson (1674–1711)　112
ロマン主義／ロマン派　Romanticism　79, 81, 85–86, 89, 92, 93, 95, 113, 172, 177, 181–85, 236, 240–41, 247n4, 331, 334
ロングフェロー、ヘンリー・ワズワース　Henry Wadsworth Longfellow (1807–82)　4, 123, 126, 127, 132, 143–63, 312, 317, 338
　『ウトラメール——海外巡礼』　*Outre-Mer: A Pilgrimage Beyond the Sea* (1835)　145, 146
　『エヴァンジェリン』　*Evangeline, A Tale of Acadie* (1847)　149–52
　「天使の足跡」　“Footsteps of Angels” (1838)　146
　「ポール・リヴィアの疾駆」　“Paul Rever’s Ride” (1861)　145
　「雪の十字架」　“The Cross of Snow” (1879)　154
『ロングフェロー日本滞在記』　*Charles Appleton Longfellow: Twenty Months in Japan, 1871–1873* (1998)　160n2

【ワ行】

ワーズワース、ウィリアム　William Wordsworth (1770–1850)　79, 81, 135, 240–41, 242
ワイルド、オスカー　Oscar Wilde (1854–1900)　332

【数字】

1712 年のニューヨーク奴隷叛乱事件　New York Slave Revolt of 1712　21
1741 年のニューヨーク奴隷陰謀事件　New York Slave Conspiracy of 1741　3, 17–34

◉編著者紹介◉

倉橋 洋子（くらはし・ようこ） 東海学園大学教授

主要業績：『人と言葉と表現——英米文学を読み解く』（共著、学術図書出版社、2016年）、『越境する女——19世紀アメリカ女性作家たちの挑戦』（共編著、開文社出版、2014年）、メーガン・マーシャル著『ピーボディ姉妹——アメリカ・ロマン主義に火をつけた三人の女性たち』（共訳、南雲堂、2014年）

髙尾 直知（たかお・なおちか） 中央大学教授

主要業績：『モンロー・ドクトリンの半球分割——トランスナショナル時代の地政学』（共著、彩流社、2016年）、『ホーソーンの文学的遺産——ロマンスと歴史の変貌』（共編著、開文社出版、2016年）、エリック・J・サンドクイスト著『死にたる民を呼び覚ませ——人種とアメリカ文学の生成』上巻（共訳、中央大学出版部、2015年）

竹野 富美子（たけの・ふみこ） 東海学園大学准教授

主要業績：*Thoreau in the 21st Century: Perspectives from Japan*（共著、金星堂、2017年）、「ナサニエル・ホーソーンの文学世界の構築——博物館としての「骨董通の収集品」」『アメリカ研究』第47号（2013年）、「Silence Was Audible——*The Blithedale Romance* に見る音と音楽」『アメリカ文学研究』第42号（2006年）

城戸 光世（きど・みつよ） 広島大学准教授

主要業績：『越境する女——19世紀アメリカ女性作家たちの挑戦』（共編著、開文社出版、2014年）、『身体と情動——アフェクトで読むアメリカン・ルネサンス』（共著、彩流社、2016年）、メーガン・マーシャル著『ピーボディ姉妹——アメリカ・ロマン主義に火をつけた三人の女性たち』（共訳、南雲堂、2014年）

The Poetics of Association:
The Formation of Intellectual Communities in Modern America

繋《つな》がりの詩学《しがく》——近代《きんだい》アメリカの知的独立《ちてきどくりつ》と〈知《ち》のコミュニティ〉の形成《けいせい》

2019年2月15日 発行　　定価はカバーに表示してあります

編著者　**倉橋洋子・髙尾直知・竹野富美子・城戸光世**
発行者　**竹内淳夫**

発行所　株式会社　**彩流社**
〒102-0071　東京都千代田区富士見2-2-2
電話 03-3234-5931　FAX 03-3234-5932
http://www.sairyusha.co.jp
sairyusha@sairyusha.co.jp

印刷　モリモト印刷㈱
製本　㈱難波製本
装幀　仁川範子

ISBN978-4-7791-2557-7 C0098

増殖するフランケンシュタイン

978-4-7791-2315-3 C0098(17.04)

批評とアダプテーション　武田悠一・武田美保子編著

200 年の時を経ても、読者の想像力を刺激し続ける『フランケンシュタイン』。現代の視点から分析・批評する第一部と、演劇・小説・映画・マンガ等、この神話的テクストが生み出してきた多種多様な「翻案・改作（アダプテーション）」をめぐる第二部で構成。　四六判上製　3400 円＋税

映画原作派のためのアダプテーション入門

978-4-7791-7099-7 C0374(17.10)

フィッツジェラルドからピンチョンまで　《フィギュール彩 97》　波戸岡景太著

小説が映画になるってどういうこと？『華麗なるギャツビー』から『インヒアレント・ヴァイス』まで、近現代アメリカの文学と映画を中心に、わかりやすく解説。映画化に至るまでの構造、文学と映画の関係性が楽しく学べる「アダプテーション」論の入門書。　四六判並製　1800 円＋税

トニ・モリスンの小説

978-4-7791-2098-5 C0098(15.09)

鵜殿えりか著

トニ・モリスンの小説テクストを「物語の枠組み」、そして弱者どうしの（特に女性どうし）の「三角形のきずな」という観点から緻密犀利に分析する。『青い目がほしい』から『マーシィ』まで論じる。第 1 回日本アメリカ文学会賞受賞！　四六判上製　3800 円＋税

現代アメリカ文学講義

978-4-7791-7063-8 C0398(16.06)

《フィギュール彩 60》　岩元 巌著

「小説」と「批評」を面白く読むために――若い世代の人たちが面白く「アメリカ文学」を読めるよう入門書としての体裁をとり、読者がさらに深く「アメリカ文学」に目を向けてもらうための案内書。アップダイク、サリンジャー、バース、オブライエン等。　四六判並製　1800 円＋税

アメリカのフェミニズム運動史

978-4-7791-2471-6 C0036(18.04)

女性参政権から平等憲法修正条項へ　栗原涼子著

1920 年に女性参政権を獲得した後、アメリカの「フェミニズム運動」は、どのように展開されたのか――膨大な一次資料をもとに、1910 年代の女性参政権運動、平等憲法修正条項（ERA）を作成するまでの過程と社会福祉法制定過程に焦点を当てる。　四六判上製　2800 円＋税

英米文学にみる検閲と発禁

978-4-7791-2240-8 C0098(16.07)

英米文化学会編

英米における「検閲と発禁」の問題を、「検閲と発禁の歴史」「猥褻出版物禁止法（1857）の誕生と抵抗勢力」「新聞税（知識税）と思想弾圧」、コムストック法、D. H. ロレンス、ジェイムズ・ジョイス、チャップリン等、具体的事例と作品とともに考察。　四六判上製　3200 円＋税

境界線上の文学

978-4-88202-1865-4 C0098(13.03)

名古屋大学英文学会第 50 回大会記念論集　大石和欣・滝川睦・中田晶子編著

中心が不在化し、異種混淆性が増殖する現代。境界線は不安定に揺れ、不可視に流転する。変容し続ける英米文学の境界線の文化的・歴史的意義を照射する。「名古屋大学英文学会会員」13 名による、名古屋大学英文学会第 50 回大会（2011 年）記念論集。　A5 判上製　3000 円＋税

ダイムノヴェルのアメリカ
978-4-7791-1942-2 C0098(13.10)

大衆小説の文化史　山口ヨシ子著

19世紀後半〜20世紀初頭のアメリカで大量に出版された安価な物語群「ダイムノヴェル」。大衆が愛読した「ダイムノヴェル」の特徴から、社会の底辺に蓄積された文化的営為を掘り起こし、アメリカ人に形成された「意識」を探る。各紙誌書評。　四六判上製　3800円＋税

ワーキングガールのアメリカ
978-4-7791-7042-3 C0398(15.10)

大衆恋愛小説の文化学　《フィギュール彩38》　山口ヨシ子著

19世紀後半のアメリカ。長時間の単純労働に従事していた貧しい「ワーキングガール」たちにとって、「ロマンス」は特別なものだった——。「大衆恋愛小説」を愛読した女性労働者たちの意識を探り、「大衆と読者」の関係を明らかにする。　四六判並製　1800円＋税

アメリカの家庭と住宅の文化史
978-4-7791-2001-5 C0077(14.04)

家事アドバイザーの誕生　S. A. レヴィット著／岩野雅子・永田 喬・A. D. ウィルソン訳

C. ビーチャーからM. スチュアートまで、有名無名の「家事アドバイザー」の提案に呼応して、米国の「家庭」は形づくられてきた。1850年〜1950年までの「家事アドバイス本」の系譜を辿り、家庭と住宅を「文化史」の視点から再考。ヴィクトリア時代の装飾からの脱却等。　四六判上製　4200円＋税

読むことの可能性
978-4-7791-2377-1 C0090(17.08)

文学理論への招待　武田悠一著

なぜわたしたちは「文学」を必要としているのか、なぜ「文学」は衰退した、と言われるのか——「テクスト理論」から「精神分析」まで、「文学理論」の「定番」をわかりやすく解説、今のわたしたちに意味のある形で実践する入門書。　四六判並製　2500円＋税

差異を読む
978-4-7791-2547-8 C0090(18.12)

現代批評理論の展開　武田悠一著

現代批評はすべて〈差異を読む〉ことから始まる——「差異」をめぐる社会現象を読む、文学／文化批評の展開。フェミニズム、ジェンダー、クィア、ポストコロニアルからアダプテーションまで、脱構築以降の批評理論の流れをわかりやすく解説。『読むことの可能性』の続編。四六判並製　2500円＋税

読みの抗争
978-4-7791-1769-5 C0090(12.04)

現代批評のレトリック　武田悠一著

「読む」とは何なのか——。ジャック・デリダ、ポール・ド・マンの脱構築から、バーバラ・ジョンソン、ガヤトリ・スピヴァクのフェミニズム・ジェンダー批評へ——現代批評を鮮やかに解説し、「読む主体（読者）」とは何かを読み解く。　四六判上製　4200円＋税

フランケンシュタインとは何か
978-4-7791-2049-7 C0098(14.09)

怪物の倫理学　武田悠一著

なぜ200年前の物語が、繰り返し映画化されるのか、「原作」を知らない人のために、丁寧に解き明かす。SFとして、ホラーとして、エンターテインメントとして、ポップカルチャーのなかで拡散し、生き延びてきた「怪物」に迫る。　四六判上製　2700円＋税

フォークナー文学の水脈

978-4-88202-2526-3 C0098(18.09)

花岡秀監修／藤平育子・中良子編著

現実に勝るとも劣らぬ重さを具え、得体の知れぬ世界を読者に突き付け、しかも、そこに足を踏み入れた者を捉えて離さない不思議な力を秘めているフォークナー文学を光源として、世界の文学を読み解く。これからのフォークナー研究の地平を拓く論集。　四六判上製　3800円＋税

フォークナーのヨクナパトーファ小説

978-4-7791-2397-9 C0098(17.09)

人種・階級・ジェンダーの境界のゆらぎ　大地真介著

「基盤の解体」を鍵語にしてフォークナー創設の架空の土地、ヨクナパトーファを舞台にした複雑かつ難解な代表作『響きと怒り』、『八月の光』、『アブサロム、アブサロム！』、『行け、モーセ』を読み解く。　四六判上製　2600円＋税

メイキング・オブ・アメリカ

978-4-7791-2268-2 C0022(16.10)

格差社会アメリカの成り立ち　阿部珠理著

アメリカの幸福と豊かさは、インディアンや黒人の不幸によって購われた。白人とインディアン、ピューリタンと非ピューリタン、黒人奴隷と南部貴族、ワスプとマイノリティ、資本家と労働者、持てるものと持たざるものに光をあて、両者の格差を明瞭に示す。　四六判上製　2200円＋税

多文化アメリカの萌芽

978-4-7791-2332-0 C0098(17.05)

19〜20世紀転換期文学における人種・性・階級　里内克巳著

南北戦争の混乱を経て、急激な変化を遂げたアメリカ。多くの社会矛盾を抱えるなか、アフリカ系、先住民系、移民等、多彩な書き手たちが次々と現われた。11人の作家のテクストを多層的に分析、「多文化主義」の萌芽をみる。第3回日本アメリカ文学会賞受賞！　四六判上製　4800円＋税

それはどっちだったか

978-4-7791-2094-7 C0097(15.04)

Which Was It? and “Indiantown”　マーク・トウェイン著／里内克巳訳

南北戦争前のアメリカ南部の田舎町で、〈嘘〉をつくことによって果てしなく堕落していく町の名士。トウェインの鋭い人間観察と、同時代アメリカへの批判的精神。原型となった短編「インディアンタウン」も収録し、本邦初訳の幻の「傑作」を紹介する。　四六判上製　4000円＋税

アメリカ・インディアン・文学地図

978-4-7791-1776-3 C0098(12.03)

赤と白と黒の遠近法　余田真也著

アメリカ・インディアン文学をアメリカ文学のサブジャンルとして固定化しない、ネイティヴ・アメリカン・スタディーズの成果から知的な姿が浮かび上がる。「クレオリティのパラダイムから見られた、まったく新しいインディアン文学論」（管啓次郎）。　A5判上製　4800円＋税

女詐欺師たちのアメリカ

978-4-7791-1159-4 C0098(06.04)

十九世紀女性作家とジャーナリズム　山口ヨシ子著

アメリカ文学にみる《詐欺師》の世界。「家庭小説」のヒロインから「新しい女」まで、女性作家の作品に鮮やかに生きる《女詐欺師》たちの姿を追う。経済的自立を果たそうと苦闘した女性作家とジャーナリズムとの関係にも迫る。　四六判上製　2800円＋税

ソロー コレクション

978-4-7791-5038-8 C0398(18.09)

ソロー日記［全４巻］＋ソロー博物誌　　ソロー著／山口晃訳／H. G. O. ブレーク編

『森の生活』で知られるアメリカの思想家にして、環境保護運動の先駆ともされるソロー。本邦初訳で、2013年から2018年にかけて刊行された『ソロー日記』春・夏・秋・冬 の 全４巻に、2011年刊行『ソロー博物誌』を加えたソローコレクション。　四六判上製　19500円＋税

アメリカ大衆小説の誕生

978-4-88202-718-8 C0098(01.11)

1850年代の女性作家たち　　進藤鈴子著

ホーソーン、メルヴィル、ソローが活躍していた1850年代のアメリカ。しかし、ベストセラーを量産していたのは女性作家だった——キャノン形成の過程で文学史上から消し去られた女性作家とそのベストセラーを掘り起こす。ホーソーンと女性作家との関係も追究。　四六判上製　2500円＋税

アメリカ文学にみる女性改革者たち

978-4-7791-1514-1 C0098(10.02)

野口啓子・山口ヨシ子編著

先住民問題、黒人問題、介護問題、都市の貧困問題、ユダヤ移民の女性問題……。19世紀～20世紀初頭まで、「女性改革者」をテーマに「アメリカ文学」を読み直し、女性たちの社会を変革しようとする活動を検証する。フラー、チャイルド、セジウィック、ストー、アダムズ等。　四六判上製　2800円＋税

メルヴィル文学に潜む先住民

978-4-7791-2286-6 C0098(17.03)

復讐の連鎖か福音か　　大島由起子著

『白鯨』以降の『書記バートルビ－』『ピエール』『信用詐欺師』などの全編に、巧妙に、執拗に仕込まれた北米先住民表象を徹底的に炙り出し、読み解くことで、繰り返し立ち現われてくる北米先住民の復讐と救済の物語、そして融和の願いを明らかにする。　A5判上製　5000円＋税

【増補版】白い鯨のなかへ

978-4-7791-2123-4 C0098(15.05)

メルヴィルの世界　　千石英世著

戦後メルヴィル論を代表する旧版（南雲堂刊）から25年振りに、「メルヴィル通底器『マーディ』論」、「『クラレル』断想」等を増補、「なぜ、今、メルヴィルなのか？」を書き下ろす。グローバル化と反グローバル化の相剋の現代に、改めてメルヴィルを読み直す。　四六判上製　3500円＋税

バートルビーズ／たった一人の戦争

978-4-7791-2342-9 C0074(17.10)

坂手洋二戯曲集　　坂手洋二著

メルヴィルの作品『バートルビー』の主人公が、現代、東日本大震災で被災した病院にいた!? 古典作品から抽出された情念が、「3.11後」の生き方に重なる叙事詩。放射性廃棄物処分のため設置された超深地層研究所を舞台にした『たった一人の戦争』。　四六判並製　2200円＋税

ドルと紙幣のアメリカ文学

978-4-7791-2518-8 C0098(18.09)

貨幣制度と物語の共振　　秋元孝文著

アメリカにおける紙幣のあり方の変遷をたどりながら、その時代時代に発行された紙幣のデザインをテクストとして読み、同じくフィクションであるメルヴィル、トウェイン、フィッツジェラルド、バロウズ、オースター等の文学作品における想像力と通底するものを探る。　四六判上製　2700円＋税

環大西洋の想像力

978-4-7791-1876-0 C0098(13.04)

越境するアメリカン・ルネサンス文学　竹内勝徳・高橋勤編

アメリカの黎明期に生まれ、いまも文学史上に輝くポー、メルヴィル、ホーソーン、ソロー、ホイットマンらの作品や表象を、当時の社会情勢、経済、思想といったアメリカン・ルネサンスの文脈に照らし、トランスアトランティックな視点も導入して読み解く。　A5 判上製　3800 円＋税

身体と情動

978-4-7791-2216-3 C0098(16.04)

アフェクトで読むアメリカン・ルネサンス　竹内勝徳・高橋勤編

身体はいかに描かれ、なにを表象したか。その背後の「心」との関係とは。ポー、エマソン、メルヴィル、ホーソーンらの作品を中心に、「アフェクト（情動）」で読み解くことで、アメリカン・ルネサンス文学に新たな光を当てる。　A5 判上製　3800 円＋税

モンロー・ドクトリンの半球分割

978-4-7791-2246-0 C0020(16.06)

トランスナショナル時代の地政学　下河辺美知子編著

1823 年の「モンロー・ドクトリン」は、地球を東半球と西半球に二分割するものであった。グローバリゼーションが資本主義的な均一化を押し進めるなか、その地政学と文化史の連動を歴史、文学、音楽、映画など多角的なパースペクティヴから解き明かす。四六判上製　2800 円＋税

YOUNG AMERICANS IN LITERATURE

978-4-7791-2500-3 C0098(18.06)

The Post-Romantic Turn in the Age of Poe, Hawthorne and Melville　巽孝之著

地理や国家、時代やジャンルの境界を飛び越え、日米文化双方を照射するグローバルな批評。ポー、ホーソーン、メルヴィルを中心とした 19 世紀アメリカ文学研究の集大成。S. F. フィシュキン、L. マキャフリー、J. フィスター、M. セルツァー推薦。　A 5 判並製　2200 円＋税

アメリカスの文学的想像力

978-4-7791-2093-0 C0098(15.03)

カリブからアメリカへ　庄司宏子著

19 世紀アメリカに現われる分身や鏡像への強迫観念を、自国とカリブ海地域の〈アメリカス〉の地政空間から捉える。植民地の記憶、奴隷制度、メスメリズム、フェミニズム、写真術などの歴史現象から生まれるダブル、その欲望と恐怖のなかにアメリカ的想像力の本質をみつめる。　A5 判上製　5000 円＋税

エマソンと社会改革運動

978-4-7791-2516-4 C0022(18.10)

進化・人種・ジェンダー　西尾ななえ著

エマソンの社会改革思想を包括的に検証し、奴隷制廃止運動と女性解放運動といった、当時の社会改革運動とエマソンの関わりを詳述、社会改革者としてのエマソンを再評価する。エマソンの家庭、M. フラーやヘンリー・D・ソローとの交友関係にも焦点をあてる。四六判上製　2500 円＋税

ソロー博物誌

978-4-7791-1628-5 C0097(11.06)

ヘンリー・ソロー著／山口 晃訳

ソローが、草木の美しさ、果実の恵み、生き物たちの生活、そして人との関わりを、野を歩き、見つめ、思索し、愛情深く綴ったエッセイ 7 篇。野生と神話的世界が響き合う瑞々しい世界が読むものの眼前に繰り広げられる。　四六判上製　2800 円＋税